한국의 노블레스 오블리주를 실현한 독립운동가 이회영

백 년 동안의 침묵

박정선 장편소설

만주벌판 영하 40도 꼭두새벽, 60여 명 가족들이 탄 열두 대 삼두마차가 전열을 가다듬고 일렬 종대로 줄 지어서서 출발신호를 기다렸다. 중국마부들이 허! 하고 신호를 넣자 말들이 일제히 소리를 지르며 머리를 치켜들었다. 말들이 토해내는 더운 입김이 새까만 허공으로 안개처럼 사라졌다. 마부들이 다시 채찍으로 엉덩이를 후려치자 말들이 땅을 박차며 험난한 형극을 향해 달리기 시작했다. 36마리 말의 144개 말발굽소리가 기관총을 연발 사격하듯 황량한 만주벌판을 비장하게 흔들었다. 어둠 속을 헤치는 말들은 적을 향해 돌진하는 군대를 방불케 했다. 군대였다. 그것은 침략자 일본을 향해 돌진하는 통한의 광복군이었다.

　　　　　　　　　　　　　　　　　　　　　　　　　　　— 본문 중에서

동서 역사상에 나라가 망할 때 망명한 충신열사가 비백비천이지만 우당 가문처럼 6형제가 모두 결의하여 거국한 사실은 전무후무한 일이다. 그 미거를 두고 볼 때 우당은 이른바 유시형이요. 유시제로구나. 진실로 6형제의 절의는 백세청풍(百世淸風)이 되고 우리 동포의 절호 모범이 되리라. 나라가 해방이 되는 날 국가는 우당 가문의 재산을 돌려주어야 한다.

— 월남 이상재

한국의 노블레스 오블리주를 실현한 독립운동가 이회영

백 년 동안의 침묵

1판 1쇄 발행 2011년 9월 20일
2판 1쇄 발행 2012년 5월 25일
2판 2쇄 발행 2013년 12월 15일

지은이 · 박정선
펴낸이 · 한봉숙
펴낸곳 · 푸른사상사
주간 · 맹문재 | 편집 · 지순이 | 마케팅 · 이상만

등록 제2-2876호
주소 서울시 중구 초동 42번지 아시아미디어타워 502호
대표전화 02) 2268-8706(7) | 팩시밀리 02) 2268-8708
이메일 prun21c@yahoo.co.kr / prun21c@hanmail.net
홈페이지 www.prun21c.com
ⓒ 박정선, 2012
ISBN 978-89-5640-854-5 03810

값 15,000원

| 차례 |

| 일러두기 |

　14세기 프랑스에 칼레의 시민이 있었다면 20세기 한국에는 우당 이회영 선생 가문이 있었다. 『백 년 동안의 침묵』은 三韓甲族으로 불리는 가문을 초개처럼 버려, 조국광복을 위해 노블레스 오블리주를 실현한 우당 선생 가문을 배경으로 하되, 우당 선생의 조국애와 조국해방에 대한 신념과 그의 인간미를 묘사한 소설이다. 선생은 한국 독립운동의 모체인 상동교회의 상동파와 상동파로부터 시작된 신민회와 신민회 결의로 신흥무관학교를 세워 광복군을 길러낸 주역이면서도 결코 이름을 드러내지 않았음에 주목했다. 그러나 겨우 윤곽만 그렸을 뿐이다. 다만 조국 해방을 위해 목숨 바친 선생의 생애를 통해 우리의 정체성을 탐독해 주기를 부탁한다. 선생의 희생은 한국의 보물급 유산이며 그것은 우리의 영원한 정체성이기 때문이다. 여기에 나온 사건은 모두 사실이며 인물들 또한 모두 실명을 사용했다. 부정적인 인물 옥여빈과 이용호는 부차적인 부분에서 소설 성격상 픽션이 가미됐으므로 가명임을 밝힌다.

| 이 작품을 쓰는 데 참고한 서적은 다음과 같다 |

　『운명의 여진』(이규창: 이회영 차남)/『가슴에 품은 뜻 하늘에 사무쳐』(이은숙: 이회영 부인)/『신보(申報)대한민국임시정부관계기사 선집』(석월하, 심민화, 패민강: 김승일·이은우 옮김)/『중국항일전쟁과 한국독립운동』(보경문총 제1집: 김승일 역)/『중국혁명속의 한국독립운동』(한상도)/『한국독립운동사 강의』(한국근현대사학회)/『아나키스트 이회영과 젊은 그들』(이덕일)/『상동교회 110년사』(상동교회)/『한국사연표』(한국정신문화연구원)/『단재신채호』(임중빈)/『심산김창숙 평전』(김삼웅)/『백범일지』(김구)/『안동사람들의 항일투쟁』(김희곤)/『아리랑』(김산)/『나라사랑97호』(외솔회)))/『상호부조론』(크로포트킨: 김영범 옮김) 외 다수.

차는 대련수상경찰서를 나와 앞만 보고 달렸다. 회오리바람이 차
창을 후려쳤다. 황량한 벌판이 끝없이 지나갔다. 바람소리에 귀를 기
울 일 뿐, 어디로 가는지 묻지 않았다. 어디든 그들 손아귀는 마찬가
지인 탓이었다. 화북지방을 지나면서 여순으로 간다는 것을 짐작했
다. 얼마나 달렸을까……, 짐작대로 차가 여순 감옥 앞에서 멈추고
무덤처럼 음산하고 괴괴한 건물이 단번에 사람을 짓눌렀다.

"여기가 어딘 줄 아시오?"

대답하지 않았다.

"이곳은 아주 특별한 조선 혁명투사들만 모시는 여순 감옥이오."

"20년 전 당신들의 우상 안중근도 여기서 죽어나갔지."

후쿠다는 겁을 주며 혼자 말했다.

"참, 선생처럼 고집이 센 신채호란 자도 지금 여기서 복역 중이지."

"뭣이, 신채호?"

신채호란 이름에 회영이 용수철이 튀어 오르듯 반응했다.

"오, 진작 신채호를 들먹일 걸 그랬군."

"정녕, 신채호 선생이 이곳에 있단 말이오?"

"그렇소, 선생과 꼭 닮은 고집불통 무정부주의자 신채호, 그자에게 10년형이 떨어졌지."

"그 고고한 학자를 대체 무슨 트집을 잡아 가두었단 말이오?"

"유가증권 위조, 사기, 살인, 사체유기를 저지른 무자비한 범법자가 고고한 학자라니? 도대체 뉘우칠 줄 모른 그자도 2년 전에 대련수상경찰서에서 내 손을 거쳐 이곳으로 왔다는 걸 알아 두시오."

신채호에게 그 정도의 죄목을 씌웠다면 죽이자는 속셈이 분명했다. 그렇지 않아도 몸이 부실한 데다 위통이 심해 새벽마다 한바탕 뒹굴고 나서야 아침을 맞이한다는 사람이 감옥생활을 견뎌낼 리 만무했다. 그런데 사정이야 어찌되었든 반가웠다. 암흑 속에서 한 줄기 빛을 만난 것만 같았다.

"선생을 만나게 해주시오."

"만나게 해 달라……."

"부디 만나게 해주시오. 후쿠다."

회영이 신채호를 만나게 해달라고 사정했다. 후쿠다는 잠시 생각 끝에 쾌히 승낙해 주었다. 혹 두 사람이 나눈 대화 가운데 어떤 단서라도 찾아낼 수 있을지 모른다는 기대 때문이었다.

곧 면회실로 붉은 수의에 죄수번호 411번을 단 신채호가 나타났다. 허수아비 같았다. 뼈만 앙상한 몸에 붉은 죄수복이 어깨가 벗겨질 지경으로 헐렁거리고 일터에서 오는지 손발에 흙이 묻어 있었다.

"오, 단재?"

먼저 회영이 이름을 부르며 다가섰다. 신채호는 입을 떼지 못한 채 마치 헛것을 본 사람처럼 멍한 눈빛이었다.

"우당이외다. 단재!"

신채호는 그때서야 흑, 하고 울음을 터트렸다.

"우당 선생님!"

"어찌된 일이오? 단재."

"나야 재수가 없었지만, 선생님이야말로 그림자도 지워버리시는 분이 어쩌다가?"

"나도 재수가 없었겠지요. 아무튼 단재의 죄명이 무척이나 화려해 기가 막혔소이다."

"내가 사기를 친 건 맞습니다. 그러나 살인이니 시체유기니 하는 짓거리는 제멋대로 지어낸 것들이지요."

"유가증권을 어떻게 위조했더란 말이오?"

"헛, 그게 말입니다."

신채호는 와중에도 피식 웃고 있었다.

"단재, 이 지경에도 웃음이 나오시오. 별스럽기는 여전하시구려."

"선생님을 만나니 숨통이 트인 게지요. 사연은 바로 무정부주의자 동방연맹대회를 열었던 것에서 시작된 일이었습니다. 그때 선생님께서 써 보내주신 글을 결의안으로 채택하지 않았습니까."

"기억하고 있소이다. 상해에서 한국 일본 중국 인도 베트남 대만 등의 아나키스트 대표 백여 명이 모여 국제대회를 열었을 때 내가 천진에서 '한국의 독립운동과 무정부주의'라는 글을 보내주었지요. 그때 일제의 중요기관을 파괴하기 위해 폭탄을 제조할 것을 결의했다고 들었소이다."

"폭탄을 만들자면 제작소와 전문기술자가 필요하고 그에 따른 거액이 필요하지 않겠습니까. 그래서 비상수단으로 외국 돈을 위조하기로 하고 그걸 나와 중국인 청년동지 임병문이 도맡았지요. 6만4천 원에 해당한 위조지폐 2백 장을 찍어내어 현금으로 바꾸기 시작하다가 그만 재수 없게 걸려버린 겁니다."

"마치 콩서리라도 하다 들킨 양 말씀하십니다."

"맞습니다. 그건 콩서리에 불과했지요. 앞으로 8년 후 여기서 살아나가면 정말 제대로 한 번 해 볼 작정입니다."

"아무튼 대단하십니다. 역시 단재다워요."

"선생님은 은행 강도두목을 하지 않으셨습니까. 이 사람처럼 붙잡히지도 않으셨으니 저보다 한 수 위셨구요."

신채호는 간수들 눈치를 보며 낮은 목소리로 속사이듯 말했다. 젊은 동지들이 일본과 중국 합작 은행인 정실은호를 턴 것을 말한 것이었고 그 일은 동지들 입에 한동안 회자된 일이었다.

"아무튼 사연을 계속 말해 보시오."

"대련에서 일부를 찾고 다시 변장을 하고 일본으로 들어갔다가 고베에서 그만 들통이 나고 말았는데 그때 일본인 재판장이 '국제위폐를 사기하려고 한 것이 맞나? 라고 묻더군요. 그래서 맞다고 대답했지요. 그랬더니 '사기는 나쁘다고 생각지 않나? 라고 다시 묻더군요."

"그래 뭐라고 하셨소? 단재의 촌철살인寸鐵殺人적 대답에 재판장인들 꼼짝이나 했겠소이까."

"우리 조선 사람이 나라를 찾기 위해 취하는 수단은 그것이 무엇이든 모두 정당한 것이다. 나라의 독립을 위해서는 사기 아니라 그 보다 몇 천 배 더한 짓을 할지라도 털 끝 만큼도 양심에 부끄러움이나 거리낌이 없다. 예를 들면 일본인을 죽여도 죄가 되지 않는다. 라고 했지요. 그랬더니 누가 일본 밀정 놈을 죽여 버려놓은 것을 나에게 뒤집어 씌워 살인에다 시체유기에다 입맛대로 죄명을 붙여댄 것입니다. 나와 함께 중책을 맡았던 중국인 임병문 동지는 벌써 옥사하고 말았습니다. 옥사가 아니라 바로 저쪽 고문실에서 몽둥이질을 해 죽여 버렸지요."

신채호는 팔을 뻗어 기역자로 꺾인 모퉁이 쪽을 가리켰다.

"단재는 무슨 일이 있어도 살아남아야 합니다."

"지금 육십 줄인 선생님께서 50줄인 내 걱정을 하게 생겼는지요. 그런데 형량은 얼마나 받고 오신 겝니까? 이곳 여순으로 온 사람치고 최하가 10년이라는데."

"형을 받은 바도 없소이다. 덮어놓고 여기로 데려 온 것이오."

"그럴 수가? 재판도 없이 사람을 감옥으로 끌고 왔단 말입니까?"

"만주로 난蘭을 치는 지인들을 만나러가는 사람을 의심한 게요."

신채호가 속뜻을 눈치 채고 걱정스런 눈으로 회영을 바라보며 손을 굳게 잡았다. 일본 경찰은 증거를 캐려고 심문하고 회영은 난을 핑계대면서 말을 피하고 있다는 것쯤은 짐작하고도 남았다.

두 사람이 서로 붙잡은 손을 놓지 못한 채 안타까움만 교차하는 순간 회영이 신채호의 손을 보며 놀란 표정을 지었다. 가늘고 여리던 선비의 손이 손가락 마디마다 뼈가 심하게 불거져 나왔고 손등엔 찢긴 상처가 어지러웠다.

"심장이 터질 것 같아 숨 틔우는 의식을 치른 흔적입니다. 피가 나도록 이놈의 천길 물속 같은 감옥 벽을 치다보니 죄 없는 손이 그만 이지경이 되었지요."

가슴 아파하는 회영을 향해 신채호가 설명을 달았다. 그때 간수가 시간이 다됐노라고 독촉하고 나섰다. 두 사람은 꼭 잡고 있는 손을 차마 놓지 못해 안타까워하고 간수가 회영의 팔을 조급하게 잡아끌었다.

"단재, 아무래도 다시 만나기는 어려울 것 같소이다. 부디 몸을 보존해야 하오. 그리고 옥고玉稿를 쓰는 귀한 손을 함부로 다치게 해서는 아니 되오."

회영이 겨우 말을 마치고 간수의 손에 이끌려 기역자로 꺾인 모퉁이를 돌아 어느 방으론가 사라져버리고 말았다. 임병문이 끌려가 돌아오지 못한 곳이었다.

"선생님……!"

신채호의 입에서 터져 나온 절규가 회영이 사라져버린 어둑한 통로를 따라 허탈하게 메아리치고 있었다.

명례방(명동) 아이들

도성 정중앙 남쪽에 불끈 솟아오른 종현산마루를 따라 명례방이 펼쳐져 있다. 하루 종일 해가 지지 않는 땅 명례방 저동(명동)에 봄이 깃들었다. 종현산마루 아래 다시 작은 산 종현鍾峴고개(명동성당자리), 종현고개가 품어 안듯이 지그시 내려다보는 곳에 자리 잡은 6천 평 저택 후원이 새 잎으로 청신하다. 후원 별당 앞 연못에서도 물밑 것들이 물 위로 올라오기 시작하고 둥둥 뜬 연잎과 물풀을 헤적이며 비단잉어들이 부지런히 몸을 풀고 있다. 후원 뒤편으로는 대가 검은 오죽烏竹이 따로 숲을 이루었고 오죽으로 둘러쳐진 한적한 곳에 조상을 모신 사당이 고요하게 서있다.

아침부터 대문이 활짝 열려있고 종친들이 속속 도착하기 시작한다. 이조판서 이유승 대감이 네 번째 아들을 얻어 첫돌(1868. 3. 17.)을 맞은 것이다. 안채에서는 유모와 침모가 아이에게 돌 복을 입히느라 분주하다. 사르락 사르락 비단 스치는 소리……

연보라색 풍차바지에 분홍색 저고리를 입히고 그 위에 남색 조끼와 초록색 마고자를 덧입히고 자주색 무를 달고 남색으로 깃과 고름을 단 오방장두루마기를 입히고 마지막으로 소매 없는 전대를 입힌 다음 허리에 술을 매었다. 머리에는 기쁠 喜자 무늬로 금박을 물린 남색 복건을 씌웠다.

"세상에, 우리 도련님 천상에서 내려오신 아기신선 같아요!"

"명례방이 환해졌지 뭐예요."

"명례방뿐인가요. 장안이 다 환해졌죠."

옷 입히기를 끝낸 유모와 침모가 아기를 바라보며 주거니 받거니 감탄을 금치 못하고 옆에서 잠자코 바라보던 아기 어머니도 흡족한 미소를 지었다.

"사랑에서 기다리고 계실 테니 어서 아이를 데려가게."

아기 어머니의 독촉에 유모가 서둘러 아이를 안고 사랑으로 나갔다. 화려한 돌 복을 차려 입은 아이를 이유승 대감이 고이 안고 경주 이씨 백사공파白沙公派 종친 원로들과 함께 사당으로 향했다. 싱그러운 나무숲을 지나 별당을 지나 오죽 숲 바람소리를 헤치며 사람들이 조심스럽게 사당에 올라 백사白沙 이항복부터 차례대로 조상들 위패가 놓여있는 제단 앞에서 몸과 마음을 가다듬었다. 세상 사람들이 삼한갑족三韓甲族이라 부르는(마한 진한 변한시대부터 시작해 조선까지 최고의 명문거족) 자랑스러운 조상들이었다.

제단에 붉은 비단과 황금비단을 깔고 그 위에 아이 이름이 든 한지 봉투를 올려놓고 횡과 종으로 삼열 사열로 늘어선 백사공파 종친원로들이 엎드려 절을 올린다. 절이 끝난 다음 원로 중 가장 연장자가 '會榮(회영)'이란 아이 이름을 개봉하여 조상께 고하고 아이가 건강하게 일 년을 무사히 넘길 수 있도록 돌봐주심에 감사하는 감읍례感泣禮를 드린다. 아기 회영은 두 손을 꼭 모아잡고 어른들이 절을 할 때마다 따라 엎드렸다.

감읍례를 끝내고 아이의 장차 부귀영화와 무병생장을 기원하며 가문의 자랑인 백사 이항복 할아버지를 잇는 큰 인물로 키우겠다고 다짐한다. 아이는 제법 의연한 표정으로 어른들이 다짐하는 말을 듣고 있는 듯했다. 사당에 고하기를 마치고 대청으로 돌아오자 집안에 웃음소리가 잔잔하게 퍼지기 시작한다. 아이에 대한 덕담이 시작된 것이다.

"조상님 앞에서 울음소리는커녕 어른들을 따라 절을 하다니, 이렇게 의젓한 아일 봤나."

가장 연장자인 원로가 회영을 향해 감탄을 쏟아냈다.

"신통한 일입니다. 보통 아이들 같았으면 울음소리를 냈어도 몇 번은 냈을 터인데."

"문득 백사 할아버님이 떠오르질 않겠소이까."

"이 사람도 마찬가지였어요. 한편으로는 장군감 같다는 생각도 들기도 하고."

"장군감이라?"

"우리 문중에 장군이 나오는 것도 기대해 볼만한 일이지요. 예전에 백사 할아버님도 유幼시절에 '劍有丈夫氣요 琴歲千古音이라'는 시문을 짓자 그런 말이 오갔다하질 않았습니까."

백사가 겨우 여섯 살 때 그의 부친께서 옆에 둔 칼과 거문고를 가리키며 칼 검劍자와 거문고 금琴자로 시를 지으라 하자 즉석에서 '큰 칼에 장부의 기운이 서리고 거문고에 천고의 소리 잠겼네'라고 지은 시문으로 유명했던 것을 이른 말이었다.

"아무래도 조상님들께서 계선啓善(이유승)에게 특별히 자식을 성케 하신 무슨 큰 뜻이 있을 겝니다."

"그렇다마다요. 귤산橘山(이유원) 대감에게 둘째 아이를 양자로 보내는 일만 해도 계선은 가문에 큰 공을 세우지 않았습니까."

"집 터 덕도 있는 줄 압니다."

"그도 일리가 있지요. 세상이 탐내는 제비집 형국의 명당에다 시문으로 이름을 떨친 고산 윤선도가 살았던 터로 유명했으니 말이오."

윤선도는 선조 20년 한성부 동부 현에서(종로 연지동) 태어나 해남 종가에 아들이 없자 여덟 살 때 대종을 이을 큰집 양자로 출계하여 바로 이곳 이유승의 집터에서 생장했고 풍수지리적으로 명당 중 명당이라는 제비집 형국으로 전해오고 있었다.

"참, 둘째 아이 출계례도 곧 올려야하지 않겠는가?"

"그렇습니다. 오늘이 삼월 열이레이니 이틀 남았습니다."

이유승 대감이 둘째 석영이 출계할 날을 확인시키듯 말해 주었다. 이유승과 이유원은 이항복의 10대 손이고 사촌지간이었다. 귤산 이유원은 곧 영의정에 오를 인물이고 경기일대 다섯 손가락 안에 드는 갑부로 정동에 수십 칸 집 말고도 경기 양주고을에 아흔아홉 칸 집과 휴식처로 절까지 소유하고 있었다. 딱 하나 있는 어린 아들이 병으로 죽고 말아 이유승의 둘째아들 석영을 양자로 택한 것이었다.

이틀 뒤 다시 사당에 들었다. 열두 살 석영을 앞에 세우고 떠나보내는 아버지와 데려가는 아버지가 나란히 서서 종친원로들과 함께 조상 앞에 출계례를 드렸다. 양부가 될 이유원을 비롯한 종친원로들은 모두 흐뭇한 표정이었다. 예가 끝나자 이유원 대감 집으로 이동할 준비를 서둘렀다. 넷째 아이가 첫돌을 맞은 기쁨과 둘째 아이를 보내는 섭섭함이 교차하는 가운데 아이들 어머니가 눈물을 흘렸다.

"부인이 눈물을 보이시면 대감께서 민망해 하십니다."

"자식이 백이라도 어미 마음엔 오직 하나입니다. 내일부터 우리 둘째가 보고 싶어 어찌 살까요."

"석영이 어디에 있든 우리 아들입니다. 그리고 자주 오면 될 일 아니오."

"귤산 대감 연세 올해 쉰셋입니다. 아이를 함부로 내보내지 않을 것입니다."

"간절히 부탁드릴 테니 너무 섭섭해 하지 마시오."

말은 그렇게 했지만 이유승 대감도 서운하기는 마찬가지였다. 둘째를 양자로 정하고 나자 "아이를 내 집으로 데려오는 날엔 한시도 내 시야에서 벗어나게 하지 않을 것일세. 아예 내 눈동자에다 담고 다닐 것이야."라고 했던 말을 들은 적이 있었다. 아직 입양례를 올리기 전부터 새로 얻은 아들이 행여 병에 걸릴세라 조바심이 난 탓임을 모를 리 없었지만 마음 한구석이 조금 알싸해진 것이 사실이었다.

석영이 떠나기 전에 회영을 안아보며 좀처럼 내려놓을 줄 몰랐다.

"회영아, 이제 너의 귀여운 모습을 날이면 날마다 볼 수가 없게 되었구나. 한시도 잊지 못할 것이야. 너도 이 형을 잊어버리면 안 되느니라."

벌써 석영의 눈시울이 붉어 있었다.

"둘째 도련님은 회영 도련님을 끔찍하게 여긴다니까. 꼭 부모처럼……."

"속이 깊은 탓이지. 그나저나 석영 도련님도 아직 어린데 이제 가면 어머니와 형제들이 얼마나 보고 싶을까."

"열두 살이면 다 자라셨는데 뭘. 그리고 오늘부터 아흔아홉 칸 집에서 살게 됐으니 얼마나 좋아."

종복과 종비들이 부잣집으로 떠나는 석영을 부러워하기도 하고 부모형제와 떨어져 살아갈 것을 측은하게 여기기도 하면서 수군거리고 사람들은 벌써 종현고개를 넘어가고 있었다.

그해(1868) 가을, 바다 저편 일본에서는 천황즉위식을 거행하고 명치로 개원하여 세계의 열강 속으로 뛰어들었다. 선각자 후쿠자와 유키치가 게이오의숙을 설립하여 문文으로 무武를 누르고 재빠르게 서구를 추종하기 시작했다. 중국에서는 태평천국의 난이 끝나고 영국 프랑스 미국 덴마크 네 나라의 연합함대가 남경을 침입하여 대륙이 진동하고 있었다. 러시아는 시베리아를 점령하면서 만주를 노리고 있었다.

조선은 고요했다. 고요한 나라 조선은 짙은 안개 속에 잠긴 채 평화롭고 안락했다. 산천은 아름답고 농사는 해마다 잘되었다. 집권층들은 아무런 걱정 없이 윤기 흐른 수염을 쓰다듬으며 오래오래 집권할 기반을 다지는데 총력을 기울였다. 노론이 소론을, 서인이 남인을 죽이는데 골몰하고 한쪽은 죽지 않으려고 몸부림쳤다.

왕위에 오른 지 5년차인 17세 고종이 노론과 소론, 남인과 서인들이 싸우는 권력다툼의 소용돌이 속에서 어지럼증에 시달리고 있을 때 일본에서 왕정복고를 했노라고 국서를 보내왔다. 국서에 황皇자와 칙勅자를 큼직하게 써 보낸 것이었다. 일본 천황을 드높여 조선의 상국으로 군림하려는 속셈이 빤했다.

조선은 불쾌하기 짝이 없어 일본 국서를 단호히 거부하며 국서를 고쳐 다시 보내든지 아니면 국교를 끊겠다고 선포했다. 일본은 점 하나 건드리지 않고 다시 보내왔다. 조선이 다시 내쳤다. 일본이 모욕을 당했다고 분개했다. 양국이 한 치 양보 없이 숨 가쁘게 들이밀기와 내치기를 몇 차례 거듭한 끝에 서너 달 침묵이 흘렀다.

침묵 속에 해가 바뀌고 다음 해 정초를 맞아 야도 마사요시란 자가 향항신문香港新聞에 조선을 쳐야 한다는 정한설을 기고하고 나섰다. 조선이 분개하며 항의서를 보냈다. 때마침 마사요시가 죽고 항의서를 접수한 대마도주가 마사요시는 죽었고 정한설은 그가 남긴 유언이라고 조선에 회신했다. 그리고 지금까지 한 자도 고치지 않은 국서를 들고 온 일본의 사신입송을 종용하고 나섰다. 조선은 더욱 분개하여 또다시 척퇴시켜버리고 말았다. 조선과 일본의 국교가 단절되고 정한설은 낳아놓은 아이처럼 무럭무럭 자라가기 시작했다.

이유승 대감 집 후원은 사계절마다 아름다웠다. 봄엔 나무와 꽃과 연못이 활기차서 여름엔 잎이 무성해서 가을엔 단풍이 들고 과일이 익어서 겨울엔 눈꽃이 피어서 아름다웠지만 아이들이 모여 노는 것 때문에 아름다웠다.

"키는 장대처럼 크고 얼굴은 한지처럼 희고 코는 깎아 세운 듯 높 더란 말이냐? 그런데 코뼈가 부러져 피를 흘리면서도 웃다니 속을 알 수 없는 사람들이로구나."

"회영이 네 말대로 일본제 눈깔사탕을 훔치는 아이들도 탈이지만 아까운 곡식을 몽땅 털어주고 일본제 물건을 산 여인네들이 더 답답 하질 않느냐."

"그저께는 서양 사람들 이야기를 했고 어저께는 일본 사람들 이야 기를 했느니라. 오늘은 무슨 이야기를 해 줄 테냐? 어서 보따리를 풀 어 보거라."

둘째 석영을 양자로 보내고 난 후에도 이유승 대감은 아들을 둘이 나 더 얻었다. 회영 아래로 시영을 낳고 시영 아래로 호영을 낳았다. 그리고 사이사이 딸도 넷을 낳아 모두 10남매를 두었다. 자식 총 열 명은 차례대로 건영, 석영, 서영(딸), 소영(딸), 철영, 순영(딸), 회영, 시 영, 화영(딸), 호영 순이었다. 아버지 같은 맏이부터 맏이의 자식 같은 막내까지 형제들은 한자리에 모여 앉아 이야기를 하거나 단소 나 통소 양금을 연주하며 놀기를 즐겼다.

웃음소리가 담을 넘어 새소리처럼 퍼나갔다. 종복과 종비들은 그들이 한데 어울려 노는 모습을 그림 같기도 하고 숲속의 새들 같다고 하면서 밖으로 소문을 물어내기에 바빴다. 소문은 사대부 사랑방부터 저잣거리며 청계천 아낙들의 빨래터까지 퍼지다 못해 수표교 다리 밑 거지들에게까지 꼬리에 꼬리를 물고 퍼졌다. 부모들은 자식들에게 훈계를 할 때마다 이 판서댁 형제들을 본받으라는 말을 빼놓지 않았다.

이야기는 주로 어린 회영이 하고 형제들은 듣는 편이었다. 회영은 주로 저잣거리를 돌아다니며 먹이를 물어 나르는 제비처럼 이야기를 물어다가 형제들에게 들려주었다. 집에서 십여 분 정도 내려가면 상동골이 나오고 장안에서 가장 큰 상동저잣거리는(남대문시장) 구경거리가 많았다. 장이 설 때마다 키 큰 프랑스 미국 영국 등 서양 선교사들이 나타났다.

장터 아이들은 장대처럼 키가 크고 얼굴이 창호지처럼 희고 깎아 세운 듯 코가 높은 선교사들을 볼 때마다 귀신이다! 라고 외치며 돌을 던지거나 막대기를 휘둘렀다. 선교사들은 이마가 터지거나 코뼈가 부러졌다. 그런데 선교사들은 코피를 흘리면서도 화를 내기는커녕 오히려 반갑다는 표정으로 웃더라는 이야기를 할 때면 회영의 눈시울이 붉게 변해 버리고 말았다.

반대로 일본 상인들에 대한 이야기를 할 때는 자못 흥분하며 화를 냈다. 저잣거리에는 서양 선교사들 외에도 일제 잡동사니 물건을 펼쳐놓고 파는 일본 상인들도 많았다. 강화조약으로 부산항과 원산항을 개항한 것이 원인이었다. 조약대로 한다면 서울까지 들어올 수 없음에도 강압으로 조약을 만들어냈듯이 일본 상인들은 법을 어기고 버젓이 서울 장안 저잣거리에 앉아 물건을 팔면서 순박한 조선 백성들 등골을 빼먹고 있었다.

달콤한 눈깔사탕은 아이들을 도둑으로 만들어갔다. 장터 아이들은 사탕 하나 먹어보는 것이 소원이고 사탕을 훔치는 데 총력을 기울였다. 훔치다 붙잡혀 매를 맞는 것이 보통이었다. 가끔 회영이 참견하고 나섰다.

"단 것 때문에 남의 나라 사람에게 매를 맞다니. 너희들은 속도 없느냐?"

아이들은 오히려 회영의 참견을 비웃으며 매를 맞더라도 단 것 훔치기를 그만둘 생각을 하지 않았다. 그런데 회영이 정작 화가 난 것은 아이들보다 어른들이었다. 일본 물건을 좋아한 것은 아이들보다 어른들이 더했다. 남자들보다 여자들이 훨씬 더했다. 여자들은 얼굴에 바른 분과 거울 바늘 실 가위 같은 자질구레한 방물 앞에 넋을 뺐다.

일제 물건에 홀려 팔러온 곡식을 몽땅 일본 상인에게 넘겨주고 방물을 사버리고는 다시 바꾸자고 사정하는 여자들도 많았다. 하루는 어떤 여자가 살찐 콩 한 말을 이고나와 일본 상인에게 몽땅 안겨주고 방물을 사더니 잠시 뒤에 다시와 교환했던 물건을 내밀며 콩 자루를 내어주든지 아니면 현금을 주고 콩을 사달라고 사정하고 있었다. 일본 상인은 상을 찌푸리며 손을 내저었다.

사정이 통하지 않자 여자가 울상이 되고 말았다. 그러자 일본 상인이 실 한 타래를 손에 쥐어 주면서 달랬다. 그래도 여자가 돌아갈 생각을 하지 않자 다시 바늘 한 쌈을 툭 던져주면서 냉큼 사라지라고 소리를 질렀다. 여자는 콩을 팔아 제사를 지낼 쌀을 사야하는데 그만 정신 나간 짓을 했다면서 계속 사정을 했지만 소용없는 일이었다. 회영이 여자에게 다가가 물었다.

"일본 물건이 그리도 좋소?"

"조선 아낙치고 일본제 물건에 반하지 않는 이가 있으면 나와 보라 하시오. 어린도련님이 무얼 안다고."

여자가 얼굴이 빨개지면서 변명을 하고는 결국 콩을 포기한 채 사라지고 말았다.

이유승 대감이 문득 문득 놀랐다. 아이는 일본을 경계하고 있었다. 고종이 왕위에 오른 지 십년 만에(1874) 드디어 친정을 시작하게 되었고 그때부터 조선은 일본의 정한설에 조금씩 긴장하기 시작했다. 국교가 단절된 상태에서 경계의 대상은 눈에서 멀어져도 불안한 탓이었다. 그런 분위기를 감지한 석영의 양아버지 영의정 이유원이 일본과의 국교단절 책임이 대원군에게 있다고 주장하면서 상황을 그렇게 만든 동래부의 왜학훈도 안동준을 처벌해야 하고, 지금부터라도 일본과 왕래를 하면서 은밀히 일본국정을 탐지할 역관을 파견해야 한다고 고종께 주청했다.

정적인 노론이 소론인 이유원을 파직해야 한다고 아우성을 치고 나섰다. 노론파는 고종이 친정을 하게 되자 권력에서 밀려나 양주로 거처를 옮긴 대원군의 환거를 주청하면서 이유원을 논척하기 시작했다. 영의정 이유원이 위태해지자 소론파 성균관유생들이 책을 덮고 일어섰다. 젊은 유생들과 노론파 대신들이 뒤엉켜 분쟁이 불타올랐다. 노론에 밀려 고종이 후일 다시 복직시킬 것을 은밀히 약속하면서 이유원을 파직하고 말았다. 후일을 약속받았지만 이유원이 파직을 당하자 이유승 대감이 깊게 한숨을 퍼냈다.

"아버님, 종숙님께서는 일본을 눈앞에서 아주 끊어내 버려도 안 된다는 말씀이 아닌지요? 스승님께서 경계의 대상은 불가근불가원不可近不可遠이라고 하셨습니다."

여덟 살 회영이 눈을 동그랗게 뜨고 근심하는 아버지 이유승을 향해 말했다.

"경계의 대상은 불가근불가원이라? 일본국이 어딘지도 모른 네가 어찌하여 그런 말을 하는 게냐?"

"소자도 모르겠습니다. 그냥 그런 생각이 들 뿐입니다."

이유승 대감은 곧 짐작 가는 것이 있어 고개를 끄덕였다. 사랑에서 정치적 동지들과 자주 국사를 담론하고 그때마다 회영이 옆에서 듣기를 즐겼던 것인데 아이는 예사로 들어 넘기지 않은 모양이었다. 아무튼 아이의 말은 맞는 말이었다. 일본을 단칼에 치듯 외면해도 안 될 일이었다.

그런 문제 말고도 어린 아들은 종종 어른들도 미처 생각하지 못한 것을 생각할 때가 있었다. 이유원 영의정 파직사건과 맞물린 윤달에 전국적으로 폭우가 내려 평안도 함경도 황해도 일대가 물난리가 났었다. 100여 명이 물에 떠내려가 죽고 7천여 호가 유실된 수해는 조선역사 이래 수십 년 만에 당한 큰 재난이었다. 그때도 회영이 사랑으로 들어와 아버님, 우리 집 곳간을 풀어야 하지 않겠는지요? 라고 했다. 이유승 대감이 깜짝 놀랐다.

"우리 집 양식을 풀어먹이자는 말이더냐?"

"예, 아버님. 우리 가문은 대대로 나라의 녹을 먹고 있는데 그것은 모두 백성들 것이라고 배웠습니다."

"나라의 녹은 모두 백성들 것이라?"

"예, 아버님. 나라에 어려운 일이 생기면 나라의 녹을 먹는 사람들이 먼저 나서서 백성을 구해야 한다고 스승님께서 가르치셨습니다."

"그런데 우리 것을 풀어도 방도가 없을 때는 어찌하느냐? 우리 것만으로는 수해를 입은 백성들을 구할 수가 없으니 말이다."

"녹을 먹는 가문마다 곳간을 풀면 백성들이 모두 따라할 것이니 그것이 방도가 될 것입니다. 이것도 며칠 전에 스승님께서 하신 말씀입니다. 아무리 큰 부자라도 혼자서는 못한 법이라고 하셨습니다."

이유승은 경이로운 눈으로 어린 아들을 바라보았다. 설사 스승이 그렇게 가르쳤다 하더라도 아이가 말뜻을 고스란히 가슴에 품었다는 것은 예사롭지 않은 일이었다. 천성이 의義에 밝고 앞장서서 무엇을 끌고 가려는 성향을 타고났음이 확실했다. 그런 성향은 저잣거리 아이들을 대하는 것에서도 나타났다.

저잣거리를 헤매고 다니며 이야기를 물어 나른 회영은 이야기만 물어 나르는 것이 아니었다. 종종 저잣거리 아이들을 집으로 데려오고 그때마다 종복들과 대문을 사이에 두고 무엇이 되느니 안 되느니 야 단이었다.

"짚신장수, 숯장수, 빗자루장수 참새장수……. 이번엔 또 무슨 장 숩니까?"

상동저잣거리에는 나무를 해다 파는 아이, 숯을 구워다 파는 아이, 짚신을 파는 아이, 자기 키보다 긴 싸리 빗자루를 짊어지고 다니며 파 는 아이, 꿩이나 참새를 잡아다 파는 아이들이 있는가 하면, 먹을 것 을 구걸하는 수표교 다리 밑 아이들도 많았다. 회영은 종종 그런 아이 들을 집으로 데리고 와 물건을 팔고 가도록 만들고 종복들은 "이번이 마지막입니다."라는 말을 되풀이 하면서 마지못해 대문을 열어주는 것이었다.

"그렇다고 맹모삼천지교孟母三遷之敎를 할 수도 없고……. 아무래 도 저 아이 이름자 탓인 것만 같습니다."

회영 어머니도 걱정하는 말이 늘어갔다.

"염려마세요. 상동골이 어딥니까. 세상이 다 우러러보는 상 정승께 서 사시던 곳이 아니오."

상동골은 명종시대에 영의정을 지낸 상진尚震이 관직에서 물러나 살던 곳에 그의 성을 따 이름 지은 곳이었고 영의정 상진은 역대 영 의정 중에 겸손하고 검소하기로 유명했다. 관복 외엔 평생 비단옷을 입어 본 적이 없을 정도로 청빈한 데다 자기 이름이나 얼굴을 드러내 기 보다는 아랫사람을 섬기듯 존중한 탓에 길이길이 존경받는 인물로 전해오고 있었다.

이유승 대감은 아내의 걱정을 불식시키면서 태연자약했지만 아내 말대로 가끔 "저 아이 이름 첫 자에 모을 회會자를 붙인 탓인가?"라는 생각이 들어 어느 날 회영에게 물었다.

"너는 그런 아이들과 신분이 다르질 않느냐? 우리 조선은 신분을 엄격히 지키는 것이 법도니라."

"소자도 알고 있습니다. 그런데 저잣거리 아이들이 늘 궁금해집니다. 숯은 다 팔았는지, 짚신은 다 팔았는지……."

이유승 대감은 그만 입을 다물고 말았다. 하필이면 왜 그런 일에 궁금증을 품느냐고 묻거나 못마땅하게 여긴다는 건, 하필이면 왜 인仁의 단초인 측은지심을 타고났느냐고 묻는 것과 같기 때문이었다.

어머니를 안심시키기라도 하듯 회영은 곧 신분에 걸맞은 아이를 발견했다. 지금까지는 측은지심으로 다가간 아이들이었다면 이번에는 대화의 상대가 되는 아이였다. 이유승 대감 바로 옆집은 같은 경주 이씨인 동부승지 이용우 대감 집이었고 이용우 대감은 대를 이을 후사가 없었다. 양자를 들이기로 하고 경주 이씨 집성촌인 진천으로 내려가 문중에서 고르고 골라 한 아이를 서울로 데려왔다. 아이가 시골 진천에서 올라온 지 열흘쯤 되는 날 회영이 집을 나섰다가 그 아이와 마주쳤다. 대문 밖에서 혼자 주위를 낯설게 두리번거리며 서 있는 아이는 촌티가 가득함에도 귀품이 엿보이면서 당차 보였다. 갸름한 얼굴에 이마가 훤하고 눈빛이 총총했다. 회영이 먼저 말을 걸었다.

"이름이 무엇이며 올해 몇 살이냐?"

"진천에서는 이복남이었지만 지금은 이상설이다. 내 나이는 일곱 살이다. 그런 너는 누구냐?"

아이는 두 가지 이름을 모두 대주며 회영에게 대뜸 너도 이름과 나이를 대라는 식으로 말했다. 회영은 생각보다 나이가 어리다는 것에 놀랐고 또 보기보다 훨씬 용감하고 당차다는 것에 놀랐다.

"내 이름은 이회영이다. 그리고 나이는 열 살이니 너보다 세 살이나 더 많구나."

"그러면 내가 형이라고 불러야겠소."

"그냥 동무를 하면 되지 않느냐. 보아하니 너는 나이는 어리나 나를 능가하겠다."

"그래도 형이라고 해야 하오. 나는 소학을 읽었으므로 오륜五倫을 배웠소. 그래서 장유지서長幼之序를 아는데 그럴 수는 없소."

"고집이 센 아이로구나. 그런데 벌써 소학을 읽었느냐?"

"그렇소. 이제부터 사서삼경을 읽을 참이오."

이상설은 회영을 형이라 부르겠다고 고집하면서 당장 반말을 고쳤다. 회영은 이상설의 말이 맞다고 생각했다. 두 살 아래인 동생 시영도 이상설보다 한 살이 더 많으니 형이라고 불러야 마땅한 일이었다.

"너는 무척 영특한 아이임에 틀림없구나. 나는 여덟 살에야 소학을 떼고 사서에 입문했느니라. 앞으로 함께 절차탁마切磋琢磨하여 학업을 닦고 덕성을 기르자구나."

"좋소. 소학의 붕우지교朋友之交에서 증자가 말하기를 '군자는 학문을 강론하는 일로 벗을 모으고 벗의 선한 것을 본받아 인덕을 기르라.' 하였으니 형의 말이 옳소."

"네가 비록 나를 형이라고 부르나 마치 내 맏형님 말씀을 듣고 있는 것만 같구나. 내 맏형님은 지금 스물네 살이고 혼인하여 자식까지 둔 어른이니라."

회영은 단번에 소통한 이상설이 세 살이나 아래임에도 한참 손위처럼 여겨졌다.

마음에 쏙 든 이상설을 만난 회영은 이상설과 함께 더 열심히 상동 저잣거리를 돌아다녔다. 둘이 나이를 먹어가는 것처럼 저잣거리도 딴판으로 변해갔다. 가장 놀라운 것은 장이 설 때마다 사람들이 둘러싸이고 북소리와 노랫소리가 장터를 사로잡는 풍경이었다.

"무릎뼈가 으스러지도록 아픈 데, 삭신이 칼로 저미듯 쑤신 데 이 약 서너 포만 먹으면 감쪽같이 낫고 말아."

약장수의 등장이었다. 지금까지 힘들게 한약만 다려 마셔온 조선 사람들은 처음 보는 신식 약을 받으려고 눈에 불을 켰다. 장이 설 때마다 약 이름도 모른 만병통치약이 무섭게 동이 나기 시작했다.

"처녀가 이 약을 먹으면 얼굴이 보름달처럼 둥글어지고 분결처럼 고와지고 허리가 퉁퉁해져서 시집가면 떡두꺼비 같은 아들을 쑥쑥 잘도 낳아. 아이를 서넛 낳은 여자가 먹으면 명월이한데 반한 남편이 냉큼 돌아와. 아무에게나 안 줘. 내 말을 열심히 듣는 사람에게만 줘……."

약장수가 약 선전을 하면서 하얀 가루약이 든 약봉지를 흔들 때마다 꿀을 향해 날아드는 벌 떼처럼 사람들이 우르르 달려들었다.

"대체 저게 무슨 약이란 말이냐?"

"일본에는 별별 약이 다 있다고 합니다. 죽은 사람도 살려내는 약도 있다는데요. 도련님."

그림자처럼 따라다니는 종복 홍순이 얻어 들은 것이 있어 설명하고 나섰다. 홍순이의 말대로 일본인들이 조선 사람을 앞세워 장터마다 찾아다니면서 약장사 판을 벌이고 판을 벌였다하면 그물이 찢어질 지경으로 만선을 올렸다.

약장수 말대로 효과는 즉발이었다. 약을 복용한지 하루 이틀 만에 효과가 나타나기 시작했다. 걸을 때마다 무릎 관절로 고통스러워하던 사람들이 날듯이 걷기 시작하고 끊어질 듯 아리던 허리가 멀쩡하게 펴졌다. 얼굴은 정말 보름달만하게 떠오르면서 살결이 비단결처럼 매끄러워 세수하는 손이 슬슬 미끄러져 내렸다. 얼굴만 둥실해진 것이 아니었다. 젖가슴도 터질듯이 차오르고 엉덩잇살도 펑퍼짐하게 벌어졌다. 그렇지 않아도 낮은 코가 살에 파묻혀 광대뼈보다 낮게 가라앉았다. 점점 가루약은 신비한 약으로 신뢰를 받게 되고 주막에서 술잔을 돌리는 남자들에게는 감칠맛 나는 안줏감으로 떠올랐다.

"막대기나 다름없던 마누라가 통통한 양귀비가 됐다니까. 그래서 그런지 밤일도 전과 달리 확 땡기지 뭔가."

"허, 자네도 그래? 나도 요새는 해지기만 기다린다니까."

"그게 참말인가?"

"유식한 말로 백문이불여일견이이라고 했네. 자네들도 당장 마누라에게 먹여보라니까. 그리고 술이나 한잔 살 생각하고."

"그까짓 술값이 문제야."

약은 온갖 소문을 퍼뜨리며 하늘에서 뚝 떨어진 신비한 명약으로 인식되고, 약삭빠른 사람들은 그 약을 사다가 허풍을 떨며 몇 배 값을 받고 되팔기도 했다.

그 무렵 미국에서 의사 선교사들이 가방 속에 성경을 몰래 감추고 들어와 겉으론 의술을 펴고 안으로는 은밀히 선교를 하기 시작했다. 제동에 있는 홍영식의 집에서는 의사 알렌이 광혜원을 열었고, 정동에서는 의사 목사 스크랜튼이 정동병원을 열었다. 환자들이 매일 떼를 지어 양쪽 병원으로 몰려들었다. 결핵 콜레라 같은 전염병부터 시작하여 고름이 흐르는 귓병 피부병 매독에 걸린 환자들이었다.

그리고 아주 특별한 환자들이 찾아오기 시작했다. 얼굴에 좁쌀을 뿌려놓은 듯 붉은 반점이 뒤덮이면서 눈은 토끼 눈처럼 빨갛게 변하고 자고나면 살이 쑥쑥 찌면서 심장이 뛰고 호흡이 가쁘다고 호소했다. 그들은 모두 장터 약장수들이 파는 하얀 가루약을 먹고부터라고 입을 모았다. 약의 실체를 알게 된 의사 선교사들이 노! 노! 를 외쳤다. 부신피질호르몬제의 과다복용 부작용이었다. 그런 약은 꼭 사용해야 할 경우에만 써야하고 그럴 경우에도 주의를 요하는 것이라고 알렌과 스크랜튼이 경고하고 나섰다.

의사들의 말에 이번에는 일제 약이 독약이라고 소문이 퍼져나갔다. 일본인 약장수들이 긴장하기 시작했다. 선교사들이 서울에 있는 한 약장사를 해먹기는 틀린 일이었다. 몰아낼 방법을 찾기 시작했다.

알렌과 스크랜튼 외에도 계속 선교사들이 들어왔고 그들은 각양각색의 사람이 모여드는 저잣거리를 찾아다니면서 사진 찍기를 좋아했다. 저잣거리 풍경을 찍어 미국이나 영국 선교부로 보내주면 그곳에서는 조선 사람들의 형편을 파악하면서 선교활동 방향을 연구하는 참고자료로 사용하는 것이었다.

그런데 사람들은 사진기를 들이대기가 무섭게 기겁을 하며 도망치기에 바빴다. 사진에 찍히게 되면 혼이 빠져나간다는 소문 탓이었다. 답답해진 선교사들은 도망치는 어른들 대신 어린아이들에게 렌즈를 맞추기 시작했다. 엄마 등에 업혀있는 아이부터 엄마 젖을 먹는 아이를 슬쩍 찍거나 흙바닥에 앉아 놀거나 울고 있는 아이 아무 곳에서나 잠든 아이들을 열심히 찍었다.

유심히 그런 광경을 지켜 본 일본인 약장수들이 무릎을 쳤다. 병에 시달리는 사람을 제외하고는 서양 사람을 무서워한 조선 사람들 심리를 이용하기로 했다. 서양 사람들이 어린아이들을 잡아다가 눈은 빼서 사진기 눈으로 쓰고 간은 약으로 쓴다는 소문을 만들어 저잣거리에 퍼뜨리기 시작했다. 소문은 급속도로 퍼져가고 사람들이 너도나도 분노하기 시작했다. 여자들이 아이를 업고 광혜원이 있는 제동을 지나가거나 시병원이 있는 정동을 지나가는 날이면 남의 집 아이를 몰래 훔쳐다 서양 의사들에게 팔러가는 것으로 간주하고 아기 업은 여자들을 쫓아가기도 했다. 결국 발단은 아기 업은 여자로부터 시작되었다. 한 여자가 자기 아이를 업고 광혜원 앞을 지나가는 걸 목격한 사람들이 여자를 덮쳐 때려죽이고 아이를 빼앗은 다음 선교사들 병원을 습격하기 시작했다.

소문은 장안을 휩쓸고 회영 일행도 정동으로 달려갔다. 정동병원은 스크랜튼이 가정집을 사들여 병원으로 개조하여 사용하고 있었다. 백성들을 치료해주는 것에 감동하여 고종이 '시施병원'이란 이름을 내려준 현판이 사람들 발아래 무참히 짓밟혀 산산조각이 나 있었다. 마당에는 값비싼 의료장비들이 부서진 채 널려있고 마당은 아이들 시신을 찾아내겠다며 구석구석 파헤쳐 놓은 상태였다.

"당장 조선을 떠나라. 그러면 목숨만은 살려주겠다."

사람들이 스크랜튼에게 서울을 떠나지 않으면 죽이겠다고 협박하고 있었다. 말이 통하지 않아 영문을 알지 못한 스크랜튼이 어찌할 바를 모르고, 옆에서 한 소년이 사람들 앞을 가로막으며 소리치고 있었다.

"폐병 열병 매독 학질 콜레라로 죽어간 이 나라 사람들을 누가 고쳐주었소? 고름이 질질 흐른 귓병이며 먹는 것마다 토해내는 위장병을 고쳐준 사람이 누구냔 말이오? 어디 그뿐이오. 뱃속에 우굴거린 회충은 누가 없애 주었느냔 말이오!"

"집어치워라. 이 세상에 일산 약만큼 좋은 것은 없다!"

사람들이 소년의 말을 비웃으며 돌을 던졌다. 소년의 이마에서 피가 흘렀다. 회영은 문득 저잣거리에서 사람들이 던진 돌을 맞고 피를 흘리던 선교사들을 떠올리며 당장 뛰어나가 소년 옆에 섰다. 그리고 큰소리로 외쳤다.

"이 소년 말이 맞소. 무서운 병에 시달리는 수많은 병자들이 이분들 때문에 생명을 건졌다는 말을 들었소. 그래서 임금님께서 고마운 뜻에서 시施병원이란 간판을 내려주신 것이오. 그런데 임금님께서 내리신 현판을 산산조각을 내버렸으니 큰일이 나고 말았소. 불문곡직하고 엄벌에 처하고도 남을 것이오. 그러니 어서들 돌아가시오."

사람들 틈 여기저기에서 어! 하는 소리가 터져 나왔다.

"상동저잣거리를 암행어사처럼 돌아다니는 그 도련님 아니야?"

"맞아. 저동 대감댁 도련님이다!"

"어려서부터 저잣거리 아이들을 도와준다는 그 도련님이란 말인가?"

"그렇다니까."

상동저잣거리 토박이 장사꾼이라면 회영을 모른 사람이 없었으므로 여기저기서 웅성거렸다. 그보다도 임금님께서 내리신 현판이란 말에 화들짝 놀라 벌벌 떨기 시작했다. 회영이 말하지 않더라도 조정에 알려지는 날엔 엄벌에 처하고도 남을 것이었다. 사람들은 앞 다퉈 발길을 돌리고 말았다.

모두 사라지고 나자 스크랜튼과 소년이 고마운 눈빛으로 회영 일행을 바라보며 인사를 했다. 선교사는 거듭 땡큐만 연발하고 소년이 스크랜튼 대신 "도와줘서 고맙습니다."라고 인사를 했다.

"참 용감하구나. 그런데 넌 누구냐?"

회영이 묻자 소년은 열 두 살이고 이름은 전덕기이며 부모는 모두 돌아가셨고 시병원에서 스크랜튼과 함께 살면서 일도 하고 공부도 한다고 했다. 갸름한 얼굴에 이마는 훤칠하고 눈이 유난히도 선했다.

"열두 살인데 그리도 용감하더란 말이냐. 자칫하다가는 그들 손에 죽을 수도 있지 않았느냐."

"스크랜튼 선생님이 다쳐서는 절대 안 된다는 생각만 했습니다. 새벽부터 밤중까지 쉴 새 없이 환자들이 찾아들고 선생님은 눈 붙일 새도 없이 치료를 해 주십니다."

"그들이 다시 오면 어찌할 테냐?"

"열 번을 와도 선생님을 지킬 것입니다."

서양 선교사들이 물러가지 않자 일본 약장수들은 다른 방법을 쓰기로 했다. 더 조직적으로 조선 사람들을 선동하면서 이번에는 선교사들이 세운 학교를 공격하기 시작했다. 일이 그쯤 되자 조정에서 미국 함대에 도움을 요청하고 나섰다. 미국과 이미 조미수호통상조약을(1882) 맺었으므로 미국 군함이 인천항을 드나들었고 때마침 정박 중이었다. 조미수호조약은 일본과 맺은 강화도조약과 달리 평화조약이었으므로 조정에서도 미국에 대해 미안하기 짝이 없었다.

미 해군이 뜨자 약장수 조직폭력배들이 꼬리를 감추고 말았다. 조정이 나서서 난동을 진압하고 나자 스크랜튼은 다시 미국선교부에 교회설립자금을 요청해 아예 상동저잣거리에 상동약국을 열었다. 상동약국은 조선국법이 선교를 불허한 탓에 겉으로는 진료소이고 안으로는 교회였다.

다시 진료가 시작되고 환자들이 몰려들었다. 저잣거리인데다 서울역이 가까운 탓에 지방에서도 줄지어 상경했다. 환자들이 점점 교인이 되어가면서 점점 교회가 형성되어갔다. 조선국법이 풀리자마자 교회간판만 달면 될 일이었다. 스크랜튼은 치료를 해주고 전덕기는 통역을 하면서 약을 내주었다. 말이 서로 통하지 않는 미국 의사와 조선 환자 사이에 전덕기는 없어서는 안 될 존재였다. 환자들은 병세를 이야기 할 때도 전덕기에게 해야 하고 약에 대한 설명도 전덕기에게 들어야 했다.

의사 스크랜튼의 명성과 함께 전덕기의 이름도 널리 알려지기 시작하고 회영 일행은 그런 전덕기를 바라보며 흐뭇해했다. 더욱 흥미로운 것은 전덕기가 신학문을 공부하는 모습이었다. 전덕기는 바쁜 와중에도 틈틈이 성경 영어 불어 수학 등을 배우고 있었다. 회영 일행은 신학문 책을 처음 접한 것이었으므로 가슴이 설렜다. 날이 갈수록 전덕기가 근사하게 보였다.

좁은 길

솔바람소리가 좋았다. 솔바람소리는 언제 들어도 거침없는 청년의 소리 같았다. 가을날, 회영과 이상설이 남산에 올랐다. 태양이 하루 일생을 마치고 산봉우리에서 마지막 빛살을 쏘고 있었다. 단풍과 솔숲 사이로 햇살이 길게 뻗쳤다. 빛은 장엄하고 화려하고 강력했다. 태양은 늘 그랬다. 아침에 떠오를 때나 한낮보다 최후가 더 화려하고 힘이 있었다. 회영이 숨도 쉬지 않는 듯 꼼짝하지 않았다.

"우당 형은 매번 지는 해에 넋을 놓습니다."

옆에서 이상설이 회영을 흔들어 깨웠다. 스무 살이 넘었으므로 두 사람은 딴 이름을 가졌다. 회영은 우당이라 지었고 이상설은 부재라고 지었다.

"맞는 말이오. 그런데 하루 중 마지막 햇살이 왜 저토록 장엄하단 말이오. 도무지 입을 열 수가 없으니."

"나도 그런 생각이 들지 않은 것은 아니나 형처럼 넋을 놓지는 않은 걸 보면 아무래도 이 사람은 감성이 무딘 듯합니다."

"부재야말로 식년감시式年監試에 장원급제를 할 만큼 그 영민함이 유생들 사이에 유명하질 않소. 기억나시오? 신흥사寺에서 합숙하며 공부에 매진할 때 일 말이오."

이상설은 유생들 중 뛰어난 수재로 알려져 있었고 어느 날 자다가 벌떡 일어나 대수학을 풀었노라고 외치는 바람에 모두 잠에서 깨어나 놀란 적이 있었다.

"시묘살이를 하느라 세월을 보낸 처지였으니 남보다 열심을 냈던 것뿐이었지요."

"아무튼 부재가 열을 깨우치면 나는 그 중 하나를 알까말까 합니다."

"내가 우당 형을 존경하는 마음을 전혀 모르시는 말씀이오."

"존경이라니요. 그건 내가 할 소리요."

회영은 나이와 관계없이 어려서부터 이상설을 자신보다 뛰어난 사람으로 신뢰하고 있었고 성장하면서는 스승처럼 여겼다.

"그런데 부재, 이 사람은 지는 해를 바라볼 때마다 부지불식간에 사람의 최후를 생각게 됩니다. 사람의 최후도 저렇게 장엄하고 경건해야 한다고 말이오."

"그것보세요. 우당 형은 생각이 벌써 거기까지 미치지 않았소. 나는 형의 그런 예지가 늘 존경스럽습니다."

회영은 25세에 이상설은 22세에 과거에 급제하여 나라의 부름을 기다리고 있었다. 회영의 동생 이시영(후일 대한민국 초대 부통령)은 17세에 급제를 했으므로 두 사람보다 여러 해 앞서 있었고 벌써 형조좌랑에 앉아 있었다. 회영은 처음부터 관계진출에 뜻을 두지 않았던 탓이었고 이상설은 죽은 양부의 묘 옆에서 3년 동안 시묘살이를 한 탓이었다. 아무튼 관에 나간다는 것은 틀림없는 사실이고 이변만 없다면 벼슬길은 시간과 함께 쑥쑥 커갈 것이었다.

그런데 회영은 선택의 기로에 선 심정이었다. 관에 진출하는 것보다 장차 나라의 향방에 대해 고민하기 시작했다. 임오군란 이후 주둔하게 된 일본군과 청군이 조선 땅을 탕탕 활보하고 있었다. 그들의 발자국소리가 예사롭지 않았다. 일본이 성큼성큼 다가오고 있었다. 갑신정변만 해도 김옥균을 내세워 정변을 일으키도록 힘껏 응원을 해준 일본이 다시 그를 제거하면서 조선 정부를 흔들어대는 간계를 쓰고 있었다. 가끔 총칼을 번득이며 서울 장안을 행진하는 군사들을 볼 때마다 가슴에 찬바람이 스쳤다.

남산에서 내려다본 서울은 닭이 알을 품고 있는 듯 평화스러웠다. 알을 품고 있는 닭이 자칫 일본군들의 무자비한 발길에 치일 것만 같았다. 산에 오를 때마다 솔바람소리가 가슴을 때렸다. 결단하라는 독촉이었다. 판에 박힌 정사政事를 보고 앉아 있을 것이 아니라 정작 가야할 길이 따로 있다고 일렀다.

과감히 관계진출을 접기로 결심했다. 위로 건영 철영 석영 세 분 형님들이 의정부 고위직에 있거나 역임했고 또 동생 시영이 관계에 나갔으므로 남들이 말한 삼한갑족三韓甲族 가문의 내력을 잇는 것은 그 정도만 해도 충분할 것이었다.

"관계진출을 접겠다니요?"

회영의 결단에 이상설이 화들짝 놀란 얼굴로 물었다.

"나는 처음부터 관계진출에 뜻이 없었다는 걸 부재도 잘 알고 있지 않소. 과거를 본 것도 부재의 성화 탓이었구요."

"우당 형, 조금만 더 생각해 보면 안 되겠소?"

"내가 가야 할 길이 따로 있음이오. 부재도 알다시피 불시에 결심한 일이 아니니 염려 놓으시오."

"그렇다면 나도 형을 따르겠소."

"그건 안 될 말이오. 나는 나대로 할 일이 있고 부재는 부재대로 할 일이 있다는 걸 아셔야지요."

이상설은 곧 회영을 이해했다. 어려서부터 바라본 회영은 언제나 남이 미처 생각하지 못한 것을 생각하고 당장 행동으로 옮기는 행동주의자였다. 시대를 뛰어넘기를 갈망하고 있었다. 노비와 아전을 대하는 일만 해도 그랬다. 그들에게 '하게'라고 하거나 나이가 지긋한 노비에게는 아예 존댓말을 한 것은 시대가 아직 이해하기 어려운 일이었다.

"형이 할 일이란 무엇이오?"

"교육이 나라를 이끌어가는 힘이란 걸 일본이 구구절절 보여주지 않았소. 일본은 싫지만 왜 우리에겐 일본의 후쿠자와 유키치 같은 인물이 없을까. 하는 생각이 드는 것이오."

명치유신을 주도한 일본의 선각자 중 근대화의 아버지로 추앙받는 유키치, 아시아를 탈피해야 한다는 탈아脫亞와 서구를 추종해야 한다는 입구入歐론을 내세우며 명치유신을 성공시킨 주역 유키치를 이상설도 늘 부러워하고 있었다.

"그렇다고 우리가 당장 무얼 할 수 있단 말이오?"

"그렇소. 우리는 예로부터 논論에서 논論으로 끝나는 것이 예사였지요. 도전을 두려워했던 게요."

"우리나라 백성들이 앞서가는 일본을 동경하고 있으니 이 사람도 답답한 생각이 드는 것이 사실이오."

"바로 그것이오. 일본의 문물 앞에 이 나라 백성들이 꼼짝하지 못하는 것, 일본제 눈깔사탕부터 시작하여 하찮은 일산 물건 따위에 남녀노소를 불문하고 혼을 빼앗기는 것, 그것은 이제 생각하니 강자와 약자의 모습이었소. 이게 다 신학문과 신경제를 모른 탓이 아니고 무엇이란 말이오."

어려서 저잣거리에서 보았던 일본 상인들과 조선 사람들은 돌이켜볼수록 강자와 약자의 모습이었다. 하찮은 물건으로 조선인을 농락한 일본 상인들은 강자였고 사탕을 훔치고 매를 맞는 아이들이나 콩을 몽땅 넘겨주고 울상이 된 여인들이나 약을 사기 위해 벌떼같이 몰려든 사람들은 약자였다.

"신학문과 유키치, 그리고 게이오의숙!"

이상설이 갑자기 신기한 발견이라도 한 것처럼 소리치며 회영을 바라보았다.

"그렇소. 유키치가 탈아입구脫亞入歐를 성공시킨 것은 곧 게이오의숙을 세워 신학문을 가르친 것이 가장 큰 원인이었다는 걸 생각해야 하오."

"우당 형, 이 사람도 지금 당장 관계로 진출할 것이 아니라 신학문을 배우러 일본으로 가야겠소. 게이오의숙으로 말이오."

"듣던 중 반가운 소리요. 부재 같은 인재가 하루 빨리 신학문을 배워와 우리 백성들에게 새로운 세상을 가르쳐야 하오. 이제 더 이상 논어 1만1천 자, 맹자 3만 자, 주역 2만5천 자, 서전 2만5천 자, 시경 4만 자, 춘추좌전 2십만 자를 외우는데 청춘을 바치게 해서는 안 됩니다."

"옳은 말이오. 그런데 이 나라 사대부들이 용납할 것 같소이까?"

"백년하청百年河淸이지요. 부재, 늦었지만 선각자 유키치처럼 우리가 나서야 합니다. 서둘러 무언가를 시작해야 해요."

"그럼 우당 형도 함께 일본으로 가 신학문을 배워야 하질 않겠소?"

"부재는 남달리 하나를 배우면 열을 깨치니 열 사람 몫을 배워올 수 있을 것이오. 나는 부재가 신학문을 배우고 돌아올 동안 상동청년회 동지들과 함께 민족자본을 만들겠소. 그리고 부재가 돌아오면 서둘러 이 땅에 신학문을 전파할 학교를 세우도록 할 것이오."

조선국법이 풀리자 상동저잣거리 상동약국은 상동교회로 이름을 바꾸어 달았다. 신지식과 새로운 세계를 갈망하는 청년들이 상동교회로 모여들었다. 교회에는 신학문을 가르치는 학교가 있고 새로운 세상으로 나아가는 길이 있기 때문이었다. 그들은 모두 외세로 혼란스러운 나라를 걱정하는 애국청년들이었고 세상을 변화시키려고 애쓰는 개혁주의자들이었다.

외세가 어떻든 세상은 여전히 자기네 기득권을 지키려는 사대부들이 신교육이니 신경제니 하는 것을 완강하게 거부하고 있었다. 확실히 신학문은 구학문에 대한 도전이었고, 신경제는 구경제를 갈아치울 것이기 때문이었다. 그런 분위기에서 저동 대감댁 넷째 도련님으로 알려진 우당 이회영의 출현은 서민출신인 애국청년들에게 신선한 충격이었었다. 벼슬길을 버리고 민족운동을 하겠다고 나선 것이나 새로운 세상을 만들기 위해 민족자본을 만들겠다는 포부는 완강한 사대부들에게는 황당한 일이었고 애국청년들에게는 빛 같은 것이었다.

상동교회를 중심으로 모인 상동청년회는 상동교회에서 매주 한 번씩 모임을 가지면서도 교회와 가까운 회영의 집에서 수시로 모임을 가졌다. 회영의 집에서는 끼니를 먹어가면서 모였다. 지방에서 올라온 동지들은 몇 날이고 머문 탓에 집은 노상 수십 명 손님들로 가득 찼다. 청년들은 민족자본을 만드는 문제를 놓고 부지런히 머리를 맞댔다.

"동지들은 그동안 심사숙고한 것을 기탄없이 말해 보시오."

회영이 먼저 입을 열었다. 그리고 동생 시영과 이동녕 여준 장유순 이강년 이범세 서만순 등이 각자의 생각을 말하기 시작했다.

"인삼재배든 금광채굴이든 어서 결정해야 합니다. 시작이 반이라고 하질 않습니까."

"인삼을 재배하는 것이 시간은 오래 걸리지만 가장 적합할 듯합니다. 금광은 모험입니다."

"인삼재배, 그거 만만치 않아요. 땅도 찾기 힘든 데다 관리는 또 얼마나 까다롭습니까. 빠른 시일 안에 큰 자본을 마련하자면 금광이 제일입니다."

"맞습니다. 금광이 오히려 인삼보다 더 쉬울 겁니다. 내장원경 이용익을 보십시오. 그는 한낱 보부상에 불과하지 않았습니까."

"보부상이었으니 가능했지요. 수십 년 동안 전국을 떠돌면서 듣고 본 것이 길을 가르쳐 주었으니까요."

"금을 캐는 일은 칡뿌리를 캐는 일이 아닙니다. 자본을 생각해야지요."

몇몇 사람은 금광을 채굴하는 것이 가장 빨리 큰돈을 벌 수 있다고 주장했으나 대부분 동지들은 인삼재배가 접근하기에 용이한 점을 들었다.

"인삼재배를 한다면 땅을 어디에 어떻게 마련해야 할지 의논을 해야겠지요?"

묵묵히 동지들의 말을 듣고 있던 회영이 인삼 쪽으로 가닥을 잡아나갔다.

"인삼재배야말로 땅을 잘 찾아야 합니다."

"개성지역에 인삼으로 적지인 땅이 있기는 있습니다만."

"오라, 장 동지가 바로 인삼 곳 사람이 아니오. 어서 말해 보시오."

대뜸 땅이 있다고 말한 사람은 개성출신 장유순이었다. 수리개발 전문가인 장유순은 땅에 대한 속성을 잘 알고 있었고 땅에 대한 정보에도 밝았다. 개성은 원산에서 서울을 잇는 추가령을 따라 태백산맥의 시작점과 광주산맥 시작점이 만나면서 매봉산과 백암산 점봉산 방태산 등 고산준령이 둘러쳐져있는 분지 형이라 최소의 일조량과 선선한 기후 탓에 인삼밭으로는 최고의 적지였다.

"왕실소유인데 인삼밭으로 조성하기에 용이한 곳입니다. 그 땅을 빌릴 수만 있다면 인삼재배는 반은 성공한 거나 다름없습니다."

"왕실 땅을 빌릴 수만 있다면?"

"듣기로는 개간할 사람을 찾고 있는데 함부로 덤비지 못한다고 합니다. 그리고 왕실에서 내건 조건도 만만치 않고, 아무튼 그 문제는 내장원경 이용익에게 달려있습니다."

이용익은 전국을 떠돌며 보부상으로 번 돈을 금광에 투자하여 수십 구의 금광을 소유한 경제통의 거물이었다. 그는 많은 돈을 벌자 고종과 민비에게 금괴를 바치면서 충성한 끝에 벼슬을 얻게 되면서, 함경남도 병마절도사를 거쳐 왕실재정을 관리하는 막중한 내장원경의 자리에 올라 고종의 수족이 되어 있었다. 회영은 당장 친분이 있는 내관 안호형을 통해 어렵지 않게 이용익과 만날 수 있었다.

"그렇지 않아도 우리 왕실사업으로 홍삼제조원을 설립할 계획을 세우고 있는 중인데 잘 되었소이다. 개성에 인삼재배지로 적지인 땅 2정보가 있는데 다 내어 줄 테니 농사를 잘 지어 민족자본을 마련하시고 왕실 비자금이나 좀 보태주시오."

"땅만 내어 주신다면 일거양득이 될 것입니다."

이용익은 곧바로 땅을 사용할 수 있도록 절차를 끝내주고 회영은 계획대로 일을 착수하기 시작했다. 그러나 3만 평이라는 땅을 인삼밭으로 일구자면 웬만한 자본으로는 어림없는 일이었다. 둘째 석영 형님의 도움이 필요했다. 석영은 의정부 참정대신에 올라 있고 양아버지 이유원 영의정이 사망했으므로(1888) 35세 젊은 나이에 거대한 재산을 물려받은 터였다.

"너는 어려서부터 생각이 남달랐고 지금까지 네가 하는 일은 모두 옳았느니라."

어려서부터 회영을 끔찍이 아끼는 석영은 칭찬까지 해가면서 적극적으로 지원을 하고 나섰다. 인삼밭은 순조롭게 조성되어갔다. 내친 김에 삼목 수천 본을 심고 서울에서 제일가는 제재소도 열었다.

"2정보 땅, 3만 평 인삼밭만 해도 입이 떡 벌어지는데 삼목에다 제재소라니. 아무튼 우당 동지의 통 큰 것은 알아줘야 한다니까요."

동지들이 걱정할 정도로 회영이 큰 사업을 벌이자 권문세가들이 명문가 자제가 벼슬도 마다하고 엉뚱한 짓을 하고 다닌다며 수군대기 시작했다. 가장 기가 막힌 건 장차 정계에서 큰 인물이 될 것이라고 기대했던 문중이었다.

"그 아이는 하는 일마다 엉뚱하질 않소. 우리 문중에서 농사를 짓고 상업을 일으키는 자가 어디 있단 말이오. 더욱이 야수교에 출입하고 있다니 말이 되는 소립니까."

"어려서 남달리 총명했다는 게 다 헛일이에요."

"계속 이러다간 우리 문중체면이 땅에 떨어지는 수가 있어요. 우리가 나서서라도 알아듣게 말을 해야 합니다."

"허, 계선 대감도 아들을 제지하지 못하는데 누가 말린단 말이오."

"계선 대감은 오히려 응원을 한다고 합니다. 이번에도 둘째 석영과 함께 자본을 댔다고 하질 않습니까."

"그게 참말이오?"

소문은 장안 구석구석을 돌아 경무청 고문 후쿠다 요시모토의 귀에도 들어갔다. 후쿠다 고문은 고개를 갸웃거리며 조선에 주재하고 있는 고위층 일본인들이 모인 자리에서 무척 신중하게 입을 열었다.

"조선의 귀족청년 중에도 그런 인물이 있다는 사실을 간과해서는 안 됩니다."

"우리도 그에 대해 듣고 있습니다. 그러나 조선 귀족들은 그를 비난하지 않습니까?"

"그러니까 한심한 조선 양반들이지요. 아무튼 조선에도 이런 청년이 존재한다는 자체가 우리에겐 경계의 대상이란 겁니다. 감히 우리 일본에게 대항하자는 야심이 아니고 무엇이냔 말이오."

"그렇다고 우리 일본이 나서서 사업을 중단하라고 제지할 수는 없질 않습니까?"

"제지할 수 없다?"

"그렇습니다. 아직은."

"무슨 계책을 써서라도 반드시 제지해야 합니다. 그 얄미운 애송이를."

개성의 야산구릉을 따라 펼쳐진 수만 평 인삼밭은 꿈과 희망의 상징이었다. 해가림 볏짚 아래 한 자 이상 높은 둑에 뿌리내린 인삼은 별 탈 없이 잘 자라주었다. 한편에서는 인삼이 크고 한편에서는 삼목이 자라고 제재소도 잘되어갔다. 내장원경 이용익도 가끔 인삼밭으로 나와 인삼 상태를 흐뭇하게 구경하고 돌아가 고종에게 기쁘게 고했다.

"잎은 뿌리의 낯이라고 하는데 시원한 갈대밭 그늘에서 빛깔도 푸르게 살랑거린 인삼 잎이 충실하기 그지없사옵니다. 벌써 잎들이 인삼 내음을 물씬 풍기고 있어 잠시만 옆에 서 있어도 인삼 내음이 몸에 젖은 듯 배어드옵니다. 전도유망하옵니다."

"암, 암, 아무쪼록 전도유망해야지. 그런데 올해 몇 년 차인가?"

"벌써 4년 차이옵고 주근이 살이 오르기 시작하고 결 뿌리인 지근과 세근이 생장을 촉진하여 인삼의 형체가 완성되었사옵니다. 생각해볼수록 이회영은 젊은 나이답지 않게 앞을 내다볼 줄 아는 선견지명을 가진 인물인 줄 아옵니다."

이용익은 인삼 몇 뿌리를 뽑아와 고종에게 보이면서 자랑스럽게 보고하고 인삼은 누가 봐도 탐이 나게 잘 자라갔다. 가끔 후쿠다 고문도 인삼밭 구경을 나섰다. 후쿠다는 심지어 남의 인삼밭 면적이며 수확기까지 알 정도로 조선 인삼에 관심이 많았다. 회영의 인삼밭을 눈여겨보기 시작했다.

회영의 인삼밭은 조선에서 가장 넓은 인삼밭 중 하나이고 후쿠다는 바다 같은 인삼밭을 바라보며 "건방진 놈! 감히 일본을 흉내 내겠다? 흥! 네가 아무리 몸부림쳐도 넌 우물 안에 개구리에 불과하지. 일본이란 아주 깊은 우물 안 말이야."라고 비웃는 것을 잊지 않았다.

인삼은 뇌두와 동체 각부를 균형 있게 발달된 큰 뿌리로 키워내야 좋은 값을 받을 수 있으므로 회영과 동지들은 인삼밭에서 살다시피

하면서 둑이 견실한가. 햇빛가리개는 달아난 곳이 없는가, 배수로는 상태가 좋은가, 등등을 살피며 일꾼들을 격려했다.

인삼이 그렇게 성년이 되어갈 즈음 도처에서 농민들의 함성이 들려왔다. 노도와 같은 분노였다. 탐관오리들의 횡포는 갈 데까지 갔고 일본으로 쌀과 콩 같은 주요 곡물이 거대하게 유출되고 궁에서는 굿을 하는 등 낭비가 심하다는 소문이 세상을 휩쓸었다.

백성들이 굶기를 먹듯이 하면서 하루를 기적처럼 버티는데 조정에서는 조세를 올리고 나섰다. 배고픈 농민들은 굶어 죽으나 싸우다 죽으나 마찬가지라고 생각하며 죽을 바엔 싸우다 죽기로 작정하고 조정을 향해 난을 일으킨 것이었다.

놀란 조정은 12년 전 임오군란(1882) 때처럼 다시 청나라에 군대를 요청했다. 청군이 떼로 몰려왔다. 일본이 가만히 앉아 구경하지 않았다. 거류민을 보호한다는 명분으로 일본도 군대를 불러들였다. 조선 땅에서 청군과 일본군이 전쟁을 하기 시작하고 일본이 일 년도 못가 청나라를 쓸어내 버리고 말았다.

청군을 쓸어내 버린 일본 군인들이 조선 땅을 마음껏 휘젓기 시작했다. 그들이 지나가는 곳마다 외마디 비명소리가 허공을 울리고 부녀자들이 겁탈을 당하면서 죽어나갔다. 겁탈은 백주 대낮에도 일어났고 여염집 여자들이 집 밖으로 나가는 것을 두려워할 때 궁에서 민비가 일본 군인에게 살해됐다는 소문이 세상을 흔들었다. 땅이 흔들리는 울분이 조선 천지에 충천하면서 이번에는 글만 읽는 유학자들이 의병을 일으켜 일본과 대적하고 나섰다.

"우당, 자금을 마련해주시오. 이 사람도 나서야 하오."

성정이 불같은 이강년이 벌떡 일어섰다. 이강년은 37세로 동지들 중 가장 연장자였고 무과에 급제하여 벼슬을 얻었지만 갑신정변 때 그만두고 상동교회 청년동지들과 뜻을 함께하고 있었다.

"어디로 갈 생각이시오?"

"일단 고향 문경으로 내려가 백성들 피를 빨아먹은 놈들부터 목을 칠 것이오. 안동관찰사 김석중, 숨검 이호윤과 김인담부터 말입니다. 그런 다음에 유인석 선생을 찾아 제천으로 갈 생각이오."

유인석은 제천지역의 보기 드문 유학자로 천여 명에 달한 의병을 움직이고 있는 거물이었다. 의병을 지원할 자금이라면 단위가 적지 않았다.

"자금이 한두 푼이 아닌데 어쩐단 말이오?"

이동녕이 동지들을 둘러보았다.

"논마지기라도 팔아서 십시일반으로 자금을 만들어야 하지 않겠소?"

장유순이 걱정스런 얼굴로 대답했다. 말은 그렇게 했지만 논 한 뼘 없는 동지들이 대부분이었다.

"내가 구해볼 테니 너무 걱정들 마시오."

동지들 형편을 잘 아는 회영이 다시 자금을 구하러 석영 형님을 찾아갔고 석영은 이번에도 선뜻 적지 않은 자금을 내주었다. 회영이 마련해준 자금을 들고 이강년이 떠난 후 청년회 동지들은 앞으로 의병

지원문제를 놓고 고민하기 시작했다.

"의병지원에 대해 계획이 있어야 할 것이오. 영석(석영의 호) 형님의
도움에만 의지해서는 안 됩니다."

이동녕이 대책을 독촉하고 나섰다.

"인삼을 캐면 어떻겠소?"

"인삼이 5년차이고 4년 근입니다. 인삼은 4년(5년차) 근부터 출하를
할 수 있으니 지금 캐도 좋은 값을 받을 수 있습니다."

"안 됩니다. 앞으로 1, 2년만 기다리면 홍삼용으로 값이 배나 되는
데 아깝지 않습니까."

"자금이란 가장 필요할 때 사용하는 것이 가장 가치 있는 일이오."

"그렇다면 절반만 출하하기로 합시다."

장유순이 못내 아쉬워하며 절반만 캘 것을 주장하고 나섰다. 동지
들도 아까운 마음은 똑같았으므로 장유순 의견에 따르기로 했다. 모
두 인삼밭으로 나가 인삼을 쑥 뽑아들었다. 뇌두와 동체가 균형이 잘
잡힌 성년의 인삼이었다. 말馬로 친다면 장정을 태우고 벌판을 달릴
수 있는 힘이 충분했다.

전국에서 의병활동이 들불처럼 타오르고 있을 때 서울에서는 독립
협회가 백성들의 관심을 집중시켰다. 청나라의 간섭에서 벗어났으므
로 조선은 확실한 독립국이 되었다는 의미에서 안경수 이완용 서재
필이 중심이 되어 만든 단체였다. 관료들이 너도나도 회원이 되기를
희망했다. 회비를 내는 관료라면 누구든지 회원이 될 수 있었다. 협회

설립취지는 서재필이 독립신문 발행인이 되어 신문을 발행하고 조선 수백 년 동안 명나라 사신부터 청나라 사절단을 맞이하던 영은문을 허물어 독립문을 세우고 사절단을 모시던 영빈관인 모화관을 독립관 으로 고치고 독립을 기념하는 독립공원을 건설하자는 것이었다.

협회 인기는 단번에 치솟고 관료들 외에도 애국심에 불탄 지식인 들이 가입하기 시작했다. 윤치호 남궁억 이상재 이동녕 이승만 이상 설 이범세 전덕기 등 상동교회 청년회원들이 대거 포진하면서 관료 회원들을 능가하는 수준에 달했다. 관료 외 지식인회원들은 협회취 지를 확장하여 국민을 계몽을 하는 사업을 하면서 독립신문을 통해 조정과 외세를 비판하기 시작했다.

백성들을 불러 모아 만민공동회를 자주 열어 열강의 이권침탈에 빌붙어 자기네들 위치를 지키려는 보수파 대신들을 탄핵하여 내각을 퇴진시키기도 하고 조선에서 또 하나의 세력으로 영향권을 발휘하는 러시아를 저지하면서 민중을 움직여 나갔다.

의병활동이나 독립협회는 둘 다 외세를 배척하고 민중을 살리겠다 는 목적이었고 의병은 무력으로 독립협회는 정신의 힘으로 밀어 붙 인 것이었다. 양쪽에서 조여오자 조정 대신들이 긴장했다. 한쪽은 무 력으로 한쪽은 정신으로 쳐들어온다면 조정을 무너뜨릴 수도 있다고 보았다.

바짝 긴장한 조정에서 칼을 빼어들었다. 먼저 관군을 풀어 의병을 소탕하기 시작했다. 의병들은 산산이 흩어져 어디론가 숨기에 바빴다. 이강년이 야밤을 틈타 몰래 들어와 멀리 북쪽으로 피하겠다고 했다.

"우당 동지, 기회를 봐서 다시 오리다."

"목숨이 위태하니 잘 피하셨다가 다시 상면하기를 원합니다. 그래도 반분은 푼 셈이니 너무 억울해 하지는 마십시오."

이강년은 다시 회영이 마련해준 자금을 갖고 멀리 피신했지만 회영의 말대로 안동관찰사 김석중, 숨검 이호윤과 김인담의 목을 쳐 효수했고 유인석 밑에서 유격대장을 맡아 제천 충주 단양 원주지역을 석권하면서 일본군과 친일관료들을 부지기수로 처단하는 등 기세를 떨쳤으므로 반분은 푼 셈이었다.

독립협회에도 강력한 철퇴가 내려졌다. 황제를 없애고 공화제를 기도한다는 이유로 중심인물들이 모두 체포되면서 폐지되고 말았다. 안경수 이완용 등 관료들은 독립협회가 민중계몽으로 선회할 때 벌써 사정을 눈치 채고 미리 탈퇴해버린 뒤였으므로 무사했다.

독립협회 애국지사들이 상동교회로 모였다. 전덕기는 독립협회 재무담당이었고 남궁억 이상재 이동녕 이승만 등은 처음부터 상동교회 교인이었다. 상동교회로 모인 애국지사들은 그전보다 더 강하게 결속되고 더 원대하게 뿌리내리기 시작했다. 일요일 수요일마다 예배를 본 다음 모여 동지애를 결속하고 목요일에는 시국강연회와 애국토론회를 열었다. 강사는 독립협회 중심인물인 남궁억 이상재 이승만 이상설 양기탁이 주로 맡았다. 이상설은 유학을 마치고 돌아와 성균관 관장으로 부임해 있었다.

상동청년회는 더 큰 청년회로 확장되어가면서 애국을 다져가고 인삼은 목표대로 6년을 꽉 채우고 수학기를 기다리고 있었다. 인삼은 의병활동자금으로 절반을 사용하자고 했지만 의병활동이 중단되고 말아 만 평 정도를 거두었고 2만 평 가량이 남아있었다.

"2만 평 인삼을 수확하면 웬만한 학교 하나쯤은 세우고도 남을 것입니다."

"그렇다마다요. 인삼 값이 금값이니 말이오."

"아, 벌써부터 근사한 학교가 눈앞에 그려집니다."

동지들은 모두 명절을 기다리는 아이들처럼 부푼 가슴을 안고 가을을 맞았다. 10월 말경부터 인삼을 캐기로 날을 잡았다. 10월 중순쯤 접어들자 산에는 단풍이 물들기 시작했다. 매봉산 백암산 방태산 단풍이 유난히 붉었다. 단풍이 붉으면 인삼이 살이 찌고 향이 짙어진다는 말이 있었다. 수확할 날이 하루하루 다가오고 있었다. 11월 초닷새로 날을 잡았다. 그런데 11월 초하룻날 일꾼들이 달려와 땅바닥에 엎어지며 울부짖었다.

"인삼 밭이……."

"무엇이! 인삼밭이 분탕질이 나 있다니?"

"어제까지만 해도 멀쩡했던 인삼이 모조리 사라지고 말았습니다."

일꾼들이 보고한 대로 바다 같은 인삼밭이 텅 비어있었다. 2만 평을 하룻밤 사이에 싹쓸이하자면 군인을 동원한다 해도 한두 부대로는 어림없는 일이었다. 여기저기 흘려놓은 잘 생긴 인삼이 적군의 습격을 받고 쓰러진 병사들처럼 누워있었다. 모두 넋을 놓았다.

회영은 통곡하고 동지들이 도둑을 잡기 위해 일대를 뒤지기 시작했다. 열흘 만에 범행을 주동한 자가 경무청 고문 후쿠다 요시모토란 걸 알아냈다. 인삼밭은 움막을 짓고 잠을 자면서 지켜야 했다. 회영은 현지인 일꾼들을 고용해 인삼밭을 지켜나갔다. 그런데 현지인 일꾼들이 수학기를 앞두고 후쿠다에게 매수되었고 후쿠다는 일본 군인들을 동원하여 인삼을 모조리 도둑질한 것이었다.

"내가 직접 인삼밭에서 잠을 자면서 지키지 못한 탓이오!"

"그렇지 않소. 열 사람이 도둑 하나를 지키지 못한다고 했소. 도둑이 노리는 데는 못 당하는 법이오."

회영이 한탄하고 동지들이 위로했지만 모두 똑같은 심정이었다. 잠을 자가면서 지키지 않은 것도 아니었다. 인삼밭을 지키느라 독립협회를 만들 때 참여하지도 못했고 서울과 개성을 오가느라 몸도 많이 지쳐 있었다. 그래서 며칠 동안 쉬느라 일꾼들에게 맡겨놓은 채 나가지 못한 것이 화근이었다.

당장 경무청에 고발을 했다. 그러자 경무청은 도리어 인삼재배가 무허가라며 엄포를 놓기 시작했다. 격분한 회영이 경무청과 후쿠다 고문의 방문을 부숴버렸다. 그래도 분이 풀리지 않아 의자를 들어 후쿠다를 향해 던져버렸다. 후쿠다가 잽사게 의자를 피했다. 화를 낸 적이 없는 회영이 포효하는 사자로 변해버리자 동지들이 크게 놀랐다. 후환이 두려워 말렸지만 눈썹 하나 까딱 하지 않은 채 다시 의자를 들어 창문으로 던졌다. 유리조각이 날아와 후쿠다의 이마를 스치고 지나갔다. 동지들이 염려한대로 회영은 곧 구금되고 말았다.

무인 나인영이 평소 존경하는 회영을 구하기 위해 몇 명 협객들을 데리고 와 경무청을 휘저었다. 후쿠다가 군인을 불러들여 나인영과 협객들을 붙잡아 감옥에 넣어버렸다. 내장원경 이용익이 소식을 듣고 인삼사건의 전말을 고종에게 고했다. 그런데 뜻밖에 고종이 통쾌하게 웃기 시작했다.

"하, 하, 하, 그것 참 속 한번 후련하구나. 정녕 이회영이 후쿠다의 방을 부셔버렸단 말이냐?"

"예, 천길만길 뛰면서 난장판을 만들어 버렸다고 하옵니다. 그런데 전하, 그렇게도 속이 후련하시옵니까?"

"못 믿겠느냐? 그렇다면 내 속을 한 번 들여다 보거라. 아마도 대천 한바다처럼 훤하게 뚫려있을 것이야. 내가 이렇게 웃어보기는 이 나라 왕이 되고 처음이니라."

이용익은 민망하여 안절부절못하면서도 가슴을 쓸어내렸다. 이용익도 고종을 모신 후로 그렇게 웃는 것은 처음 보는 일이었다. 고종이 나서자 경무청은 회영을 방면하지 않을 수 없었다. 후쿠다가 이를 갈았다.

"가소로운 애송이 녀석, 언젠가는 이 후쿠다의 이름으로 너를 응징하고야 말 것이다. 내가 못하면 내 아들, 내 아들이 못하면 내 손자 대에 가서라도 기필코……."

회영이 경무청에서 석방은 되었지만 이용익은 마음이 무척 아팠다.

"마음이 몹시 아픈 모양이로구나?"

"그렇사옵니다. 전하."

"생각해 둔 바가 있으니 걱정 말거라. 이회영을 탁지부 판임관에 임명할 것이니라."

"그런데 전하, 이회영은 처음부터 벼슬길을 접었다 하옵니다."

"알고 있느니라. 그러나 이젠 사정이 다르지 않느냐. 내 곁에 두고 나를 돕게 할 것이야."

"받아들일지 걱정이옵니다."

이용익의 말대로 고종이 세 번이나 권했으나 회영은 세 번 다 사양하고 말았다.

"과인의 삼고초려에도 움직이지 않다니."

"이회영은 아주 특별한 인물이오니 전하께서 너그러이 혜량하시옵소서."

"서로 빼앗기 위해 상대를 죽이지 않더냐."

"예, 빼앗고 빼앗기지 않으려고 목숨을 걸지 않사옵니까. 전하."

처음부터 벼슬에 관심이 없었다고는 하지만 임금이 내린 벼슬을 마다한 것은 이해할 수 없는 일이었다. 고종은 하는 수 없이 회영을 마음속 깊숙이 새겨두는 것으로 만족할 수밖에 없었다.

상동청년회

일본이 러시아를 치기 시작했다. 곧 닥쳐 올 고난을 예고라도 하듯 날씨가 무섭게 급변했다. 태풍이 휘몰아친 거리엔 지붕과 대문짝이 떨어져 날고 가로수 생가지가 찢어지며 비명을 질렀다. 총칼을 착용한 일본군 2개 사단이 태풍보다 더 살벌하게 서울 장안을 행진하기 시작했다. 구령소리와 군홧발소리에 울던 아이들이 울음을 그치고 짓던 개들도 입을 다물었다. 한 가닥 희망은 세계열강들이 일본이 러시아 함대를 이길 수 없다고 예단한 것이었다. 더욱이 세계에 이름을 떨친 함장 로제스트 벤스키가 이끄는 발틱함대가 지구 저편에서 일본을 향해 오는 중이었다. 상동청년회는 날마다 러시아가 이기기를 기도하면서 긴장을 풀지 못했다.

"제발 러시아가 이겨야 할 텐데."

"그런데 지금 진해만에 있는 토고 제독이 매일 우리 이순신 장군님 사당에서 기도를 한다고 합니다."

"그게 무슨 소리요?"

"임란 때 일본을 물리친 이순신 장군님의 전술을 그대로 자기에게 내려주십사. 하고 빈다는 것입니다."

"토고가 우리 이순신 장군을 흠모한 탓이라고 합니다."

"우리 충무공 장군님이야 세상이 다 흠모하는 영웅 아닙니까. 그리고 저들 일본과 싸우다 전사하신 분인데 감히 그분의 전술을 내려달라고 빌다니."

그런데 상황이 엉뚱하게 돌아가기 시작했다. 대한해협에서 로제스트 벤스키가 이끌고 온 38척 발틱함대를 맞은 일본이 단 이틀 만에 거의 완승에 가까운 대승을 거두면서 세계의 예단을 뒤엎어버린 것이었다. 러시아 발틱함대는 겨우 세 척이 반파된 채 도망가고 로제스트 벤스키가 탄 기함 스바로프호까지 모두 물속으로 수장되고 말았다. 세계가 어리둥절했다. 놀라운 일이었다. 놀라운 일은 곧 서울로 이어졌다.

이토 히로부미의 출현……. 러일전쟁이 끝나기가 무섭게 일본 특사가 서울에 입성했다는 기사가 신문에 대서특필되었다. 회영은 몹시 침울하고 불안한 느낌으로 종로를 걷고 있었다. 그때 일본 특사로 들어온 이토 히로부미가(1905. 11.) 탄 마차가 종로를 누비고 있었다. 회영이 걸음을 멈추고 이토를 쏘아보았다. 총칼로 무장한 기마병으로 둘러싸인 채 거만하게 몸을 뒤로 젖히고 서울을 응시하는 이토의 눈빛이 조소로 가득 찬 채 빛났다. 11월의 늦가을 낙엽이 비 오듯 떨어지고 이토가 지나가는 거리마다 사람들이 몸을 움츠리며 불안해했다.

황급히 상동청년회 동지들을 소집했다. 참찬 이상설, 외부교섭국장 이시영 이동녕 양기탁 장유순 등이 상동교회로 달려왔다. 이상설은 성균관 관장에서 의정부 참찬으로 자리를 옮겨 앉았고 회영의 동생 이시영은 형조좌랑에서 사헌부 사간원을 거쳐 외부교섭국장이란 중책을 맡고 있었다.

"오늘 이 사람이 종로에서 이토가 지나가는 것을 보았는데 눈빛이 심상치 않더이다."

회영이 심각한 표정으로 종로에서 목격한 대로 말했다.

"이토가 내한한 것은 우리 정부에 무언가 확실히 해두자는 속셈이 분명합니다."

"러일강화조약에서 러시아로부터 조선의 관할권을 인정받았으니 충분히 그럴 것이오."

참찬 이상설과 외부교섭국장 이시영이 상황을 냉철하게 분석했다.

"듣자하니 이토는 간교한 모사꾼이라 하오."

"이번에도 틀림없이 무슨 조약을 하자 할 것인데……."

"큰일입니다. 만약 이번에 또 무슨 조약을 강제 당한다면 그야말로 나라가 절단날 수도 있을 것이오."

"조약 따위를 하지 못하도록 서둘러 대책을 세워야 합니다."

"무슨 일이 있어도 사전에 막아야 해요. 이 일에는 참찬과 외부교섭국장이 나서서 참정대신 한규설 대감과 외부대신 박제순 대감에게 단단히 일러야 합니다."

"당장 시종무관장 민영환을 만나 폐하께 아뢰도록 합시다."

동지들은 급히 고종을 보필하고 있는 민영환을 만나 어떤 일이 있어도 조약에 응해서는 안 된다고 당부했다. 이상설이 예견한대로 사흘이 못가 이토는 조선 정부에 조약서를 들이대고 고종은 이미 민영환을 통해 조약에 조인을 해서는 안 된다는 말을 들었으므로 추상같은 노여움으로 물리쳤다. 그러나 이토는 이완용 이근택 이지용 민영기 권중현을 움직여 외부대신 박제순을 강압 회유하는데 큰 어려움이 없었다.

나라를 좌지우지하는 집권층 이완용 일파는 노론이고 이시영 이상설 등은 소론이었다. 이완용은 조약을 만드는 어전회의에 무슨 수를 써서라도 소론파인 참찬 이상설과 외부교섭국장 이시영이 들어오지 못하도록 차단해야 한다고 이토에게 말했다.

"이시영과 이상설쯤이 뭐가 걱정이란 말이오. 이미 개미새끼 한 마리 끼어들지 못하도록 하세가와 대장과 단단히 작전을 짜두었소이다."

곧 어전회의가 열릴 것이란 소문이 돌고 11월 중순 서울의 초겨울 바람이 무척 싸늘했다. 상동청년회 동지들이 밤을 새우며 대책을 논의했다. 이시영과 이상설은 어전회의에 참석할 권한을 갖고 있으므로 무슨 수를 써서라도 조약을 막아내겠다고 다짐했다.

"성재(시영의 호) 아우께서는 이번 일에 모든 것을 걸어야 하오."

"이 사람도 마찬가집니다."

회영이 동생 시영에게 만약 어전회의에서 조약을 막지 못해 나라를 바로 세우지 못한다면 벼슬을 버리라고 눈을 부릅떴다. 그러자 이상설도 따라 소리쳤다. 그러나 두 사람은 어전회의에 근접조차 못한 채 밀려나고 말았다. 이완용과 이토가 사전에 꾸민 대로 이시영과 이상설이 어전회의에 접근하지 못하도록 하세가와 요시미치가 지휘하는 일본 군사들이 궁을 겹겹이 둘러친 탓이었다. 계획은 이완용과 이토의 생각대로 척척 이루어져 나갔다.

이토와 이완용의 계획대로 조선의 외부대신 박제순과 일본 공사 하야시 곤스케가 조선은 일본에게 보호받기를 원하며 일본은 조선을 형제처럼 보호해준다는 보호조약에(1905. 11. 17.) 도장을 찍고 말았다. 한국 외교권을 일본이 몽땅 차지하고 조선을 통제하는 통감부를 둔다는 을사늑약이 조인된 것이었다. 일을 성사시킨 이완용이 조약서를 고종의 눈앞에 펼쳐 보이며 쾌거를 이루었다고 큰소리를 쳤다.

"폐하, 이제 우리 조선이 강한 나라 일본의 보호를 받게 되었으니 청이나 러시아를 비롯해 서양의 어느 나라도 우릴 함부로 넘보지 못할 것이옵니다. 감축 드리옵니다."

이완용은 춤이라도 출 듯이 즐거움에 들떠 고종의 염장을 질렀다. 고종이 주먹을 불끈 쥐고 이완용을 응시하며 몸을 떨었다. 이완용은 고개를 빳빳하게 쳐들고 야릇한 미소를 띤 채 물러가고 말았다.

고종은 며칠 밤을 불면으로 고민하던 끝에 미국으로 밀사를 보내기로 결심했다. 조약을 한지 닷새 만에 일본과의 조약은 일본이 무력으로 만든 불법이며, 불법이므로 무효라고 주장한 서찰을 작성하여 가장 신뢰하는 내장원경 이용익을 불러 극비리에 미국으로 급파했다. 소식은 절망이었다. 이용익이 미국으로 가는 도중 상해에서 일본 관리에게 발각되고 만 것이었다. 설사 발각되지 않고 용케 전달했다 하더라도 미국은 이미 을사늑약 체결 3개월 전에 일본의 가쓰라와 미국의 태프트가 만나 일본이 한국을 침략함을 용인하고 묵인하기로 밀약을 맺었으므로 소용없는 일이었다. 일본은 암살을 지시하고 이용익은 두 발의 총탄을 맞고 겨우 목숨을 부지하며 블라디보스토크로 빠져나가 다시는 고종 곁으로 돌아올 수 없는 운명에 처하고 말았다. 고종은 통곡하며 실의에 빠졌다.

이시영은 외부교섭국장 직을 던져버렸다. 이상설도 참찬 직을 버렸다. 회영은 첫째 형님 건영의 딸과 박제순 아들과의 정혼을 가차없이 파혼시켜버리고 말았다.

"우리 가문에 파혼이라니!"

당사자인 건영이 탄식하듯 말했다. 당사자뿐만 아니라 문중까지 전례 없는 파혼문제로 당황했지만 나라를 지키지 못한 박제순과 사돈을 맺는다는 것은 천부당만부당한 일이었다. 장지연의 시일야방성대곡과 함께 전국이 통곡소리로 뒤덮이기 시작하고 조약무효를 주장하며 원로대신 조병세가 음독자살을 했다. 참판을 역임한 홍만식이 자결을 하고 대사헌을 지낸 송병선이 뒤따라 자결을 하면서 전국 각지에서 날마다 자결이 이어졌다. 의병들이 일어났다. 이강년이 어디선가 나타났다.

"우당 동지, 의병들을 집결시켜놓았소. 다시 자금을 대시오."

이강년은 이만원 백남규 윤기영 건용일 하한서 등 유능한 장졸들을 이끌고 강원도에서 전열을 가다듬고 있었다. 이번에는 식음을 전

폐하고 있던 이유승 대감이 직접 자금을 내주었다. 이유승 대감도 자리에서 일어나지 못했다. 일어날 의지가 없었다. 이유승은 이조판서와 우찬성을 지낸 인물이었다. 결국 자식들을 앞에 두고 임종을 맞이했다.

"너희 6형제는 어려서부터 화목하여 하나로 뭉쳤느니라. 앞으로는 나라를 위해 뭉쳐야 한다. 나라를 위한 일이라면 이유를 불문하고 하나로 뭉쳐야 한다. 뭉치면 살고 흩어지면 죽느니라."

이유승 대감은 6형제 자식들에게 하나로 뭉쳐야 나라가 산다는 유언을 남기고 세상을 뜨고 말았 다. 6형제의 어머니도 충격을 감당하지 못해 이유승 대감의 뒤를 따랐다. 이강년 등 의병들은 계속 피를 뿌리며 항쟁하지만 계란으로 바위를 치는 격이었다. 일본은 여유만만하게 웃고 있었다.

자결도 의병활동도 일본을 저지하자 못한 채 시간이 흘러가고 있었다. 상동청년회가 상동교회에 모여 을사늑약을 물리칠 방법을 모색했다.

"죽음으로 해결될 일이 아닙니다."

"그렇소이다. 애국지사들의 자결은 오히려 일본을 도와주는 결과를 낳고 있어요. 나중에 누가 있어 이 나라를 지킬 것입니까. 이젠 강인함을 보여주어야 합니다."

"그렇소. 정면대결이 필요합니다. 집단시위를 해야 합니다."

"우당 선생님, 전국 기독교청년회를 소집해야겠습니다."

전덕기가 회영을 향해 결의에 찬 어조로 말했다.

"그 방법이 좋겠군요. 서두릅시다. 전도사님."

전도사가 된 전덕기는 상동교회를 실질적으로 이끌고 있었으므로 청년들 소집문제는 어렵지 않게 할 수 있었다. 시국이 시국이니만큼 전덕기가 감리교기독교청년회 전국연합회에 서울 상동교회로 모이라는 소집장을 내기가 무섭게 각지의 대표들이 상동교회로 모여들었다. 진남포 감리교 청년회 총무 김구도 성난 범처럼 상동교회로 달려왔다. 분위기를 파악한 스크랜튼 목사가 깜짝 놀라며 당황했다.

"전도사의 사명을 잊었습니까? 당장 청년들을 돌려보내세요."

"목사님께서 어떻게 그런 말씀을, 목사님께서는 저에게 정의를 가르쳐주셨습니다. 불의에 복종해서는 안 된다는 것 말입니다. 복음은 가난한 자에게 기쁜 소식을 주고, 갇힌 자에게는 해방을 주며 억눌린 자에게는 자유를 준다고 가르치지 않았습니까."

"그건 신앙 안에서라는 걸 모르시오. 아무튼 정치적인 일은 용납할 수 없습니다."

"목사님, 불의와 정의는 언제나 정치에서 시작되고 정치에서 실현됩니다."

"안됩니다. 이유를 불문하고 교회에서 정치와 관련된 것은 용납 못합니다."

"그렇다면 교회에서는 무얼 해야 합니까? 목사님."

전덕기는 곧 스크랜튼은 미국인이고 나는 조선인이다. 라고 마음을 다져먹었다. 이젠 서로의 입장이 다르다는 것을 인식해야했다. 어쩔 수 없이 신앙과 인생의 스승인 스크랜튼에게 처음이자 마지막으로 불순종하기로 결심하고 밀고 나가기로 했다. 청년들은 고종께 조약무효상소를 올리기로 결의했다. 고종을 보필하는 민영환도 함께 시위를 하기 위해 달려왔다.

"조약파기가 아니면 죽음이오."

첫 선발대가 죽기를 맹세한 기도를 하고 상동교회를 떠났다. 고종이 있는 덕수궁 앞 대한문에서 소리치기 시작했다.

"폐하, 속임수 조약을 파기하소서!"

"파기하소서!"

일경들이 우르르 몰려왔다. 상소 도중 선발대와 일경이 맞붙었다. 스물아홉 살 김구가 거침없이 일경 앞으로 나서며 피를 토할 듯 호통을 쳤다.

"비키지 못할까! 내 나라 황제께 백성들이 상소를 올리는데 너희가 무엇이관데 길을 막고 나서느냐?"

산이 흔들릴 것 같은 김구의 호통에 일경들이 주춤했다. 사실 상소는 고종께 올리는 것이 아니라 일본에 대한 항의였으므로 일경들과의 싸움은 불가피한 것이었다. 이시영 이동녕 최재학 등 수십 명이 경무청으로 끌려가고 말았다. 다행히 체포를 피한 회원들이 이번엔 가두연설을 시작했다.

"동포 여러분, 보호조약은 우리 주권을 빼앗겠다는 속임수입니다. 조약을 무효화시켜야 합니다!"

사람들이 모여들기 시작했다. 어떤 사람들은 주먹을 불끈 쥐고 부르르 떨기도 하고 어떤 사람들은 눈물을 흘리며 발을 구르기도 했다. 다시 일경이 급습하여 해산을 명령하며 위협을 가했다.

한 청년이 분을 못 이겨 위협하는 일경을 발길로 걷어 차버리고 말았다. 구경하던 군중들이 만세! 하고 함성을 질렀다. 제지하던 일경들이 군중을 향해 발포하기 시작하고, 일본군 보병 2개 중대가 몰려와 청년들을 모조리 체포하면서 우왕좌왕하는 군중들도 함께 쓸어가 버렸다.

그때 고종을 보필하던 시종무관장 민영환이 자결했다는 비보가 날아들었다. 민영환은 상소시위 도중 조약파기의 가망이 없어보이자 집으로 돌아가 목숨을 끊어버린 것이었다. 민영환은 열아홉 살에 과거에 급제하여 젊은 나이로 병조판서와 형조판서를 지냈던 수재였다. 모두 민영환의 집으로 달려갔다. "우리의 국치민욕이 이에 이르렀으니……. 살려는 자는 반드시 죽을 것이요. 죽음을 두려워하지 않는 자는 살 것이다."라는 유서가 있었다. 모두가 민 공! 하고 소리치며 울분했다. 유서는 나라를 위해 목숨을 바치자는 절규였고 애국청년들 가슴마다 천 배나 더 뜨거운 불꽃이 타올랐다.

민영환을 조상하고 통분하며 돌아오는 길에 일행은 거리에서 큰소리로 통곡하는 사람을 실은 인력거를 발견했다. 회영이 눈을 크게 뜨며 걸음을 멈추었다. 인력거에는 피가 낭자한 중년남자가 부축을 받고 앉아 통곡하고 있었다. 가까이 다가간 회영이 파랗게 질린 얼굴로 소리쳤다.

"오, 부재!"

이상설이 땅바닥에 머리를 찧어 자결을 시도하다 미수에 그친 것이었다. 회영은 피가 거꾸로 솟구쳐 올랐다.

"부재, 분해도 살아야 하오. 살아서 나라를 찾아야 하오."

회영은 이상설을 끌어안고 치를 떨며 오적암살을 결심했다. 당장 자비自費를 풀어 나인영 기산도 오기호 등 무인협객들과 의논했다. 무인들이 30여 명의 부하 협객을 모아들여 오적의 움직임을 탐색하기 시작했다. 그들의 집주변, 통감부로 가는 길, 그들이 자주 간다는 요정, 그들이 자주 간다는 음식점, 그들의 첩이 사는 집까지 한시도 눈을 떼지 않고 추적했다.

통감부의 경호는 놀라운 것이었다. 마치 공기처럼 오적의 일거수일투족에서 눈을 떼지 않았다. 경호군들이 집을 에워싸고 있었다. 마당 끝 측간으로 용변을 하러 가는 길까지 경호가 따라 붙었다. 이완용을 죽일 수 있는 딱 한 번의 기회가 있기는 있었다. 이완용이 잠자리에 들었을 때 협객들이 한밤중 지붕을 타고 마당으로 날아들었다. 경호군 30명에 협객은 열 명이었다. 방문을 가르는 데까지는 성공했으나 곧 경호군들이 쏜 총에 협객 두 명이 부상을 입고 목숨이 위태해져 후퇴하지 않을 수 없었다. 협객들은 포기하지 않고 계속 추적을 시도했지만 결국 새끼 오적 한 명을 벴을 뿐 우두머리는 그림자도 베지 못한 채 모두 체포되고 말았다.

통감부는 오적을 지키는 경호를 수십 배로 강화하면서 상소운동을 일으킨 근원지를 추적한 끝에 상동교회를 찾아냈다. 당장 선교사 스크랜튼 목사를 통감부로 불러들였다.

"만약 또다시 일이 발생할 시는 교회를 폐쇄시키고 당신을 본국으로 추방할 것이오. 특히 당신 수하 전덕기란 자를 주목하고 있다는 사실을 명심하란 말이오."

놀란 스크랜튼이 서울에 모인 기독교청년회 대표들을 해산시켜버리고 말았다.

"목사님, 그래서는 안 됩니다."

전덕기가 펄쩍 뛰며 스크랜튼을 제지하고 나섰다.

"청년회가 본래의 사명을 저버리고 정치적으로 심각한 사태를 초래하는 건 하나님의 뜻이 아닙니다."

"하나님의 뜻은 바로 정의입니다. 목사님은 조국을 강도당하지 않아서 우리 조선인들의 심정을 모르십니다."

"순종하십시오. 전덕기 전도사님."

"저는 하나님께 순종합니다. 그러나 목사님의 요구는 일본 앞에 고개를 숙이고 무릎을 꿇으라는 종용이나 마찬가지입니다."

"지금 전도사님은 순종을 거부하고 있습니다."

"그렇다면 한 가지만 묻겠습니다. 과연 목사님의 조국이라면 그럴 수 있겠는지요?"

스크랜튼은 입을 다물었다.

"예수님께서도 이런 상황이라면 반드시 나처럼 하실 것입니다. 이것이 나의 믿음이며 나에게 조국은 곧 신앙입니다."

"오! 전덕기."

스크랜튼이 탄식하며 입을 다물지 못했다. 어린 전덕기가 자라 전도사가 되기 전까지 스크랜튼은 '전덕기' 그렇게 불렀었다.

　스크랜튼 목사는 이화학당을 설립한 어머니 스크랜튼 선교사와 함께 상동저잣거리에서 전덕기를 만났다. 부모를 일찍 잃어버린 아홉 살 전덕기는 숯장수 삼촌을 따라 상동저잣거리에서 숯을 팔고 있었다. 어느 날 전도차 나온 스크랜튼 모자母子가 전덕기 앞에 발걸음을 멈추었다. 전덕기가 놀라 눈길을 피했다. 바로 며칠 전만 해도 친구들과 함께 선교사들이 사는 집에 돌을 던졌기 때문이었다. 유리창이 깨지기도 하고 때로는 이마가 찢겨 피를 흘리면서도 빙그레 웃어주던 기억이 생생한데 여전히 자신을 바라보며 웃고 있었다.

　"소년, 공부하고 싶지 않느냐?"

　"제가요?"

　어머니 스크랜튼은 그런 식으로 아이들을 모아들여 이화학당을 만들었으므로 길거리에서 구걸하는 거지일지라도 똑똑해 보인 아이들을 만날 때면 서슴없이 그런 질문을 던졌다.

　"넌 여기서 숯을 팔기보다는 공부를 하는 것이 더 좋을 것 같구나. 네 눈이 공부하고 싶다고 말하고 있거든."

　"어떻게요?"

　"내가 있는 곳으로 오면 공부를 할 수 있단다. 마음이 내키면 언제든지 나를 찾아오너라."

　스크랜튼이 정동에 있는 시施병원 주소가 적힌 쪽지를 내밀었다.

　"당장 갈게요."

　전덕기는 다음날 숯 짐을 팽개치고 정동병원으로 스크랜튼을 찾아갔다. 전덕기는 그날부터 스크랜튼 목사 밑에서 병원 일과 교회 일을 도우면서 성경과 영어를 공부하기 시작했고 신학을 공부하여 전도사가 되었으므로 스크랜튼 모자母子는 신앙을 떠나 인간적으로도 은인이었다. 그런데 시대의 운명 앞에 서로의 처지가 달랐다. 스크랜튼은 전국 기독교청년회를 해산시킬 수밖에 없고 전덕기는 반항할 수밖에 없었다.

"전도사님, 스크랜튼 목사님을 원망해서는 안 됩니다. 소년시절 스크랜튼을 지키기 위해 폭도들 앞을 가로막고 나섰을 때를 생각해 보세요. 지금까지 우리를 위해 많은 일을 해준 분입니다."

회영이 스크랜튼 목사의 공을 상기시키면서 전덕기를 달랬다. 사실은 일본의 압력에다 미 국무성이 을사보호조약을 지지하는 입장인 만큼 전덕기는 스크랜튼의 고육책을 원망할 수도 없었다.

"제가 왜 스크랜튼 목사님 입장을 모르겠습니까. 그러나 이렇게 주저앉아버릴 수는 없질 않습니까. 우당 선생님."

"주저앉다니요. 방법을 찾아야지요."

"방법이라니요?"

"일단은 상동학원을 확장시켜 교육 사업에 매진하면서 장차 계획을 세워나가야 할 줄 압니다."

"교육 사업에 매진을 하자구요?"

"그렇습니다. 지금은 일본과 정면대결을 하는 것보다는 국민을 한 사람이도 더 깨우는 것이 시급한 문제입니다."

전덕기는 회영의 말이 옳다고 생각했다. 교육 사업이라면 감리교회의 교육 사업의 전통과 일맥상통한 일이므로 스크랜튼 선교사도 반대할 이유가 없었다. 상동교회에는 스크랜튼 목사의 어머니인 스크랜튼 여사가 설립한 공옥여학교와 공옥학교(1897)가 있었고 둘 다 초등교육 과정을 가르치면서 영어와 성경 불어를 가르쳐 오고 있었다.

공옥학교 외에 또 하나 상동학원(1904)이 있었다. 상동학원은 미국에서 한 교포가 보내준 자금과 전덕기가 자비를 털어 넣어 시작했으므로 선교사의 제약을 받지 않아도 되었다.

일이 잘 풀려나갔다. 일 년쯤 지나자 스크랜튼이 선교목사 임기를 마치고 미국으로 돌아가게 되었고 전덕기는 한국선교연합회에서 목사안수를 받고 상동교회 담임목사로 임명되었다. 이제부터는 선교사의 관리 제약에서 완전히 벗어나 마음껏 교육 사업에 따른 민족운동을 전개해 나갈 수 있었다.

상동학원은 남궁억 초대원장을 거쳐 이승만이 원장을 역임했고 전덕기가 담임목사로서 당연직 원장이 되면서 활기를 띠기 시작했다. 회영은 학감으로 취임했다. 지금까지 상동학원은 전덕기가 교회에서 받은 생활비를 털어 넣어 겨우 지탱해왔으므로 회영이 학감을 맡은 것은 전적으로 교육자금을 담당한 것이었다.

교육에 박차를 가하기 시작한 두 사람은 호흡이 잘 맞았다. 전덕기는 8년 연상인 회영을 존경하고 회영은 8년 연하인 전덕기를 깍듯이 존경했다. 원장인 전덕기가 이렇게 할까요? 라고 물으면 회영은 정녕 훌륭한 생각입니다. 라고 감탄하고 회영이 이렇게 할까요? 라고 제안하면 전덕기가 참으로 현명하신 복안이십니다. 라고 감탄했다. 회영은 학감으로서 20대부터 신교육으로 세상을 깨워야한다는 일념으로 가득 차 있었던 포부를 마음껏 펼치기 시작했다.

조선의 도도滔滔한 정신……. 성리학으로 뿌리 깊은 집안부터 허물기 시작했다. 정식으로 수백 년 뿌리 깊은 유교정신을 허문다는 것은 어불성설이었다. 소극적인 생각은 처음부터 하지 않는 게 좋았다. 과감해야 했다. 선 입학 후 설득작전을 세우고 조카들을 불러 모아 단발을 시켜 학원으로 내몰았다. 막내아우 호영도 마찬가지였다. 호영의 아내부터 시작해 집안의 젊은 여자들까지 모두 학원으로 내몰았다. 머리를 싹둑 자르고 신학문 책보자기를 든 자식들이 나타나자 건영 석영 철영 세 형님들이 펄펄 뛰며 대노했다.

"우당, 이 무슨 해괴한 짓인가!"

회영을 극진히 아끼는 둘째 석영 형님도 그 일만큼은 용납할 수 없었다.

"자금을 달라면 얼마든지 내줄 수 있지만 이 일은 결코 용납할 수 없어요. 우당, 다시는 내 앞에 나타날 생각 마시오."

얼음처럼 싸늘했다. 한림학자에 좌부승지와 참제를 지낸 조선의 고고한 지조가 서슬 푸르게 살아났다. 회영은 꼭꼭 문안인사를 다니고 형님들은 돌아앉아 인사를 받지 않았다. 회영은 계속 문안인사를 다니고 형님들은 계속 대면하기를 거부하면서 서울 장안이 부러워하던 형제애가 와르르 무너지고 말았다.

시간은 그렇게 흘러가고 석영이 생각할수록 기가 막혔다. 누구보다도 사랑하는 아우 회영을 내친 것이 견디기 힘들었다. 그렇게 가슴이 아프기 시작한 어느 날, 나라를 위해서는 어떤 일이 있어도 하나가 되어야 한다는 것과 흩어지면 죽고 뭉치면 산다. 고 당부했던 아버지의 유언이 가슴을 갈랐다.

"우리 조선이 그러다가 일본에게 당했느니라."

마음속에서 아버지는 급기야 호통을 쳤다. 정신이 번쩍 든 석영이 반년 만에 회영의 문안을 받아들이면서 입을 열었다.

"나라를 위한 일이라면 따를 수밖에."

"그러니 형님께서도 어서 머리를 자르시고 신학문 책을 접하셔야 합니다."

"우당, 어찌 나에게까지!"

겨우 마음을 돌린 형님에게 회영이 고맙다는 말 대신 한 술 더 뜨고 나서자 석영이 말문이 막히고 말았다. 회영은 말문이 막힌 형님 앞에서 물러나오며 "형님, 두고 보십시오. 머리를 자르지 않고 견디시나."라고 회심의 미소를 지으며 대문을 나섰다.

회영의 예상은 적중했다. 생각보다 빨리 일이 반전되기 시작했다. 석영이 상투를 싹둑 잘라버린 것도 모자라 학원의 재정적 지원까지 거들고 나선 것이었다. 첫째 형님과 셋째 형님도 더 이상 버티지 못하고 머리를 자르고 동생들 뒤를 따라나섰다. 회영은 그동안 가족도 설득하지 못하면서 남을 설득하려고 애쓴다는 부담에서 벗어나 자신감이 솟구쳐 올랐다.

손톱도 안 들어가는 사대부들에게 마음 놓고 신학문을 배우자고 말하기 시작했다. 어린 시절 그랬듯이 상동저자를 돌며 상인 백정 상두꾼 천민 아전 노비 등 가리지 않고 배워야 잘 살 수 있고 배워야 애국할 수 있다고 설득했다. 상동학원은 최고의 지성부터 저잣거리의 가난하고 무식한 사람들까지 한데 뒤섞였다. 숯장수 짚신장수 상두꾼들 입에서 영어와 불어가 술술 새어나오고 구구법을 암송하는 소리가 아름다운 합창처럼 울려 퍼졌다.

저잣거리를 돌다보면 상동학원생들의 태도가 예전과 전혀 달랐다. 장사를 하면서도 시간만 나면 영어단어를 외우고 구구단을 외우는 모습을 종종 볼 수 있었다. 재미있는 일도 많았다. 구구법을 배운 사람이 셈을 해주러 다니는가 하면 책을 읽어주는 풍경도 자주 눈에 띄었다. 어느 날은 청년들이 무언가를 가지고 논쟁을 하고 있었다.

"이 사람아, 노다지란 금이 쏟아진다는 말이라니까."

"글쎄, 노다지는 금이 아니라니까."

"노다지가 금이라는 건 삼척동자도 아는 것인데 자네만 우길 거야."

장작을 파는 20대 청년과 약초뿌리를 파는 청년이 노다지를 두고 벌인 논쟁이었다. 장작장수 청년은 상동학원 학생이었다. 장작장수 청년이 회영을 발견하자 얼굴을 붉히며 인사를 했다. 그리고 자기 말이 맞다는 것을 증언이라도 해달라는 듯이 큰소리로 물었다.

"학감님, 노다지가 금이 아니라 손대지 말라는 말이 맞지요?"

"그렇다고 나도 배웠네."

일본이 조선에서 병자수호조약과 제물포조약을 성공시킨 발판으로 관세협정권, 외국화폐통용권, 통상권, 연안해운권, 경부철도부설권, 경인철도부설권, 평양탄광석탄전매권, 충남직산금광채굴권, 경기도연해어업권, 충청도 황해도 평안도 각 지역 연해어업권, 인삼독점수출권 등 권權이란 권을 모두 손아귀에 넣었을 때 미국 러시아 영국 프랑스도 일본이 차지하고 남은 것을 가지고 각축전을 벌이면서 한두 개씩을 차지했었다.

그때 미국이 평북 운산금광채굴권을 차지하면서 금이 나올 때마다 조선 사람들의 접근을 막기 위해 노터치(No touch)를 외쳤다. 그러자 조선 사람들은 그것을 노다지로 알아듣고 금을 캐는 것을 노다지라고 했다. 조선팔도 삼척동자까지 노다지라면 금이 쏟아지는 것으로 통하고 있었고 장작장수 청년은 영어시간에 노터치의 옳은 뜻을 배운 것이었다.

"노다지가 금인 줄만 알았을 때를 생각하니 한심하기 짝이 없습니다."

장작장수 청년이 약초장수 청년에게 들으라는 듯이 의기양양하게 말했다.

"그래서 배움이란 좋은 것이네. 열심히 배워서 밥 짓는 장작을 파는 게 아니라 애국심에 불 지르는 장작을 팔게나."

"예, 학감님, 이 모든 것이 학감님 덕분입니다."

상동학원 강사들은 전국에서 유명세를 떨치는 지식인들이 포진했으므로 곧 명문으로 소문이 났다. 영어는 선교사인 헐버트와 초대원장을 지낸 남궁억과 현순 목사가 가르쳤다. 남궁억은 영문법, 헐버트와 영어에 달변인 현순 목사는 설교를 영어로 하면서 회화를 가르쳤다. 주시경이 한글을 가르치고 역사는 최남선과 장유순의 동생 장도빈이 맡았다. 한문은 조성환, 이회영이, 체육은 조선무관학교 출신 이필주가 담당했다.

한글시간……. 한글시간이면 입추의 여지없이 사람들이 몰려들었다. 주시경이 한글장려운동을 펼치면서 상동학원을 한글보급의 요람으로 만들어갔다. 여름방학엔 국어교사들을 위한 국어강습회를 열었다. 광고가 나가기가 무섭게 전국에서 교사청강생들이 몰려들었다. 교사들에게는 음학音學, 자분학字分學, 격분학格分學, 도해학圖解學, 변성학變性學, 실용연습實用演習 등 여섯 과를 가르쳤다.

장도빈은 발해조선사를 집필한 저자로 직접 발해조선사를 강의했다. 최남선은 유창한 역사 강의로 유명했다. 강의가 끝났는데도 사람들이 일어날 줄 모른 채 앉아 있었다. 무슨 과목이든지 배우러 온 사람들이나 가르치는 선생들이 모두 나라를 생각하며 울었다. 가르치면서 울고 배우면서 울었다. 성악시간에 노래를 부르면서도 울었다. 애국가를 부를 때는 목이 매여 소리가 나오지 않거나 흐느낌으로 변해버리기 일쑤였다.

체육시간에는 거리에서 울었다. 이필주가 담당한 체육은 군사훈련에 버금가는 구경거리로 떠올랐다. 군복 비슷한 정복을 입히고 목총을 메게 하여 군인처럼 꾸민 학생들이 북을 치고 군가를 부르며 거리에 나가 행진을 하는 날이면 길에 늘어선 구경꾼들까지 애국심이 끌어올라 눈물을 흘렸다. 체육시간을 이용해 시민들과 함께 울면서 일본에게 시위를 벌인 셈이었다.

신교육은 감동만으로도 애국심이 불타오르게 하면서 일 년이 가고 봄을 맞았다. 산마다 진달래가 피고 나무들마다 물오른 소리로 요란했다. 회영과 이상설이 옛날처럼 다시 남산에 올랐다.

"우당 형, 청년시절이 생각나지 않으시오. 우리가 과거에 급제를 하고 이곳에 올라 나라를 위해 무언가를 하자고 다짐했던 일말이오."

"생각나다 뿐이겠소. 나라를 지키자고 맹세했는데 나라를 빼앗겨 버렸고 나이는 서른을 훌쩍 넘었으니 답답할 뿐이오."

"우당 형, 생각보다 빠르게 다가오고 있습니다."

"무슨 뜻이오?"

"지금 통감부에서 학제를 개편하는 작업을 하고 있는데 올 가을부터 전국적으로 보통학교 교감과 중등학교 학감을 일본인에게 맡긴다고 합니다."

일본은 사범학교령 고등학교령 외국어학교령 보통학교령을 공포하고 이상설의 말대로 학교교육을 일본식으로 추진해가고 있는 중이었다.

"경제를 틀어쥐었으니 이제부터는 교육을 잡자는 것이로군. 경제로는 사지를 옭아매고 교육으로는 정신을 옭아매자는 것입니다."

회영이 한탄하며 가슴을 쳤다.

"그러니 우리도 서둘러 대책을 세워야 합니다."

"복안을 말해 보시오. 부재."

"앞으로 국내에서 우리가 교육하는 일도 어렵게 되고 말 것입니다. 그러니 해외에 있는 우리 한인자녀들을 교육하여 독립군으로 길러야 합니다."

"역시 부재다운 생각이오. 그럼 구체적인 안을 생각해 보셨소?"

"내가 하루라도 빨리 해외로 나가 교육을 감당해야겠어요."

"망명을 하겠다는 말씀이오?"

"그렇습니다."

"그렇다면 문제를 상동청년회 동지들과 함께 논의하는 것이 좋겠소이다."

"그래서 먼저 우당 형과 의논을 한 겁니다."

이상설의 생각은 모든 동지들에게 중요한 문제로 부각되면서 상동청년회 중심인물들이 교회에 모여 앉았다. 회영과 이상설 양기탁 이동녕 김진호 이준 그리고 상동교회 전덕기 목사 등 서울에 거주하면서 상시로 모이는 인물들이었다.

"부재 동지의 복안에 대해서는 우리 모두가 다 인식하고 있는 일이므로 곧바로 해외 학교설립문제를 의논토록 합시다."

이동녕이 회의를 진행하고 나섰다.

"부재 동지께서 정확하게 보셨습니다. 앞으로 6개월 후면 우리나라 교육현실이 전혀 딴판으로 변해버리고 말 것이오. 그러니 해외에 있는 한인자녀들을 교육시켜 독립운동을 전개해 나가야 한다는 것은 빠르면 빠를수록 좋습니다."

대한매일신보 주필 양기탁이 언론인답게 말했다. 정확한 정보를 입수한 탓이었다.

"그렇다면 학교를 세울 적절한 지역과 학교를 맡아 교육을 담당할 동지를 결정해야 합니다."

"만주 용정촌이 적격이오. 우리 한인들이 가장 많이 모여 있는 곳이고 남으로 북으로 교통의 중심지가 아니오."

"그럼 누가 용정촌으로 나가 학교를 설립할지 말씀해 보시오."

"내가 갈 것이오."

이상설이 이미 결심했으므로 선포하듯 말했다.

"성균관 관장을 지낸 부재야말로 적격이시오."

이상설은 학자로서 덕망과 식견이 높은 탓에 모두 찬성했다.

"이 사람도 용정으로 가 부재 동지를 돕겠소이다."

이동녕이 이상설과 함께 가겠다고 나섰다.

"거국적인 운동방향을 설정했으니 이제 상동청년회라는 이름으로는 그 뜻을 표현하기에 약한 듯합니다. 민족운동에 대한 의미가 좀더 강한 이름이 필요하다고 봅니다만······."

양기탁이 운동방향에 걸맞는 새로운 이름을 짓자는 제안을 내놓았다.

"옳은 말씀입니다."

모두 한참 동안 생각에 잠겼다.

"새로운 세상의 새로운 백성이란 의미는 어떻겠소?"

회영이 의견을 제시했다.

"새로운 세상으로 나아가는 새로운 백성이란 뜻은 우리가 처음부터 지향했던 바이니 우당 동지 말씀대로 '신민회'가 좋을 듯합니다."

이상설이 회원들을 둘러보며 대답을 기다렸다.

"신민회라! 아주 적절합니다."

"좋습니다."

"규약도 채택해야 합니다."

"규약은 단재 신채호 동지에게 부탁하면 어떻겠소?"

"그렇게 하지요. 촌철살인의 필력을 날리는 단재라면 우리 신민회 정신을 확실하게 담아낼 것입니다."

이상설이 신채호를 추천하자 모두 고개를 끄덕였다. 신채호는 19세에 고향 청원에서 상경하여 성균관에 입교했으므로 관장이었던 이상설의 제자인 셈이었다.

"그럼 회를 총괄할 총책과 살림을 맡을 재무를 선정합시다."

"우당 선생님을 총책으로 함이 옳은 듯합니다."

"그렇습니다."

전덕기와 양기탁이 회영을 총책으로 추대하고 나섰다.

"총책은 정보에 밝고 또 국제정세에도 안목이 넓어야 하니 운강이 적절하다고 봅니다."

회영이 손을 저으며 양기탁 주필을 추대했다. 처음부터 몸은 낮추고 뒷받침은 앞장서서 해왔지만 앞에 나서기를 극구 사양하는 회영의 성품을 잘 알고 있는 회원들은 회영의 추천대로 양기탁을 총책으로 결정하고 재무는 교회라는 가장 안전한 조건을 갖추고 있는 전덕기 목사를 선정했다. 신민회의 첫 출발은 그렇게 시작되고 이상설과 이동녕이 조국광복이라는 신민회의 목적을 안고 서둘러 만주 용정촌으로 떠났다.

연극

해가 바뀌고(19707) 을사늑약은 탄탄하게 뿌리를 내려갔다. 밀사로 보낸 이용익이 일을 실패하고 돌아오지도 못하자 비통한 심정을 주체할 수 없었던 고종은 정월 초하룻날 만백성 앞에 국서를 통해 을사늑약은 불법이므로 무효라고 선언하고 나섰다. 국서를 본 친일파들이 완강하게 저항하고 나섰다. 고종은 또 실패하고 말았다. 고종은 다시 방법을 생각해 냈다. 선교사 헐버트를 황실고문으로 채용하여 9개국 국가원수에게 밀서를 전달하라는 비밀특사로 파견했다.

고종의 밀서를 받아든 헐버트가 반드시 일을 성공하리라 다짐하고 떠났지만 열강들은 냉담했다. 헐버트가 도리 없이 돌아와 영국 런던 트리분지 기자인 스토리에게 부탁할 것을 권했다. 헐버트의 조언대로 고종은 선교사 겸 기자인 스토리에게 친서를 주며 길을 찾아달라고 부탁했다. 고종에게 직접 친서를 받고 정의감에 불타오른 스토리 기자가 길을 찾으려고 애썼다.

일본 몰래 중국주재 영국총영사지부에 밀서를 보내 트리분지에 실어 줄 것을 부탁했다. 스토리 기자 덕분에 고종의 친서는 런던 트리분지에 발표되어 을사늑약이 불법이라는 고종의 주장이 영국에 알려지게 되었다. 그렇지만 조선이 어느 나란지 알지 못한 영국 국민들은 관심이 없었다. 영국 정부도 민감한 국제정세에 관한 문제는 관망하는 것이 상책이라고 생각했다.

기대하는 성과는 얻을 수 없었지만 고종의 주장은 영국을 돌아와 영국인 베델과 양기탁이 함께 만드는 대한매일신보에 실리게 되었다. 무언가 될 것만 같은 분위기가 돌기 시작하고, 그때 베델이 몹시 흥분된 목소리로 양기탁에게 속삭였다.

"곧 헤이그에서 만국평화회의가 열린다는 정보가 있어요. 무슨 일이 있어도 참석하여 일본의 불법을 알리세요."

"그게 정말이오? 베델!"

"벌써 7월 5일로 날짜가 잡혀있으니 서둘러야 합니다. 어쩌면 이게 마지막 기회일지도 몰라요."

양기탁이 급히 회영에게 달려왔다.

"하늘이 내린 기회를 놓쳐서는 안 됩니다. 만국평화회의에 밀사를 보내는 길을 찾아야 하지 않겠습니까."

"폐하께서 들으시면 이보다 더 반가운 일이 없을 것이오. 먼저 폐화와 밀통할 수 있는 길을 모색해야 합니다."

고종은 두 번이나 밀서를 보냈다가 발각된 탓에 고종이 거처하는 경운궁(덕수궁)을 일본군이 겹겹이 에워싸고 있었다. 고종과 밀통을 트기 위해서는 양파껍질을 벗기듯 일본군의 감시망을 뚫어야 했다. 감시망은 눈에 보인 것 외에도 일본 공사 하야시 곤스케가 요소마다 심어놓은 첩자가 고종의 일거수일투족을 감시하고 있었다. 고종과 가장 가까운 사람들을 물색해야 했다.

"우당 동지께서 폐하의 측근인 조정구 대감과 내관 안호형을 만나 보시오. 그리고 김 상궁의 도움도 필요할 것으로 압니다."

조정구 대감은 고종의 매부이고 왕실의례를 관장하는 궁내부 요직을 맡고 있으므로 고종과 접촉이 가장 유리한 위치에 있었다. 내관 안호형은 고종을 모시는 최측근이었고 김 상궁은 고종을 모시는 대전 상궁으로 전덕기 목사 아내의 이종사촌이었다.

"월남 이상재 선생께서도 폐하와 가까운 분이시니 함께 논의하는 것이 좋을 듯합니다."

"폐하께서 참찬 이상재 선생을 깊이 의지하고 있으니 옳은 말씀이오."

이상설이 을사늑약 사건으로 참찬 직을 버렸을 때 이상재 또한 관직을 버리고 말았다. 그런데 고종이 이상재마저 놓쳐버릴 수 없어 애원하여 참찬으로 불러들였고 이상재는 차마 외로운 고종 곁을 떠나지 못하고 있었다. 회영과 양기탁은 서둘러 조정구와 이상재와 안호형 전덕기 그리고 김 상궁을 만나 대책을 숙의했다.

"폐하께서 신임장을 쓰시기도 어렵거니와 무사히 가지고 나오는 것도 어려운 일입니다."

어려운 상황을 가장 잘 아는 안호형과 김 상궁이 안타까워했다.

"그러나 하야시 군대가 아무리 철통같이 지킨다 하더라도 어딘가 허점이 있을 겝니다."

"바로 그걸 찾아내야지요."

"그리고 특사를 천거하는 일이 매우 중요합니다. 특사로는 누가 적합하겠소이까?"

조정구가 미리 특사부터 정하자고 했다.

"우당이 천거해 보시오."

이상재가 회영을 바라보며 답을 기다렸다.

"외국어에 능할 뿐만 아니라 국제법에도 밝은 사람이니 정사正使로는 지금 용정에서 서전서숙을 이끌고 있는 이상설이 적합하다고 봅니다."

"부재의 능력과 인물됨은 세상이 다 아는 것이니 더할 나위가 없겠지요."

이상재가 고개를 끄떡이며 그 이상 적임자는 없다는 표정을 지었다. 부사副使에는 전 평리원 검사출신 이준을 천거하고 통역 겸 보조자로 러시아 한국 공사서기관이었던 이위종을 뽑았다. 이위종은 어려서부터 외국생활을 많이 해온 탓에 유럽 각국의 언어에 능통했다.

부사로 천거한 이준은 을사늑약 이후 상동교회에서 신앙생활을 하면서 일할 기회를 찾고 있던 중이었다. 이름난 검사출신에다 건장한 체격에 상대를 압도하는 카리스마를 갖고 있는 이준은 역시 과감했다. 일본이 조선 땅을 일본인에게 부당하게 대부해준 황무지불하취소운동을 벌여 일본 공사로부터 황무지 문권을 탈취하여 고종에게 바치는 쾌거를 보여준 적이 있었다. 그리고 어용단체인 일진회에 대항하는 공진회를 조직하여 탐관오리를 탄핵하는 운동을 펼치다 6개월간 황주에 있는 철도 섬에 유배당하는 어려움을 겪기도 했다.

이위종은 7세 때부터 러시아 한국 공사로 나간 아버지 이범진을 따라 러시아에서 살기 시작했고 영국 프랑스 등을 돌며 유럽생활을 했으므로 여러 외국어에 능통했다. 을사늑약으로 외교권을 박탈하면서 일본은 각국마다 한국 공사관을 폐쇄시키고 공사들에게 철수하라는 명령을 내렸음에도 이범진은 귀국하지 않고 가족들과 러시아에 눌러앉고 말았다. 이범진은 왕실과 같은 혈통이기도 했다. 특사로 정한 세 인물에 대해 만족해하며 조정구와 이상재가 서둘러 고종을 알현했다.

"정녕 하늘이 내린 기회가 아닌가!"

밀서를 보내는 일을 두 번이나 실패한 고종이 반가움에 몸을 떨며 감격했다. 그리고 마지막 희망을 걸고 밀서를 쓸 기회를 노렸다. 7월 5일에 평화회의가 열린다고 했으므로 한 달 보름이 남아 있었다. 만주와 러시아를 거쳐 네덜란드로 가려면 시간이 없었다. 시간은 촉박한데 예상했던 대로 좀처럼 기회를 잡을 수가 없었다. 하루 이틀 시간만 가고 있었다. 취침시간이 아니면 생각조차 못할 일이었다. 잠자리를 펼 때도 김 상궁 옆에 궁녀가 따라 붙었다. 매번 식사를 올릴 때나 오전 오후 그리고 밤에 간식을 낼 때도 어김없이 그 궁녀가 따라붙었다. 하야시가 심어놓은 첩자였다.

며칠 동안 고종은 꼼짝을 못하고 김 상궁과 내관 안호형은 고민에 싸였다. 궁녀뿐만 아니라 첩자는 내관 중에도 있었다. 중견급 내관 안상학이 호시탐탐 고종 주변을 감시하고 있었다.

"안상학 저놈 눈빛이, 독이 가득한 뱀 같구나."

고종은 생각다 못해 친서를 쓸 수 없다면 국새를 찍은 백지위임장이라도 내려야 한다고 마음먹고 밤새도록 기회를 보다가 새벽에야 겨우 백지에 서명을 하고 국새를 누른 다음 요 밑에 넣어두었다. 그리고 지혜로운 김 상궁이 이부자리를 개는 척하면서 치마 속에 감추고 방을 빠져 나와 선교사 헐버트에게 전했다. 헐버트가 밀서를 품고 유유히 궁을 빠져나와 상동교회로 달려왔다.

"폐하께서 국새를 찍고 겨우 서명만 하셨습니다."

"오, 폐하!"

백지위임장을 받아든 회영 전덕기 이준이 탄식했다. 아무리 감시가 심하다 하더라도 백지위임장을 내릴 줄은 몰랐던 탓이었다.

"어명御名 몇 자 조차 떨린 붓끝이 역력합니다."

"이럴 수가!"

"급히 쓰시느라 얼마나 가슴을 졸이셨으면!"

모두 서명을 바라보며 한탄했다. 한탄만 하고 있을 수 없었다. 서둘러 둘러앉아 간절한 기도를 한 다음 이준에게 성공을 빌었다.

"부디, 성공을 빕니다. 일성 선생님."

"성공하지 못하면 돌아오지 않을 것이오!"

이준의 대답이 전율하도록 비장했다. 지체 없이 이준은 장사치로 변장을 하고 극비의 비밀 장도에 올랐다.

이준은 무사히 서울을 빠져나가 블라디보스토크에서 기다리고 있는 이상설에게 고종의 밀서를 전했다. 밀서를 받아든 이상설 또한 선명하게 찍혀있는 국새와 어명을 바라보며 눈물을 흘렸다. 눈물을 흘리며 "꼭 성공해서 폐하와 백성들을 기쁘게 해드립시다."라고 이준과 다짐했다.

신록이 우거진 6월 두 사람은 함께 러시아로 건너가 이위종과 합류하여 네덜란드 헤이그에 도착했다. 헤이그의 6월도 싱그러운 초여름이었다. 세 사람은 숙소에 들자마자 태극기를 게양하고 성공을 기원하는 묵념을 올린 다음 이위종이 문서를 불어와 영어로 번역하여 회의에 제출할 만반의 준비를 갖추어나갔다. 하루하루가 마치 초시계를 재듯이 초조했다. 초조함에 세 사람의 얼굴이 노을빛처럼 붉었다. 다혈질 이준의 얼굴은 아예 불꽃을 피운듯했다.

"일성 동지께서는 얼굴에 화톳불을 놓은 듯하지 않습니까?"

이상설이 이준을 향해 고개를 갸웃거리며 말했다.

"아무래도 일성 선생님 얼굴이 예사롭지 않습니다!"

이위종이 이준의 얼굴을 유심히 바라보며 놀랐다. 이준이 움칠하며 얼굴을 감추려고 했다.

"이제 보니 일성 동지 얼굴에 악성종기가 난 게 아니오?"

뺨 중앙 기름진 곳에 종기가 나 있었다. 벌써 종기가 뿜은 열독이 달무리처럼 깊게 퍼져 있었다. 사실 종기는 서울을 떠나기 전부터 생긴 것이었고 열독으로 잇몸, 귓속, 머릿속까지 욱신거렸지만 관심도 두지 않았다. 이상설의 채근으로 세 사람은 서둘러 병원을 찾았다.

깊이 곪아 들었으므로 수술이 불가피하다고 했다.

"왜 이지경이 되도록 천연했더란 말이오?"

"이 중요한 시간에 이 따위 종기 하나 가지고 법석을 떨다니요."

"이 따위 종기라니요. 세상천지만물과 면대하고 살아가는 얼굴은 겉으로 드러난 심장입니다."

그러나 중대사를 며칠 앞두고 수술을 할 수는 없었다. 수술을 뒤로 미루고 치료제와 며칠 분 내복약을 받아왔다. 드디어 각국 위원 47명이 네덜란드 헤이그로 속속 모여들기 시작했다. 이상설 일행은 뛰는 가슴을 안고 미리 만국평화회의 의장인 러시아 대표 넬리도프 백작을 접견하고 회의에 참가하기를 희망한다며 한국 황제의 신임장을 제시했다. 그런데 뜻밖에도 넬리도프 의장은 한국의 회의 참가여부는 회장의 권한이 아니라 각국 위원들과 합의를 이루어야 하는 일이라며 난색을 보였다.

이상설 일행은 서둘러 영국 미국 프랑스 독일 등 각국 위원들을 방문하여 황제의 신임장을 내보이며 반드시 회의에 참가해야 한다고 호소하기 시작했다. 기대했던 미국과 영국의 위원들이 더욱 냉담했다. 프랑스는 미국과 영국의 눈치를 보며 고개를 갸웃거릴 뿐이었다. 네덜란드 외상을 만나봤지만 묵묵부답이었다. 눈앞이 캄캄했다. 속을 태우다가 각국 신문기자단이 개최하는 국제협회에 겨우 참석할 수 있었다. 이상설이 을사늑약을 애타게 설명했다. 다행히 기자들로부터 조선의 처지에 동정하는 의미에서 겨우 결의안을 얻어낼 수 있었다. 기사회생으로 다시 희망을 가졌다.

가슴이 닳도록 기다린 만국평화회의(1907. 7. 5.)가 개최되었다. 개최국인 네덜란드 외상이 축하인사를 하고 나자 미국 대통령 루즈벨트가 세계평화주의의 성공을 축하한 다음 각국 위원들이 의안을 제출하면서 토론이 시작되었다. 그러나 끝내 한국 밀사들에게는 참석권이 부여되지 않았다.

복도에서 회의가 끝날 때까지 서성이던 이상설이 넋이 나간 모양으로 창밖을 바라보고 있었다. 눈에서 눈물이 줄줄 흐르고 있었다. 천신만고 끝에 내린 황제의 백지신임장을 품고 머나 먼 길 헤이그까지 왔지만 만국평화회의장에 발도 들이지 못한 채 돌아서야 했다. 허탈하게 회의장 로비를 나서는 이상설에게 네덜란드 기자가 다가와 "당신들의 정보를 입수한 일본이 미리 차단해버린 탓입니다."라고 귀띔을 해주면서 한국의 억울함을 보도하겠다고 위로해 주었다. 그러나 기자들의 말이 귀에 들어오지 않았다. 세 사람은 휘청거린 심신을 끌고 겨우 숙소로 돌아와 서로 끌어안고 통곡하기 시작했다.

"죽일 놈들, 여기까지 농간을 놓다니!"

울다말고 이준이 벽을 치며 일본의 방해공작을 질타했다. 분노하는 이준의 얼굴이 용광로 불꽃처럼 타오르고 있었다. 다음날 네덜란드 신문이 만국평화회의 결과를 보도하면서 한국의 사정을 들어 일본의 폭거를 질타하고 있었다. 로비에서 말한 그 기자였다. 고마운 일이었지만 그것으로는 아무것도 할 수 없었다. 이제 헤이그를 떠나는 일만 남았는데 도저히 떠날 수가 없었다. 이상설 일행은 주최국인 네덜란드 정부에 항의하기 시작했다. 만국의 평화를 위해 회의를 한다는 사람들이 일본에게 강제 불법으로 당하고 있는 조선을 일부러 초청하여 사정을 헤아려야 마땅함에도 불구하고 황제의 밀서를 가지고 머나 먼 길을 어렵게 찾아온 밀사들을 거부해버린 것은 평화를 짓밟은 처사라고 외쳤다.

세 사람이 7일 동안 외롭고 고독하게 항의시위를 벌였지만 네덜란드 정부는 꼼짝하지 않고 일행은 지쳐갔다. 이준의 몸이 불덩이로 끓어오르기 시작했다. 얼굴은 이미 불꽃이었다. 분통이 터져 약 먹는 것을 잊어버렸고 통곡하면서 쏟아낸 눈물과 분노가 종기를 한껏 자극한 탓이었다. 이준은 그날 밤 고열에 시달리다 끝내 목숨을 잃고 말았다.

"부재, 해방이 되면 나를 꼭 조국 땅에 묻어 주시오. 부탁이오."

"일성 동지!"

느닷없는 동지의 임종 앞에 이상설은 억장이 막혔다. 이위종과 둘이서 49세 이준을 낯선 땅 헤이그 공동묘지(아이큰다우)에 가매장을 해주면서 한없이 통곡했다.

"반드시 나라를 찾아 동지의 유해를 고국으로 모시겠소. 그때까지만 참아 주시오."

이준은 백지밀서를 품고 서울을 떠나던 날 성공하지 못하면 결코 돌아오지 않겠다고 선언했던 그 비장한 각오를 실현하고 만 것이었다. 로비에서 만났던 그 고마운 기자가 안타까운 마음으로 다시 기사를 썼다. 만국평화회의에 한국이 초청되지 않은 것에 항의하던 한국인 중 이준이란 사람이 갑자기 사망했으며 아이큰다우로 가는 장례는 그와 함께한 일행 두 사람과 융 호텔 주인이 뒤따랐을 뿐이라고…….

일본의 방해로 밀사들이 만국평화회의에 발도 딛지 못했고 격분하여 이준이 자결했다는 소문이 국내를 뒤흔들었다. 여기저기서 의병들이 봉기한다는 정보가 통감부로 쇄도하자 일본이 당황했다.

"왕실에서 그 따위 음모를 꾸미고 있을 동안 경들은 도대체 무얼 하고 있었단 말이오?"

이토가 버럭 화를 냈다. 총리대신 이완용과 농상공부대신 송병준이 겁을 먹고 손을 쓰기 시작했다.

"각하, 오히려 잘 된 일입니다. 밀사를 보낸 책임을 물어 황제를 퇴위시키는 겁니다. 하늘이 내린 기회가 아니고 무엇입니까."

"기회가 조금 빨리 찾아와 주었을 뿐, 그건 벌써부터 우리 일본의 계획이란 걸 잘 아시지 않소."

"그렇긴 합니다만……."

엄청난 제안으로 점수를 딸 줄 알았던 이완용은 기가 조금 죽은 채 친일파 대신들을 대동하고 어전에 나와 직접 고종에게 밀사 사건을 책임지라고 윽박지르기 시작했다.

"이토 통감께서 통분하고 있습니다. 폐하, 이대로 가다가는 필시 국가에 중대사태가 발생할 것입니다."

"중대사태란 무엇이오?"

"나라의 운명이 걸려있는 문제입니다. 그러니 태자 척에게 황위를 하야하소서."

"그러하옵니다. 나라가 백척간두에 서 있습니다. 부디, 하야하소서!"

"무어라? 경들은 통감의 사주를 받아 짐을 팔아먹으려고 하질 않느냐?"

고종이 분을 못 이겨 자리에서 벌떡 일어나 고함을 지르다 쓰러지고 말았다. 그리고 이틀만에야 겨우 의식을 회복하여 침실에 누워 있었다. 이완용과 송병준은 자리에 누워 있는 고종에게 다시 줄기차게 양위를 독촉하고 나섰다. 이틀 동안 두 사람은 침실 밖에 진을 치고 앉아 밤낮을 가리지 않고 시위를 하고 견디다 못한 고종은 이른 새벽에 "군국의 대사를 황태자에게 대리케 한다."는 조칙을(1907. 7. 19. 새벽 6시) 발표했다. 조칙을 읽은 이토가 다시 이완용에게 화를 냈다.

"이건 황태자에게 황위를 물려주는 것이 아니라 잠정적으로 대리케 했다가 다시 복위를 하겠다는 것 아니요? 이젠 경들을 믿을 수가 없소."

"각하, 무슨 일이 있어도 일을 성사시키고야 말테니 염려 놓으시기 바랍니다."

이완용이 믿음을 주기위해 안간힘을 썼다.

"어떻게 성사시킬 것인지 말해 보시오."

"양위식을 거행하겠습니다."

"양위식이라? 좋소! 이번에야말로 총리대신 이완용의 진짜 능력을 보여 줄 기회란 걸 잊지 마시오."

바로 다음날 이토와 이완용은 지체 없이 양위식 준비에 들어갔다.

경운궁 중화전中和殿에 이토를 중심으로 통감부에서 나온 일인 관료들과 궁의 하수인들을 합해 30여 명이 모여섰다. 정작 황위를 물려줄 황제와 황위를 물려받을 황태자는 보이지 않았다.

그 시간에 고종은 뜰을 바라보며 생각에 잠겨 있었다. 초여름이 너무도 푸르고 평화로웠다. 새들이 나무에서 울고 있었다. 새들은 자유롭게 이 나무에서 저 나무로 날아다니며 저희들끼리 말을 주고받느라 부지런히 지저귀고 있었다. 새들이 부러웠다. 뜰 주변에도 몇 명의 일본군이 왔다 갔다 하면서 그런 평화를 깨버린 것이었다. 그리고 고종을 주시하느라 힐끔거렸다.

"저것들이 감히 짐을 향해 힐끔거리다니!"

고종은 분통이 끓어올라 문을 닫고 말았다. 내관 안호형이 헐레벌떡 달려와 아뢰었다.

"폐하, 지금 중화전에서 괴이한 일이 벌어지고 있습니다."

말을 마치자마자 눈물이 글썽거렸다.

"오호라, 양위식 연극 말이냐."

"폐하께서도 알고 계셨사옵니까?"

안호형이 깜짝 놀라 고종을 의아하게 쳐다봤다.

"알다 뿐이냐. 그들이 하고 있는 짓거리까지 환히 보고 있느니라."

고종이 말한 대로 중화전에서는 연극이 벌어지고 있었다. 연극은 그럴싸하게 진행되어 나갔다. 통감부에서 내관 두 사람을 뽑아 한 사람에게는 황금용포를 입혀 용상에 앉히고 한 사람은 양위조칙을 발표하게 했다. 양위조칙을 봉독한 내관이 엄숙하게 조칙문을 새 황제에게 바치고 나자 일국의 황제양위식이 끝났다. 통감부는 이제 황제 즉위식을 남겨놓고 있었다.

곧이어 두 번째 연극(1907. 8. 27.)이 시작되었다. 이번에는 경운궁 돈 덕전悼德殿에 마련한 용상에 멍하게 앉아있는 척이 몸을 떨고 있었다. 즉위식을 며칠 앞두고 단발을 시킨 머리에 어렵사리 얹어놓은 면류 관이 도무지 어울리지 않았다. 어울리지 않는데다 몸을 자꾸 떨자 면 류관이 비뚤하게 기울어져 있고 몸에 맞지 않는 용포가 척을 꼼짝 못 하게 둘둘 말고 있었다.

"이상하지 않습니까? 지난 번 양위식 때와 지금 양위를 받는 황제 가 다르니 말이오."

"매우, 매우, 이상한 일입니다. 이렇게 어마어마한 중대사에 두 번 다 아버지 황제가 보이지 않으니 말입니다."

사진을 찍던 영국 기자 스토리와 선교사 메퀸지가 서로 속삭이며 고개를 갸웃거렸지만 연극은 일사천리로 진행되어 나갔다.

고종을 밀어내고 허수아비 새 황제를 만들어 냈다는 소문을 듣고 이강년이 의병들을 인솔하고 서울로 상경했다.

"매국노 놈들 집에 불을 지르러 왔소이다."

잠시 회영을 만난 이강년이 장졸들과 기회를 노리다 새벽에 이완 용의 집과 송병준의 집에 불을 던졌다. 두 사람의 화려한 저택을 훨 훨 살라먹는 불꽃이 공중을 휘감았다. 속이 후련한 백성들이 박수를 치며 환호성을 질렀다. 일본 군인들이 몰려와 환호성을 지르는 백성 들을 잡아다 범인으로 몰아세웠다. 전국 구석구석에서 의병들이 거센 파도처럼 쏟아져 나왔다. 죽여도, 죽여도, 의병들이 밀려들어 이 강년과 합세했다. 사태를 주시하던 일본이 조선 군대를 의식했다.

"대감, 이러다간 조선 군대가 몰려올지도 모르오. 더 이상 미룰 필 요가 없질 않소?"

일본은 이완용 내각과 함께 어차피 조선 군대를 강제로 해산시켜 버릴 작전을 미리 짜 놓은 터였다. 이토와 이완용은 통감 관저인 대관정으로 조선군 연대장과 대대장들에게 한 사람도 빠짐없이 모이라는 소집을 내렸다. 참령 박성환은 병을 핑계로 대관정에 나가지 않고 대대장실에 침통하게 앉아있었다.

일본은 새로 만든 정미7조약에 따라 조선 군대를 해산한다는 순종의 조칙을 낭독했다. 낭독을 끝낸 후 일본은 군부대신 이병무에게 군대해산식을 거행하겠으니 내일 오전 10시까지 전 부대에 무기를 휴대하지 말고 모이게 할 것을 명령하고, 이병무는 조선 군인들에게 총기를 한 곳에 모으고 집결하라는 지시를 내렸다. 소식을 들은 박성환이 밤에 미친 듯이 숨을 헐떡이며 회영을 찾았다.

"우당 동지, 결국 올 것이 오고야 말았소."

"무슨 말씀인지요?"

"군부대신 이병무 대감이 군인들을 집결시키라는 명령을 내렸소. 총기를 놓고 오라는 것이오."

"그럼 군대해산을?"

"이럴 때 이 사람이 무얼 어찌해야만 하겠소. 도무지 방법을 몰라 우당 동지를 찾았소이다."

박성환은 회영이 5년 연하임에도 평소 회영을 의지했으므로 급히 달려온 것이었다.

일본은 조선을 침탈하는 마지막 관문인 정미7조약을 실행에 옮기기 시작한 것이었다. 고종을 퇴위시킨 일본은 조선이 고등 관리를 임용할 때 반드시 통감부의 승인을 받아야 하고, 또 통감부에서 추천한 일본 인을 조선 고등 관리로 임명해야 하고, 중요 행정과 시설개선 전반을 통감부가 감독관리 하는 정미7조약의 규약 아래 군대해산과 사법권 경찰권을 일본에 위임한다는 비밀협정문을 몰래 숨겨두고 있었다.

"참령께서 명령을 내리지 않으신다면?"

"일본군을 앞세워 강제로 집행하겠지요. 그러나 내 입으로 어찌 그 런 명령을 내린단 말이오. 이 사람은 이제 아무짝에도 소용이 없어졌 어요."

"지금 우리 입에는 재갈이 물려있고 손발은 묶여 있습니다. 참령께 서 무슨 힘으로 이 현실을 이길 수 있단 말씀입니까. 다만 장래를 도 모해야 하니 심기를 굳건히 붙드셔야 합니다."

"장래를 도모할 힘이 없습니다. 내겐 숨 쉴 힘도 남아 있질 않으니 어찌 하오. 우당 동지!"

"조선천하 참령께서 무슨 말씀이신지요. 지금은 세차게 흐른 물길 을 막아낼 방법은 없지만 무슨 대책을 세워야지요."

"없습니다. 이제 우리에겐 아무 것도 없어요."

"일본을 대적할 힘을 길러야지요. 참령께서 말입니다."

"일본을 대적할 군대라도 기르잔 말이오. 무슨 수로."

박성환이 절망한대로 참령 박성환이 명령을 내리거나 말거나 일이 집행되어 가고 있었다. 다음날 오전 영문을 모른 조선 군인들이 총기를 병기 창고에 넣고 명령대로 한자리에 모였다. 그리고 군인 전원에게 조선 국왕의 이름으로 된 서찰이 각각 주어졌다. 서찰을 들고 어리둥절 하는 군인들에게 일본인 교관이 외쳤다.

"자, 이제부터 조선 군대는 없다. 모두 고향으로 돌아가 부지런히 농사를 지으며 잘 살기를 바란다."

서찰에는 10원씩이 들어 있었다. 쌀 한 가마에 3전 정도였으므로 쌀 30가마 값이 넘은 돈이었다. 군인들이 서찰을 개봉하자마자 찢어발기며 통곡하기 시작했다. 그 중 몇 사람이 벌떡 일어나 "여러분! 속지 맙시다. 자 우리를 따르시오."라고 외치며 반납한 무기고를 향해 돌진했다. 무기고를 지키고 있는 일본군과 정면충돌하여 수십 명을 죽이고 다시 무기를 탈취했다.

회영을 만나고 돌아온 박성환은 대대장실에서 새벽을 맞았다. 그리고 이른 새벽 군대를 해산시키라는 황제의 명령이 전달되었다. 박성환은 자리에서 벌떡 일어나 "이는 황제의 뜻이 아니라 적신이 황명을 위조함이니 내 죽을지언정 명을 받을 수 없다."라고 거부하며 대한제국만세! 를 외쳤다. 그런 다음 차고 있던 총으로 머리를 쏴 자결하고 말았다. 총소리의 메아리는 제1연대 제1대대 제2연대를 울렸다. 일제히 분기하여 전열을 가다듬고 전투준비에 돌입했다. 사태를 미리 짐작한 일본군 전투 병력이 대기하고 있었다. 치열한 총격전이 벌어지고, 조선군은 마지막으로 장렬하게 싸우면서 초개처럼 죽어갔다. 회영이 땅을 치며 통곡하다 벌떡 일어나 양기탁에게 달려갔다.

"부재를 만나러 가야겠소."

"그게 좋겠습니다."

이상설과 이위종은 헤이그밀사 실패와 고종의 강제 퇴위를 통탄하며 다른 방법을 모색하기 시작했다. 조선의 억울함을 호소한 공고사控告詞를 평화회의와 각국 위원에게 보내기도 하고 영국 프랑스 독일 미국 러시아로 두루 다니며 일제의 침략을 폭로하기 위해 수단과 방법을 가리지 않았다. 일본이 두고 볼 리가 없었다. 일본은 궐석재판을 통해 이상설에게 사형을 언도하고 이미 사망한 이준과 이위종에게는 무기징역을 선고했다. 그러므로 이상설과 이위종은 조국이 해방되지 않는 한 조국에 발을 디딜 수가 없게 되고 말았다. 이상설은 신변에 위험이 따르자 용정에 설립한 학교 서전서숙으로 돌아가지 못하고 블라디보스토크로 가 그곳을 새로운 독립기지로 삼기로 했다.

그때 블라디보스토크에서 내장원경 이용익이 위독한 상태에 있었다. 병원에 누워있는 이용익은 일경에게 총을 맞은 상처가 악화돼 살아날 가망이 없었다. 이상설이 찾아와 손을 부여잡았다.

"참찬 대감, 내 손자에게 이 돈을 찾게 해서 독립운동자금으로 사용하라 할 것이오. 33만 원이오(3백30억)."

이용익은 이상설에게 거금이 든 제일은행통장을 보이며 손자 이종호로 하여 돈을 찾게 할 것이라고 말했다. 수십 구의 금광을 소유한 이용익이니만큼 놀랄 일은 아니었다. 이상설은 고개를 흔들었다. 제

일은행이라면 일본의 민간 기업으로 일본의 영향권 아래 조선의 중앙은행 역할을 하고 있었다. 거액의 통장은 이용익의 손자 이종호에게 넘겨졌지만 이상설의 짐작대로 일본이 이미 돈을 교묘히 처리해 버린 뒤였다.

"참찬, 돈이란 참으로 남가일몽인 듯하오. 조선의 돈이 다 내 것인 듯 했는데……. 하긴 나는 처음부터 가난뱅이 집안에서 태어나 보따리장수를 했으니 다시 본래대로 돌아온 것이지요."

이용익은 헤아릴 수 없도록 많은 재산을 모두 일본에게 빼앗겨버린 채 블라디보스토크에서 초라하고 쓸쓸하게 일생을 마치고 말았다. 이용익이 마지막 남기고 간 말을 곱씹으며 이상설이 허무한 심정으로 조선쪽 하늘을 바라보고 있는데 회영이 불쑥 들어섰다.

"대체 이게 누구란 말이오!"

두 사람은 누가 먼저랄 것 없이 와락 끌어안았다. 회영은 이상설이 안타깝고 이상설은 조국과 회영에게 미안했다.

"거사를 실패하고 죽음을 생각했지만 우당 형을 생각했습니다. 꼭 한 번은 만나야만 할 것만 같은데 조국엔 발을 디딜 수가 없으니 머리끝까지 미쳐가던 중이었소. 게다가 헤이그 일을 빌미로 황제께서 퇴위를 당하셨으니……."

"헤이그 일을 실패한 것이 어디 부재의 잘못이랍니까. 그리고 고종 황제를 퇴위시킨 것은 저들이 처음부터 계획한 것입니다. 무엇에서 기회를 포착하느냐가 문제였을 뿐이오. 그나저나 군대를 해산시켜버렸습니다. 그래서 박성환 참령이 자결을 해버리지 않았습니까. 지금

의병들이 처처에서 분기하고 있습니다."

"무엇이, 군대가 해산 당하고 박성환 참령께서 자결을 하다니요? 아, 이럴 수가! 이젠 정녕 끝입니다."

이상설이 두 주먹으로 책상을 치며 울분했다.

"부재, 의병들이 일어나 삼천리강산에서 나라를 찾겠다고 목숨을 버리고 있는데 우리도 대책을 세워야 합니다. 그래서 이 사람이 양기탁 동지와 은밀히 의논하고 부재를 만나러 온 것이오."

이상설이 정신을 수습하며 결의에 찬 얼굴로 입을 열었다.

"그동안 세상을 돌아다녀보니 움직임이 심상치 않습니다. 러시아는 시베리아철도에 복철을 부설하고 무기를 제조해 만주와 몽고 국경에 군대를 배치할 준비를 하고 있고, 미국은 장차 동아시아로 진출하는데 방해가 되는 일본을 제지할 방법을 모색하는 중입니다. 그리고 중국이 일본을 향해 설욕을 다지고 있으니 머지않아 이 세계가 전쟁이 일어날 것이 틀림없소이다."

"미국이 일본을 제지하는 날이 온다면 우리로서는 천운이겠지요."

"우당 형, 반드시 그런 날이 올 것입니다. 그러니 서둘러 군사기지를 세워야 합니다. 해외에 광복군을 기를 만한 무관학교를 세워 독립군을 길러내야 할 것인데……. 그런데 군사기지를 세우자면 자금이 만만치 않으니 어찌합니까."

이상설이 자금을 크게 걱정하고, 회영은 잠자코 말이 없었다. 고개를 들어 하늘을 우러르며 심호흡을 거푸 퍼냈다. 그리고 한참 후에 입을 열었다.

"내가 하리다."

"우당 형이 그 큰일을 어찌 맡겠다는 것이오? 아무리 둘째 석영 형님께서 조선천하 재력가라 하더라도 말입니다."

"자금을 당장 모금을 할 수도 없는 일이잖소. 그리고 우리 6형제들 힘을 모두 합하면 못할 것도 없소이다."

이상설이 고개를 끄떡였다. 애국지사들 가운데 무관학교를 세울만한 재력을 가진 동지가 없는 탓이었고 또 그만한 자금을 일본을 피해 모금한다는 건 어려운 일이었다.

"그럼 이제부터 우리 신민회가 구체적인 조직을 갖추고 비밀 항쟁을 할 준비를 해야 합니다. 형은 속히 돌아가서서 양기탁 동지와 함께 구체적인 비밀결사를 조직하십시오. 이 사람은 광복 전에는 조국에 돌아갈 수 없는 운명이니 이곳에서 운동 방법을 찾겠소이다."

두 사람은 청년시절 남산에서 그랬던 것처럼 다시 결의를 다졌다. 전국적으로 비밀리에 지사들을 규합하여 비밀결사를 조직하고 만주에 광복군을 양성하자는 것이었다.

이상설과 의논하고 돌아온 회영은 총책 양기탁과 함께 신민회 결성을 준비하기 시작했다. 때마침 미국에서 도산 안창호가 귀국해 있었고 이상설과 용정으로 갔던 이동녕도 돌아와 있었다. 상동교회 지하실에(1907. 11. 29.) 회영과 총책 양기탁 재무 전덕기를 중심으로 이동녕 안창호 이동휘 이승훈 등이 모였다. 이미 신민회란 이름이 만들어져 있으므로 조직체계에 대해 의논이 오고갔다.

"우리는 비밀결사단체이니만큼 한 사람을 중심으로 하는 회장제도는 이롭지 못합니다. 횡으로 연결하는 집단지도체제를 선택해야 합니다."

총책 양기탁이 안을 제시했다.

"옳은 말씀이오. 단일 지도체제는 위험하기 짝이 없습니다."

"그렇다면 총책도 없애야 합니다."

"도별로 나누어 총감을 두기로 합시다."

"찬성이오."

"그럼 각 지역 총감을 결정합시다."

"경기 총감은 양기탁 동지께서 맡아주시고 서울 총감은 전덕기 목사님께서 맡아주시오."

이동녕이 좌중을 둘러보며 먼저 입을 뗐다. 평북 총감에 이승훈, 평남 총감에 안창호, 황해 총감에 김구 함경도와 만주를 포함한 이북은 이동휘가 맡았다. 이동녕은 서기를 맡고 재무는 이미 정해진 대로 전덕기가 맡았다. 회영은 아무것도 맡지 않았다. 성격상 직책을 맡지 않는 것도 있었지만 해외 군사기지설립에 대한 문제를 앞두고 있는 입장이었다. 그리고 회원을 가입시킬 때 입회원에 대한 심사는 미국에서 한인회를 이끌어본 경험이 풍부한 안창호가 맡기로 했다.

"회원은 반드시 잘 아는 지인을 입회시키되 첫째도 둘째도 신원이 분명, 명확해야 하고 회원 간에도 두 명 이상은 서로 모르도록 해야 합니다. 그리고 단재 동지가 작성한 규약에는 우리 신민회의 보안이 개인의 목숨보다 위에 있다는 것을 잘 나타내고 있습니다. 조국광복이 되는 날까지 죽는 한이 있어도 비밀이 유지되어야 하고 우리 모두는 규약을 가슴속 깊숙이 품고 잠을 자면서도 뇌어야 합니다.

회원이 만일 본회를 배반하였을 때는 어느 때든지 그 생명을 빼앗길 줄 알 것. 회원은 만일 탄로가 났을 때는 혀를 깨물어 말을 입 밖에 내지 말 것. 회원은 달고 쓴 생활과 힘들고 편한 활동을 회원들과 함께 할 것……

의병들이 초개처럼 목숨을 버리면서 항전했지만 일본에게 의병들이 붙잡히면서 항전도 막을 내리기 시작했다. 이강년도 강원도 인제 백담사전투와 안동 서벽전투 봉화 내성전투에서 혁혁한 전과를 올렸지만 결국 청풍 까지성 전투에서 일본군이 쏜 총탄을 맞고 붙잡히고 말았다.

의병만 진압하면 곧 조선이 일본에게 병합될 것이라는 소문이 퍼지기 시작했다. 소문대로 일본은 마지막 방법을 쓰기 시작했다. 숨어 있는 의병을 찾아내어 토벌하기로 작전을 세우고 2천 2백 명의 일본 군인을 전라남도로(1909) 내몰았다. 전국 의병규모의 절반을 차지하고 있는 전라남도 의병은 숫자나 전략이 군대를 방불케 해 공포의 대상으로 떠오른 탓이었다.

현지 경찰과 밀정들을 동원하여 의병을 일으킬만한 주요 마을 외곽에 포위망을 치고 15세 사내아이부터 60세까지의 남자들을 빠짐없이 색출 소집하여 무차별 학살을 한 다음 나중에는 나이를 가리지 않고 걸어 다닐 수 있는 남자라면 눈에 보인대로 씨를 말려나갔다. 마을은 약탈하고 불을 질렀다. 세상이 꽁꽁 얼어붙고 말았다. 울 수도 없고 숨도 쉴 수 없었다.

그때 느닷없이 한 애국자가 만주 하얼빈역에서 을사늑약을 만들어낸 이토를 사살했다는 소문이 조선 땅을 흔들었다. 안중근이라고 했다. 비로소 봉쇄된 입들이 열리면서 통곡소리와 만세소리가 뒤엉켰다. 안중근이란 이름이 하늘을 진동했다. 친일파들이 안중근을 하루 빨리 사형해야 한다고 성토하고 나섰다. 한성부민회가 이토 추도회를 개최하고, 일진회를 창시한 송병준이 입에 거품을 물고 한일병합을 요구하는 성명서를 발표하고 나섰다. 일본의 총칼이 안중근 사건으로 집중하기 시작했다. 안중근의 배후를 잡기 위해 애국지사들을 색출하는 가운데 이동휘 이갑 안창호가 체포되고 말았다. 천만다행으로 일본은 아직 신민회 정체를 눈치 채지 못하고 있었다.

총리대신 이완용이 일을 서둘렀다. 이완용은 통감 테라우치 마사타케와 한국통치권을 일본 천황에게 양도한다는 문서에 서명을 끝내고 7일 후 한일병합조약(1910. 8. 29.)을 선포했다. 친일파들은 덩실덩실 춤을 추었다. 양기탁을 잡아 가두고 빼앗은 대한매일신보에서 대한을 떼어버린 매일신보에 이완용과 권중현을 중심으로 76명의 권력자들이 합방공로로 작위를 받았다는 기사가 화려하게 쏟아지기 시작했다. 조선귀족령을 만들어 후작 6명, 백작 3명, 자작 22명, 남작 45명을 선정하여 작위수여식을 거행한 것이었다. 이완용 한창수 등 일등 공신 6명에게는 후작을 내리고 왕족들에게는 백작을 내렸다. 대원군 조카 이재완, 철종의 사위 박영효, 명성황후 동생 민영란이 감읍하며 백작을 받아들였다.

자작과 남작 중에는 일본을 원수로 여긴 배일자 임에도 작전상 작위를 수여한 사람들도 있었다. 김석진에게 남작이 내려졌다. 김석진은 불결함을 견딜 수 없다고 소리치며 몸을 씻은 다음 음독자결을 하고 말았다. 김사준 김가진은 보란 듯이 독립운동에 뛰어들어 작위를 박탈당하게 만들었다. 고종의 매부 조정구에게도 남작이 수여됐다. 조정구 또한 음독자결을 시도했다가 실패하자 묘향산 첩첩산중 보현사로 들어가 은둔해버렸다. 중추원 부의장에 김윤식, 고문에 이완용을 임명하고 찬의贊議에 한창수, 부찬의에 회영의 동생 시영을 임명했다. 부찬의란 벼슬이 내려졌다는 말을 들은 시영이 실소를 금치 못했다.

만주 벌판을 달리는 열두 대 삼두마차

"조선 사람은 일본에 복종하든지, 죽든지, 둘 중 하나만을 선택하라……!"

조선총독부 초대 총독 데라우치 마사타케의 선언이었다. 그의 말은 곧 법이었다. 마사타케는 임명 첫날 한일병합에 절대적인 공을 세운 이완용을 칼로 찔러 상해를 입힌 이재명을 단번에 사형하여 무단통치의 전형을 조선 천하에 떨쳤다. 화려한 훈장이 덕지덕지 붙은 그의 가슴을 대각선으로 가로지른 금테휘장이 햇살을 받아 섬뜩하게 발광했다. 말갛게 밀어버린 반들거린 머리와 콧수염을 기른 커다란 얼굴에 반격한 몹시 비좁은 이마가 숨막힐 듯 답답했다. 비좁은 이마 아래 짙은 눈썹을 따라 그어진 눈은 독사의 눈이었다. 눈두덩이 툭 불거진 가늘고 긴 눈에서 푸른 맹독이 흘렀다.

저동 이유승 대감 집이 침묵에 잠겼다. 방안엔 서열대로 건영, 석영, 철영, 회영, 시영, 호영 등 6형제가 침통한 얼굴로 앉아 있었다. 회영이 입을 열었다.

"나라가 한일병합의 괴변을 당하여 반도 산하 판도가 왜적에 속하고 말았는데 우리 형제들이 당당 명족名族으로서 대의소재大義所在에 영사寧死일지언정 왜적치하에서 노예가 되어 생명을 구도하면 어찌 금수와 다르리요. 더욱이 세상 사람들은 우리 가문에 대해 말하기를 대한공신大韓功臣의 후예인 까닭에 국은國恩과 세덕世德이 일세一世에 관冠하였다고 일컫고 있소이다.

그러므로 우리 형제들은 국가로부터 동휴척同休戚할 위치에 있으니, 우리 형제들은 당연히 생사를 막론하고 처자노유妻子老幼를 인솔하고 중국 땅으로 망명하여 나라를 구하는 것이 옳은가 하오이다. 또 이 사람은 동지들과 상의하고 근역槿域에서 운동하는 제사諸事를 만주로 옮겨 실천하려 합니다. 고군분투하여 타년他年에 왜적을 파멸하고 조국을 광복하면 이것이 대한민족 된 신분이오. 일찍이 임진왜란 때 왜적과 혈투하시던 백사白沙 할아버님의 후손된 도리라 생각하는 바입니다. 바라건대 백중계伯仲系 각위各位께서는 이와 같은 내 뜻에 따라주시기 바라는 마음입니다."

회영의 결단에 엄숙한 침묵이 흘렀다. 백사 이항복으로 인한 대한공신의 후예로서 세세토록 국가의 은덕을 입었으니 이제는 나라의 운명과 함께 해야 함은 물론이고 그러므로 당연히 생사를 막론하고 가족을 모두 인솔하고 일제치하를 떠나 중국 땅으로 망명을 해야 한다는 말이었다. 둘째 석영이 말을 받았다.

"우당 아우님 말씀대로 나라를 빼앗겨버린 지경에 우리 형제가 당당 명족名族으로서 왜적치하에 노예가 되어 생명을 구도한다면 어찌 금수와 다르겠소. 우리가 이미 각오한 일이니 우당 아우님은 걱정 말고 일을 진행하시오."

"우당 아우님이나 영석 아우님 말씀대로 우리 형제들은 당연히 생사를 막론하고 처자노유妻子老幼를 인솔하고 중국 땅으로 가는 것이 옳은가 하오. 또한 아버님의 유언을 받들어야 할 줄 아오."

첫째 건영이 고개를 끄덕이며 형제들을 둘러보았다.

"이 사람도 일찍이 임진왜란 때 왜적과 혈투하시던 백사白沙 할아버님의 후손된 도리로 생각하는 바, 우당 아우 말씀과 두 분 형님 말씀대로 따를 것이오."

셋째 철영도 찬성하고 나섰다.

"저도 생사를 막론하고 형님들 뜻에 따르기로 이미 결심한 바이니 우당 형님께서는 아무쪼록 일을 서둘러 시행하시기 바랍니다."

막내 호영도 적극 동조하고 나섰다.

"우리 6형제가 모두 일치단결했으니 백사 할아버님을 위시한 조상님들과 아버님께서 무척 흐뭇하게 여기실 것입니다."

다섯째 시영이 형제들을 둘러보며 만족한 표정을 지었다.

"우리 6형제의 선택은 의義를 위해 주나라 것을 먹지 않겠다는 백이와 숙제와는 다른 것입니다. 오직 나라를 찾기 위해 나라를 버린 것이니 이제부터는 가문도 명예도 길거리의 돌멩이로 여기시고 예전 것을 일체 생각하시면 아니 됩니다."

형제들에게 당부하는 회영의 눈이 붉어 있었다.

"나라가 없는데 가문이 무엇이며 명예란 무엇이란 말이오. 생각지
않을 테니 우당 아우님은 염려 마시오."

석영이 회영을 위로하며 형제들을 둘러봤다. 모두 고개를 끄떡이
며 눈물을 닦고 있었다.

가을 하늘은 변함없이 푸르고 들녘은 황금물결이 파도쳤다. 나라
는 비통하지만 3년만의 대풍이라고 농부들이 기뻐했다. 머지않아 질
좋은 조선 쌀을 공출당할 것을 까맣게 모른 기쁨이었다. 추석이 돌아
오고 형제들은 후원 사당에 들어 햇곡식으로 부모님과 선조들께 마
지막 추석제사를 올렸다. 제사를 주도하는 맏이 건영이 사당에 모셔
놓은 조상님들의 위패를 한 분 한 분 부른 다음 축문을 읽었다. 축문
을 읽는 건영의 목소리는 이미 떨리고 있었다. 이제 곧 정든 집과 조
국을 떠날 것이니 추석제사로는 마지막이라고 조상 앞에 고하자 엎
드려 절을 올리던 6형제 이하 모든 가족들이 흐느껴 울었다. 후원의
오죽烏竹 숲에서는 가을 바람이 연신 쏟아져 나오고 과수에서는 과일
들이 아무것도 모른 채 주인을 위해 착실하게 익어가고 있었다.

추석제사를 끝내자 형제들은 서둘러 재산을 매도하기 시작하고 회
영은 동지 이동녕 장유순 이관직과 함께 독립기지를 건설할 만주 답
사를 나섰다. 벌써 총독부에서 망명자들을 막기 위해 경비를 강화했
으므로 일행은 지물장수로 변장하기 위해 각각 지물을 한 짐씩 짊어
지고 신의주 압록강 나루터로 나갔다.

"잘 있었는가, 첸징우!"

나룻배 뱃사공을 향해 회영이 인사를 건넸다.

"어서 오십시오, 선생님,"

중국인 청년 뱃사공이 회영을 만나자 무척 반가워했다. 몇 차례 만주를 오가면서 알게 된 뱃사공이었다.

"이번에는 또 어디로 여행을 가시는지요?"

"봉천으로 가볼까 하는데, 아닐세. 안동(단동)에서 가까우면서도 가장 험한 곳을 찾아야 한다네. 그런 곳이 어딘지 들어본 적이 있는가?"

첸징우는 만주와 조선 신의주를 왔다 갔다 한 탓에 조선말이 소통이 됐고 회영은 압록강을 건널 때마다 이런저런 만주사정을 들으며 도움을 얻고는 했다.

"그거야 유하현의 삼원포지요. 봉천에서도 한 2천 리쯤 더 가야 하는 먼 곳입니다. 워낙 산세가 깊고 험해서 호랑이, 검은 곰, 매화노루가 나온다고 할 정도니까요."

"매화노루는 몰라도 곰과 호랑이라니."

장유순이 그럴 리가 있느냐고 웃었다.

"그게 정말인가?"

회영이 깜짝 놀라며 되물었다. 아직도 그런 짐승들이 살고 있다면 오지 중 오지일 것이었다. 그동안 몇 번 만주를 돌아다녔으나 봉천과 심양이었고 통화나 유하 쪽으로는 발길을 돌리지 못했었다.

"우리 할아버지께 들은 이야긴데 할아버지가 그곳에서 오래 사셨으니 아마 맞을 것입니다."

"유하라면 북만주와 가까우니 맞는 말일 것 같소이다. 동지들, 유하로 가면 어떻겠소?"

회영이 무척 상기된 얼굴로 두 사람을 향해 말했다.

"젊은 뱃사공 말만 듣고 먼 길을 가다니요?"

"험한 것은 사실입니다. 할아버지께서 평생 동안 그곳은 사람 살 곳이 못된다고 몸서리를 쳤으니까요. 그런데 왜 하필이면 그런 험한 곳으로 여행을 가시는 건지요?"

첸징우가 고개를 갸웃거리며 물었다.

"그렇지 않아도 첸징우에게 말해 줄 참이었는데 현장을 답사하고 돌아와 자세히 의논을 하겠네. 첸징우의 도움이 크게 필요한 일이지 뭔가."

"제 도움이 필요하시다니요."

첸징우는 어깨를 으쓱하며 노를 더욱 힘껏 저어 나갔다. 노를 아무리 힘껏 저어도 배는 나뭇잎이 떠가듯 무척 느리게 흘러가고 있었다. 전장 2천 리에 달한 압록강이 무한정으로 길고, 길면서 물도 깊어 한 없이 푸르렀다. 물빛이 오리 머리색 같다하여 압록수鴨綠水라 불렸다는 옛말대로 물빛은 진한 북청색을 띠고 있었다.

"강물 좀 보게나. 어찌 이다지도 아름답단 말인가."

강물을 응시하던 회영이 두 사람을 향해 한탄하듯 말했다.

"압록강을 처음 보신 분 같습니다."

이동녕이 이제 곧 조국 산천을 두고 엉뚱한 남의 땅으로 가야하는 쓰라린 회영의 마음을 알면서도 짐짓 그렇게 말했다.

"맞네. 오늘에야 처음 보는 듯하지 않은가. 지금까지 수차 이 강을 건넜건만 이제야 우리 강토가 아름답다는 걸 알았으니……."

아무도 말이 없었다. 모두들 가슴이 울컥해지는 걸 참느라 입을 꼭 다물고 멀리 강 끝을 따라 눈길을 돌렸다. 배들이 오고갔다. 모두 만주와 신의주를 연결한 나룻배들이었다. 강을 따라 만주로 올라갈수록 군데군데 낚시꾼들과 그물을 치는 사람들이 보이고 배를 강가에 대 놓고 밥을 지어먹는 사람들도 보였다. 가을 햇살만큼이나 모두 평화롭게 보였다. 말이 없자 삑삑 거리는 노의 마찰 소리가 유난히 크게 들렸다.

"뱃사공, 노에 기름칠이나 하고 갑시다."

이동녕이 침묵을 깨며 쉬어가자는 투로 말했다.

"그러지요. 이놈의 노 좆이 다 늙어서 쓸데없는 소리를 냅니다. 배를 대겠습니다."

첸징우는 강가에 배를 댄 다음 쇠로 된 노 틀에 기름을 듬뿍 발라줬다. 그리고 밥을 지어 회영 일행에게 권했다. 반찬이라고는 소금덩어리 젓갈과 거무스레하고 불결해 보인 만주된장이 전부였다. 신의주와 만주를 오고 가자면 장시간 배를 타야하므로 뱃사공들은 배에서 밥을 지어 손님들에게 팔았다. 첸징우는 회영 일행에게 밥값을 받지 않았다.

배가 다시 뜨고 5시간 만에 만주 땅 안동에 내렸다. 조선과 국경지대인 안동은 그래도 이웃동네 같은 느낌이 든 곳이었으나 안동만 벗어나면 만주는 올 때마다 낯설고 공허했다. 여관에 들어 하루를 머물면서 정작 어디로 갈 것인지를 분명하게 정하기로 했다. 안동 사람들에게 다시 삼원포에 대해 자세히 물었다. 사람들은 이구동성으로 넓고 넓은 만주 땅에서 왜 하필 그런 오지를 찾느냐고 고개를 흔들었다. 그런 말을 들을수록 회영은 가슴이 뛰었다.

"첸징우 말이 맞아. 삼원포로 똑바로 가세나."

가장 힘 좋은 마차를 임대하여 3일 동안 달려 유하현 삼원포로 들어가 후미진 마을을 만났다. 추씨 성의 집성촌이었다. 산이 첩첩이 둘러쳐진 추가마을은 중국 땅에서 가장 끝인 것만 같은 오지 중 오지였다. 산을 먼저 둘러보기로 했다. 만약의 경우 도피로를 염두에 둔 것이었다. 끝없이 이어진 산은 침엽수와 활엽수가 하늘이 보이지 않을 만큼 우거져 있고 땅은 썩은 낙엽이 쌓여 있어 발이 푹푹 빠져들었다.

"희귀한 나무들이 즐비합니다. 황벽나무, 천녀목란, 장백송, 황경피, 수곡버드나무……."

산천지세뿐만 아니라 나무종도 잘 아는 장유순이 감탄했다.

"희귀한 나무야 있을 수 있지만 설마 곰이나 호랑이야 있을라고."

이동녕이 곰이나 호랑이가 있기를 바라는 표정으로 장유순을 쳐다보았다.

"매화노루는 더러 있을 겝니다만 호랑이는 있을 리가 있나요."

산엔 나무가 없는 곳도 있었다. 바위산을 따라 앞서가던 장유순이 억! 하고 뒤로 물러섰다. 썩은 관들이 즐비하게 널려있고 다 썩은 해골이 아무렇게나 뒹굴고 있었다. 군데군데는 어린아이들 시체가 둘둘 말려 있었다. 새들이나 짐승들이 파먹은 흔적이 뚜렷했다.

"야만스럽기 짝이 없구만. 이 넓은 땅에 묻을 데가 없기를 하나."

"만주족 만주족해도 이 지경인 줄은 몰랐습니다."

이동녕과 장유순이 몸서리를 치며 말을 주고받았다.

"나쁘게만 생각하지 마시게. 그 사람들 나름대로 무슨 의미가 있겠지."

"하긴 우리 조선에서도 어린아이는 다시 태어나라는 의미로 땅에 묻지 않지만. 그래도 돌무덤은 해 주잖습니까."

"아무튼 우당 선생님, 제아무리 날뛰는 일본 놈들이라도 이곳은 범하지 못할 것 같습니다."

"상상도 못 할 오지입니다."

이동녕과 장유순이 감탄하며 회영을 돌아봤다.

"나도 이미 무릎을 쳤다네."

의견일치를 본 세 사람은 산을 내려와 이번엔 마을을 답사하기 시작했다. 한참을 돌다 우물가로 갔다. 두 남자가 물을 긷고 있었다. 천 길 만 길 깊은 우물에서 큰 두레박을 끌어올리는 남자들이 힘들어 보였다. 여자 대신 남자들이 물을 긷는 이유를 알만했다. 물을 얻어 마시고 잠시 쉬는데 한 남자가 한 남자에게 '박삼사!' 라고 부르는 것이었다.

"박삼사? 혹 성이 박씨 아니오?"

회영이 정색을 하고 물었다.

"맞습니다."

뜻밖에 박씨 성을 가진 남자였다. 추가마을에서 유일하게 조선 성씨를 가진 박삼사라는 남자는 사실 중국인이나 마찬가지였다. 중국 이름이 있지만 돌아가신 부모님의 유언으로 박삼사라는 별호로 부른다고 했다.

박삼사는 자기네 조상이 조선 사람이란 걸 서툰 조선말로 설명했다. 명나라에서 청나라로 교체되는 시대에 조선에서 강홍립을 파견하여 명나라를 도와 청의 누르하치를 공격했으나 명나라 군대가 전멸하자 강홍립이 5천의 군사를 데리고 누르하치에게 투항하고 말았다. 그때 박삼사의 조상이 강홍립의 수하에 있었는데 조선으로 돌아가지 못한 채 만주팔기에 편입되어 흥경(신빈현)에서 살다가 추가마을로 흘러들어 왔다고 했다.

박삼사는 부모형제를 만난 것처럼 감격스러워했다. 박삼사와 시원하게 말은 통하지 못해도 대충 추가마을에서 살기 위해 여러 사람들이 가족들을 데리고 오겠다는 말 정도는 통할 수가 있었다. 회영 일행은 박삼사의 집에서 하루를 묵으며 추가마을을 둘러친 산이 소고산과 대고산이란 설명을 듣기도 하고 지역에 대한 설명을 자세히 들으며 자신감과 확신을 갖게 되었다. 친절한 박삼사는 헤어질 때 2십리 밖 쿨라재 고개까지 나와 돕겠다는 뜻으로 두 손을 모아 꼭 쥐어 보이며 기다리겠노라고 몇 번을 되풀이해 말했다.

추가마을……. 목적지 추가마을까지 가자면 서울에서 기차로 10시간 이상을 달려 신의주 종착역까지 가야 하고, 신의주에서 나룻배로 5시간 이상 압록강을 건너 안동으로 가야 하고, 안동현에서 다시 500

리 길을 달려 횡도촌으로 가야하고, 횡도촌에서 최종 목적지인 유하현 삼원보 추가마을로 600리 길을 달려가야 했다. 멀고 험한 길이므로 신의주에서부터 목적지까지 중간 중간 징검다리를 놓아야 했다.

먼저 압록강을 건너기 위해 대기해야 하는 신의주 나룻터 인근에 방이 대여섯 칸 되는 주막집을 차려 행인들에게는 술밥을 팔면서 망명동지들이 묵었다가 압록강을 건너도록 위장했다. 압록강을 건너면 바로 시작되는 만주 땅 안동현에는 여관 두 채를 임대하여 임시처소를 마련해 두고 강을 건너오는 망명자들이 쉬었다가 다음 목적지로 갈 수 있도록 안내해 주기로 했다.

안동현에서 500리 길을 달려가야 하는 횡도촌에도 다섯 칸짜리 집을 임대했다. 각 처소마다 동지들을 먹일 양식을 마련해두고 김장도 수십 독 담가두도록 했다. 처소마다 믿을 수 있는 사람을 배치해야 했다. 안동현 처소에는 이동녕의 매부 이선구를 배치시키고 횡도촌 처소에는 이병삼을 배치했다. 이병삼 역시 이동녕의 집안사람이었다.

걱정인 것은 일본 경비대를 피해 국경인 압록강을 무사히 건너는 일이었다. 뱃사공 첸징우의 도움이 절실했다.

"첸징우도 알다시피 우리 조선은 일본에게 나라를 강탈당하고 말았네."

"잘 알고 있습니다. 장차 중국도 안전하지 못하다고들 하지요."

"그래서 우리는 독립운동을 하기 위해 만주로 갈 작정이네. 일차로 우리 가족 60여 명이 건너야 하고 뒤따라 여러 동지들이 강을 건너야 하니 첸징우가 도와주어야겠네."

"그런 일이라면 염려 마십시오. 제가 동료 뱃사공들을 불러 모아 일을 도모하겠습니다. 그런데 언제쯤이나 될는지요?"

"아무리 빨리 준비한다 해도 서너 달은 걸릴 걸세. 그런데 자네 동지들을 믿을 수 있겠는가? 일본 첩자들이 도처에 있기 때문이네."

"제 아버지께서 압록강 뱃사공의 주장이시고 그들은 대부분 아버지의 도움으로 압록강에 배를 띄운 사람들이니 염려 마십시오. 그리고 제 아버지께서는 요령이 좋으셔서 일경들을 잘 후립니다. 그들도 하루 종일 강물을 바라보며 지키자니 지루해서 꾀를 부리기를 좋아하지요."

"앞으로 서너 달 후면 한겨울인데 상황이 어떻겠나?"

"추운 것이 힘이기는 하지만 썰매가 배보다 배나 빠르고 이점도 있습니다. 새벽 3시쯤 강을 건너는 겁니다. 제아무리 독한 일본 놈들이라 하더라도 영하 40도까지 내려가는 추위가 무서워 그 시간엔 나오지 않으니까요. 정보만 새어나가지 않으면 말입니다."

"그럼 첸징우 자네만 믿겠네. 우리 가족은 물론 동지들 목숨이 자네에게 달렸다는 말일세."

"무슨 말씀인지 잘 알아들었습니다."

감시의 눈은 벽에도 있고 공기 중에도 있으므로 재산 정리는 은밀히 진행해야 하고 값을 따질 수가 없었다. 방매하는 것도 비밀이지만 사는 사람도 비밀을 유지해야 했다. 사준 것만 해도 고마운 일이었다. 동지들이 여기저기에 줄을 놓아 매매가 이루어져 갔다.

"땅을 사는 게 아니라 독립자금을 내는 것이라고 생각하게."

"그러니 위험을 무릅쓰고 사는 게지요."

누구보다도 재산정리에 가장 힘든 건 둘째 석영이었다. 양부養父로부터 물려받은 땅이 경기 양주 땅 100리 길을 이었다. 일 년 소출이 소작인들의 도조까지 합하면 줄잡아 4만 석이 넘는 재산이었으므로 내놓고 팔아도 어려운 일이었다. 아흔아홉 칸 저택과 휴식처로 소유하고 있는 절은 일본의 감시 탓에 버려두기로 했다. 땅을 헐값에 대충 팔아넘겼다. 땅을 판 돈은 그때마다 금으로 바꾸어 나갔다.

6형제가 태어나고 자란 종현고개 아래 저동 본가 6천 평 저택도 매매할 수 없었다. 비워둔 채 떠나야 했다. 집은 버려도 대를 이어 소장해온 고서적과 고서화 도자기 등 유물은 버릴 수가 없었다. 넘겨줄만한 사람을 물색하던 중 상동학원 선생 최남선을 적임자로 결정했다. 최남선은 아직 이십대 초반 젊은 청년이었지만 나라를 지극히 사랑하는 믿음직한 청년동지임에 틀림이 없었다. 을사늑약이 체결되었을 때만 해도 황성신문에 을사늑약을 반대하는 글을 올렸다가 일본헌병대에 체포되어 옥살이를 했던 일도 그렇거니와 와세다 대학에 재학 시절 학교가 조선을 모욕한 것에 항의하여 자퇴해 버린 뚝심이 마음에 들었다. 신문관이라는 출판소를 창설하여 소년들에게 꿈을 주는 계몽도서를 펴내기도 하고 소년이라는 잡지를 만들어 용기를 주는 시詩를 발표한 것도 고맙기 짝이 없는 일이었다. 장차 훌륭한 학자가 될 것이라고 확신하며 회영이 최남선을 만났다.

"최 군, 우리 가문 유물을 자네가 맡아주어야겠네."

"선생님 가문의 유물은 조선의 혼인데 제가 어찌 그런 귀중한 보물을 감당할 수 있겠는지요."

"그래서 최 군에게 부탁한 것이 아닌가."

"정 그러시다면 성심껏 관리했다가 세상이 바뀌고 선생님들께서 돌아오시면 다시 돌려 드리겠습니다."

"서책으로는 공부를 하여 훌륭한 학자가 되게나."

"제게는 큰 행운입니다. 귀한 서책으로 열심히 공부하겠습니다."

예상했던 대로 재산을 정리하는데 3개월이 걸렸고 6형제가 전답을 팔아 마련한 돈은 40만 원이었다(600억). 쌀 한 가마에 3전이었고 2년 전 대한제국 세입총액이 1300만 원을 조금 웃돌았고, 일본이 제멋대로 만들어놓은 국채도 1300만 원이었다. 서울에서 제일 큰 건물인 서울 역사를 건립하는데 18만원이 들었으므로 서울 역사 두 개를 짓고도 남는 거금이었다.

경술년 12월 신민회 동지들과의 계획도 마무리되었다. 동지들은 해외 망명파와 국내파로 나뉘었다. 망명지는 만주 미국 하와이 블라디보스토크 등지였지만 만주지역으로 가장 많은 동지들이 떠나기로 했다. 망명자들은 해외에 독립기지를 세워 한인들을 결집하여 운동을 전개할 것이고, 국내에 남는 동지들은 자금을 모아 독립기지로 보내주기로 했다. 전덕기 김구 이승훈 안태국 등이 국내를 담당하기로 하고 대부분 동지들이 해외로 나가기로 했다.

회영과 함께 만주로 갈 동지들은 서울지역 충청지역 경상도지역 경기지역 대표들이었다. 전라지역은 남한 대토벌 작전 때 지도급 인사들이 싹쓸이로 일본에게 죽음을 당한 탓에 단 한 사람도 없었다. 일본의 감시를 피하기 위해 한꺼번에 몰리지 않도록 각 지역별로 출발 날짜를 따로 잡았다. 먼저 회영 가문이 떠난 후 이동녕 장유순 등이 뒤를 잇기로 했다.

형제들이 한 가정씩 움직이기 시작했다. 막내 호영을 제외하고 모두 젊은 나이가 아니었다. 집안의 장자인 건영은 58세였다. 의정부 참정대신을 지낸 인물이었다. 아내와 24세인 아들 규룡의 가정과 15세 규훈이 따랐다. 규룡은 회영의 장남으로 맏형 건영에게 양자로 출계한 아들이었다. 아들을 얻지 못해 규룡을 양자로 들이고 10년 만에 규훈을 얻었다. 규룡의 소실 송동집도 함께 떠났다. 송동집은 소실이지만 현숙하고 글도 상당히 읽었으므로 유식하다는 평을 받고 있었다.

둘째 석영은 55세였다. 아내와 12세인 아들 규준이 있고 출가한 딸들 가족도 따라나섰다. 셋째 철영은 48세였다. 철영은 사간원 출신에다 의정부 대신을 지낸 인물이었다. 아내와 아들과 딸들을 데리고 떠났다. 다섯째 시영은 41세였다. 아내 박씨와 22세인 장남 규봉과 6세인 규홍 두 아들이 있었다. 장남 규봉은 전처가 낳은 아들로 김홍집의 외손자였다. 시영은 17세에 식년감시式年監試에 급제를 하고 김홍집의 딸과 결혼하여 규봉을 낳았고 아내 김씨가 죽자 박씨와 재혼한 처지였다. 둘째 규홍은 박씨가 낳은 아들이었다.

여섯째인 막내 호영은 36세였다. 아내와 어린 딸들을 데리고 떠났다. 호영의 소실 안동집도 따라나섰다. 안동집은 송동집과 달리 욕심이 많고 허영심이 많아 호영이 늘 신경이 쓰였다. 만주로 가는 것도 송동집은 나라를 찾아야 한다는 간절한 소망을 품고 만주로 떠난다면 안동집은 그저 가족을 따라가는 것이었다. 가족들 간에 송동집은 오상고절 국화라면 안동집은 초여름 화려하게 피었다가 금세 시들어버린 부용이라고 했다.

회영가문은 윗대로부터 소실을 거의 두지 않았고 위로 다섯 형님들도 소실을 두지 않았는데 막내 호영이 소실을 둔 것이나 20대 젊은 규룡이 소실을 둔 것은 아들을 얻기 위해서였다. 그런데 아직 안동집이나 송동집 둘 다 아들이고 딸이고 자식을 얻지 못했다.

회영은 맨 나중에 떠나기로 하고 가족들을 먼저 보냈다. 아내 이은숙과 15세인 장남 규학과 태어난 지 9개월 된 아기 규숙이 있었다. 일이 순조롭게 진행되어 가고 회영이 마지막으로 떠날 준비를 서두르는데 방면한 노비들이 불쑥 나타났다. 홍순이 앞장 서 있었다. 망명은 쥐도 새도 모르게 행해졌고 노비들도 감쪽같이 속였으므로 회영이 소스라치게 놀랐다.

"자네들이 어쩐 일인가?"

"나으리, 저에게까지 숨기시다니요. 너무하십니다."

홍순이 엎드려 퍽퍽 울어댔다.

"그럼 자네들도 이일을 알고 있었단 말인가?"

"토지를 떼어주시면서 이번에야말로 집 근처에 얼씬도 말고 각자 농사를 지으며 잘 살아가라고 당부하실 때부터 눈치 챘습니다. 저희는 눈치 하나로 살아온 사람들입니다요."

"알았다고 하니 더 이상 속이지 않겠네만 이번 일은 자네들이 참견할 일이 못 되니 어서 돌아가게."

"나으리께서는 저잣거리에서 백정이나 상두꾼이나 하다못해 수표교 다리 밑 거렁뱅이에게도 나라를 위해 살아야 한다고 하셔놓고 왜 저희들은 안 된다고 하신지요? 저희 같은 무지렁이들은 조선 백성이 아니란 말씀인지요?"

"나으리, 저희들 몸속에도 조선의 뜨거운 피가 흐르고 있습니다요."

"예 맞습니다. 저희들 피도 펄펄 끓는 양반들 것과 똑같습니다."

"왜 이리 야단들인가. 거긴 자네들이 갈 곳이 못 된다니까."

"험한 곳일수록 나으리들보다 저희가 낫습지요. 지독하게 춥고 덥고 배고프다는 걸 저희들도 알고 있습니다."

"자네들은 조선에 남아 열심히 살아가게. 그것이 바로 자네들이 할 수 있는 훌륭한 독립운동인 게야."

"저희들만 편하게 살 수 없습니다. 나으리들께서 목숨을 내놓으셨는데 저희 목숨이야 열 개 백 갠들 못 내놓겠는지요."

노비들은 눈물을 흘리며 심정을 왜 몰라주느냐고 가슴을 쳤다.

"나으리께서 저희들을 방면하실 때 사람은 반드시 어떤 목적을 갖고 살아야 한다고 이르지 않으셨는지요. 저희들도 이제 살아가는 목적이 생겼습니다."

"그렇습니다요. 저희 같은 무지렁이들도 어느 구석엔가 쓸모가 있을 것이니 제발 데려가 줍쇼!"

노비들은 물러설 기미가 보이지 않고 회영은 어쩔 수 없이 그들을 받아들이기로 마음먹었다. 사실 반가웠다. 노비들 말대로 애국하는

데는 양반과 노비가 따로 없고 부자와 가난한 자가 따로 없고 선비와 장사꾼이 따로 없다고 저잣거리를 다니면서 열심히 외쳤던 일을 생각하면 가만히 앉아서 든든한 동지들을 얻은 셈이었다. 그것도 한두 명이 아닌 열세 명이나 몰려온 것이었다.

"정히 그렇다면 자네들을 동지로 받아들이겠네. 그러니 이제부터는 노비가 아니라 당당한 독립투사로서 나와 함께 가는 것일세."

노비를 방면했던 일은 두 번이었다. 첫 번째는 일본을 경계하면서 고민하던 고종이 국호를 대한제국으로 선포하면서(1897) 구본신참舊本新參을 천명할 때였다. 옛 것을 근본으로 하여 새 것을 수용한다는 광무개혁이었다. 석유를 사용한 가로등을 설치하여 밤길을 밝히고 전화와 전신, 전차를 놓는 것만 해도 딴 세상이 된 듯했다. 그때 회영의 몸속에서 큰 물결이 요동치기 시작했다. 임금이 직접 나섰으니 이제는 국민들도 본격적으로 자신을 스스로 개혁하고 개조해야 할 때라고 판단했다. 회영은 새로운 세상으로 나가는 것에 장애가 된다고 생각한 것을 과감히 척결하기로 하고 구습부터 혁파하기로 했다. 구습 중에서도 노비방면을 가장 먼저 실행에 옮기기로 결심하고 아버지 앞에 뜻을 밝혔다.

"노비를 모두 방면하잔 말이냐?"

"그렇습니다. 아버님, 노비문서를 불태우고 그들을 모두 방면해야 합니다."

"아직 조정 관료들 중에 그런 일을 행한 가문이 없느니라."

"무엇이든 처음에는 길이 없었습니다. 누군가 길을 닦아놓으면 사람들이 그 길로 걸어갈 것입니다."

"어려서 했던 말과 똑같은 말을 하고 있구나. 그러나 이 문제는 다르다."

회영이 여덟 살 때 수해를 당한 백성들을 위해 곳간을 풀자고 했던 말을 이유승 대감이 떠올린 것이었다.

"조선 5백 년 철벽같은 신분의 벽에 정을 대고 망치를 내리치는 일이 아니냐. 이 나라 사대부들이 네 손에서 망치를 빼앗아 너를 치려고 할 것이다."

"각오하고 있습니다. 아버님."

"아무튼 이 문제는 네 형제들과 의논을 거쳐야 한다. 단 한 사람이라도 반대자가 있을 시는 시행할 수 없다는 것을 염두에 두어야 한다."

형제들은 미리 약속이라도 한 것처럼 회영의 뜻에 모두 공감해 주었다. 노비들을 모아놓고 대대로 내려온 노비문서를 없애고 그들을 방면하겠다고 선포했다. 그런데 춤을 추며 만세를 부를 줄 알았던 노비들이 안절부절 못한 것이었다. 노비들은 단 한 사람도 집을 나가려고 하지 않았다. 어려서부터 회영을 따른 홍순이 울먹이며 엎드려 애원했다.

"대감마님댁에서 한 발자국도 나갈 수 없습니다."

그들은 막상 세상으로 나가는 것을 두려워했고 회영은 기가 막혔다. 주인에게 의지해 살아온 무기력이었다. 하는 수 없이 회영은 형제들과 다시 의논 끝에 매년 노임을 지급하기로 하고 모두 예전처럼 함께 살기로 결정을 내렸다.

아버지 이유승의 말대로 권문세가들이 비난을 퍼붓기 시작했다. 삼한갑족三韓甲族 가문의 자제가 관계로 나가지 않는 것부터 나라에 대한 불충인데 거기다 노비문서를 없애고 방면까지 시도한 것은 나랏법을 무시한 처사일 뿐만 아니라 사대부의 질서를 어지럽히는 행위라고 분노했다. 일부 대신들은 일을 문제 삼아 사간원에 올려야 한다고 주장하고 과격파들은 임금께 바로 상소해야 한다고 떠들었다. 그런 와중에 회영은 한 술 더 뜨고 나섰다. 이상설을 만나 청상과부가 된 누이를 재가시키겠다고 은밀히 속삭였다.

"김 대감댁 며느리가 된 순영 누이 말이오?"

"그렇소이다. 가엾은 내 누이를 이대로 방치해 둘 수 없는 일이오."

"도대체 무슨 수로 김 대감을 설득시킨단 말이오?"

"부재가 염려한대로 설득이란 어림없는 일이지요. 내게 묘안이 있어요."

회영보다 두 살 손위인 누이 순영이 열여덟에 혼인하여 스물에 과부가 되었고 일 점 혈육도 없이 별당에서 책을 읽거나 수나 놓으며 죄인처럼 살아가고 있었다. 가슴에는 남편을 잃은 여자라는 죄책감을 안고 발목에는 평생 그 집을 벗어나서는 안 되는 족쇄가 채워져 있었다.

마음속에 이미 혼처까지 찾아놓은 회영은 드디어 김 대감댁으로 누이를 잠시 수표동 집에 다녀갈 수 있도록 해달라는 청을 넣었다. 회영은 결혼하여 저동 본가에서 가까운 수표동으로 분가하여 살고 있었다. 김 대감댁에서 다행히 회영의 청을 받아들여 과부며느리를 회영의 집으로 보내주었다. 누이를 빼낸 회영은 누이가 열병을 얻어 크게 앓고 있다는 핑계를 대며 시댁으로 돌려보지 않고 차일피일 날을 보내고 있었다.

"순영 누이를 제 시댁으로 돌려보내지 않겠다니요?"

"그렇소. 결코 돌려보내지 않을 것이오."

"우당 형은 언제나 사람을 놀라게 하질 않습니까. 부디 성공하기를 빕니다."

이상설이 놀란 대로 누이를 무작정 돌려보내지 않으면 사돈댁에서 용납할 리가 없었다. 회영은 매우 위험하고 대담한 계책을 짜냈다. 사돈댁과 본가 부모님께 누이가 갑자기 급사했다는 부고를 냈다. 임오군란 때 난을 일으킨 구식군인들이 민비를 죽이겠다고 궁궐에 난입하자 민비를 충주 장호원으로 대피시켜놓고 대원군이 민비가 죽었다고 장례를 치른 것을 떠올린 것이었다. 회영의 부모와 형제들이 급작스런 일에 놀라 어찌할 바를 몰랐다.

반대로 사돈댁에서는 침묵했다. 청상과부 며느리가 집 밖으로 나가 죽었다면 가문의 수치였다. 집안으로 시신을 들이지 않는 것이었고 장례도 집안에서 치를 수 없는 일이었다. 암암리에 일을 마무리 짓는 것이 권문세가들의 관례였으므로 그것으로 끝이었다. 회영은 각본대로 움직이기 시작했다. 동지들을 불러 모아 서둘러 장례를 치른 다음 쥐도 새도 모르게 누이를 혼인시키는 데 성공했다.

모두 무사히 서울을 빠져나갔다. 그리고 12월 30일이었다. 때마침 송구영신을 위한 종현성당(명동성당) 종소리가 울려 퍼지고 있었다. 회영이 마지막으로 떠날 준비를 했다. 태어나 부모형제와 함께 살아온 집을 둘러보았다. 정들었던 집을 버리고 떠나리라곤 꿈에도 생각지 못한 일이었다. 후원에 있는 사당으로 나갔다. 사당을 둘러친 오죽 숲이 바람을 타고 있었다. 댓잎이 서로 살을 비비는 소리가 슬프게 들려왔다.

사당에 들어 조상님들께 마지막 인사를 올렸다. 언제 다시 사당에 들지 알 수 없는 일이었다. 흐르는 눈물을 닦아내며 사당을 나와 후원을 둘러보았다. 봄이면 따뜻한 후원에 모여앉아 이야기꽃을 피우던 어린 시절이 꿈처럼 스쳐갔다. 누이들이 거처했던 별당 돌계단을 따라 마른 모란 대가 앙상하게 떨고 있었다. 별당 아래 연못은 꽁꽁 얼어 있었다. 감나무 우듬지에 아직도 남아있는 몇 개의 홍시가 철없이 붉고 그 아래 줄지어 놓여있는 장독대가 반짝반짝 윤기를 내고 있었다. 장독간은 어머니가 직접 관리했던 곳이었다. 어머니는 언제나 장독은 반짝반짝 윤이 나야 한다며 사당 다음으로 신성한 공간으로 여겼었다. 장독엔 된장 간장 고추장이 모두 담겨있었다. 언젠가는 밝혀지고 말 일이지만 사람이 사는 것처럼 위장한 것이었다.

앞마당으로 나와 본채 앞에서 안방과 사랑채를 둘러보며 "아버님 어머님, 이 땅에서 모시지 못한 이 불효를 용서하여 주십시오!"라고 인사말을 했다. 아버지가 손을 덥석 잡으며 부디 나라를 찾아야 한다고 당부하고 나섰다. 아버지의 뒤를 따라 돌아가신 심약한 어머니는 손을 부여잡고 도저히 그 험한 땅으로 보낼 수 없다고 통곡하는 듯했다.

외조부 이조판서 정순조의 맏이로 태어난 어머니는 정순조 대감의 유덕한 인품을 닮아 자애롭기로 소문난 분이었다. 형제들이 화목하다고 칭송을 받은 것도 다 어머니의 유덕한 인품 탓이었다. 길게 늘어선 문간채를 따라 대문으로 가던 중 은행나무 앞에서 걸음을 멈추었다.

"은행나무는 예학禮學을 가르치는 문행文杏인 게야."

일곱 살 때로 기억되는 어느 날 아버지는 은행나무 두 그루를 후원에다 심지 않고 앞뜰에 심으면서 문행을 강조했었다. 성균관 명륜당 앞뜰에 서 있는 오래된 은행나무 두 그루를 행단이라고 했다. 그것은 고대 공자가 은행나무 아래에 있는 단에서 제자들에게 예학禮學을 가르쳤다는 것에서 시작된 것이었고, 중종 때 성균관 강당 앞에 은행나무 두 그루를 심자 각 지방 향교마다 앞뜰에 은행나무를 심기 시작하면서 문행제도를 따른 것이었다. 30여 년 전에 심은 것이니 은행나무도 중년을 향해 가고 있었다.

"너도 조선의 혼을 먹고 자랐으니 이 나라 선비목이니라. 부디 베이지 말고 잘 견디어야 한다."

회영은 은행나무를 쓰다듬듯 어루만져주고는 대문을 나섰다. 마지막으로 솟을대문을 두 손으로 정성껏 모아 닫았다. 버려짐을 아는 것처럼 육중한 대문이 짜아악! 하면서 뼈아픈 소리를 냈다.

회영은 다음날 오후에야 신의주 나루터 주막에서 기다리는 가족들과 합류했다. 사람들만 남아 있고 짐은 첸징우가 중국 뱃사공들을 동원하여 안동으로 옮겨놓은 뒤였다. 계획은 빈틈없이 잘 진행되어가고 있었다. 주막에서 단 하룻밤을 자고 출발을 서둘렀다. 새벽 3시에 잠에 빠져있는 아이들을 깨웠다.

밖은 칠흑 같은 어둠이 추위를 동반한 채 짐승처럼 덮쳤다. 첸징우가 준비해 놓은 썰매 십여 대에 60여 명의 가족들이 나누어 탔다. 첸징우의 말대로 일경은 단 한 명도 보이지 않았다. 말이 끄는 썰매는 날듯이 강을 질주하고 휘몰아치는 바람이 썰매를 집어 삼킬 듯 흔들었다. 혹독한 첫 시련이었다. 어른들이 아이들을 겹겹이 에워쌌지만 아이들이 울음을 터트렸다. 두어 시간을 달린 끝에 무사히 안동에 도착했다. 사람들을 내려주고 나서 첸징우가 눈물을 글썽이며 인사를 했다.

"선생님, 부디 나라를 찾으셔야 합니다."

"고맙네, 첸징우가 아니었더라면 강을 무사히 건널 수 없었을 것이야. 자 이걸 받게."

회영이 첸징우를 향해 두둑한 돈을 내밀었다.

"어르신께서 이미 주셨습니다. 그것도 아주 많이요."

석영이 삯을 치른 후였다.

"내 마음을 주는 것이니 이것도 받게나."

"이거면 나룻배를 사고도 남는 큰돈입니다."

"옳지, 첸징우의 배가 낡아서 소리가 많이 나더군. 이걸로 튼튼한 새 배를 사게. 그리고 부탁이 있다네."

"어서 말씀하셔요. 선생님."

"앞으로도 계속 우리 동지들이 강을 건널 것인데 돈 없이 건너는 동지들도 많을 것이네. 그들을 좀 도와주게. 그리고 일본 경찰에게 쫓기는 동지들을 보거든 부디 도와주게."

"돕고말고요. 선생님."

"그럼 첸징우 자네만 믿겠네."

"선생님, 이걸 가지고 가셔요."

첸징우가 깃발을 내밀었다. 하얀 바탕에 알 수 없는 문양이 그려져 있었다. 글자 같았다.

"웬 깃발인가?"

"고대 몽고족들이 가지고 다닌 깃발인데 마적 떼를 만났을 때 이걸 보이면 그냥 돌아간다고 합니다. 만주벌판에는 마적 떼가 종종 출현하니까요."

"이 깃발과 마적들과 무슨 연관이란 말인가?"

"자기네 조상들의 표시라고 합니다. 마적들이 긴 장화를 신은 것을 보면 맞는 말인 것 같습니다. 옛날 몽고족들이 긴 장화를 신었다고 하니까요."

"오라, 그런데 첸징우도 그들을 피하고자 소지하고 있는 것 아닌가?"

"염려 마십시오. 큰 것을 노리는 마적들이 우리를 찾아올 리가 없습니다. 아직까지 한 번도 그들을 만난 적이 없었으니까요. 그들은 집단으로 여행하는 마차를 곧잘 습격한다고 해 걱정이 되어 드린 겁니다."

"그렇지 않아도 은근히 걱정을 하고 있었지 뭔가. 그럼 고맙게 받겠네."

결코 마적 떼를 만나서는 안 될 것이지만 회영은 깃발을 접어 품에 넣고 돌아섰다. 안동에 마련해 놓은 임시 거처에서 장장 5백리 길 횡도촌으로 갈 준비를 서둘렀다. 세 마리 말이 끄는 삼두마차 열두 대를 임대했다. 말 서른여섯 마리와 60여 명의 사람이 합해지자 큰 부대를 이루었다. 말들의 울음소리와 사람들 소리가 어우러져 장터처럼 웅성거렸다. 안동 지역 처소를 담당한 이선구 동지가 밤새 지은 뜨끈한 주먹밥 십여 통을 마차에 올렸다.

"이게 조선 쌀 마지막이니 잘 먹어 두게. 그리고 어르신들과 부인들 대접도 잘 해 드리길 부탁하네."

이선구가 노비출신 남자들을 향해 당부를 하고 노비출신 남자들이 고개를 끄떡였다.

"형님, 금을 넣은 짐 보따리는 마차마다 분산해야 합니다."

"그래야겠지."

회영이 둘째 석영과 낮게 속삭였다. 석영이 소유한 금이 만만치 않고 첸징우가 깃발을 내주며 걱정한 말이 머릿속에서 맴돈 탓이었다. 안동에서도 이른 새벽부터 출발을 서둘렀다. 회영은 이선구에게 뒤따라 들어올 동지들을 부탁하고 마차에 올랐다.

어둠속에서 열두 대 삼두마차가 전열을 가다듬고 일렬 종대로 줄지어서서 출발신호를 기다렸다. 열한 대는 중국인 마부들이 말고삐를 잡았다. 한 대는 회영이 직접 고삐를 잡고 앉았다. 중국 마부들이 먼저 허! 하고 출발 신호를 넣자 말들이 일제히 소리를 지르며 머리를 치켜들었다. 말들이 토해내는 더운 입김이 새까만 허공으로 안개처럼 사라졌다. 마부들이 다시 채찍으로 엉덩이를 후려치자 말들이 땅을 박차며 험난한 형극을 향해 만주벌판을 달리기 시작했다. 36마리 144개 말발굽소리가 기관총을 연발 사격하듯 황량한 만주 벌판을 비장하게 흔들었다. 앞만 보며 어둠 속을 헤치는 말들은 적을 향해 돌진하는 군대를 방불케 했다. 군대였다. 그것은 침략자 일본을 향해 돌진하는 통렬한 광복군이었다.

길은 빙판이거나 험한 바위로 이어졌다. 빙판에서는 마차가 미끄러져 날아오르고 바윗길에서는 공중으로 솟구쳐 올랐다가 땅으로 뚝 떨어지기를 반복했다. 그럼에도 서른여섯 마리 말들은 한 치 오차 없이 발을 잘도 맞춰나갔다. 영하 40도 추위가 포장내부로 맹수처럼 습격하기 시작했다. 사람들은 모두 약속이라도 한 것처럼 말이 없었다.

찢어질듯 한 아기의 울음소리가 강추위의 침묵을 흔들었다. 회영의 아내 은숙이 겨우 9개월 된 어린 딸 규숙을 끌어안고 추위를 막기 위해 안간힘을 썼다. 아기는 일행 중에 가장 어렸고 매서운 추위에 울음을 그치지 않았다. 아직 새댁을 면치 못한 스물한 살 은숙은 아기가 가엾어서 함께 울었다. 마음대로 젖을 물릴 수 없어 젖이 불어 흐르고 앞섶이 뻣뻣하게 얼어붙었다.

아이의 울음소리가 마차를 모는 회영의 귓전에 닿았다. 회영은 어린것과 어린 아내를 생각하자 가슴이 미어질 것만 같았다. 그러나 어린 아내를 믿었다. 결혼 첫날밤에 당당하게 애국가를 따라 부른 아내였다.

회영은 한일병합 두 해 전에 이은숙과 두 번째 결혼을 했다. 첫 번째 결혼이 가문과 개인사였다면 두 번째 결혼은 개인사를 넘어선 중대한 역사를 여는 또 다른 시작에 다름 아니었다. 신부 이은숙은 스무 살이었고 무남독녀 외동딸을 둔 은숙의 부친은 기꺼이 중년 홀아비 이회영을 사위로 선택했다. 회영은 그때 41세였으므로 신부 이은숙보다 21년이나 연상이었다. 남들은 가문을 보고 하나 밖에 없는 외동딸을 재취자리로 보낸다고 숙덕거렸지만 생각해보면 이은숙의 가문과 백사 이항복을 지주로 삼은 회영가의 혼은 이미 닮아 있었다.

이은숙은 고려말기 충신 목은 이색의 방조였다. 한산 이씨 이색은 고려의 최고위 자리 문화시중을 역임한 재상이었고 고려 충신답게 끝까지 절개를 끊지 않아 결국 태조 이성계가 내린 독주를 마시고 의연하게 죽어간 인물이었다. 다행히 유치환을 중심으로 한 8도 유생들이 고종 앞으로 이색의 문묘복향文廟福享을 상소하여(1884) 충신의 절개를 높이 빛내준 덕에 오랜 세월 끝에 명예를 회복한 셈이었다.

회영은 결혼식 날짜를 잡은 뒤 조선 최초로 신식결혼식을 올리겠다고 문중과 형제들에게 선언했다. 그것 또한 개화의식을 널리 알리자는 의도였고 혁명적인 발상이었다. 형님들뿐만 아니라 경주 이씨 백사공파 문중원로들이 펄쩍 뛰었다. 회영이 아무리 나라를 위해 고군분투하는 개혁주의자라 하더라도 뿌리 깊은 유교의 명문가에서 결코 용납될 일이 아니었다. 그러나 회영은 전혀 흔들림 없이 학감으로 있는 상동교회 예배당에서 신부 이은숙에게 백설 같은 드레스를 입히고 스크랜튼 목사가 미국에서 가져 온 오르간 반주에 맞춰 동시입장을 하면서 결혼식을 올렸다.

첫날밤에 은숙은 조심히 고개를 들어 회영을 바라보았다. 남편이라기보다는 귀한 어른이었다. 한편 고고한 스승 같기도 했다. 희고 잘생긴 얼굴이 엄정하고 근엄했다. 그것은 나라를 위해 분투하는 지사의 혼이었다. 혼사 말이 오고갈 때 은숙은 혈육이라고는 오직 하나밖에 없는 딸자식을 재취자리로 보내는 아버지의 뜻을 미처 헤아리지 못한 채 원망했다. '아비가 조선 최고의 명문가를 소원한 것이 아니라 나라를 위해 분투하는 지사志士를 선택했느니라.' 고 말할 때에야 아버지의 깊은 뜻을 헤아릴 수 있었다. '과연 지사로구나!' 라는 감동으로 은숙은 가슴이 뛰는데 회영이 입을 열었다.

"부인, 내가 오늘밤 노래를 부르고 싶은데 괜찮으시겠소?"

뜻밖의 질문에 은숙은 당황하고 회영이 빙그레 웃으며 나직하게 노래를 부르기 시작했다.

성자성신 오백년은 우리 황실이요/ 산수고려 동반도는 우리 본국일세/ 무궁화 삼천리 화려강산/ 조선사람 조선으로 길이 보존하세/ …….

배재학당에서 지은 찬송가로 독립협회가 청나라 사신을 맞이하던 영은문을 헐고 독립문을 세울 때 정초식에서 불렀던 애국가였다. 여러 애국가 중에서 가장 유명한 애국가였다. 은숙은 놀랐지만 곧 차분하게 귀를 기울이고 회영은 무척 진지하게 계속 애국가를 불렀다. 그런데 어느 결에 신부 은숙이 따라 부르고 있었다. 이번에는 회영이 놀랐다. 전혀 뜻밖이었다. 애국가를 다 부르고 나서 회영이 경이로운 눈빛으로 은숙을 바라보며 칭찬했다.

"고맙소 부인! 그런데 부인도 혁명가의 아내가 될 소질이 다분하시구려."

두 사람은 남녀가 결혼을 하는 것이 아니라 동지결의를 맺는 심정이었다.

"그리고 내가 부인께 줄 선물을 준비했소이다."

회영은 준비해둔 봉투를 개봉하여 은숙 앞에 펼쳐보였다. '榮求'라는 글자였다.

"이름자가 아닌지요?"

"그렇소. 부인에게 내가 주는 새 이름이오."

"일개 아녀자에게 무슨 이름자가 새로 필요한지요. 과분하기 짝이 없습니다."

은숙은 정녕 뜻밖의 일에 깜짝 놀라 몸 둘 바를 몰라 하며 말했다.

"일개 아녀자라니요. 이제부터 부인은 나와 동격이오. 내가 잘나면 부인도 잘나고 내가 못나면 부인도 못나게 되는 것이오."

"감당할 수 없는 말씀입니다. 다만 대대로 내려온 대신가大臣家의 가모家母답게 처신하라는 말씀으로 가슴에 묻겠습니다."

"부인이나 나나 고약한 시대를 함께 살아가야 하니 미안하고 한편 은애하는 마음에서요. 내 이름자 중 영화로울 榮을 붙여서 영구榮求

라고 했는데 어떻소? 마음에 드시오?"

"험한 세상을 살아가야 할 텐데 어찌 영화를 바랄 수 있겠는지요?"

"나와 함께 동역하여 나라를 찾는 것이 영화로운 삶이 아니겠소?"

은숙은 나라를 찾는 것이 형극일 텐데 영화로운 삶이란 건 알아듣기 힘든 말입니다. 라고 묻고 싶었으나 더 이상 입을 열지 않았다.

좀처럼 산도 보이지 않는 만주벌판의 하늘엔 밤낮 먹구름이 덮이고 눈보라가 모래바람처럼 휘몰아쳤다. 도중에 말도 사람도 쉬어가야 했지만 말 36마리와 사람 60여 명이 쉬어갈 수 있는 쾌전快廛(넓은 마구가 있는 여관)을 만난다는 건 쉬운 일이 아니었다. 적당한 쾌전을 만나지 못해 밤길이라도 계속 달려야 했다. 이선구가 올려준 주먹밥으로 끼니를 먹어야 하고 용변을 해결해야 했으므로 가끔 허허벌판에서 말을 멈추었다.

말을 멈추기가 무섭게 사람들은 용변부터 해결하기 시작했다. 남자들은 마차 옆에 숨어 간단히 해결할 수 있지만 여자들은 난감한 일이었다. 노비출신 남자 아내들이 앉을 만한 곳을 찾느라 벌판을 헤맸다. 몸을 가려줄만한 언덕이란 게 사람 키 절반에도 미치지 못했다.

"더 이상 참다간 옷에다 소피를 싸고 말지."

노비출신 여자들이 보잘 것 없는 언덕 밑에 숨어 엎드린 채 일을 해결하며 중얼댔다.

여자들이 용변을 보고 돌아오는 걸 보면서도 6형제의 부인들은 엄두를 내지 못한 채 꾹 참고 있었다.

"마님들께서도 저쪽으로 가셔서 저희들처럼 소피를 보셔요."

"우리가 대신 해드릴 일이 못 되니 답답하기 짝이 없습니다."

여자들 권유에 망설이던 부인들이 움직이기 시작했다.

"여섯이 한꺼번에 움직이면 민망한 일이니 세 사람씩 따로 움직이세."

첫째 건영 부인이 석영과 철영 부인과 함께 노비출신 여자들이 갔던 곳으로 부지런히 걸어갔다. 바람에 펄럭이는 긴 치맛자락이 몸을 똘똘 말아 붙였다. 마차와 멀리 떨어진 곳에서 걸음을 멈추었다. 걸음을 멈추었지만 막상 일을 시작하지 못한 채 서로 눈치를 보기 시작했다.

"형님께서 먼저 보시어요. 그래야 저희들이 따라 하지요."

셋째 철영 부인이 큰동서인 건영 부인에게 권했다.

"이 사람, 소피보는 데도 위아래가 있단 말인가."

"그럼 제가 먼저 보겠습니다."

철영 부인이 더 이상 참을 수 없다는 듯이 바람에 똘똘 말린 치마를 풀며 쪼그려 앉았다. 건영, 석영 부인도 슬그머니 뒤따라 앉아 일을 해결했다.

"백주 대낮 허허벌판에서 아녀자가 속곳을 내리고 노상방뇨를 하다니 이렇게 민망할 데가 있단 말인가."

건영 부인이 옷을 여미며 한탄했다.

"소피를 보는 것조차 이 지경이니 앞으로 나라 잃은 참담함을 어찌 겪어야 할는지요."

석영 부인도 기가 막힌 심정을 참지 못했다.

추운 탓에 소변은 자주 마렵고 소변이고 대변이고 땅에 떨어지는 대로 얼어붙었다. 용변을 할 때마다 시영의 둘째 아들 다섯 살 규홍이 엉엉 소리 내어 울었다. 석영의 맏이 열두 살 규준과 건영의 막내 열다섯 살 규훈도 추위에 눈물을 찔끔거렸다. 같은 열다섯 살인 회영의 장남 규학이 가장 잘 참을 줄 알아 용감하다는 칭찬을 받았다. 불과 한 달 전만 해도 놋쇠 대야에 따뜻하게 데운 세숫물까지 떠다 받쳐준 대신가의 어린 후손들이었다.

하룻밤 정도 쉴 수 있는 큰 여관을 만난 것은 이틀만이었다. 거센 만주바람에 쇠가죽처럼 단련된 마부들의 얼굴도 시퍼렇게 변해 있었다. 유난히 희고 연한 회영의 얼굴은 실핏줄이 붉게 얼룩져 있었다.

쾌전은 백여 명을 수용할 수 있는 넓은 홀이 있고 방이 열 개나 됨직했다. 어린아이들과 집안의 어른 건영 형님의 건강을 생각해 하루나 이틀쯤 쉬어가기로 했다. 말을 풀어 매고 짐은 금이 든 것만 방으로 옮겼다. 은숙은 마음 놓고 아기에게 젖을 먹일 수 있어 좋아하고 아이들과 여자들은 마음 놓고 측간에서 용변을 볼 수 있어 좋아했다. 그리고 밤이 되자 모두 죽은 듯이 잠이 들었다.

가끔 아기 규숙이 깨어 칭얼댔다. 밤중이 훨씬 넘었을 시간, 은숙이 아기에게 젖을 물리고 다독여 재우려고 애를 쓰는데 밖에서 회오리치는 바람소리가 들렸다. 수십 마리 말이 달리는 소리였다. 곧 4, 5십 명 사람들이 넓은 홀로 들어섰다. 쾌전 주인이 허리를 굽히며 술통을 내다 그들 앞에 바쳐 올리듯 놓았다. 그들은 시끄럽게 떠들며 술을 마셨다. 그리고 중심인물인 듯한 사람이 마구에 매여 있는 수십 마리 말을 타고 온 일행들이 누구냐고 물었다. 쾌전주인이 모른다고 고개를 살래살래 흔들었다. 은숙이 아기를 잠재워 뉘고 일어나 남자들이 자는 방으로가 회영을 깨웠다.

"무슨 일이오?"

"이상한 사람들이 들이닥쳤는데 아무래도 우리 이야기를 하고 있는 것 같습니다."

회영이 벌떡 일어나 홀을 내다봤다. 남자들은 모두 긴 장화를 신고 있었다.

"그렇다면 저들이 마적 떼?"

회영은 첸징우의 말을 떠올리며 낮게 소리쳤다. 손에 무기 따위는 들지 않았지만 생긴 모양새만 봐도 알만했다. 쾌전 주인이 벌벌 떨며 회영을 찾았다. 짐작한 대로 마적 떼가 들이닥쳤다고 했다. 말 주인을 찾으니 무슨 대책을 세우라고 했다. 잘못하다가는 사람이 인질로 잡혀갈 수 있으니 가진 돈을 내주라고 했다. 천부당만부당한 소리였다. 6형제가 재산을 팔아 뭉친 독립자금은 이제 형제들 개인 것이 아니었다. 단 한 푼도 내줄 수가 없었다. 돈을 줄 수 없다고 쾌전주인에게 말했다. 말이 잘 통하지 않아 말을 알아듣지 못한 줄 알고 쾌전주인이 필담을 나누기 시작했다. 글을 써서 회영에게 보여주었다. 회영은 내가 알아서 할 것이니 걱정하지 말라고 쾌전 주인을 안심시켰다.

회영이 마음을 가다듬고 일어나 홀로 나갔다. 그들 앞에서 태연하게 미소를 지으며 눈인사를 했다. 인사를 하면서 첸징우가 준 깃발을 내보이며 같은 민족인 것처럼 연극을 했다. 그들이 깃발을 유심히 살폈다. 몇 사람이 돌아가면서 깃발을 살피더니 회영을 얼싸안으며 등을 다독였다. 회영도 그들을 끌어안고 등을 다독였다. 그들이 모두 방으로 들어갔다. 일단 잠을 자고 아침에 함께 밥을 먹으며 이야기를 나누자고 했다. 깃발은 아침에 주겠다고 하며 돌려주지 않았다. 깃발을 돌려달라고 말하기가 겁이 났다. 빨리 쾌전을 벗어나는 것이 상책이라고 생각하며 회영은 그들이 잠들기를 기다렸다. 가족들과 마부들을 깨워 출발을 서둘렀다.

다시 캄캄한 새벽에 모두 마차에 올랐다. 하루를 정신없이 말을 몰았다. 이틀거리를 달렸을 것이었다. 다시 쾌전을 만났다. 턱없이 작지만 작은 대로 쉬어가야 했다. 쉬면서도 회영은 가족들에게 입을 열지 않았다. 그렇지 않아도 지치고 힘든 지경에 마적 떼란 말을 입에 올렸다가는 모두 공포에 떨 것이었다. 석영 형님에게만 입을 열었다. 석영 역시 연세 많은 큰형님과 아녀자들에게는 발설하지 말 것을 당부했다. 생각할수록 깃발이 아까웠다. 모든 걸 하늘에 맡기기로 했다. 작은 쾌전에서 하루를 쉬고 다시 전열을 가다듬었다.

"여기서부터 제가 몰겠습니다. 아버님."

"드세기로 유명한 만주 말들이 네 말을 들을 것 같으냐. 어림없는 생각이니라."

열다섯 살 장남 규학이 아버지를 걱정하고 나섰지만 회영이 말고삐를 맡길 리가 없었다. 끝없는 만주벌판을 달리는 중국말은 확실히 조선말보다 거칠고 힘도 센 탓이었다. 규학은 전처가 낳은 둘째였다.

전처는 규룡과 규학을 낳았고 첫째 규룡이 큰댁으로 출계했으므로 둘째 규학이 장남이 된 것이었다. 열 살에 어머니를 잃은 아픔이 아직 쓰라릴 것이었다.

안동을 떠나 벌판을 횡단한지 열흘 만에 횡도촌에 도착했다. 중간지점으로 마련해둔 집에서 기다리고 있던 이병삼이 가슴 뜨겁게 맞이했다. 이병삼이 서둘러 방에 센 불을 지피기 시작했다. 다섯 칸 방에서 식솔들이 마지막 정착지로 갈 때까지 기거해야 했다. 수십 명 사람들로 가득찬 집은 잔칫집처럼 웅성거렸다.

방이 무척 따뜻했다. 미리 쌀과 김장을 준비해 두었으므로 밥걱정은 없었다. 추위와 노독에 지친 몸이 풀리고 나자 사람들이 슬슬 밥을 먹는 둥 마는 둥 하기 시작했다. 아이들은 아예 밥을 먹지 않겠다고 고개를 살래살래 저었다. 만주 쌀은 힘이 없고 푸석하고 깔깔한 탓이었다. 노비출신 남자들 중 몇몇이 노골적으로 상을 찌푸리며 만주 쌀을 탓했다.

"우리 조선 싸라기만도 못하지 않은가."

"조선 싸라기면 양반이게."

"돼지죽이나 쑤면 딱 알맞겠군."

"돼지도 우리 조선 돼지는 이런 거 안 먹을 걸."

"잔소리들 말어. 열흘 동안 주먹밥을 먹고도 견뎠잖은가."

"주먹밥이라도 그건 윤기가 자르르 흐르는 우리 조선 쌀이었지. 이선구 나으리께서 그러셨네. 이건 주먹밥이라도 조선 쌀이니 잘 먹어

두라고."

노비 홍순이 만주벌판을 달리던 일을 금세 잊었느냐고 동료 노비들을 나무라자 노비들이 끝까지 만주 쌀이 엉망이라고 티를 잡았다.

"간사한 게 사람마음이라 하지 않던가. 이제 불기 도는 방에서 살 만하니 입맛이 돌아온 것이지."

결국 노비출신 남자들도 쓴 웃음을 지으며 군소리 없이 만주 쌀밥을 먹기 시작했다.

"부지런히 먹어 둬. 앞으로는 이런 밥도 구경하기 힘들게야."

상황을 눈치 챈 회영이 앞일이 걱정이 되어 예방주사를 놓듯 일침을 놓았다. 앞으로 옥수수나 조밥을 먹고 살아갈 일을 회영은 잘 알고 있는 탓이었다.

"영구도 어린아이를 생각해서 밥을 많이 먹어야 하오."

회영은 아내에게도 당부를 잊지 않았다.

가족들을 횡도촌에 남겨두고 회영은 형제들과 함께 최종 목적지 추가마을로 먼저 들어갔다. 당장 기거해야 할 집을 마련해야 했다. 추가마을을 둘러친 해발 8백 미터나 됨직한 대고산과 소고산이 기다리고 있는 듯 사람들을 맞았다. 산은 첩첩이 이어졌다. 형제들이 감탄했다.

"우당, 어찌 이런 곳을 찾아냈단 말이오! 정녕 요새 중 요샙니다."

형님들이 고개를 끄덕였다.

"혹여 놈들이 쫓는다 해도 끝없이 이어진 저 산을 타면 될 것입니다."

"광복군을 기를 군사기지로서는 안성맞춤이오."

회영을 발견한 박삼사가 반갑게 인사를 했다.

"행여 못 오시는가 하고 무척이나 걱정했습니다."

박삼사는 친형제를 만난 것처럼 기뻐하며 임시로 거처할 집 몇 채를 구해 주었다. 추가마을에서 달포 동안 머물며 집을 구하면서 앞으로의 일을 구상한 형제들은 다시 가족들이 기다리고 있는 횡도촌으로 돌아와 최종 정착지를 향해 이동할 준비를 서둘렀다. 횡도촌에서 목적지까지 장장 6백리나 되었다. 열두 대 마차가 다시 이동을 시작했다. 길은 고갯길로 이어지기 시작했다. 삼원보를 경유하는 동안 이 마을 저 마을 사람들이 넋을 잃고 구경하기 시작했다. 사람들은 궁금해 서로 물었지만 무슨 행렬인지 아는 사람은 아무도 없었다.

드디어 추가마을에서 마차 행렬이 멈췄다. 원시의 산촌마을에 조선의 명문집단이 대거 들이닥친 것이었다. 모여든 원주민들이 입을 딱 벌린 채 의구심으로 가득 찬 눈을 굴렸다. 조선에서 종종 이주민들이 주변마을에 들어오는 것을 봤지만 모두 보따리 몇 개를 이고 진 것이 전부인 것을 생각하며 고개를 갸웃거렸다.

마차에서 60여 명의 일행들이 내렸다. 실어온 짐도 놀라웠지만 많은 사람들도 놀라웠다. 모두 귀품 있게 잘생긴 사람들도 놀라웠다.

"분명히 꺼우린데(고려인)?"

"저건 꺼우리들 살림이 아니다. 그들은 허름한 보따리에 짐을 싸서 머리에 이거나 등에 지고 오지 않던가."

"이 사람들은 귀족들이 틀림없다."

원주민들이 주위를 슬슬 돌며 짐을 살피기도 하고 사람의 얼굴을 들여다보기도 했다. 놀란 것은 그들만이 아니었다. 만주 사람들을 처음 본 아이들과 여자들이 더럭 겁을 냈다. 변발을 한 남자들은 얼굴이 구리 빛처럼 검고 인상이 험했다. 남자들은 뒷머리를 길게 땋아 내렸고 여자들은 머리를 철사로 감아 정수리에 똬리를 틀어 올려놓은 모양이 괴상했다. 시커먼 남자들 얼굴과 반대로 여자들은 얼굴에 밀가루를 뒤집어 쓴 것처럼 분을 허옇게 발라놓아 귀신같았다. 아이들이 엄마 치맛자락으로 얼굴을 가리며 숨었다.

"모두 침착해야 한다."

회영이 침착하라고 일렀지만 여자들과 아이들이 놀란 표정을 감추지 못했다.

"저도 무섭습니다. 아버님."

만주 벌판에서 말을 몰겠다던 용감한 규학이도 무서워 떨며 아버지 뒤로 얼굴을 숨겼다.

원세개 총통의 우정

동지들이 겨울 내내 압록강을 건넜다. 더러는 목숨을 버리면서 더러는 일본 헌병대에게 붙잡혀 국내로 압송되면서 동지들이 군사기지를 세우겠다는 일념으로 추가마을로 향했다. 이동녕 장유순도 들어왔고 서울 충청 경기도 대표들이 들어왔고 대 군단을 이룬 경북지역 대표들이 속속 들어오기 시작했다.

안동지역 보수유림의 거두 이상룡과 김대락이 2대 3대까지 대가족을 거느리고 들어왔다. 이상룡은 김대락의 매부였고 김대락은 이상룡의 처남이었다. 이상룡은 목숨처럼 섬긴 조상의 위패를 땅에 묻고 가문의 위상인 수십 칸 임청각을 버리고 안동을 떴다. 이상룡의 아들 이준형 가족과 이준형의 아들 며느리 등 3대가 모두 뒤를 따랐다. 이상룡의 동생 이봉의도 아들 가족들을 데리고 따랐다.

김대락은 서른여섯 칸 기와집을 신학문을 가르치는 협동학교에 헌납하고 왔다. 아들 김형식의 가족과 손녀와 손부를 포함하여 종질,

당질, 종손자들을 인솔했다. 김대락의 손녀와 손부는 배가 둥실한 만삭의 임산부였다.

　김동삼이 대가족을 인솔했다. 일가친척과 문중 청장년들과 사돈들까지 데려왔다. 황씨 가문의 황호, 황만영, 황도영의 일가들과 이원일 일가들, 이의영 형제 일가들, 권팔도 일가들이 왔다. 의병연합부대 군사장을 지낸 허위가문의 허환과 허형과 허형의 아들 허발 가족들이 왔다.

　이상룡 김대락 황호는 나이도 노년이었다. 이상룡은 53세였고 황호는 61세였고 김대락은 66세였다. 이상룡이 거센 만주바람에 백설처럼 하얀 수염을 날리며 회영의 손을 덥석 잡았다.

　"우당 가문이 군사기지를 세우는데 앞장선다는 말을 듣고 날개만 있다면 당장 훨훨 날아오고 싶었소이다. 우당, 정녕 고맙소."

　"석주 선생님께서 오셨으니 천군만마를 얻게 되었습니다."

　두 사람이 손을 붙잡고 깊이 감격했다. 안동출신 신민회 동지 류인식을 통해 서로 말만 들었을 뿐 면대는 처음이었다. 이상룡은 지금까지 말로만 듣던 회영을 눈앞에서 보자 꿈을 꾸는 것 같았고 회영은 안동 유림의 중심인물 이상룡을 만난 것이 꿈만 같았다.

　이상룡의 긴 수염이 바람의 방향을 따라 쉬지 않고 날렸다. 절체절명의 심정으로 조국을 떠나면서도 긴 수염을 자르지 못한 것은 아직도 철벽을 뚫으면 뚫었지 불문의 철칙으로 퇴계를 추앙한 안동 보수유림은 결코 뚫을 수 없다는 것을 말해주는 듯했다.

　안동고을이 어디며 이상룡과 김대락이 누구던가! 안동의 보수유림들은 척사운동으로 반외세를 외치면서 러일전쟁 무렵 한일의정서가 강제되자 상소를 올리면서 의정서 폐기를 요구하고 나섰다. 을사늑약이 맺어지자 안동에 충의사를 설립하고 배일투쟁을 계속했다. 투쟁방법은 정부기관과 외국공사관에 일제침략을 항의하는 글을 써서 투서하는 것이었고 그 중심에 이상룡과 김대락이 있었다.

그리고 두 사람이 적극 후원한 협동학교……. 유림들은 배일사상 만큼이나 신학문 따위도 용납하지 않았다. 처음에 고색창연한 안동을 들쑤신 것은 상동청년회의 류인식이었다. 류인식이 성균관에 입학하면서 신채호를 알게 된 것이 근원이었다. 신채호는 류인식에게 서구근대사상과 신학문의 필요성을 역설하면서 상동청년회에 합류시켰고 류인식은 상동학원에서 신학문을 배우면서 선각자가 되었다. 유림들로부터 촉망받는 그가 거침없이 상투를 자르고 양복을 입고 고향 안동으로 내려가 서당에서 아이들을 신학문세계로 불러내기 시작했다. 유림들은 분노했다. 조상을 배반함이란 금수에 다름 아니었고 유교전통이 이끌어온 조선 500년을 뒤집어 엎는 것은 역적이나 매국노에 다름 아니었다.

각오한 일이었지만 길이 없었다. 아버지 류필영이 땅을 치며 탄식하던 끝에 부자간 천륜을 끊겠다고 문중과 사당에 고했다. 스승 김도화가 사제관계를 끊겠다고 선언하고 나섰다. 예안의병장 이만도는 식음을 전폐하며 죽음으로 맞섰다. 김대락의 동생 김소락은 둘째 손가락을 뚝 잘라 신교육을 엄금한다는 혈서를 써서 아들과 주변 사람들에게 엄중 경고했다. 이 모든 것의 중심에 역시 이상룡과 김대락이 있었다.

그런데 고종황제가 흥학조칙興學詔勅을 공표하자(1906) 때를 만나게 되었다. 류인식은 상동청년회 지도 아래 김후병 하중환 등의 동지들과 규합하여 학교를 설립하고 '협동학교'라고 이름 지었다. 이상룡과 김대락 두 사람이 협동학교를 돕기 시작한 것은 일경에 끌려가 옥살이를 하면서 류인식이 하는 일이 절실하다는 걸 비로소 인식한 탓이었다.

"석주 선생님 수염을 보니 류 동지의 고군분투가 새롭습니다. 하, 하,"

"시대가 독촉하니 머리는 잘랐지만 이것만은 자를 수가 없소이다."

회영이 옛날 일을 생각하며 웃자 이상룡이 바람에 날리는 수염을 쓸어 모으며 응수했다.

"자르지 마십시오. 마치 폭포수처럼 직선으로 뻗어 내린 그 수염에서 항일정신의 기운이 분출된 듯합니다."

"우당 동지의 말씀이 백 번 맞는 말이오."

안동지역 망명객들이 대거 몰려들자 추가마을이 조선망명객들로 가득해졌다. 집을 구하지 못한 사람들은 임시방편으로 나무를 베다 언덕 아래에 얼기설기 걸쳐 집을 만들거나 벌판에 말뚝을 박고 나무를 엮어 걸친 다음 옥수수대로 지붕을 덮었다. 그런 식의 집들이 점점 늘어가자 처음부터 심상치 않게 여겼던 추씨들이 겁을 내기 시작했다. 보기 드문 귀족풍의 사람들이 들어오고부터 계속 사람들이 모여든 것은 필시 무슨 계략이 숨어있다고 판단했다.

"일본첩자들이 틀림없다."

"일본첩자?"

"기회를 봤다가 일본 군대를 불러들여 우릴 몰아내려는 속셈이 분명해."

"일본이 무엇 때문에 이 오지를 욕심내지?"

"장차 만주일대를 차지하자는 속셈이겠지."

"그렇다면 이러고 있을 때가 아니다."

"그래, 저들을 하루 빨리 몰아내야 한다."

추씨 종친들이 모여 회의를 열고 만장일치로 지서에 고발을 해야 한다고 입을 모았다. 추가마을 수십 리 밖에 지서가 있고 지서장을 노야라고 불렀다. 추씨 종친회 수장이 노야에게 달려갔다. 노야가 다시 유하현 관청으로 달려가 신고하고 유하현 관청에서는 군부대에 신고하여 군인들과 순경 수십 명이 회영이 거주하는 집으로 들이닥쳤다. 회영이 주도자란 걸 알아차린 탓이었다. 집을 수색하기 시작했다.

"무기를 찾아내."

"무기는 한 점도 보이지 않는데요."

회영은 재빨리 아내 은숙에게 방에 요를 펴고 요 밑에 금을 깔고 아기를 안고 병자처럼 누워있게 만들었다. 그리고 황급히 형제들 집으로 사람을 보내 모두들 그렇게 하라고 일렀다. 바깥을 다 뒤진 군인들이 방으로 부엌으로 몰려들었다.

군인들은 여자가 누워있는 요까지 들출 필요는 없다고 생각하며 옷가지와 방 구석구석을 뒤지고 부엌을 털었지만 무기가 나오지 않자 고개를 갸웃거리며 회영에게 당장 추가마을을 떠나라고 요구했다. 말이 통할 리 없으므로 회영이 필담을 나누기 시작했다. 한참동안 필담을 나눈 후에야 높은 사람이 일본이 조선을 약탈했으므로 나라를 찾기 위해 망명을 왔다는 글을 이해했다. 글을 이해한 높은 사람이 회영을 향해 악수를 청하며 열심히 운동을 하라고 격려를 해주고 돌아갔다.

추씨 원주민들은 거주는 허용하되 땅은 한 뼘도 팔 수 없다고 못을 박았다. 조상들이 개척해 놓은 땅을 팔 수 없다는 것이었다. 박삼사를 통해 금덩이를 보이며 값을 많이 쳐주겠다고 했지만 어림없는 일이었다.

"만주사람들 고집을 꺾느니 차라리 산을 들어 올린 게 더 쉽다는 말이 있습니다."

입이 닳도록 사정하던 박삼사도 끝내 손을 놓고 말았다. 모두들 당황하기 시작했다. 누구보다도 일을 추진해온 회영이 깊은 고민에 빠졌다. 3월이 가고 4월이 가고 일도 못한 채 봄이 무르익어갔다. 만주의 산과 들이 풍성하게 변해갔다.

끝없는 옥수수 밭이 바다 같았다. 장관이었다. 바람을 타는 옥수수 잎이 일제히 팔랑거리면 파도가 밀려오는 것 같았다. 겨울을 견뎌낸 아이들은 들판을 헤매며 살판이 났다. 처음 본 옥수수 밭을 누비고 다니며 숨바꼭질을 했다. 술래는 넓고 넓은 옥수수 숲에 숨어버린 아이들을 찾아내지 못했다. 술래를 한 번 한 아이는 다시는 숨바꼭질을 하지 않으려고 했다. 아이들은 상으로 나갔다. 만주의 봄은 조선의 여름만큼이나 더운 탓이었지만 성큼 여름이 다가오고 말았다.

학교는커녕 땅 한 평 확보하지 못한 처지에 군사기지설립에 대한 꿈을 안고 애국지사들이 계속 들어왔다. 나쁜 소식도 날아들었다. 설상가상으로 국내에서는 신민회 정체가 드러나 신민회를 일망타진하기 위해 검거열풍이 불고 있었다. 발단은 안중근 동생 안명근이 독립자금을 모집하다 체포되면서 부터였다. 안명근을 체포한 일본경찰은 칼을 빼어든 김에 독립운동을 기도했다는 죄명으로 안악지역 지식인들을 검거하기 시작했다. 양기탁 이승훈 등이 붙잡히고, 이어서 800명이 붙잡혔다. 모두 신민회 회원으로 밝혀졌다. 비밀결사체인 탓에 신민회 자체에서도 알 수 없었던 놀라운 숫자가 드러난 것이었다. 모진 고문 끝에 고르고 골라 105명에게 형을 집행한 사건이었다.

105인 사건 외에도 일본 천왕의 생일인 천장절 참석을 거부한 일로 잡혀간 사람들이 고문을 받다 옥중에서 집단 자살을 했고, 전국의 의병장들이 모조리 잡혀가 사형을 당했고, 조선 왕실을 무관으로 예우한다면서 일본 육군 무관제복을 고종에게 입혔으며 고종이 그들 제복을 입고 '옷도 몸을 조이는구나!' 라고 탄식했다는 소식이 날아들었다. 모두 심장을 찌른 아픔이었다.

나라는 갈수록 숨을 헐떡이는데 시간은 대책 없이 가고 있었다. 반년이 훌쩍 지나가고 말았다. 무더운 여름날(1911. 7.) 회영은 길림성 봉천성 흑룡강성 등 3성을 주관하는 최고 책임자 조이손 도독을 만나봐야겠다는 생각으로 이상룡에게 복안을 말했다. 이상룡은 회영보다 9년 연상이었고 회영은 이상룡을 존경했으므로 무슨 일이든지 먼저 이상룡과 의논했다.

"우당 동지의 생각은 언제나 용기를 줍니다. 그런데 조이손 도독이 망명객을 만나주겠소이까?"

이상룡은 조이손이 과연 만나주겠느냐고 고개를 갸웃거리면서도 회영의 담대함에 찬사를 보냈다. 당장 이동녕과 함께 조이손을 만나러 봉천으로 향했다. 길을 가면서 회영은 마치 약속이라도 한 것처럼 어서 서둘러 가십시다. 라고 이동녕을 독촉했다.

"조이손과 미리 약조라도 해놓은 사람 같습니다."

"누가 아오. 하늘이 우리를 도우실지."

"제발 그런 일이 일어나 준다면 내 백주 대낮에라도 춤을 출 것이오."

"지성이면 감천이라 하지 않았소. 하늘을 감동시켜봅시다. 석오 동지."

호방한 성격답게 회영은 환하게 웃으며 말하고 이동녕은 회영의 말만 들어도 숨통이 트이는 듯 했다. 봉천에 도착하여 노독을 풀 시간도 없이 곧바로 관청으로 찾아갔다. 3개의 성을 주관한 관청답게 분위기가 엄중했다. 회영이 글을 써서 비서에게 보이며 만나기를 청했다. 비서가 회영과 이동녕을 위아래로 훑어보며 밖에 나가 기다리라고 했다.

두 사람은 비서실 밖으로 나와 기다렸다. 비서는 좀처럼 도독 집무실로 들어가지 않고 다른 일을 보고 있었다. 회영이 몇 번 기침을 했다. 이동녕도 기침을 했다. 비서가 문을 열고 내다보며 인상을 썼다. 30분이나 지나서야 비서가 도독 집무실로 들어가더니 이번엔 좀처럼 나오지 않았다. 또 30여분 만에야 나오더니 서류를 뒤적이거나 무언가를 쓰면서 자기 일을 보고 있었다. 회영과 이동녕이 더 이상 참지 못해 비서실로 들어갔다. 두 사람이 묻기도 전에 비서가 손을 흔들며 밖으로 나가라고 했다.

"제발 도독을 만나게 해주시오."

비서는 귀찮다는 듯이 인상을 쓰며 다시 나가라고 했다. 거지를 쫓아내는 것 같았다. 비서실에서 나와 밖에서 하염없이 서 있었지만 도독 조이손을 만날 수가 없었다. 그대로 돌아설 수 없었다.

봉천에서 며칠 동안 묵으며 출퇴근시간에 맞춰 관청 정문에서 지키고 있다가 부딪치기로 했다. 이틀이나 그렇게 관청 정문을 지켰지만 조이손에게 접근하는 것이 용이하지 않았다. 3일째 되는 날 아침 출근시간에 회영이 수행원을 제치고 무조건 조이손 앞을 가로막고 나섰다. 조이손이 불쾌한 표정을 지었다. 눈치 빠른 수행원이 재빨리 회영을 제지하고 나섰다. 보다 못한 이동녕이 자존심이 상해 "그만 가십시다."라고 회영의 옷소매를 잡아당겼다. 두 사람은 힘없이 추가마을로 돌아오고 말았다.

아이들은 세상모른 채 여름을 즐기고 옥수수는 알이 배면서 수염을 내기 시작했다. 힘이 오를 대로 오른 옥수수 잎이 서로 부딪치는 소리가 차랑차랑 했다. 창칼이 부딪치는 것 같았다. 사정을 알아 챈 일부 동지들이 보따리를 싸기 시작했다.

추가마을 사람들이 옥수수를 따기 시작했다. 망명자들이 모두 그들을 부러워했다. "내가 저들을 부러워하다니!" 4만석지기 부자 이석영이 기가 막힌 심정으로 중얼거렸다. 옥수수 수확도 끝나버렸다. 바람도 슬슬 갈기를 세우기 시작하고 마른 옥수수 대가 바람을 타느라 털털거리는 소리를 냈다. 만주는 10월이면 가을걷이를 끝내고 겨울 준비에 들어가야 했다. 마음이 더 급해졌다.

회영이 자리를 박차고 벌떡 일어났다. 한겨울이 오기 전에 조이손을 꼭 만나야 할 것이었다. 한 번만 더 시도해보기로 했다. 이동녕을 재촉하여 다시 봉천으로 향했다.

"그 거만한 조이손이 그새 변했을라구요."

"사람이란 자주 변한다고 하니 그걸 믿어봅시다."

"그 비서란 놈이 더 밉지 뭡니까. 꼴도 보기 싫소이다."

"답답한 쪽이 샘을 파야지 도리가 없질 않소."

"답답해서 샘을 파지만 물이 나와야 말이지요."

"그래도 누가 아오. 무슨 수가 생길지."

"우당 동지의 그 먹 바위 같은 신념에 제발 하늘이 감동해야 할 텐데……."

이동녕은 '그래도 누가 아오.'라는 회영의 굳은 신념에 한편으로는 감동하고 한편으로는 안타까웠다. 제발 기적이 일어나주기를 바랐지만 조이손은 여전히 냉정했다.

"조이손을 만나는 것보다 하늘의 별을 따오는 것이 더 쉽겠소이다."

두 사람은 허탈한 심정으로 관청의 높다란 깃대 끝에서 신바람 나게 휘날리는 청천백일기(중국기)를 바라보았다. 중국에서는 청 왕조를 무너뜨리고 새로운 국민국가를 세우자는 목적 아래 지도자 손문을 중심으로 한 신군이 신해혁명(1911)을 일으켰고, 혁명이 발발한지 불과 2개월 만에 10개 성이 독립을 선포하면서 곧이어 17개 성이 줄줄이 독립을 선포하는 대역사를 이루어낸 것이었다. 세상이 모두 중국에 주목하기 시작하고 손문이 임시 대총통으로 추대되었다. 남경에 중화민국 임시정부가 들어섰고, 청 황제가 물러가면서 전제군주시대가 막을 내린 것이었다. 그런데 손문은 3개월도 못가 호북전선의 육해군을 통솔하여 구 정부를 무너뜨린 원세개(위안스카이)에게 총통자리를 빼앗기고 말았다.

회영은 기세 좋게 펄럭이고 있는 청천백일기를 바라보며 태극기도 하루빨리 신바람 나게 펄럭이게 해야 한다는 생각에 사로잡혔다.

"돌아가십시다. 여기 서서 저걸 바라본다고 무슨 수가 생기는 것도 아니질 않습니까."

부동으로 선 채 청천백일기를 뚫어져라 바라보고 있는 회영을 이동녕이 흔들어 깨웠다. 그래도 회영은 차마 발길을 돌리지 못한 채 우뚝 서있기만 했다.

"우당 동지, 그러다 남의 나라 국기에 구멍이라도 내겠소이다."

회영은 묵묵부답으로 선 채 눈썹도 까딱하지 않았다.

"이젠 조이손인지 발인지를 깨끗이 잊고 그만 돌아가십시다. 돌아가서 다른 길을 모색해 보는 수밖에요."

이동녕이 안타까운 심정으로 조이손을 그만 포기하고 어서 돌아가자고 독촉했다. 그때 회영이 무릎을 치고 나섰다.

"석오 동지, 방법을 찾았소이다!"

"방법을 찾다니요?"

이동녕이 영문을 모르겠다는 표정을 지었다.

"바로 원세개요!"

"우당 동지, 지금 원세개라고 하셨소?"

"그래요. 원세개 총통이오."

"3성의 도독도 못 만나는 처지에 중국천하 원세개라니요? 원세개가 도대체 누굽니까."

"그러니 방법이란 것입니다."

"갈수록 모를 소리만 하십니다. 청 왕조를 무너뜨렸을 뿐만 아니라 중국 국민들의 우상인 손문까지 내쳐 버리고 중국천하를 한손에 거머쥔 인물입니다."

"그야말로 중국천하 무소불위가 아니겠소."

회영은 마치 문제를 해결한 것처럼 만면에 웃음을 머금고, 이동녕은 의아한 표정으로 회영을 바라보았다.

회영이 원세개를 만난 건 20대 중반부터였고 마지막으로 본 것은 16년 전이었다. 원세개는 조선에서 10년이나 살았고 조선 때문에 출세한 인물이었다. 조선에 대한 청나라의 영향력이 절정을 이루었던 1882년부터 1894년까지 12년간의 경력 때문이었다. 조선에서 임오군란(1882)이 일어났을 때 민비의 요청으로 청은 오장경 장군 아래 4천 명 군사를 파견했고 원세개는 보잘 것 없는 오장경 수하 말단으로 한성에 주둔하면서 조선방어임무를 맡고 있었다. 원세개는 임무수행에 탁월한 능력을 인정받아 신분이 껑충 뛰어오르면서 주차조선총리교섭통상사로 부임하는 영예를 누렸다.

그는 청나라 황제를 대신하여 내정간섭까지 하는가 하면 참으로 오만방자하기 이를 데 없기로 소문난 존재로 떠올랐다. 고종께 마치 친구를 대하듯 인사하는 것부터 말과 행동을 제멋대로 해 조정대신들이 분통을 터트렸다. 분통을 터트리면서도 대신들은 그의 비위를 함부로 건드릴 수 없어 전전긍긍했다. 조선과 러시아 간에 체결한 조러밀약을 트집 잡아 이홍장에게 파병을 요청해 청국제독 정여창과 오안렴이 군함 4척을 이끌고 인천에 도착하여 조선이 곤욕을 치러야 했던 것도 잊을 수 없는 사건이었다. 아무튼 성미가 불꽃같아 무슨 일이든 단칼에 베어버려야 직성이 풀렸다.

다행히 원세개는 회영의 아버지 이유승 대감의 말을 잘 듣는 편이었다. 대신들은 무례하기 짝이 없고 까다롭기 짝이 없는 골칫거리 원세개를 이유승 대감에게 떠넘겨버렸고 이유승은 그를 자택으로 자주 초청하여 음식과 차를 나누며 가까이 했다. 그때마다 회영이 자리를 함께 했다.

원세개는 그때 35세였고 회영은 27세였다. 원세개는 말술을 마시는 무관이었고 회영은 술을 단 한 모금도 입에 대지 못했다. 그럼에도 두 사람은 소통이 잘 됐다. 원세개가 회영을 좋아했다.

"술은 차를 대신할 수 없으나 차는 술을 대신하는 법이지요."

회영은 곧잘 그런 변명을 하면서 말들이 술꾼과 몇 모금 차로 대작을 하고 나섰다.

"역시 이 공다운 말이오. 한 잔 술에는 덧없는 인생이 있고 한 잔 차에는 우주가 있는 법이지요. 그리고 인생은 그 우주 안에 있는 아주 작은 것에 불과합니다."

원세개는 무척 즉흥적이고 저돌적인 성격인 반면에 상대가 마음에 들었다하면 마음을 다 빼주는 의리가 있었다. 물론 그것은 원세개뿐만 아니라 중국인들의 특성이기도 했다. 원세개는 마음에 든 회영과 밤새워 담소하기를 즐겼고 회영은 그를 기꺼이 받아주었다. 어느 날 원세개가 술이 거나하게 취하여 기분이 무척 좋아 보이자 회영은 슬며시 고종 이야기를 꺼냈다.

"우리 전하께서는 참 유덕하시고 성정이 고우신 분이랍니다."

"아, 그렇다마다요. 누구보다도 이 원세개에게 친절하신 분이오."

"그런데 자존심이 무척 강한 분이라 무엇보다도 언행을 함부로 하는 걸 못 견뎌하십니다."

"일국의 왕이니 그야 당연한 일이 아니겠소."

"정녕 원 장군께서도 그리 생각하신다면 우리 전하께 고치셔야 할 것이 있습니다."

자칫 비위를 거스르게 되면 어떤 화가 미칠지 모를 일임에도 회영은 대담하게 말을 이었다.

"그럼, 내가 무례라도 저질렀단 말씀이오?"

"죄송하지만 그렇습니다. 인사부터……"

"인사부터?"

"장군께서도 예의를 숭상한 나라의 사람으로서 잘 아시다시피 우리 전하께 허리를 굽히지 않고 드리는 삼읍례는 대등한 친구사이에 나누는 인사법이 아닌지요?"

"하! 그렇군요. 조선의 왕께서 워낙 유덕하신 분이라 내가 그만 착각한 모양이오. 듣고 보니 이 공께서 나의 선생노릇을 하셨소이다. 하, 하, 하."

"장군께 결례를 했으니 부디 용서하여주시오."

원세개는 대뜸 자기를 가르친 선생이라고 말했다. 그리고 말을 덧붙였다.

"내가 이 공을 너무 좋아한 모양이오. 그런데 내가 이 공을 좋아한 이유를 아시오?"

원세개는 불쾌했음에도 화를 내지 않는 이유가 있다는 투로 말했다.

"원 장군께서 기분이 언짢아지신 모양입니다."

"석파난石派蘭 때문이오. 이 공이 그린 석파난을 보고 있노라면 내가 마치 고고한 선비가 된 기분이 들지 않겠소. 아무튼 새파랗게 젊은 이 공께서 그 절묘하고 신비한 삼전지묘법三轉之妙을 어떻게 터득했는지 신기하다는 생각이 들뿐이오."

저돌적이고 거칠다고 소문난 원세개가 석파난과 삼전지묘법을 입에 올리자 회영은 무척 놀랐다. 처음엔 원세개가 과거시험에 매번 떨어지고 어쩔 수 없이 무인으로 전향했다는 이유 때문에 선비가 되지 못한 것에 한이 맺혀 그런 것이겠거니 하고 단순히 넘기고 말았다. 그런데 원세개는 석파난에서 바람소리와 심오한 향기를 느낀다고 했다. 정말 난을 감상하는 그의 태도는 바람소리와 향기를 느낀 듯 했다. 난을 바라보는 눈빛은 심히 그윽하고 순수했다.

석파난의 삼전지묘법은 추사 김정희가 그린 것으로 유명한 것이었다. 난 잎을 세 번 돌려 빼는 기법으로 고수가 아니면 터득하기 어려운 탓에 선비들 사이에 선망의 대상이었다. 김정희로부터 배운 대원군이 평소 즐겨 그렸고 대원군의 수제자로부터 회영이 터득한 솜씨였다. 석파난 외에도 또 한 가지 원세개가 좋아한 것은 회영이 부는 퉁소였다. 퉁소 소리는 오랜 세월 동안 고향을 떠나 살아온 원세개의 심금을 울렸다. 원세개는 울적하면 회영을 찾아와 퉁소 소리를 듣고 싶어 했고 그럴 때마다 회영은 그를 위로하는 마음으로 퉁소를 불어주곤 했다.

회영은 원세개를 만나기 위해 이동녕을 재촉하여 북경으로 갔다. 이번에도 비서실에서 원세개 총통 알현을 시도했다. 인사차 찾아오는 손님으로 북적댔다. 들뜬 분위기 탓에 알현을 청하기가 의외로 수월했다. 회영은 종이에 조선 이유승 판서의 넷째 아들 이회영이 감축 인사를 드립니다. 라고 쓰고 글 끝에 낙관 대신 약식으로 석파난을 쳐 비서를 통해 들여보냈다. 비서가 갖다 준 종이를 펼친 원세개는 석파난을 보자마자 조선의 우당 이회영을 단번에 기억하며 자리에서 벌떡 일어나 비서실까지 나와 영접했다.

"이 공이 나를 찾아오시다니. 이게 꿈이오. 생시요!"

원 총통의 반가움은 막역지우를 만난 듯했다. 역시 시원시원하고 호방호탕한 성격의 원세개였다. 또 한편으로는 총통이 된 자기 위치를 과시하기도 했다. 회영은 망설일 것도 없이 단도직입적으로 간절하지만 단호하게 찾아온 목적을 말하기 시작했다.

"우리 한족韓族이 그동안 치국治國을 잘못하여 왜적에게 멸망당하였으니 그 수치와 분함을 한시인들 어찌 망각하겠는지요. 예로부터 귀국의 중화中華와 우리 조선朝鮮은 형제지국兄弟之國이라 승평상하昇平相賀하고 환란상구患亂相救하여 왔습니다. 또한 앞으로 조선의 존망이 중국 안위에 크게 영향을 미치게 될 것이오. 그러니 총상각하總相閣下께서는 만주에 거주하는 우리 동지들과 수많은 망명자들에게 거주의 안전과 교육의 시설과 농상의 편리를 허락해 주실 것을 원합니다. 그리하면 우리가 광복대계를 완비하고 타일他日에 득기거의得機舉義하여 멸왜흥한滅倭興韓하였을 때 이런 공렬功烈은 원대인 각하께서 사賜하신 것이 될 터이니 우리 한족은 영세불망이로소이다……."

"역시 이 공다운 생각이시오. 일본은 우리 중국과 조선의 공적公敵이오. 그리고 내가 오늘 날 이 자리에 오른 것도 따지고 보면 조선에서 쌓은 업적 덕택임을 부인하지 않겠소. 이 공께서는 추호도 걱정하지 마시오. 전일 이공께서 나에게 베풀어 주신 호의를 생각해서라도 내 즉각 일을 처리해 드리겠소이다."

원세개는 호탕하게 웃으며 당장 붓을 들었다. "유하현, 통화현, 환인현 현장들은 조선 망명자들에게 동북각지 거주를 허락할 것이며 산업발전과 교육활동을 할 수 있도록 도울 것이며 일정한 자주권을 주어 조선인의 독립투쟁을 지지해야 한다. 만약 이를 어길 시는 누구든지 막론하고 엄벌에 처할 것이다."는 명령서를 작성하여 비서에게 (호명신) 들려주며 즉시 봉천으로 내려가 도독 조이손을 만나 일을 처리할 것을 엄중하게 지시했다.

"꿈을 꾸는 것만 같습니다. 우당 동지."

"하늘이 조선 민족을 불쌍하게 여기신 게요. 석오."

이동녕이 흥분을 감추지 못했다. 도무지 믿을 수 없었다. 일이 일사천리로 진행되기 시작했다. 원 총통의 지시를 받은 3성의 수장인 도독 조이손은 마치 원 총통을 대하듯 회영을 영접해 맞이했다.

"전일 몹시 시국이 혼란한 관계로 선생께 무례를 범한 점을 사죄드립니다. 부디 용서하여 주시기 바랍니다."

조이손은 머리 숙여 사죄를 했으나 마음이 놓이지 않았다. 조이손은 뭔가 도움을 주어야 하리라 생각하며 서둘러 비서 조세웅을 회영 일행과 함께 마차에 태워 각 현으로 급파했다. 그리고 허리를 굽혀 깊숙이 인사를 하면서 "총통 각하께 말씀 좀 잘해주십시오."라는 말을 몇 번이나 되풀이했다. 회영은 꼭 그러마고 고개를 여러 번 끄덕여 주었다.

이동녕이 꼴도 보기 싫다는 조이손의 비서 조세웅이 류하현, 통화현, 환인현 등 3현으로 마차를 몰았다. 그리고 유하현 현장懸長 장영예, 통화현 현장 번덕전, 환인현 현장 황무에게 원세개의 추상같은 명령서를 전달했다. 3현의 현수들 역시 화들짝 놀라 회영 앞에 예를 갖추느라 분주했다. 조세웅이 할 일은 거기까지였음에도 돌아가지 않고 계속 붙어 있었다.

"조세웅 당신은 이제 봉천으로 돌아가야 하지 않소?"

이동녕이 얄밉다는 투로 말했다.

"석오 동지 그냥 둡시다. 우리가 덕을 보면 봤지 손해 볼 게 없질 않소."

"간사한 게 사람이라지만 어찌 저럴 수 있단 말이오."

회영이 이동녕을 달래며 추가마을로 돌아왔다. 조세웅이 따라와 땅을 사들이는 것까지 거들고 나섰다.

추가마을 사람들이 원 총통의 명령 앞에 엎드렸다. 서로 앞다투어 사과하며 땅을 내놓았고 형제들은 땅값을 후하게 쳐주고 집짓고 농사지을 땅을 매입하기 시작했다. 학교를 설립할 곳은 신중해야 했다. 조세웅이 열심히 학교 부지를 찾았다. 합니하를 추천했다. 합니하는 추가마을에서 20여 리 떨어진 곳으로 추가마을보다 넓지만 멀고 험한 탓에 원주민들조차 돌아보지 않는 곳이었다.

학교를 세우기에 적당한 넓은 들이 눈에 들어왔다. 들 아래로 세 개의 강이 흐르고 있었다. 강이 흘러와 그곳에서 모두 만난 탓에 합니하라고 불렀다. 들의 맨 끝은 길고 긴 언덕이 둘러쳐져 있고 강 쪽에서는 깎아지른 듯한 절벽이 병풍처럼 막아서 있었다. 그것들이 혹시 모를 일본의 눈을 막아주기에 충분했다. 남쪽으로 100리 쯤 가면 혼 강이 나오고 북쪽으로 10리 밖에 광화진이 나오고 역시 험한 산의 연속이었다. 다시 광화진에서 서쪽으로 33킬로미터 가면 통화읍으로 이어지지만 그 길도 좁고 험한 골짜기와 험한 고갯길이었다. 광화진 뒤로는 길게 산맥이 뻗어있고 그 산맥을 넘으면 고산자가 나오고 고산자에서 추가마을로 이어지는 삼원포까지 30여 킬로미터였다. 만약 일본이 냄새를 맡고 추적해온다면 광화진이나 통화나 고산자를 통해서 들어올 것이고 합니하로 오는 길이 만만치 않았다. 사방 어디로 보나 합니하는 요새 중 요새였다. 꼭 신께서 점지해준 땅 같다고 기뻐하며 석영이 학교부지 5만 평 값을 치렀다.

학교부지를 확보하자 동지들이 땅을 사는데 앞장서준 조세웅에게 감사하다고 말했다. 회영은 감사의 표시로 석파난을 한 점 쳐주었다. 석영은 귀한 쌀밥과 고깃국을 곁들인 술상을 베풀었다. 그리고 술이 몇 순배 돌아가자 조세웅이 뜻밖의 제안을 하고 나섰다.

"존경하는 조선 귀족 형제분들과 제가 의형제를 맺고 싶은데 어떠하신지요?"

난데없는 제안에 모두 어리둥절한 표정으로 서로를 쳐다보았다. 회영이 재빨리 대답했다.

"조 공, 그게 진심이오?"

"진심이다마다요. 조선의 명문가와 인연을 맺는다면 제 일생에 더 없는 광영일 것입니다."

"우리 가문이 형제가 많다고는 하나 낯선 이국땅에서 어찌 외롭지 않겠소. 조 공께서 우리의 형제가 되어주신다면 도리어 우리가 행운이지요."

석영이 형제들을 둘러보며 찬성을 유도했다.

"비록 성이 다르기는 하나 본시 의형제란 성을 넘나드는 것이니 더욱 인간애를 느끼지 않겠소."

첫째 건영도 한 마디 덧붙였다. 말할 것도 없이 조세웅의 속은 환히 들여다보인 것이었다. 원세개와 가까운 우당 가문과 가까이 하면 장차 큰 덕을 볼 수 있을 것이란 계산이었다. 조세웅의 계산이야 어떻든지 회영은 반가웠다. 앞으로도 예측할 수 없는 수많은 어려움이 닥칠 것이고 그때마다 중국 총통을 찾아다니지 못할 것이었다.

신흥무관학교

망명자들의 옥수수 밭이 물결치기 시작했다. 석영은 매입한 땅을 내방청과 외방청 두 가지로 구분했다. 내방청은 어려운 망명동지들이 자립할 때까지 농사를 지어 먹고 살 수 있도록 돕는 정착지원용이었다. 정착할 때까지 도조賭租없이 농사를 짓게 하고 정착한 다음에 도조를 받기로 했다. 외방청은 소작인들이 농사를 지어 일정량의 도조를 내는 것이지만 일 년 수확에서 3분의 1을 받기로 했다. 외방청이든 내방청이든 한인촌을 건설하는 것이 우선 궁극의 목적이었으므로 마찬가지였다.

수십 리 수백 리 밖에서 어렵게 살고 있는 한인들이 추가마을로 찾아들기 시작했다. 외방청이라도 도조가 만주지주들에게 3분의 2를 내는 것 절반 밖에 안 된 탓이었다. 한인들이 계속 추가마을로 들어오자 지도자들은 추가마을에 들어온 한인들을 불러 모아 군중대회를 열었다. 옥수수 밭 노천에 300여 명 한인들이 모여 앉았다. 이동녕이 의장이 되어 단에 올라 눈물의 연설을 시작했다.

"동포 여러분, 이제부터 여기를 우리 터전으로 삼아 우리 조국을 찾을 때가지 하나로 뭉쳐야 합니다……."

두 번째로 이상룡이 단에 올랐다.

"지금은 우리가 고통 속에 있지만 반드시 그 끝이 있을 것이니 끝까지 나라를 찾아야 한다는 마음으로 서로 의지하며 다 함께 애써야 할 것이오……."

세 번째로 회영이 단에 올랐다.

"낮에는 밭을 갈고 밤에는 공부하면서 반드시 나라를 찾겠다는 일념으로 하루하루를 살아야 합니다. 잘 먹고 잘 살기 위해서도 배워야 하고 나라를 찾기 위해서도 배워야 합니다……."

노천에 앉아있는 300명 한인들이 훌쩍훌쩍 울기 시작했다. 의지할 데가 있다는 눈물이었고 희망의 눈물이었다. 지도자들은 이주민들의 정착을 돕고 농지개척과 농업을 지도하는 조직을 만들기로 했다. 이름을 경학사耕學社라 짓고 취지문을 선택했다. 농업과 배움을 병행해 농업을 지도하는 본부역할을 하면서 교육을 하자는 것이었다. 남녀노소를 가리지 않고 한인들을 교육시킬 것과 기성군인과 군관을 재훈련하여 기관장교로 삼고 애국청년들을 교육하여 국가의 인재로 키운다는 것을 사업으로 결정했다.

합니하에 학교건물을 완성할 동안 경학사 내에 강습소를 두고 당장 교육을 실시하기로 했다. 교실은 임시로 100여 명이 들어앉을 만한 옥수수 창고를 빌렸다. 강습소 이름은 신민회의 정신과 목적을 잇기로 하고 신민회의 '신' 자와 새롭게 시작하는 구국투쟁을 의미하는 '흥' 자를 따 신흥강습소라고 지었다.

낮에는 청소년들을 밤에는 성인들을 가르치기로 하고 교육과정은 소학부터 중등과정을 개설하고 특별반으로 군사훈련을 첨가했다. 성인들은 평생 책을 접한 적이 없고 연필 한 번 잡아보지 못한 문맹자들이었다. 하루 종일 땅을 개간하거나 들일을 하고 지친 몸으로 연필에 침을 발라 글자를 한 자 한 자 꼭꼭 눌러쓴 모습은 서러우면서도 가슴 뿌듯한 풍경이었다. 피곤을 못 이겨 대부분 코를 골며 잠들고 선생은 차마 깨우지 못한 채 측은하게 바라볼 때가 많았다. 그럼에도 남자들은 빠지지 않고 강습소를 꼬박꼬박 찾아왔지만 여자들은 그림자도 비치지 않았다. 야밤에 여자가 남자들과 함께 앉아 있는 것은 천부당만부당한 일이라는 것이 이유였다.

구습에 몸서리를 치는 회영이 "지긋지긋한 구습귀신이 만주까지 따라붙은 게야."라고 통탄하며 가슴을 쳤다. 여자들을 설득해 봤지만 소용없는 일이었다. 여자들은 회영 가문을 판서댁이라고 우러러보면서도 그것만은 받아들이지 않았다. 노비출신 남자들 아내들도 마찬가지였다. 회영이 벌컥 화를 냈다.

"다른 사람은 몰라도 자네들 안사람들이라도 설득을 시켜 내보내야 할 것 아닌가."

"공부한답시고 밤에 남정네들과 함께 앉아 있다가는 옥수수 밭에도 못 나간다고 합니다요."

회영은 생각다 못해 교사들을 가가호호마다 파견하여 방문수업을 시키기로 했다. 그것 역시 남선생이라는 이유로 손을 내저었다. 그 중 한 가정이 용기 있게 받아들였다가 여자들 입방아에 올라 한동안 외톨이가 된 사태가 발생한 탓이었다. 그렇다면 여선생을 내세우기로 했다. 신학문을 배운 여성들이라야 가능한 일이었다. 지사들 부인들도 신학문을 배운 여성들이 극히 드물었다. 회영의 아내 은숙과 호영의 아내와 소실 안동집과 규룡의 아내와 소실 송동집이 상동학원에서 신학문을 배웠으므로 선생으로 내보내기로 했다. 회영의 아내 은숙은 어린아이 때문에 선생으로 나설 수가 없어 호영의 아내와 규룡의 아내와 안동집과 송동집이 나섰다.

여자들이 수업을 받기시작하고 송동집이 가장 잘 가르친다는 소문이 자자했다. 효과가 나타나기 시작했다. 여자들은 교육을 받으면서 처음으로 이름을 쓰고 구구법을 배워 셈을 할 줄 알게 되자 기쁨을 감추지 못했다.

교육은 그렇게 진행되어가고 합니하 교사신축도 계획대로 지어져 갔다. 남자들은 학교를 짓고 여자들은 신경피 황경피 갈매나무 열매를 따다 가열하여 물을 들인 흑갈색 황갈색 무명으로 군복이나 마찬가지인 교복을 만들었다. 동지들과 신흥강습소 학생들이 괭이와 낫을 들고 풀을 베어내고 나무뿌리를 파내고 바위를 굴려내며 높낮이 땅을 평지로 골랐다.

수리사업전문가 장유순의 지도 감독에 따라 머리를 맞대고 설계도를 그리고 기초공사를 했다. 장유순은 건축설계와 토목에도 일가를 이룬 사람이었다. 가장 힘든 일은 산에서 수백 년 묵은 나무를 베다가 제목을 다듬는 것과 흙을 이겨 벽돌을 굽는 일이었다. 그런 일은 노비출신 남자들이 앞장서서 척척 해결했다. 회영이 등을 다독이며 격려를 아끼지 않았다.

"자네들 힘이 크네."

"나으리, 제가 무어라 했습니까요. 우리들도 어딘가 쓸모가 있을 거라고 말씀드렸습지요."

홍순이 회영을 향해 의기양양하게 말했다.

"그럼, 그럼, 자네들이 오기를 참 잘했네."

"몸으로 하는 일은 저희들이 다 해낼 테니 그리 아십쇼. 나으리."

"그런데 나으리란 말을 빼라고 몇 번을 일렀는가. 대답도 짧게 하라 했네."

"예~이! 알았습니다요. 나으리."

"자네들은 이제 노비가 아니라 당당한 독립투사란 말일세."

"태어나면서부터 입에 밴 것이라 쉽게 고쳐져야 말입쇼.."

"앞으로 또 길게 예~이, 하거나 나으리, 말입쇼, 라고 하면 엄벌하겠네."

"예~이, 하지만 저희들은 이렇게 말하는 것이 편합니다요. 나으리."

노비들은 회영이 꾸중한 뜻을 잘 알면서도 조상 대대로 내려온 그 엄중한 신분의 벽을 허문다는 것이 어렵기 짝이 없었다. 서로 의논을 벌였다.

"그렇다면 나으리들을 뭐라고 불러야겠는가?"

"동지 나으리라고 하면 어떤가?"

"나으리란 말을 하면 엄벌할 것이라고 하지 않았는가."

"그럼 동지님?"

"누가 동지님이라고 부르던가. 그냥 김 동지, 이 동지, 라고 부르지 않던가."

"그렇다고 나으리들을 어찌 '아무개 동지' 라고 부른단 말인가. 나는 죽었다 깨어나도 그리는 못 부르겠네."

"나는 차라리 엄벌을 받고 말겠네."

"나도 마찬가질세."

신흥무관학교를 세울 동안 한편으로는 경사가 났다. 석영이 나이 57세에 늦둥이를 본 것이었다. 석영의 부인 또한 52세였고 아이를 낳을 나이가 훨씬 지났으므로 모두 기적이라고 입을 뗐다. 그렇지 않아도 양부 이유원 가문은 자식이 귀한데다 하나밖에 없는 장남 규준이 14세였으므로 석영의 기쁨은 하늘에 닿았다. 석영은 새로 얻은 아들을 '규서' 라고 이름 짓고 잔치를 베풀어 추가마을 수백 명에게 쌀밥과 고깃국을 먹였다.

경사는 또 겹쳤다. 규서가 태어나고 4개월 뒤 회영이 아들을 얻었다. 이름을 '규창' 이라고 지었다. 양쪽에서 각각 아들을 얻었고 드디어 교사신축도 마쳤다. 모든 것이 다 잘되어갔다. 첩첩이 둘러친 산을 업고 세 개의 강을 수족처럼 끼고 들어선 학교는 엄숙했다.

"우리가 학교를 세우다니. 꿈만 같습니다. 우당 동지."

군사기지 답사부터 함께 고생한 이동녕이 회영의 손을 잡고 감격했다. 동지들과 학생들이 피땀으로 지은 교사는 어디에 내놔도 손색이 없는 건물이었다. 학교는 교실 8개와 수만 평 운동장과 기숙사를 갖추었다. 각 학년별로 널찍한 교실과 강당과 교무실을 들였고 내무반 내부에는 사무실과 숙직실, 편집실, 나팔 반, 식당, 취사장, 비품실을 갖추었다. 가장 큰 교실에 총기류를 두는 시렁을 설치하고 총기마다 생도들의 이름을 부착케 했다.

1912년 6월 7일⋯⋯. 드디어 눈물의 낙성식이 거행되었다. 동지들과 학생들 그리고 수백 명 한인들이 모여 눈물바다를 이루었다.

"누가 뭐라 해도 형님께서 이 뜻 깊은 역사役事를 이루어 내셨습니다."

회영 형제들이 감격하여 땅을 매입하고 건축비용까지 대준 석영에게 찬사를 보냈다.

"우리 6형제가 모두 힘을 모았는데 어찌 나에게만 그런 말씀을 하신단 말이오. 우당 아우가 아니었다면 이곳에서 땅 한 평 살 수 있었던가. 또 우리 형제들뿐만 아니라 안동의 이상룡 선생과 김대락 선생께서도 자금을 쾌척하시지 않았는가."

"그렇습니다만 형님이 아니었다면 어림없는 일이기에 드리는 말씀입니다."

학교 명칭은 신흥강습소를 옮겨와 강습소를 떼버리고 신흥무관학교로 고쳤다. 학교설립에 거금을 투척한 이석영을 교주로 추대하고 교장에 이상룡을 추대했다. 교감에는 윤기섭을 임명했다. 교사는 건영의 장남 이규룡 시영의 장남 이규봉 장유순의 동생 장도순 그리고 이갑수 서웅 관화국 등이 임명되었다. 서웅과 관화국은 중국인으로 중국어 선생이었다. 군사훈련의 교관은 대한제국무관학교 출신인 이관직 이장녕 김창환 김형선 등을 임명했다.

신흥무관학교 입학자격은 군관을 기르는 것이 목적이었으므로 최하 18세 이상 25세 미만으로 신체가 뛰어나고 건강한 청년들을 선발하기로 했다. 학생들 학비와 기숙사비를 전액 무료로 하고 기숙사가 넘쳐 들어가지 못한 학생들은 회영의 6형제들이 분담하여 맡고 교사들 보수는 중국인 두 사람 외에 단 한 푼도 받지 않기로 했다.

학칙과 교과는 신흥강습소 것을 재정비하여 3년제 중등과정을 본과로 하고 1년제 군사과를 부설했다. 본과 과목은 국어 중국어 영어 불어 등 외국어와 한문, 한국역사, 세계역사, 과학, 지리, 산술, 창가, 총검술 등을 개설했다. 군사과는 1년제 외에도 6개월, 3개월짜리 속성반을 따로 병설하여 운영하기로 했다.

학교는 개교하자마자 명문으로 소문이 나면서 수백 리 밖에서 학생들이 찾아들었다. 국내에서도 군사교육을 받기를 원하는 애국청년들이 찾아왔다. 엘리트 장교출신인 이관직 이장녕 김창환 김형선 등이 실시하는 무관교육이 그들에게 동경의 대상으로 떠오른 탓이었다.

국내에서 군관교육을 받겠다고 15세 소년 장지락(아리랑의 저자 김산)이 찾아와 떼를 썼다. 신흥무관학교에 입학하고 싶어 먼 길을 물어물어 찾아왔지만 교칙상 18세 미만은 받아들일 수 없었다. 장지락은 하늘이 무너진 심정으로 크게 소리치며 울기 시작했다.

그는 평북 용천출신이었다. 러일전쟁 통에 태어나 일경의 난폭함을 목격하며 자랐다. 일곱 살 때 일경이 주먹으로 어머니의 얼굴을 때려 입술이 터진 것을 보고 일경에게 달려들자 어머니는 절대로 안 된다고 말렸다. 일경은 심심풀이를 하듯 주먹과 발길로 걸핏하면 행패를 부리고 그때마다 어린 장지락은 일경에게 맞서려 했지만 어머니는 목숨 걸고 말렸다. 장지락은 왜? 라는 의문을 품기 시작했다. 왜 조선 사람은 일경에게 맞아도 말을 할 수 없는 지를 고민하며 자랐다. 그리고 언젠가는 복수를 하고 말리라 다짐했다.

그는 어려서부터 자존심이 강하고 고집이 세어 죽는 한이 있어도 누구에게도 지지 않으려 했고 하고자하는 일을 해내고야 말았다. 열한 살 때 친구를 때려 코피를 터지게 만든 일로 아버지로부터 호된 꾸지람을 듣고 집을 나와 다시는 집으로 가지 않겠다고 결심했다. 그리고 다시는 집으로 돌아가지 않았다. 장지락은 집을 나와 둘째 형의 도움으로 공부하여 일본으로 조기유학을 떠났다. 둘째 형의 소망은 똑똑한 장지락이 도쿄대학 의과에 들어가는 것이었다.

그런데 장지락은 마르크스주의와 아나키즘의 크로포트킨을 탐독한 후 도쿄대 진학을 포기하고 말았다. 그는 지적욕구에 목말랐고 도쿄는 그의 지적욕구를 충족시켜주지 못했다. 그의 생각에 도쿄는 단지 2류의 지적중심지일 뿐 일류는 아니었다. 장지락은 똑똑하지만 아직 어린 탓에 아나키즘과 공산주의를 혼동하면서 소련 모스크바야말로 새로운 사상의 원천이라고 생각했다.

천재소년 장지락은 새로운 세계를 향해 압록강을 건넜다. 하얼빈 행 기차를 탔지만 전란상태로 모스크바로 가는 길이 막혀버리고 말

앗다. 그렇다면 명문으로 떠오른 합니하 신흥무관학교를 찾아가 무관교육을 받기로 결심했다. 혼자 700리 길을 걸어 통화읍에 도착했다. 그곳에서 신흥무관학교로 가기 위해서는 소개장을 받아야 했으므로 김현주 목사를 찾아갔다. 장지락은 김 목사와 함께 3개월을 살면서 소학교 선생을 했다. 김 목사가 남다른 장지락에 반해 그를 양아들로 삼을 욕심으로 선생을 시킨 것이었다. 그러나 장지락은 꿈이 있다며 단호하게 뿌리쳤고 김 목사는 하는 수 없이 그를 신흥무관학교로 보내주고 말았다.

구구절절한 장지락의 고백을 들은 신흥무관학교 실무자들은 일단 시험을 칠 수 있는 기회를 주기로 했다. 지리, 수학, 국어 역사는 만점에 가까운 높은 점수를 얻었으나 나이가 3년이나 미달이었으므로 신체검사는 떨어지고 말았다. 그럼에도 장지락은 물러나지 않았다. 생떼를 썼다. 학교 측은 장지락의 고집도 고집이지만 그의 비범한 혁명가적 기질을 높이 사 입학을 허락해주었다.

장지락은 서너 살 위인 학생들의 무쇠 같은 팔다리에도 기가 죽지 않았다. 학교생활이 시작되었다. 학교생활은 병영생활이었다. 새벽 6시에 기상나팔소리가 울려 퍼지면 3분 이내에 옷을 단정히 입고 자리를 정리하고 검사장으로 뛰어가 인원점검을 받고 보건체조를 시작했다. 영하 40도의 한겨울에도 윤기섭 교감은 홑껍데기 무명저고리를 만주바람에 팔락팔락 날리며 학생들을 점검하고 체조를 지도했다. 애국정신을 따로 강조하지 않아도 그것으로 충분했다.

체조를 끝내고 세면을 하고 각 내무반 나팔소리에 따라 식탁에 둘러앉아 옥수수와 조밥이 주식인 식사가 시작되었다. 아침식사 후에 애국가 제창을 하고나면 이상룡 교장이 망국의 한을 토하는 눈물의 훈화를 하고 학생들은 애국심이 충천하여 주먹을 불끈 쥐고 몸을 부르르 떨었다. 훈시가 끝나면 학생들은 흑갈색 황갈색 제복에 총을 메고 구령에 맞춰 행진을 시작했다.

　학교는 중등교육 본과 3년과 무관훈련을 하는 군사과로 나누었지만 본과도 군사훈련을 바탕으로 한 것이었다. 훈련용 총은 나무를 깎아 만든 목총에 쇠로 방아쇠를 달았다. 넓은 연병장에서 김창환 교관이 우렁차게 구령을 하면 학생들은 한 점 흐트러짐 없이 일사불란하게 움직였다. 훈련은 실전과 똑같은 전투상황이었다. 험한 산을 따라 고지를 찾아 헤맨 끝에 가상의 적을 찾아내어 공격과 방어를 하는 치열한 싸움이 벌어졌다. 길고 긴 강을 헤엄쳐 건너는 상륙작전도 실전을 능가했다. 칠흑 같은 밤중에 비상나팔 소리가 울리고 학생들은 죽은 듯이 잠들었다가도 총알같이 몸을 일으켜 총가로 달려가 틀림없이 자기 총을 찾아냈다. 체육시간 또한 체력단련을 넘어선 강행군이었다. 엄동설한 야간에 등에 돌을 짊어지고 수십 리 강을 따라 달리기를 하고, 꽁꽁 언 빙상에서 평지처럼 달리고 걷기, 격검 춘추 대 운동으로 몸과 정신을 단련시켰다. 똑똑하고 고집 센 장지락은 모든 과정을 무사히 마치고 합니하를 떠났다. 학교는 학생들 외에도 많은 지사들이 찾아왔고 가끔 어려운 일이 발생하기도 했다.

　장지락이 떠난 후 스님 한용운이 찾아왔다. 35세 한용운은 한일병합의 슬픔을 이기지 못해 만주지역의 독립운동기지를 찾아다니며 힘을 얻던 중 신흥무관학교 소식을 듣고 추가마을로 들어온 것이었다. 한용운은 충청도 홍성에서 났고 16세 때 동학혁명에 가담했지만 실패로 끝나자 설악산 오세암으로 들어가 수도생활을 하다가 간도지역을 돌며 광복운동을 했다. 그러다 27세 때 다시 입산하여 설악산 백담사에서 연곡蓮谷을 은사로 득도를 하고 만화萬化에게 법을 받아 정식으로 승려가 되었다고 했다.

학교 보안을 위해 누구든지 신흥무관학교에 올 때는 반드시 신분을 확인할 수 있는 소개장을 들고 오도록 규칙을 정해 놓았고 규칙은 엄격했다. 그런데 한용운은 소개장 없이 무작정 들어왔으므로 학생들이 마음을 놓지 못했다. 학생들은 계속 의심을 풀지 못했지만 회영은 그의 언행을 통해 믿어도 좋다고 판단했다. 나라를 잃은 슬픔을 안고 독립운동기지를 순방한다는 것이 마음에 들었다.

"학생들이 한 선생을 의심한 것은 학교 보안 탓이니 너무 섭섭하게 여기지 마시오."

"섭섭하다니요. 믿음직합니다. 벌써 신흥무관학교의 빈틈없는 무장정신을 눈치 챘습니다."

"이해를 해주시니 고맙소."

"그런데 과연 요샙니다. 넓고 넓은 만주 땅에서 이 험한 오지를 어떻게 찾아내셨는지요?"

"한 선생께서도 그리 보시오?"

"간도에서 운동을 할 때 여러 곳을 돌아다녀봤지만 이렇게 험한 곳은 만나보지 못했습니다."

"이런 곳을 택한 건 일본을 피하자는 최선의 방책이었지만 험한 만큼 우리 학생들도 강인한 광복군이 될 것이오."

"아름다운 곳이기도 합니다. 힘든 훈련을 받다보면 몸과 마음이 지칠 때가 있을 텐데 강이 탁 트여있으니 말입니다. 강은 부드러움과 낮아짐이란 물의 속성을 품고 목적지를 향해 앞만 보고 흘러가는 도도滔滔함으로 사람의 정신을 다스려주지 않습니까."

"훌륭한 설법을 듣고 있는 듯합니다."

"설법이라니요. 당치않습니다. 강을 보니 그저……."

한용운은 회영의 집에서 한 달여를 머물고 추가마을을 떠났다. 회영은 여비 50원을 쥐어주면서 헤어짐을 아쉬워했다. 그리고 뒷모습을 오랫동안 바라보면서 나라를 위해 한 몫을 할 인물이라고 기대했다.

한용운은 통화읍을 향해 걸었다. 이십 리나 걸었다. 끝없는 옥수수밭을 지나 고개를 넘어야 하는 산이 나왔다. 깊은 나무가 우거진 숲길이었다. 바람소리만 들릴 뿐 인적은 없었다. 길의 중간쯤 첫 번째 고개를(쿨라재) 넘을 무렵 탕, 하는 소리와 함께 어디선가 총알이 날아들었다. 한용운이 어깨에 총을 맞고 쓰러지고 말았다. 신흥무관학교 학생들이 끝내 첩자일거라는 의심을 풀지 못한 것이었다. 회영이 소식을 듣고 펄쩍 뛰었다. 황급히 직접 마차를 타고 달려가 병원으로 이송했다. 다행히 경상이었다.

"우당 선생님, 마음이 놓입니다. 왜놈들이 귀신이라도 신흥무관학교는 넘보지 못할 것입니다."

"하마터면 목숨을 잃을 뻔 하지 않았소. 나도 우리 학생들이 그 정도로 보안의식이 투철한 줄은 짐작하지 못했소이다.”

“만약 내가 죽었다면 나는 조국을 위해 죽은 것이니 더 영광이었을 것입니다. 신흥무관학교 학생들이 한용운이라는 개인에게 총을 쏜 것이 아니니 말입니다.”

“역시 한 선생은 대인이오. 앞으로 오늘의 일을 이야기하면서 웃을 날이 꼭 올 것이니 오늘의 일을 잘 간직해 두시오.”

“예, 선생님의 보살핌까지 잘 간직해 두겠습니다.”

독립자금과 석파난石派蘭

　만주는 뭐든지 지독했다. 여름엔 지독한 햇살이 만주벌판을 모조리 태워버릴 것처럼 작열했다. 겨울엔 일본 놈보다도 더 지독하다는 영하 40도 추위가 땅속 2미터까지 얼려버렸다. 사이사이에 전염병과 가뭄, 마적 떼가 복병처럼 숨어있었다. 전염병이 습격했다하면 풍토에 적응하지 못한 한인들이 파죽지세로 죽어나갔다. 마적 떼는 주로 한인마을을 쑥대밭으로 만들어버렸다. 가뭄은 만주벌판을 사막으로 만들어버렸다. 가뭄은 원주민이고 한인이고 피할 수 없었다.

　시련은 가뭄부터 찾아왔다. 2년 동안 계속 된 가뭄은 무시무시한 산불 같았다. 만주 들녘이 풀포기 하나 없는 사막으로 변해버리고 말았다. 땅을 밟을 때마다 안개처럼 부연 먼지가 피어올랐다. 독립자금의 수혈이 절박했다. 그러나 국내에서는 총독부가 105인 사건에 이어 평안도와 황해도 등 서북지역 애국자들을 일망타진할 작정으로 데라우치 총독 암살미수사건을 만들어 지사들을 잡아들이고 있었다. 독립자금은커녕 한 발자국도 운신할 수 없는 상황이 전개되고 있었다.

신흥무관학교 운영이 날로 어려워져갔다. 그래도 믿을 곳은 국내 밖에 없으므로 서둘러 자금을 구하러 동지 몇 명을 서울로 파견했다. 석영이 계속 금고를 열어 놓았지만 2백 명이 넘는 학생들과 교사와 교관들을 감당하기란 무리였다. 마치 수문을 열어놓은 것처럼 돈이 빠져나가면서 금고가 비기 시작했다.

주식인 옥수수를 더 이상 공급할 수 없어 중국인들이 오랫동안 저장해 둔 것, 썩다시피 한 좁쌀을 구해 밥을 짓기 시작했다. 채소를 구할 수 없으므로 반찬은 콩기름에 절여놓은 콩장 하나로 버티기를 했다. 학생들과 교관들은 그렇게 썩은 조밥과 콩알 몇 개씩을 먹고도 높고 험한 산을 빠르게 오르기 연습을 하고 강변을 따라 달리는 연습을 계속하고 있었다. 구령소리도 평소와 전혀 다르지 않았다.

"저 뿌리 곧은 나무에 물을 공급해 주어야 해!"

굶주린 배를 움켜쥐고도 열심히 가르치는 교사들과 열심히 배우는 학생들을 바라보며 회영은 탄식을 금치 못했다.

"둘째 형님 금고도 바닥을 드러냈습니다. 이런 말을 우당 형님께는 하지 말라고 당부하셨지만……."

석영의 재산관리를 맡고 있는 막내 호영이 답답해서 견딜 수 없다는 심정으로 입을 열었다. 자금을 구하러 간 동지들로부터도 소식이 없었다. 회영은 고심 끝에 직접 국내로 잠입하리라 마음먹고 동지들 앞에 뜻을 밝혔다. 모두 이구동성으로 섶을 지고 불속으로 들어간 격이라며 펄쩍 뛰었다. 105인 사건으로 신민회가 일망타진 된 상황에 신민회 중심인물이 국내로 간다는 것은 일경에게 붙잡히러 가는 거나 다름없는 탓이었다.

그럼에도 동지들은 끝까지 말리지 못했다. 한번 마음먹으면 하고야마는 고집, 당장 뛰어들어 일을 진행해가는 성미는 잘 알려진 것이었고 또 사실상 무슨 일이든 대책을 강구하여 학교 사정을 타개해야 할 처지였다.

"그렇다면 나도 함께 가겠소이다."

이동녕이 걱정스런 얼굴로 함께 가겠다고 나섰다.

"그건 더욱 위험한 일이오. 숨어 다니는 데는 혼자가 간편한 법이질 않소."

"우당 선생님 말씀이 맞습니다. 소문에 의하면 지금 일본이 압록강 국경지대 경비를 열 배로 강화했다고 합니다."

장유순이 손을 저으며 회영의 생각이 옳다고 주장했다. 장유순 말대로 일본은 만주로 넘어가는 망명자와 또 만주에서 국내로 잠입하는 애국지사들을 잡기 위해 눈에 불을 켜고 있었다.

"그렇다면 단단히 변장을 하셔야 합니다."

동지들이 이구동성으로 회영을 바라보며 말했다.

"지금까지 해온 대로 장사꾼으로 변장할 밖에요."

"이젠 장사꾼변장은 어림없는 일입니다. 우리가 국내에 있을 때는 통했지만 벌써 망명자로 판명이 났으니 전혀 딴판으로 변장하지 않고서는 그들을 속이기 어려울 겝니다."

"민망한 일이지만 점쟁이나 박수무당으로 꾸미는 것이 좋을 듯합니다.”

동지들이 마음이 놓이지 않아 무속인 변장을 들고 나왔다. 만주에
는 점쟁이나 박수무당이 흔하고 그들은 몸에 갖가지 치장을 하는가
하면 얼굴에 분을 바르고 점을 찍는 등 화장까지 한 탓이었다.

“그렇지, 보기에 괴이한 점쟁이로 꾸밉시다. 가다가 누가 점을 봐
달라고 청하면 점도 봐 주구요. 하, 하,”

막힌 숨통을 트듯 회영이 농을 하며 잠깐 웃었다. 회영은 만주에서
흔히 볼 수 있는 점쟁이로 변장을 하고 망명 3년 만에 고국으로 잠입
하기 위해 안동으로 향했다.

압록강에서 다시 배를 탔다. 첸징우의 배였다. 이제 막 해동하기
시작한 강물은 여전히 압록수의 푸른 물을 자랑하고 배는 천천히 신
의주를 향해 흘러가기 시작했다. 첸징우는 처음 본 점쟁이 손님을 태
우고 노를 저었다. 점쟁이 치고 키가 크고 잘 생겼다는 생각이 잠깐
스쳤을 뿐 점쟁이 따위엔 관심이 없었으므로 강물을 바라보며 묵묵
히 노를 저었다. 배가 강 중간쯤으로 접어들고 노 젓는 소리만 여전
히 삐익, 삐익, 소리를 냈다.

“녹이 슬었나 보오.”

회영이 먼저 입을 열었다.

“요놈의 노 좆은 기름 먹는 귀신이라오. 열흘이 멀다하고 기름칠을
해도 보채니 말이오.”

“그건 그렇고 사공양반, 점을 봐주겠소.”

"뱃사공이 점은 봐서 무얼 하오. 됐소이다."

뱃사공도 점쟁이는 낮추어 보았으므로 시큰둥했다.

"사공은 장차 큰 배를 갖고 싶지 않소? 저 유명한 상해의 황포강을 가로지르는 그런 배 말이오."

"황포강에 아무나 배를 띄우는 줄 아시오. 말도 안 된 소리 마시오."

"내 점괘가 그리 나오니 하는 말이오. 지금부터 그런 꿈을 꾸면 충분히 그런 배를 가질 수 있다는 점괘이니 꿈을 꾸어 보시오."

"됐소이다. 송충이가 솔잎을 먹어야 명대로 사는 법이오."

"첸징우는 여전히 착하고 겸손하기 짝이 없구만."

"뉘시오?"

첸징우가 노를 멈추고 휙 뒤돌아 봤다. 그리고 회영을 뚫어져라 바라보며 소리쳤다.

"혹시 선생님이 아니신지요?"

"이제 알아보겠는가?"

"아, 선생님을 뵙다니요. 그런데 고매하신 선생님께서 어찌……."

첸징우는 반가움과 놀라움이 교차해 무슨 말을 해야 할지 몰라 허둥댔다.

"나를 정녕 몰라보았는가?"

"그랬으니 제가 함부로 말을 했지요. 죄송합니다. 선생님."

"죄송하긴, 내 그걸 시험해 본 걸세. 일경들도 틀림없이 속아 넘어가겠지?"

"속다 뿐이겠습니까. 죄송하지만 점쟁이도 고수점쟁이로 보이십니다."

"일경들의 감시가 어느 정돈가?"

"숫자가 배로 늘었습니다. 신의주 뱃머리에 나와 있는 시간도 훨씬
잦아졌지요. 서너 달 전에는 강을 건너려다 부지기수로 잡혀간 걸 봤
습니다. 제가 구하려고 했지만 불가항력이었습니다."

"발악을 한 게야."

"부디 조심하셔요. 선생님."

첸징우는 그동안 망명자들을 태워다 주면서 겪은 갖가지 이야기를
하고 싶었지만 회영의 차림새로 보아 어쩐지 독립운동 상황이 좋지
않은 것 같아 입을 다물고 말았다. 입을 다물었지만 그때 일을 생각
하면 언제나 가슴 속이 뜨끈했다.

첸징우는 그때 회영이 부탁한대로 겨울 내내 망명자들을 건네주기
에 바빴다. 망명자들 가운데는 치밀한 계획 없이 끓어오른 분노로 무
턱대고 강을 건너는 사람들도 많았고 그런 사람들은 십중팔구 일본
헌병대의 사냥감이었다.

돈이 없어 꽁꽁 언 강을 걷다가 동사하기도 했다. 첸징우는 그런
사람들을 발견할 때마다 얼음 위를 걸어가는 사람과 죽어 있는 시신
을 거두어 안동으로 부지런히 날랐다. 일경은 죽은 사람도 산 사람을
잡은 거나 마찬가지로 취급하여 경무청으로 넘긴 탓이었다. 그해 겨
울 산 사람을 건네준 것은 수백이었고 시신만 해도 백여 구가 넘었
다. 첸징우는 산사람을 건네주든 죽은 시신을 거두어 주든 언제나
"우당 선생님 부탁입니다."라고 말했다. 도망자를 태우고 가다 일본

헌병대가 쏜 총에 맞은 적도 있었다.

　겨울이 끝나가는 2월 말경 다섯 명의 청년들이 얼음 위를 달리고 있었다. 일경에게 쫓기는 사람들이었다. 첸징우가 날쌔게 썰매를 몰고 달려가 앞을 가로 막았다.

　"어서 타세요."

　"일 없소. 다른 데로 가보시오."

　"안동까지 천리 길이 넘는데 이대로 걷다가는 일경이 쏜 총에 맞거나 동사하고 맙니다. 삯은 받지 않습니다."

　"그게 참말이오?"

　일행 중 가장 어려보인 청년이 혹했다.

　"안 된다. 잘못하다간 일본 놈들에게 넘겨질지도 몰라."

　"우당 선생님이 부탁하셨기 때문이오."

　"그분이 누구요?"

　"항일투사신데 인품이 매우 높은 분이십니다."

　"존함을 말해 보시오?"

　"그냥 우당 선생님이라고만 알고 있소이다."

　청년들이 올라타자마자 등 뒤에서 일경이 탄 썰매가 뒤쫓고 있었다. 그리고 몇 발의 총알이 날아왔다. 그 중 한 발이 첸징우의 종아리를 스쳤다. 한 줌 살점이 떨어져 나갔다. 줄줄 피를 흘리면서도 첸징우는 날쌔게 썰매를 몰아 일경들을 따돌리는데 성공했다. 안동에 닿자 남자들이 꽁꽁 얼어있었다. 두툼한 솜옷을 입어도 견디기 힘든 추위에 급히 피하느라 모두 허술한 옷차림이었다. 첸징우는 얼음덩어리로 변해버린 사람들을 안동 땅에 내려주는 것으로 끝내버릴 수 없었다. 죽을 것이 뻔했다. 자기 집으로 데려갔다.

"첸징우가 마치 조선 독립군이라도 된 듯하구나."

첸징우의 아버지가 아들이 입은 상처를 안타까워하며 한탄했다. 발에 동상이 걸린 청년들은 당장 걸을 수가 없었다. 첸징우 집에서 열흘이 넘게 머물며 치료를 받고나서야 길을 나설 수 있었다.

"살려준 은혜를 무엇으로 갚아야할지 모르겠소. 자자손손 복이나 많이 받기를 바라오."

"내가 한 게 아닙니다. 우당 선생님께서 부탁하신 일이니 그분께 고마워하시오."

청년이 첸징우를 향해 고맙다는 인사를 하자 첸징우는 어김없이 또 그렇게 말했다.

뱃사공 첸징우가 몰라 볼 정도로 완벽한 점쟁이 변장 덕분에 회영은 전혀 의심받지 않고 압록강변의 철통같은 감시를 벗어나 서울로 잠입했다.

"아, 내 조국 내 고향 흙냄새!"

도성 정중앙을 바라보는 종현산마루는 변함이 없었다. 그립고 그리웠던 서울 땅 흙냄새가 가슴 깊이 그윽했다. 사람이라면 와락 끌어안고 얼굴을 비비고 싶었다. 몸은 어느 새 종현鍾峴성당(명동성당) 언덕에 서 있었다. 조선 초기 종현고개는 북을 매달아 놓고 백성들이 임금께 하고 싶은 말이 있을 때 북을 치게 했던 곳이었고 임진왜란 그 후부터는 종을 매달아 놓고 야간 통행금지와 해제를 알리는 인정 人定과 파루罷漏를 치는 곳이었으므로 종현고개라 불렀고 성당도 종현성당이라고 했다.

종현성당 언덕에서 본가 저동 집을 내려다보았다. 굳게 잠긴 집은 고요했다. 후원에 서있는 나무들과 오죽 숲이 주인을 알아본 듯 몸을 흔들었다. 사당으로 한달음에 달려 내려가 "아버님 어머님 저 왔습니다." 하고 엎드려 통곡하고 싶었다. 그런데 이상했다. 사당이 사라지고 없었다. 누가 사당을 허물어버린 것이었다. 눈물이 솟구쳐 올랐다.

눈물 속에 앞뜰에 서있는 은행나무가 어렸다. 은행나무가 별 탈 없이 있어 준 것이 고마웠다. 주변을 살피며 솟을대문 앞으로 내려갔다. 문패도 떼어내고 없었다. 떼어낸 자국에서 피가 흐른 듯 했다. 대문에 붙은 녹슨 문고리를 도둑처럼 만져보고는 자리를 떴다.

일본형사들의 감시대상에 있는 동지들에게 함부로 접근할 수 없어 어디론가 걸었다. 간절히 전덕기에게 가고 싶었지만 신민회 사건으로 상동교회는 특급사찰지역으로 일경의 눈 안에 있다는 것을 잘 알고 있었다. 그럼에도 발길은 어느덧 상동교회로 향하고 있었다. 내심 완벽한 점쟁이 변복을 믿은 탓이었다. 상동교회 정문이 바라보이는 곳에서 발걸음을 멈추었다. 헌병들이 조선총독부 정문을 지키듯 단단히 지키고 있었다.

생각해보니 점쟁이 변복차림으로 교회에 들어간다는 것도 말이 되지 않았다. 그렇다고 본색이 드러나는 옷을 갈아입고는 얼씬도 할 수 없는 일이었다. 당장 보고 싶은 전덕기 대신 상동교회 지붕에 세워져 있는 십자가만 바라보고 발길을 돌렸다.

해가 졌다. 성당에서 저녁미사를 위한 종소리가 울려 퍼지고 있었다. 불빛이 돋아나기 시작했다. 가난한 사람들이 모여 사는 익량골로 향했다. 상동학원 제자 윤복영의 초가집 싸리문을 밀고 작은 마당으로 들어섰다. 개가 짖어댔다. 봉창을 열고 내다보던 윤복영이 신을 꿰어 찰 새도 없이 맨발로 뛰어나와 영접했다.

"우당 선생님이 아니십니까?"

"놀랄 줄 알았네."

다음날 독립자금을 구하러 국내에 들어와 있는 이관직이 소식을 듣고 달려와 펄쩍 뛰었다.

"어찌 사지로 오셨단 말씀입니까?"

"걱정 마시게. 일경이 나를 체포한다 하더라도 나에게서 신민회 회원이든 무엇이든 증거를 찾기란 어려울 걸세."

이관직도 어쩔 수 없는 터라 입을 다물었다. 회영이 서울에 잠입했다는 소식을 들은 이상재와 젊은 이덕규 유기남 유진태가 급히 달려왔다.

"저들이 지금 우당 선생님 가문의 망명을 막지 못한 것을 한탄하고 있는데 오시다니요."

"저동집도 토지조사사업을 시행할 때 총독부에서 접수해 버렸습니다. 사당도 철거하고 문패도 떼어 냈지 뭡니까."

회영은 이미 짐작한 것이었지만 안색이 변했다. 짜릿한 전율이 가슴을 훑고 지나갔다.

"듣지 않는 것만 못하시지요?"

"어차피 버리고 간 집이었네 마는……"

모두 원통한 심정을 누르느라 잠시 말이 없었다.

"아무튼 국내는 몹시 위험합니다."

유진태 등 젊은 동지들 역시 이구동성으로 걱정을 하고 나섰다.

"너무 걱정들 마시게. 아직 우당을 함부로 건드리지는 않을 걸세."

회영보다 17년이나 연상인 원로 이상재가 젊은 동지들을 안심시켰다.

"정말 그럴까요?"

"독립운동은 상것들이나 하는 것이라고 선전하기 위해서지. 그러나 조심 또 조심해야 하네."

"내 안위보다는 신흥무관학교 운영이 큰일입니다. 둘째 형님의 금고도 이제 바닥이 나고 말았습니다."

"제아무리 큰 부자라도 곶감 빼먹듯이 속속 빼먹는 데는 방법이 없는 법이네."

이상재가 한숨을 쉬며 답답한 가슴을 쓸어내렸다.

"큰일입니다. 국내에서는 지금 신민회가 거의 일망타진이 되다시피 하여 독립자금을 주고받기란 하늘의 별 따기입니다. 게다가 자금을 모아야 할 전덕기 목사님조차 몸져눕고 말았으니."

"목사님이 눕다니?"

"목회를 할 수가 없어 교회는 이미 후임자가 담임을 이어받았습니다."

"무엇이, 목회를 할 수 없을 지경으로?"

"놈들에게 사흘이 멀다 하고 불려가 독한 고문을 받았으니 몸이 견뎌낼 재간이 있어야지요. 고문으로 쇠약해진 몸에 결핵이 덮치더니 이젠 늑막염까지 겹쳐서 살기는 틀렸습니다."

회영이 자리를 박차고 일어섰다.

"가시면 안 됩니다. 상동교회 주변에는 헌병대만 지키고 있는 게 아닙니다. 일본 형사들이 구석구석에 숨어 한시도 떠나지 않는다고 합니다. 목사님이 가택연금을 당한 것이나 진배가 없습니다."

전덕기를 만나보고 싶은 마음을 겨우 눌러 참으며 회영은 차일피일 시간을 보내고 있었다. 그리고 어려운 윤복영의 집에 오래 있을 수 없어 보름 만에 소곡동 유진태의 집으로 옮겼다. 그때 전덕기 목사가 위독하다는 소식이 날아들었다. 더 이상 망설일 수가 없었다. 회영이 동지들의 만류를 뿌리치고 일어섰다. 수요일 밤 예배시간을 이용해 용케 목사 사택으로 숨어들었다.

전덕기는 마른 갈대처럼 누워 있었다. 결핵으로 폐가 망가진 데다 늑막염으로 옆구리에서 농이 흐르고, 열두 살 어린 아들이 환부에 난 구멍에 약수를 받는 대롱처럼 버들잎을 말아 넣고 흘러내린 농을 받아내고 있었다.

"아, 우당 선생님!"

전덕기가 먼저 탄식에 가까운 반가움을 토했다. 회영은 꺼져가는 전덕기 앞에 전신이 마비된 듯했다. 남달리 튼튼한 체격과 잘 생긴 이마와 눈망울이 허깨비로 변해 있었다. 전덕기가 아들에게 의지해 일어나려고 몸을 움직였다. 회영은 그때서야 서둘러 전덕기를 말리며 탄식했다.

"목사님을 지켜드리지 못한 이 사람을 용서하십시오."

"험한 만주 땅에서 하는 고생과 비교나 되겠습니까. 자금 때문에 사지로 오셨군요. 자금 한 푼 보내드리지 못한 죄를 범했으니 장차 하나님 앞에 어떻게 설지 두렵습니다."

"목사님께서는 지금까지 열 사람 몫 아니 백 사람 몫을 하셨습니다. 그러니 지금은 아무 생각 마시고 그저 쾌차하셔야 합니다. 후일을 생각하셔야지요."

"못 뵙고 가는 줄 알았는데 이렇게 뵈었으니 이제 여한이 없습니다."

"가다니요. 나랑 함께 나라를 찾아야 합니다."

"선생님, 이제 더 이상 내가 할 일은 없습니다. 신민회 뿌리가 뽑혔으니 내 육신도 더 이상 필요가 없어 하나님께서 데려가시려고 한 겁니다."

회영은 눈물을 참느라 안간힘을 썼다.

"그나저나 우당 선생님을 뵈니 기뻐서 미칠 것만 같습니다. 몸이 붕붕 떠오르지 뭡니까."

"이 사람도 그렇습니다. 그러니 힘을 내세요."

불면 날아갈 것만 같은 몸을 회영이 겨우 상체만 그러모아 안았다. 뼈만 남은 몸이 불덩이로 끓고 있었다. 전덕기와 함께 상동학원을 운영했던 일이며 헤이그밀사를 모의하던 일들이 눈에 선했다.

"목사님, 우리가 학원을 운영하고 신민회를 만들었던 일들을 기억하시면서 부디 힘을 내셔야 합니다.”

“비록 슬픈 현실이지만 그때 일이 자랑스럽습니다. 신민회가 해체되어 우리 동지들이 뿔뿔이 흩어졌다 하더라도 그 뿌리는 영원할 테니까요.”

전덕기는 그날을 떠올리며 무척 흡족한 미소를 지어보였다. 그리고 유언하듯 말했다.

“선생님께서는 부디 몸을 잘 보존하셔야 합니다. 그리고 광복을 맞이한 날 기쁨을 제 것까지 누리셨다가 후일 저에게 말씀해 주세요. 참 제 큰아이는 이승만 선생께서 미국으로 데려갔는데 제법 심부름도 잘하고 공부를 잘해 교민들 사이에 칭찬이 자자하다고 합니다. 그래서 마음이 놓이는데 내가 떠나고 나면 둘째 아이와 내자를 어떻게 해야 할지 고민입니다. 선생님께서 만주로 데려가시면 얼마나 좋을까 하는 생각도 듭니다만······.”

“환자의 명을 재촉하는 것은 병이 아니라 좋지 않은 생각이라고 합니다. 이 사람은 목사님이 쾌차하시기 전에는 서울을 떠나지 않을 작정입니다. 아시겠습니까?”

전덕기 목사는 애써 고개를 끄덕여 보이고 회영은 기회를 틈타 또 올 테니 부디 건강만 생각하라는 당부를 남기고 한밤중 어둠을 틈타 목사관을 빠져나왔다.

다음 날 벚꽃이 유별나게 떨어져 하염없이 날았다. 무슨 축제 같기도 하고 슬픔이 휘몰아친 것도 같았다. 이관직이 비보를 들고 달려왔다. 끝내 전덕기 목사가 죽었다는 소식이었다. 일경들이 떼 지어 상동교회로 달려갔다. 전국에 숨어있는 애국지사들이 상경할 것을 대비해서였다. 장례는 상동교회장으로 6일장이었다. 상동저잣거리 일대를 중심으로 명례방 사람들이 모두 거리로 쏟아져 나와 인산인해를 이루었다. 상여 행렬이 가도 가도 끝없이 이어지면서 펄럭이는 만장이 강물처럼 흘렀다. 사람들의 울음은 조국을 슬퍼하는 눈물로 장안을 적시고 일본은 바짝 긴장한 눈으로 전덕기 목사의 마지막 가는 길까지 호시탐탐 감시하기에 바빴다.

회영은 허름하게 변복을 하고 행렬에 섞여 전덕기를 전송하며 울었다. 이상재 윤복영 이경학 유기남 유진태 등도 모두 변복을 하고 멀리서나마 39세 젊은 동지와 이별을 하고 있었다. 회영은 마지막으로 전덕기를 향해 '당신이야말로 우리 신민회의 시작이고 종말입니다.' 라고 속으로 소리치고 전덕기를 태운 꽃상여는 슬픈 시대의 한을 안고 상동저잣거리를 유유히 빠져나가고 있었다.

전덕기도 떠나고 5월이 끝나갈 무렵 105인 신민회 사건 판결공판에서 윤치호 양기탁 이승훈 안태국 등 6명에게 징역 6년을 선고하고 나머지 사람들은 무죄를 선고했다는 신문기사가 났다. 일본은 계속 신민회를 단 한 명도 남김없이 잡아내겠다고 벼르고 있었다. 면회를 갈 수도 없는 동지들 생각에 회영은 답답한 가슴을 안고 유진태 집에서 다시 이경혁의 집으로 옮겨 살면서 일 년여를 무사히 보냈다.

국내에 온지 일 년이 지났지만 독립자금을 마련하는 길은 속수무책이었다. 숨어있는 어려운 동지들이 십시일반으로 몇 푼씩 모아

준 것으로는 학교운영에 보탬이 되지 못했다. 생각다 못해 난을 그리기로 했다. 유명한 문장가에다 명필로 손꼽힌 유창환이 제안한 일이었다.

"선생님께서는 그림만 그려주십시오. 그러면 유진태와 내가 알아서 얼마가 됐든 자금을 만들어볼 작정입니다."

회영은 아예 유창환의 집으로 거처를 옮겨 그 유명한 석파난을 치기 시작했다. 회영이 삼전지묘법으로 난을 친 다음 직접 전각을 파 낙관을 찍으면 명필가 유창환이 화제畵題를 썼다. 그리고 유진태가 은밀히 명문가나 부잣집을 돌면서 주는 대로 받아왔다. 한 폭 당 백 원 혹은 2백 원씩을 내주었다. 백 원이라면 쌀 열 가마 값이었으므로 적은 돈이 아니었다. 한용운이 난 그림을 손에 넣자마자 당장 달려왔다.

"선생님, 이렇게 뵙게 되다니요. 사정이야 어떻든 반갑기 짝이 없습니다. 선생님을 뵐 욕심에 몇 푼 안 되지만 그림 값을 직접 가지고 왔습니다."

"나 또한 한 선생을 만나니 반갑기 짝이 없소. 그런데 내 그림이 멀리 있는 한 선생에게까지 들어갔던가 보오."

"선생님의 석파난이 지금 애국지사들 사이에 신흥무관학교를 살리자고 외치고 있습니다."

"벌써 그리 되었단 말이오?"

"일경들 귀에 들어갈까 걱정입니다. 철석같이 믿었던 애국자가 자고나면 일본 놈들 끄나풀이 되어가는 세상이니 말입니다."

한용운은 백 원을 내밀며 학교일을 크게 걱정하고 돌아갔다. 회영이 그린 난蘭은 고종에게도 들어갔다. 고종은 회영이 국내로 잠입했다는 것도 반가웠지만 난 그림을 보자 마치 회영의 손목을 잡은 것처럼 기뻐했다. 안호형을 통해 신흥무관학교에 대한 소식을 전해 듣고 할 수 있는 데까지 자금을 보내려고 애썼다. 가끔 내관 안호형이 한밤중에 유창환의 집으로 찾아와 고종이 내준 몇 백 원의 자금을 전해 주곤 했다.

총독부가 왕조를 별도로 관리하는 이왕직을 만들어 놓고 고종의 입출금에 촉각을 세우고 있는 탓에 고종도 운신의 폭이 좁다고 안호형이 늘 안타까워했다. 그럼에도 고종은 용돈을 최대한 절약하여 회영의 생활비로 얼마씩 따로 보내는 일도 잊지 않았다.

비밀은 오래가지 못했다. 난 그림은 마치 암호처럼 은밀히 애국자들 사이에 퍼져나가면서 지사들을 하나 둘 연결하기 시작하고 한용운이 걱정한대로 회영이 경찰서로 연행되고 말았다.

"선생은 조선 땅을 버리고 만주로 떠난 걸로 아는데 무슨 볼 일이 있어 다시 들어온 것이오?"

"조국을 버리고 가다니. 나는 예전부터 사업상 만주를 부지런히 오간 사람이오. 그리고 내 나라에 선영이 있고 일가친척이 있으니 가끔 와서 둘러보는 것이 사람의 도리가 아니겠소?"

그렇게 변명을 하면서 회영은 "그렇다. 너희들과 함께 같은 하늘 아래 숨 쉬는 것도 싫거니와 내 나라를 찾기 위해서 떠났노라."라고 말하지 못한 것이 한스러웠다. 그러나 지금은 열심히 변명을 해야 한다고 마음을 달랬다.

"흠, 말은 그럴 듯하지만 속셈은 따로 있는 게지요. 민중을 현혹시켜 우리 일본에 반기를 들라고 부추긴단 말이오. 아니 그렇소?"

"천만에. 나는 단지 사업을 하고 싶을 뿐이오. 충분히 견문을 넓힌 다음 우리 조선에서 대사업장을 벌일 작정이란 말이오."

"귀족이 대사업장이라. 거참 흥미 있는 일이군. 아참, 선생은 청년 시절에도 수만 평 인삼밭을 일군 적이 있었지요?"

"그걸 어떻게?"

회영이 소스라치게 놀랐다.

"그때 경무청 후쿠다 요시모토 고문이 내 할아버지였소. 내 할아버지께서 평생 잊을 수 없는 모욕을 당하셨다고 돌아가실 때까지 말씀하셨지요. 정말 우리 할아버지께서 선생을 잘 기억해두라고 당부하셨는데 이렇게 만나다니. 반갑기 짝이 없소이다."

회영을 맞은 건 인삼밭을 망쳐버린 후쿠다 요시모토의 손자 후쿠다 오시이 주임이었다.

"옳지, 후쿠다 요시모토, 그는 대도였소. 2만 평 6년 근 인삼을 모조리 도적질한 범법자였단 말이오!"

회영은 그날이 되살아나 흥분하고 말았다. 흥분하면서도 후쿠다 주임이 후쿠다 요시모토의 손자라는 것과 인삼밭 사건을 손자에게 기억할 것을 당부했다는 것이 마음에 걸렸다.

"또다시 그 따위 말을 뱉을 경우엔 고인의 명예를 훼손한 죄로 구속조치 할 것이오. 그건 그렇고 오늘 부른 것은 선생이 그린다는 그림 때문이오. 난을 그려서 은밀히 돌리고 있다는데 무얼 하자는 암호인지 알아야겠소.”

“암호라니. 난은 말 그대로 그림이오.”

“그렇소. 난은 그림이지요. 그런데 그림이 하는 일이 따로 있으니 묻는 것이오.”

“그림은 눈으로 바라보는 것이잖소. 바라보면서 마음으로 말을 주고받는 것일 뿐이란 말이오.”

“대체 무슨 말을 주고받느냐 말이오?”

“그렇다면 더 이상 할 말이 없소이다. 그림을 그림으로 볼 줄 모른 문외한과 어떻게 그림을 이야기한단 말이오.”

“좋소. 대사업장을 벌리든 난을 그리든 앞으로 꾸준히 지켜볼 것이오.”

“그렇게 하시오. 나는 꼭 성공하여 이거외다. 하고 보여줄 테니.”

“흠, 두고 봅시다. 누가 누구에게 무엇을 보여 주는지.”

확실한 증거를 포착하지 못한 채 회영을 취조한 후쿠다 주임은 그런 식으로 신경전을 벌이다 하는 수 없이 풀어주고 말았다.

회영이 경찰서에서 나오자 블라디보스토크에서 이상설이 보낸 청년이 은밀히 찾아와 소식을 전해 주었다. 이상설은 블라디보스토크에 대한광복군정부를 설립할 것과 상해의 영국조계 내에서 배달학원을 설립하여 민족교육을 하고 있는 박은식 신규식과 만나 신한혁명단을 조직하여 무력武力으로 독립을 쟁취해 나갈 계획이라고 했다. 그런데 놀라운 것은 고종과 의친왕 이강을 망명시켜 무력투쟁을 본격화한다는 것이었다.

회영은 폭탄을 가슴에 품은 듯 떨리고 기뻤다. 성공만 한다면 국내외적으로 그 영향이란 세상을 뒤집어놓을 것이었다. 그런데 다시 후쿠다 주임이 회영을 경찰서로 불러들였다.

"선생께서도 독립운동을 하고 싶은 것이지요? 천민이나 상것들이나 하는 그런 무식한 짓거리 말이오."

"독립운동을 하는 것은 자식이 부모를 섬기는 일이나 마찬가지니 이 나라 백성이라면 마땅히 해야겠지요. 그런데 나는 그러질 못하니 조국 앞에 부끄러울 따름이오."

"그런데 선생 눈빛을 보면 자꾸 혁명가라는 생각이 드니 어쩌지요? 우리 할아버지께서 선생을 주시해야 할 인물이라고 당부하신대로 말이오."

"나는 그런 인물이 되지 못한 것이 한이라고 하지 않았소."

"거짓말 하지 마시오."

"생각은 마음에서 우러난 것이니 그걸 누가 막겠소. 좋을 대로 생각하는 수밖에요."

회영은 몹시 기분 나쁜 인연 앞에서 잠시 상을 찌푸렸다. 후쿠다도 단도직입적으로 나오기 시작했다.

"이상설을 알지요? 선생의 죽마고우 말이오."

"그렇소. 나와는 어려서부터 함께 수학한 벗이오. 그런데 수만리 밖에 있는 그를 왜 나에게 묻는 것이오?"

"선생의 죽마고우가 심상치 않다는 첩보요. 그리고 선생은 국내에 체류 중이고. 뭔가 이상하지 않소?"

"당신들 눈에는 조선 사람들이 기침만 해도 이상한 법이 아니오."

"오늘 선생을 부른 것은 이런 식으로 말싸움을 하자는 것이 아니란 말이오. 죽마고우를 설득해 주어야겠소. 이상설에게 지금이라도 우리 일본에게 귀화하면 헤이그밀사 사건도 모조리 사멸시켜줄 뿐만 아니라 부귀영화를 보장한다고 전하시오. 전에 성균관장을 거쳐 참찬으로 있었으니 총독부에서 그 이상의 대우를 충분히 한다고 말이오."

"이상설을 모욕하지 마시오. 후쿠다 주임."

"그렇다면 이상설이 무엇을 하는지 밝혀질 때까지 선생을 여기에 모셔야겠으니 그리 아시오."

후쿠다는 회영을 유치장에 넣어버리고 말았다. 블라디보스토크에서는 상황이 급박하게 돌아가고 있었다. 회영과 소식을 주고받을 수 없게 되었으므로 이상설이 전 외교부장 성낙형을 국내로 파견했다. 의친왕 이강이 장인 김사준과 함께 성낙형을 고종 앞으로 데려가 구체적인 계획을 세울 작정이었다.

그런데 준비가 너무 허술했다. 궁중 곳곳에 깔려있는 밀정들에 의해 비밀이 새어나가고 정보를 포착한 총독부에서 잠자리를 잡듯 살금살금 다가가 의친왕의 장인 김사준과 주변 인사들을 소리 소문 없이 잡아들였다. 왕의 망명음모라는 중차대한 소문이 세상으로 퍼져나가는 것을 막기 위한 철저한 보안작전이었다. 총독부는 사건을 비밀에 붙인 채 조선보안법위반사건이라는 엉뚱한 것으로 꾸며 체포한 관련자들을 적당히 처리하고 말았다.

상부의 지시에 따라 후쿠다도 회영을 풀어줄 수밖에 없었다.

"지금은 이쯤에서 보내주지만 언젠가는 다시 만나게 될 것이오. 언젠가는……."

무언가 잡힐 듯 하면서도 잡히지 않자 후쿠다가 신경질을 부렸다. 3개월 만에 풀려나 돌아온 회영이 원통하여 발을 굴렀다. 실패한 거사를 그렇게 흘려보낼 수 없어 머리를 싸맸다. 무슨 수를 써서라도 고종황제를 망명시킨다면 왕이 나서서 나라 찾기 운동의 선봉에 선 것이 될 것이니 외국의 주목을 끌 것이고, 친일파 조선귀족들에게는 큰 충격을 줄 것이고, 그동안 산발적으로 출현했다가 바람 앞에 촛불처럼 사라져버린 의병봉기도 대대적으로 일으켜 세울 수 있을 것이었다.

문제는 일본이 철통같이 에워싸고 있는 고종과의 밀통이었다. 이상설이 척척 진행해온 거사를 마지막에 실패한 것도 바로 그것이었다. 그러나 뾰족한 묘안 없이 시일만 가고 일본은 고종의 주변감시를 더욱 강화하여 개미새끼 한 마리 얼씬 못하도록 봉쇄해 버리고 말았다.

고민 중에 2년이란 시간이 흘러가고 또 벚꽃이 피어 한창인데 비보가 날아들었다. 이상설이 러시아 니콜리스크에서 피를 토하며 사망했다는(1917. 3. 28.) 소식이었다. 전덕기를 보내고 3년만이었고 두 사람이 약속이라도 한 듯 같은 달 같은 날인 3월 28일이었다. 전덕기가 갈 때처럼 벚꽃이 함박눈처럼 날고 있었다. "내 혼도 불사르라!" 했다는 유언을 전해 들었다. 회영은 밤새워 땅을 치며 통곡했다. 전덕기는 그나마 품에 안아봤으나 이상설은 만져볼 수도 바라볼 수도 없는 멀고 먼 러시아 땅이었다. 회영은 러시아 쪽으로 흘러가는 구름을 바라보며 이상설이 이루지 못한 거사를 가슴에 품었다.

흩어지다

만주에서는 가뭄이 지나가고 나자 마적 떼가 출현했다. 마적들의 표적은 한인들이었다. 마적의 속성을 잘 아는 만주 원주민지주들은 매년 일정한 돈을 상납하면서 화를 면한 탓이었다. 석영은 만주의 왕이라 불릴 만큼 유하현 일대 지주로 소문이 났고 마적 떼들이 이미 소문을 포착하고 말았다. 신흥무관학교에 밀어 넣느라 재산이 거의 다 소진됐지만 그래도 한인마을에서는 이름난 부자로 존재하고 있었다.

겨울에 석영이 생일을 맞았고 가족들이 석영의 집으로 모였다. 은숙은 네 살 먹은 규숙이와 두 살 먹은 규창을 데리고 참석했다. 다른 가족들은 다 돌아갔지만 은숙은 아이들을 데리고 3일 동안 머물고 있었다. 3일째 되는 날 은숙은 이른 새벽 측간에 가느라 마당으로 나섰다. 그때 어디선가 설설 끓는 바람이 몰려오고 있었다. 만주벌판을 달릴 때 들었던 바로 그 말발굽소리였다. 등골이 오싹했다. 다시 방으로 들어가려는 순간 수십 명 마적 떼들이 집안으로 들이닥쳤다. 마당에서 맞닥뜨린 마적 떼가 은숙을 향해 총을 쏘았다. 총알이 왼쪽어깨를 관통하면서 은숙은 그 자리에 쓰러지고 말았다.

수십 명이 우르르 방으로 쳐들어가 일부는 석영을 묶고 일부는 돈을 찾느라 집안을 털고 일부는 현금이나 마찬가지인 옷가지며 물건들을 자루에 쓸어 담았다.

어린아이들 울음소리가 터져 나왔다. 안방에서는 석영의 아들 규서가 울고 또 다른 방에서는 회영의 아이들이 울었다. 네 살 먹은 규숙은 구석으로 도망가 공포에 질린 채 울고 두 살배기 규창은 마적떼들 발길에 채이며 울었다. 아이들이 울자 마적들은 소리를 지르며 공포탄을 쏘아댔다.

들짐승처럼 이방 저 방 우르르 몰려다니는 도적들 발길에 규창이 밟힐 듯 말듯 아슬아슬하게 스쳤다. 마적들 발길에 화로가 넘어져 이글거린 불이 쏟아졌다. 울면서 방을 기던 규창이 불을 짚고 넘어지고 말았다. 뺨이 불에 닿고 손으로는 불을 쥔 아기가 자지러졌다. 자지러진 아기의 울음이 혼미한 은숙의 의식을 흔들어 깨웠다. 은숙이 필사의 힘으로 방을 향해 기었다. 피가 낭자한 몸으로 불에 엎어져 있는 아이를 들어내어 안았다. 아기는 엄마가 왔지만 울음을 그치지 못했다. 은숙의 몸에서 흘러나온 피가 아이를 물들였다.

마적 떼는 날이 밝자 석영과 석영의 집에서 함께 기거하는 학생들을 납치하여 산속으로 사라졌다. 마적 떼는 잡아간 인질의 몸값을 만족할 만큼 지불하지 않으면 귀를 잘라 보내고 그래도 만족하지 못하면 손가락을 잘라 보내고 끝내 만족하지 못할 때는 목을 잘라 보낸다는 소문이 있었으므로 모두 공포에 떨었다. 두 달 전만 해도 추가마을에서 40리 쯤 떨어진 한인마을에 마적 떼가 출현하여 수십 명 어린 아이들을 인질로 잡고 한 아이 당 얼마씩을 책정해 돈을 가져오는 대로 풀어준 일이 있었다.

은숙은 혼수상태에 빠져들었다. 신흥무관학교 선생들과 학생들이 달려와 일부는 총알이 뚫어놓은 상처에 치약을 우겨넣어 지혈을 시키고 일부는 통화읍에 있는 적십자병원으로 말을 달렸다. 통화읍 적십자병원 원장은 서울 세브란스병원에서 명성을 날리던 김필순 박사였다. 김필순 역시 회영을 따라 만주로 망명하여 한인들을 치료하면서 독립운동기지 중간역할을 하고 있었다.

김필순 박사가 소스라치게 놀랐다. 험준한 고개 세 개를 넘어 2백 리 길을 밤새워 말을 달렸다. 김필순 박사의 신고로 통화현에서 파견한 100명의 군인들도 함께 출동했다. 100명의 군인을 보내준 것은 석영의 명성을 알고 있는 통화현장이 특별히 베푼 배려였다. 군인들은 서둘러 석영과 학생들을 구하러 마적 떼가 은거하고 있는 산으로 출동하고 김필순 박사는 혼수상태에 빠진 은숙과 화상을 입은 아기를 병원으로 이송해 갔다. 김필순은 존경하는 회영의 부인과 아이를 살리는데 모든 것을 걸었다. 그리고 6개월 만에 두 사람을 살려내는데 성공했다.

복병은 문밖에서 차례를 기다린 듯했다. 마적에게 당한 충격이 가시기도 전에 이번에는 전염병이 습격했다. 만주열(장질부사)과 홍역이 덮쳤다. 시영의 가족들이 죽어나기 시작했다. 큰아들 규봉의 두 아이가 홍역으로 모두 죽고, 아이들 뒤를 따라 시영의 부인 박씨가 만주

열에 걸려 죽고 말았다. 회영의 가족들도 누웠다. 은숙 규숙 규창이 모두 홍역에 걸렸다. 마적 떼에게 총을 맞고 피를 많이 흘린 탓에 허약할 대로 허약해진 은숙은 홍역에다 만주열까지 겹쳐 살기가 어렵다고 가족들이 발을 굴렀다.

석영이 충격을 받고 토혈을 쏟으며 쓰러지고 말았다. 홍역과 장질부사도 모자라 천연두까지 돌면서 추가마을은 한인들에게 죽음의 땅으로 변해버리고 말았다. 신흥무관학교 학생들과 동지들도 자고나면 누군가 죽어나갔다.

은숙과 석영이 다행히 목숨을 잃지 않았지만 형제들은 더 이상 추가마을에서 버틸 힘이 없었다. 동지들도 다른 활동처를 찾아 떠나기 시작했다. 이동녕 장유순 등 학교를 건설한 동지들도 각자 다른 운동처를 찾아 떠나버렸다. 아내와 손자들을 모두 잃어버린 시영은 큰아들 규봉과 함께 봉천으로 떠나버렸다.

학교도 존폐위기를 맞았다. 국내에서 회영이 어렵사리 몇 백 원씩 보내준 자금으로는 어림없는 일이었다. 대부분 폐교를 주장하고 나섰다.

"마지막 방법으로 각 현의 한인대표들을 만나 학교유지회를 조직해 보면 어떨까요?"

"만주지역 어디든 한인들이 모두 굶다시피 하는데 학교유지회라니. 어림없는 소립니다."

"그렇다고 어찌 폐교를 한단 말입니까. 어떻게 세운 학굔데요."

"할 수 있는 방법은 다 해 봐지요."

교감 여준과 교사 김탁이 마지막 방법으로 학교유지회를 조직해보자는 안을 내놓자 모두 고개를 흔들었다. 여준과 김탁이 폐교할 때 하더라도 시도나 해보자고 계속 밀고나갔다.

마지막 방법으로 각 현의 한인대표들과 함께 신흥무관학교를 살리자는 모금운동을 시작했다. 뜻밖에 놀라운 일이 벌어지기 시작했다. 마치 기다렸다는 듯이 갓 결혼한 새색시부터 주부들이 깊숙이 숨겨둔 패물을 아낌없이 내놓기 시작했다. 모금운동에 불이 붙었다.

"신흥무관학교는 만주 땅에서 우리에게 의지가 되어 주었고 희망을 주었소. 우리 힘으로 살려냅시다."

주부들의 눈물어린 호소는 눈물로 이어졌다. 패물이 없는 여자들은 머리채를 잘라내어 팔아 모은 돈과 비녀를 내놓았다. 환자들은 복용하고 있는 약을 중단하고 약값을 내놓았다. 어떤 이들은 옷을 내다 팔고, 어떤 이들은 신을 삼아 팔고, 나무를 해다 팔기도 하고, 먹고 있는 된장을 퍼다 팔기도 하면서 학교를 살리기 위해 갖은 방법을 동원했다.

학교는 기사회생을 하여 한인들 관리체제로 넘어갔다. 형제들은 추가마을에 더 이상 머물 이유가 없었다. 추가마을에 남아있는 4명의 형제들이 한자리에 모여 가족회의를 열었다. 노비출신 남자들 13명도 자리를 함께 했다.

"이 사람은 늦어도 2, 3년이면 일본을 몰아내고 광복이 되리라 생각했었네. 그런데 광복은 그 끝을 알 수 없으니 나는 가문의 장자로서 선영을 모셔야 하니 우리 선영이 있는 장단으로 갈 것이네."

맏이 건영이 아우들을 둘러보며 뜻을 밝혔다. 장단은 아버지 이유승의 고향이었고 조상들이 대대로 살았던 옛집이 남아있었다. 석영은 아내와 아들 규준 규서를 데리고 천진으로 가 함께 할 동지들을 찾아보기로 했다. 호영도 가족을 데리고 석영을 따라 천진으로 가겠다고 했다. 철영은 가족들을 데리고 시영이 있는 봉천으로 가기로 했다. 마지막으로 석영이 노비출신 남자들을 향해 입을 열었다.

"자네들은 여기에 남아 농사를 지으며 살아가는 것이 어떻겠는가?"

노비출신 남자들이 크게 소리 내어 울기 시작했다. 어린아이가 부모 슬하를 떠난 것 같은 슬픔이었다. 따라가고 싶지만 모두 어려운 처지가 되었으므로 더 이상 따라갈 수 없었다. 추가마을에 남아 석영이 사들여 놓은 땅에서 농사를 지으며 살겠다고 대답했다. 그런데 건영의 큰아들 규룡의 소실인 송동집이 장단으로 가지 않겠다고 선언했다.

"네 남편이 가는데도 혼자 남겠다는 것이냐?"

건영이 며느리를 향해 이해할 수 없다는 표정을 지으며 물었다.

"저는 본가 아버님을 따르겠습니다."

규룡은 본래 회영의 장남이었으므로 송동집에게는 시아버지가 두 사람인 셈이었다. 송동집이 고향으로 가지 않겠다는 말에 모두 어리둥절한 채 잠시 말문을 열지 못했다. 당연히 남편을 따라 국내로 갈 줄 알았고 또 국내로 가면 중국 땅보다 고생은 덜 할 것이었다. 송동집은 내심 슬하에 딸린 자식 하나 없으므로 본가 시아버지 회영을 도와 무엇인가를 해야 한다는 생각을 품고 있었다.

"그럼 송동집 뜻대로 하시게."

규룡이 결론을 내려 송동집 거취문제는 그렇게 마무리를 지었다.

함녕전의 겨울

부재는 나에게 거사를 이루어달라는 유언을 남기고 가질 않았는가……! 회영은 이상설이 이루지 못하고 간 거사를 생각하며 고민에 빠졌다. 고민 중에 차일피일 시간만 가고 있었다. 조정구의 장남 조남승이 옆에서 늘 위로해주었다. 그리고 어느 날 한 가지 청을 했다. 회영의 장남 규학과 자기 여동생 조계진과 혼인을 시키자는 것이었다. 낯선 말은 아니었다. 조남승은 옛날부터 회영을 존경하며 따랐고 회영도 조남승을 좋아한 터라 망명 전부터 거론했던 말이었다.

철종이 후사가 없이 죽자 대왕대비 조씨는 흥선군 이하응의 둘째 아들 이명복(혹은 이재황, 고종)을 왕으로 봉한다는 전교(1863. 12.)를 내렸다. 대신 왕비는 조 대비 가문에서 들인다는 조건이었다. 이명복은 겨우 열두 살이었으므로 대비 조씨가 수렴청정을 맡았고 이명복이 왕위에 오른 지 3년 만에 대원군은 조 대비와의 약속을 깨고 아내 민씨 가문 민치록의 딸 민자영을 왕비로 간택해버렸다.

그리고 천길만길 뛰는 조 대비를 달래기 위해 대원군은 딸을 조 대비의 조카 조정구와 결혼시키자고 제안했다. 조 대비는 분했지만 도리가 없는 일이었다. 질녀를 왕비로 삼으려다 실패한 조 대비는 궁여지책이었지만 왕의 누이동생과 조카를 결혼시키는 것도 크게 나쁘지 않다고 위로하며 대원군의 청에 응했고 조정구는 대원군의 딸과 혼인하여 조남승 조남익 조계진 삼남매를 얻었다.

"조 동지의 여동생이라면 대원군 대감의 외손녀에다 전하의 질녀인데 우리 가문이 예전 같으면 모르되 지금 이런 형편으로 어찌 그런 며느리를 맞이할 수 있단 말이오."

"그때나 지금이나 달라진 것은 없습니다. 지금도 또 앞으로도 우당 선생님 가문은 영원한 삼한갑족입니다."

"나라가 없는데 가문이 무슨 소용이란 말이오. 그리고 조 동지 누이는 학생이라고 하질 않았소?"

"예, 지금 경성여자고등보통학교에 다니고 있습니다."

"혼인을 하게 되면 학교는 어쩔 작정이오?"

"어차피 식민지교육입니다. 혼인날을 잡는 날부터 그만두고 말아야지요."

귀족층과 고급관료들 딸들이 다니는 경성여자고등보통학교(경기여고 전신)는 처음에는 관립 한성고등여학교(1908. 개교)로 3년제였다. 그런데 일본이 한일병합을 하고 일 년 만에 조선교육령(1911. 8.)을 선포하면서 경성여자고등보통학교로 이름을 바꾸었고 학제도 예과 2년에 본과 3년을 합해 5년제로 만들었다. 조계진은 4학년 재학 중이었다.

조남승의 제안을 생각하며 여러 날 고민하던 회영이 무릎을 쳤다.
서둘러 조남승을 만났다.

"조 동지, 부재가 이루지 못한 일을 우리가 해야겠소."

"그렇다면 전하의 망명 아닌지요?"

"그렇소. 조 동지의 누이와 내 아이와 혼사를 빙자해 전하와 다시
밀통을 하여 북경에 망명정부를 세우는 것이오. 때마침 세상이 민족
자결주의 분위기에 젖어있길 않소."

세상은 세계 1차 대전이 끝나고 미국 윌슨 대통령이 14개조 강령을
통해 모든 민족은 정치적으로든 어떤 이유로든 다른 민족을 간섭할
수 없고 간섭받지 않을 자유가 있다고 천명한 민족자결주의(1918. 1.)
에 고무되어 있었다.

"역시 우당 선생님입니다. 제가 즉시 보현사에 계시는 아버님과 전
하께 말씀드려 일을 추진하도록 하겠습니다."

"그런데 단단히 놀란 전하께서 받아들이실지 걱정이오."

"받아 들이시다마다요. 부재 선생의 실패를 천추의 한으로 여기고
계십니다. 그때부터 감시가 더 심해진 탓에 어떻게 하면 놈들의 손아
귀에서 벗어날 수 있을까. 하는 생각만 하고 계신데 뵙기가 측은하기
짝이 없습니다."

"그렇다면 속히 전하께 말씀을 아뢰어 주시오."

조남승은 지체 없이 아버지 조정구와 의논을 거친 다음 고종을 알
현하여 뜻을 말하고 고종은 조카의 손을 덥석 잡아끌어 당기며 속삭
이듯 물었다.

"우당이 정녕 그런 계획을 꾸미고 있다는 것이냐?"

"그렇사옵니다. 전하."

때마침 고종은 이은의 결혼문제로 가슴앓이를 하고 있었다. 비록 나라가 일본 손아귀에 있다하더라도 일본왕실 사람을 며느리로 들일 수는 없었다. 순종이 후사가 없어 이복동생 이은을 황태자로 봉했고 일본은 이은을 일본 왕족 이방자와 정략결혼을 시키기 위해 일을 추진하고 있었다. 일본 왕실 사람과 결혼한다는 것은 장차 혈통으로도 나라를 합한 꼴이 되고 말 것이었다.

고종의 동의를 받아낸 회영은 즉시 은숙에게 장남 규학과 함께 귀국하라는 편지를 보냈다. 조남승은 조남승대로 보현사에 은둔하고 있는 아버지 조정구에게 알려 적절한 날을 잡아 혼사를 치를 준비를 서둘렀다.

은숙은 장남 규학과 딸 규숙과 아들 규창을 데리고 기차를 타고 장단에 내렸다. 나라를 떠난 지 8년만이었다. 우뚝 선 삼각산이 어서 오라는 듯 품을 벌리고 있었다. 6월의 산천은 마냥 푸르고 고국의 바람은 꿀맛처럼 달고 시원했다.

회영이 만주를 떠난 지 5년 만에 가족이 한자리에 모이게 되었다. 은숙이 아이들을 풀어 놓았지만 아이들은 아버지에게 선뜻 다가가지 못했다. 규숙은 여덟 살이고 규창은 다섯 살이었다. 아이들을 바라본 회영이 반갑기도 하고 기가 막히기도 했다. 불쑥 커버린 아이들 모습은 5년 전과 전혀 딴판이었다.

"그런데 아이 얼굴에 웬 흉터란 말이오?"

규창의 뺨에 붉은 목단 꽃잎 같은 흉터가 있었다. 아이뿐만 아니었다. 은숙의 왼쪽어깨에도 물 한 종지를 부을 만큼 움푹 패인 총구멍이 나 있었다. 은숙은 차마 말을 못하고 규학이 그동안의 사건을 자세히 이야기했다.

"그 지경에서 살아나다니! 과연 혁명가의 아내에 혁명가의 자식이 아닌가."

규창의 화상 흉터를 안쓰럽게 어루만지며 회영이 낮게 중얼거렸다. 스물두 살인 장남 규학이 아버지에게 절을 올렸다. 회영은 혼기에 찬 아들 얼굴을 처음으로 유심히 바라보았다. 규학은 신흥무관학교를 졸업하고 독립투사가 된 사내대장부였다. 잘 생기고 거침없이 당당해 보였다.

"편지에 쓴 대로 혼처는 대원군 외손녀이고 전하의 질녀이니라. 아비 뜻대로 정한 일인데 할 말이 없느냐?"

"아버님께서 심사숙고 끝에 결정하신 일인데 제가 감히 무슨 말씀을 드리겠는지요."

"그렇지 않다. 나는 너의 의사를 존중할 것이니 혹여 불만이 있거든 기탄없이 말해 보거라."

"왕실사람이라 부담이 없는 것은 아니지만 제 혼사가 국익을 위한 일이니 어찌 불만이 있을 리 있겠는지요."

"너의 혼사문제가 먼저였느니라. 너도 잘 알다시피 조남승 동지는 예전부터 나를 따랐던 사람으로 그동안 이 혼인을 수차 권했음에도 내가 미루었던 게야."

"소자도 소년시절 조남승 선생으로부터 가끔 그런 말을 들었던 일이 떠오릅니다. 제가 아버님을 쏙 빼어 닮았다는 말도 자주 했었지요."

"그랬었지. 조남승 동지 말대로 이제 혼인을 치를 너를 보니 젊은 시절 나를 보는 것만 같구나."

회영은 모처럼 자신을 쏙 빼어 닮은 아들과 마주앉아 많은 이야기를 주고받으며 아들의 혼사를 치른다는 기쁨과 한편으로는 나라의 운명이 걸린 거사 중 거사를 치러야 하는 긴장감이 교차했다.

조계진이 혼인을 한다는 말에 궁중사람들이 화들짝 반가워했다. 고종도 오랜만에 기뻐하며 딸을 시집보내듯 적극적으로 마음을 쓰기 시작했다.

"나라가 비운을 맞은 탓에 궁중의 예법을 다 갖출 수는 없더라도 할 수 있는 데까지 정성을 다하여 혼례를 치러야 한다."

혼례는 순조롭게 진행되어 가고 조남승 외에도 홍증식 이득년 조정구의 동생 조완구 그리고 남작 작위를 거부한 민영달(민비 사촌동생)이 거사에 합류했다. 혼례날이 잡히자 궁에서 나인들이 혼수품을 내어오느라 오가고 조남승은 혼례를 핑계로 궁에 자주 드나들면서 고종과 은밀히 거사계획을 짜나갔다. 민영달은 당장 고종의 망명자금으로 거금 5만원을 내놓았다. 회영은 이득년과 홍증식을 파견하여 자금을 시영에게 전달하고 시영은 서둘러 북경으로가 고종황제가 거처할 행궁을 마련했다.

"전하! 강을 건너시면 아니 되옵니다."

"전하! 강을 건너야 하옵니다."

일국의 왕이 나라의 경계를 건너야 하는 절박한 운명 앞에 회영은 문득 백사 이항복 할아버지를 떠올렸다. 3백여 년 전 그때나 지금이나 똑같은 일본의 침략으로 할아버지 이항복과 그의 자손 이회영이 똑같은 현실 앞에 서 있었다. 임란 때 국경 압록강을 사이에 두고 이항복은 강을 건너서는 안 된다며 임금 앞을 가로 막았고 회영은 지금 임금에게 강을 건너야 한다고 간청한 것이었다.

임진란과 정유재란을 치른 7년 동안 바다에는 이순신이 있었고 경기 중부에는 병조판서 이항복과 그의 장인 권율 장군이 있었다. 임진란 초기 이항복이 도승지로 임금을 모실 때 나라와 임금의 안위가 경각에 달려있었다. 들불처럼 시시각각 조선을 점령해오는 왜적을 피해 대신들은 임금을 아랑곳하지 않고 각자 살길을 찾아 피해 버리고 말았다. 창대 같은 비가 쏟아지는 한밤중에 도승지 이항복은 등불을 들고 임금을 인도하여 일단 임진강을 건너게 할 수 있었다.

그때서야 후환이 두려워 뒤늦게 달려온 대신들은 임금의 피난 방향을 두고 이항복과 반대 의견을 주장하고 나섰다. 대신들은 이성계의 고향인 함경도 쪽을, 이항복은 평안도 쪽을 주장했다. 이항복이 평안도 쪽을 주장한 것은 만약의 경우 중국의 힘을 빌리자는 생각이었다. 다수의 주장에 따라 함경도로 결정이 되고 말았다. 이항복은 밤새 임금 앞에 엎드려 평안도 쪽으로 가야한다고 설득했다. 결국 임금은 이항복을 따라 평안도 쪽으로 길을 잡고 끝까지 고집을 꺾지 않은 대신들은 왕자들을 수행하고 함경도로 향했다. 그리고 얼마 가지 않아 함경도행은 왜군과 맞닥뜨려 왕자들이 붙잡히고 말았다.

이항복이 병조판서가 되었을 때 두 번째 피난길이야말로 절체절명의 순간이었다. 왜적은 끝내 서울을 장악하고 임금은 의주까지 피해 있었다. 대신들이 앞다투어 압록강을 건널 것을 재촉하고 나섰다. 국경을 넘으라는 것이었다. 임금 역시 그럴 수밖에 없다고 판단했다. 그런데 이항복이 또다시 길을 가로막고 나섰다.

"전하! 아니 되옵니다. 전하께서 이 강을 건너시는 순간 조선 병사들은 앞 다투어 무기를 버리고 적군에 투항할 것이며 백성들은 적의 말발굽 아래 초개와 같이 짓밟히고 말 것입니다."

임금의 목숨을 보전한다는 명분으로 고육책을 내놓은 대신들은 임금의 안위도 안위지만 자존심이 상해 분노했다.

"병판은 한 번 위기를 면케 했다 하여 우쭐대는 경거망동을 삼가하시오. 지난번과 지금은 상황이 전혀 다름을 아시란 말이오."

분위기가 싸늘해졌다.

"전하, 병판 이항복은 대역 죄인입니다. 중죄를 내리소서."

"병판은 지금 전하와 이 나라 종묘사직을 능멸, 위협하고 있습니다. 당장 파직하여 엄중히 다스리소서."

이항복은 병조판서로서 더욱 강경하게 임금 앞을 가로막고 나섰다.

"전하! 강을 건너시면 절대로 아니 되옵니다. 훗날 백성을 버린 군주라는 천추의 한을 남기지 마옵소서! 일개 촌부도 어렵다고 해서 제 자식을 버리지는 않습니다. 대신 명나라에 구원병을 청하시는 것이 최선의 방책인 줄 아옵니다."

"병판의 생각이 옳도다."

다행히 총독부 산하인 왕실을 관리하는 이왕직에서도 조선 왕실의 혼례에 대해서는 민감한 반응을 보이지 않아 일이 순조롭게 진행되어 나갔다. 세상이 험하기는 하지만 왕실 분위기에서 성장한 조계진은 왕실 사람답게 잘 닦여있고 잘 갖추어져 있고 용모는 귀품이 흘렀다. 아직 여학생의 앳된 티가 세상 모른 듯 해맑았다. 동그란 이마와 갸름한 얼굴의 수밀도 고운 뺨에서 복숭아 향기가 배어났다. 규학은 문득 만주의 험한 생활을 떠올리며 저토록 여리고 고운 사람이 어떻게 그 험한 독립운동가의 아내로 살아갈 수 있을까? 라는 안타까움과 염려가 엄습했다.

"이 사람은 아버님을 따라 험한 혁명가의 길을 가야하는데 왕가에서 곱게 자란 몸으로 나를 따라올 수 있겠소?"

"나라를 찾는 일이 험하기만 하겠는지요. 목숨도 제 것이 아닌 줄 압니다."

규학이 마음이 조금 놓였지만 어쩐지 미안한 심정은 감출 수가 없었다.

회영은 조남승 민영달과 함께 고종황제가 북경으로 망명할 날짜와 방법을 연구하기 시작했다. 궁을 빠져나가는 날은 기미년(1919) 1월 27일 새벽으로 잡기로 했다. 꼭 한 달이 남아 있었다. 고종을 중국으로 모셔가는 방법은 인천에서 배를 타는 것과 압록강을 건너는 두 가지 방법이 있었다. 인천에서 여객선을 타는 것은 편한 방법이긴 하지만 위험부담이 큰 것이었다. 힘든 압록강을 건너기로 했다. 압록강을 건너는 일은 압록강을 잘 아는 회영이 맡기로 했다.

변장을 놓고 고민을 거듭했다. 상인으로 변장하자니 구중궁궐에서만 살아온 왕의 얼굴이 너무 희고 고운데다 감출 수 없는 귀품이 문제였다. 황송하고 민망하기 짝이 없지만 박수무당 행색이 알맞을 터였다. 압록강 인근에서 흔히 볼 수 있는 박수무당들은 키도 큰 편인데다 잘 생긴 얼굴에 하얀 분칠을 해가면서 몸을 치장한 탓이었다.

해가 바뀌고 기미년 정월, 점점 날짜가 다가오자 회영을 비롯한 거사준비자들은 생각만 해도 가슴이 떨렸다. 고종도 준비를 하느라 떨리고 마음이 바빴다. 북경에 망명정부를 세우자면 자금이 있어야 할 것이었다. 조카 조남승을 불렀다.

"후원에 묻어둔 금괴를 궁 밖으로 들어내야 하지 않겠느냐?"

"그것이 큰일이옵니다. 금괴단지를 묻어둔 후박나무 근처에서 놈들이 한시도 떠나지 않으니 근접할 수조차 없는 형편이 아니 옵니까."

"무슨 수를 써서라도 그것을 가지고 가야 하느니라."

"전하, 그건 아무리 생각해도 어려울 것 같사옵니다."

"안 된다. 우리 왕실의 마지막 재산이 아니더냐. 10년 전 백만 마르크에 해당한 금괴를 빼앗긴 것만 해도 한이 맺힌 일인데, 이것마저 어찌 빼앗길 수 있단 말이냐."

"땅 속에 있는 것을 놈들이 알 까닭이 없질 않사옵니까. 후일 나라를 찾아 환국하는 날에……."

"그때까지 어찌 견디란 말이냐. 또 그때가 언제란 말인고!"

고종은 눈을 감으며 거친 숨을 내뿜었다. 을사늑약 직후 고종은 헐버트를 통해 독일 아시아은행(덕화은행)에 비자금 백만 마르크를 예치해 두고 조남승이 극비리에 관리를 맡고 있었다. 그러나 외교권을 빼앗아버린 통감부는 교묘히 서류를 꾸며 고종의 비자금 전액을 가로채(1908) 버렸고 고종과 조남승과 헐버트 세 사람만 벙어리 냉가슴을 태워야 했다.

"고정하소서! 백만 마르크는 이미 지나간 일이옵니다. 그리고 묘안을 연구해 보겠사옵니다."

조남승은 일단 고종을 안정시킨 다음 다시 묘안을 짜보기로 했다. 그러나 놈들이 금괴 항아리를 묻어둔 후박나무 주변에서 마치 금괴를 지키고 있는 도사견처럼 빙빙 도는 한 묘안이 있을 수 없었다.

"포기하도록 잘 설득해야 합니다. 금괴까지 가지고 간다는 것은 과한 욕심이 아니겠소. 전하께서 북경 땅에 도착하는 날이면 모든 것이 달라질 텐데."

회영이 지나친 욕심이라고 펄쩍 뛰었다.

"전하께서는 그 금괴를 왕실의 마지막 자존심으로 보신 탓입니다."

"그래도 안 됩니다. 몸만 빠져나가기에도 벅차고 위험하지 않습니까."

덕수궁 후원에서 가장 무성한 잎을 자랑하는 후박나무는 고종이 거처하는 함녕전에서 빤히 내다보였다. 고종은 그 아래 묻혀 있는 금괴를 생각하며 평소에도 습관처럼 문을 한 뼘쯤 열거나 혹은 문틈으로 후박나무 아래를 바라보았다. 그리고 덕수궁을 지키는 일본 군인들은 고종을 감시하기에 가장 좋은 후박나무 아래서 함녕전을 향해 눈을 떼지 않았다. 햇살이 쏟아지는 한여름엔 일본 군인들이 무성한 후박나무 그늘을 즐기며 하필이면 금괴가 묻혀있는 바로 그 자리를 밟고 서서 장검 자루로 흙을 긁작일 때마다 가슴이 뜨끔 뜨끔 저려 옴을 견딜 수가 없었다.

그런 불안이 다시 엄습했다. 거사를 앞두고 고종은 더 자주 문을 열고 후원을 내다봤다. 잎이 다 떨어져버린 후박나무 아래를 왔다 갔다 하는 일본 군인들이 더 가까이 보였다. 두 명씩 짝을 지어 서로 교차하면서 돌고 있었다. 교차하면서 돌던 일본 군인들이 발걸음을 멈추고 후박나무 아래를 긁작이기 시작했다.

"저놈들이 지금 무슨 짓을 하는 게냐."

"전하, 자꾸 그쪽으로 눈길을 주지 마시옵소서."

후원에서 눈길을 떼지 못한 고종을 향해 마침 알현하러 온 조카 조남승이 걱정이 되어 막고 나섰다.

"내 것을 내 마음대로 하지 못하다니……."

"저놈들은 전하의 용안만 살피는 임무를 띠고 있는 데다 개처럼 냄새를 잘 맡고 여우처럼 민첩하다는 소문이옵니다. 부디 태연하시옵소서."

조남승 말대로 틈이 없었다. 그렇다고 포기할 수는 없었다. 자꾸 한숨만 터져 나오고 그때마다 시봉을 드는 박 상궁이 고개를 갸웃거렸다.

고종의 일거수일투족을 감시하는 총독부는 갈수록 고종을 위험한 존재로 보고 불안해했다. 이완용과 송병준과 황후 윤씨의 작은아버지 윤덕영의 도움으로 순종을 허수아비 황제로 교체해 놓기는 했으나 백성들은 단 한 사람도 순종을 황제로 인정하지 않고 여전히 고종을 대한제국 황제로 인식한 탓이었다. 고민 끝에 총독부와 친일파들은 마지막 결단을 내리기로 했다.

이번에도 골수 친일파들에게 중책이 맡겨졌다. 총독부 중책자인 모리를 중심으로 어의御醫와 이왕직의 장시국장과 새로 임명한 시종관 등이 모여 은밀한 작전에 돌입했다. 어의가 독毒을 연구하는 데 몰두했다. 독은 맛이 있어야 하고 빨라야 하고 확실해야 하고 겉으로 드러나는 외상을 최소화해야 했다. 일 년 동안 다각도로 실험을 시도한 끝에 최종적으로 만들어 낸 독은 달콤하고 향기로웠다. 독을 맛있게 먹은 개가 일 분 내에 깨끗하게 숨이 끊어졌다. 그 정도면 충분할 것이었다.

고종을 향해 극한의 운명이 양쪽에서 다가오기 시작했다. 한쪽에서는 하루하루를 조심스럽게 밀어내고 한쪽에서는 호시탐탐 하루하루를 잡아당기는 중이었다. 고종 또한 망명할 날짜를 잡고 나자 잠을 이루지 못했다. 궁을 떠날 날이 불과 6일이 남아 있었다. 이제야 지긋지긋한 일본의 감시를 벗어나 자유롭게 살 수 있다는 것을 생각만 해도 가슴이 터질 것만 같았다.

예순일곱의 나이를 먹었으므로 앞으로 살날이 얼마인지는 알 수 없으나 단 하루를 살더라도 마음 놓고 음식을 먹을 수 있고 잠을 잘 수 있고 말을 할 수 있다는 것이 정녕 꿈만 같았다. 이시영과 몇몇 애국지사들이 북경에 마련해 두었다는 행궁으로 하루라도 빨리 가고 싶어 하루하루가 천년 같았다.

그러면서도 문득 문득 "과연 성공할 수 있을 것인가." 하는 불안이 엄습했다. 조카 조남승이 태연하게 기다려야 한다고 일렀지만 태연해지지가 않았다. 조금만 눈여겨봐도 안절부절못하는 모습이 뚜렷했다. 시봉을 드는 박 상궁이 고종에게서 한시도 눈을 떼지 않았다. 박 상궁은 6개월 전만 해도 고종의 측근이었다. 총독부에서 이왕직의 총책 장시국장을 내세워 고종의 수족을 하나하나 잘라내기 시작했다. 안호형도 나이가 많다는 이유로 고종으로부터 분리해버렸고 고종에게 충성을 다 바치던 박 상궁은 단 하루를 버티다 사가의 부모형제를 살리기 위해 장시국장 발아래 엎드려 충성을 맹세했다. 박 상궁은 또 졸졸 따라다니는 새끼상궁을 포섭하였고 고종의 행동을 장시국장과 모리에게 낱낱이 고해바치기 시작했다.

"추운데도 문을 자주 열어보는 등 점점 안절부절못하고 잠도 못 잔다?"

"그러하옵니다."

"그런 행동을 보인지가 벌써 달포가 되어간다?"

"그러하옵니다."

"조카 조남승이 뻔질나게 드나들며 귓속말을 나눈다?"

"그러하옵니다."

"뭔가를 시작하고 있소. 분명히."

"더 이상 미룰 이유가 없질 않습니까."

"그럼, 우리가 먼저 선수를 칠 수 밖에."

"사실은 늦어도 한참 늦었습니다."

1919년 1월 20일 고종은 새벽녘에 겨우 잠들어 꿈을 꾸었다. 통한의 얼굴을 한 황후를 만났다. 대례복을 갖춰 입은 황후가 큰절을 올리며 울고 있었다. 마음이 아픈 고종이 황후를 달래주려고 몸을 일으켰다. 황후는 절을 올리고는 어디론가 사라져버리고 말았다. 황후! 황후! 하고 소리치다가 잠에서 깨어났다. 좀처럼 꿈에 보이지 않았던 황후였다. 고종은 하루 종일 꿈속의 황후를 생각하며 왜일까? 라는 의문과 초조에 시달렸다. 점심때쯤 민영달이 들어와 알현했다. 고종이 꿈 이야기를 해주었다. 민영달은 "날짜가 코앞에 닥쳐온 탓이옵니다. 심기를 굳건히 하시옵소서."라고 낮게 속삭였다.

해가 지고 덕수궁에도 어둠이 찾아왔다. 느닷없이 숙직자로 이완용과 이기용이 고종의 거처 함녕전으로 들어와 인사를 했다.

"그대들이 밤잠을 자지 않고 나를 지켜주러 왔단 말이냐?"

"그리하옵니다. 태왕전하!"

다른 사람들은 고종을 옛날대로 전하라고 불렀지만 이완용을 비롯한 친일파들은 일본이 만들어준 호칭 이 태왕전하를 줄인 태왕전하라고 부르고 있었다. 겉으로는 높이 받든 것이었지만 이제는 아무 소용없는 옛날 왕이라는 뜻이었다.

"그것 참, 별스런 일이 아니냐. 조선천하 이완용이 과인의 잠자리를 지켜주겠다니."

"그동안 뵙지 못해 송구하기 짝이 없사옵니다."

송구하기 짝이 없다는 말에 고종이 속으로 치를 떨었다. 네놈이 오늘은 또 무슨 수작을 하려는 게냐! 라는 고함이 목구멍까지 솟구쳐 올랐지만 꾹 눌러 참았다.

"아무래도 오늘밤 무슨 특별한 일이 있는 게로구나."

"특별한 일은 없사옵니다. 갑자기 태왕전하를 뵌 지가 오래됐다는 생각이 들어 모시기로 한 것뿐이옵니다."

"조선이 그대들 손아귀에 있으니 이런들 어떠하며 저런들 어떠하겠느냐. 아무튼 오늘 밤 내가 잠을 모로 자는지 큰 대자로 자는지 잘 살폈다가 총독부에 보고해야 할 터이니 그대들도 잠자기는 틀렸구나."

"고정하소서. 역정을 내시면 옥체에 해롭사옵니다."

고종이 태연하게 그들을 조소했다. 두 사람은 평소와 달리 충직한 신하처럼 공손하기 짝이 없는 태도로 방을 나갔다. 그들이 방을 나가고 나자 고종은 답답증을 느꼈다. 태연한 척 했지만 느닷없이 숙직을 하겠다고 나타난 그들 속셈을 도무지 짐작할 수 없는 탓이었다.

문득 꿈에 본 황후의 눈물이 떠올랐다. 좀처럼 나타나지 않던 황후가 현몽하여 눈물을 흘린 것은 저들을 조심하라는 간절한 당부일 거라는 생각이 들었다. 밤이 깊어갈수록 답답증이 더해 가면서 땀이 흘렀다. 그들이 만약 천만분의 일이라도 눈치를 챈다면 2년 전 이상설이 실패한 것처럼 또 실패하고 말 것이었다. 그리고 이번엔 단순히 실패로 끝나지 않을 것이었다. 생각만 해도 아찔했다. 속이 타들어 뜨거운 심호흡을 거푸 퍼냈다. 박 상궁에게 식혜를 청했다. 겨울밤 서늘한 식혜는 타들어간 속을 식혀주기에 그만이었다.

박 상궁은 그렇지 않아도 식혜를 올릴 작정이었다. 겨울이면 고종은 거의 매일 밤 식혜를 청했다. 박 상궁은 평소처럼 수라간으로 가

식혜를 준비하기 시작했다. 새끼상궁이 옆에서 망을 보느라 두리번거리고 박 상궁은 평소처럼 직접 식혜를 뜨고 식혜그릇에 어의가 준 물약을 넣고 잘 섞었다. 쟁반 중앙에 식혜그릇을 놓고 고종이 전용으로 사용하는 수저와 검식용 은수저를 나란히 놓았다.

박 상궁은 떨리는 손을 진정시키며 정성껏 쟁반을 들고 고종의 방으로 들어가 고종 앞에 조심스럽게 쟁반을 내려놓았다. 그리고 검식 절차를 밟기 위해 은수저를 들었다. 독을 머금은 뭉글한 찹쌀식혜가 불빛에 더욱 윤기를 발했다.

"그만두어라. 이젠."

고종은 난데없이 검식을 제지하며 본인의 수저를 들어올렸다. 그리고 속으로 이 짓도 얼마 남지 않았다는 생각을 하며 수저를 식혜그릇에 넣으려고 했다.

"전하, 아니 되옵니다. 잠시만 기다려주시옵소서."

이번에는 박 상궁이 급히 고종을 제지하며 평소대로 은수저를 식혜에 담가 잠시 저은 다음 꺼내기를 세 번 반복했다. 은수저는 아무런 변화도 보이지 않았다. 고종은 상궁이 하는 걸 무관심하게 바라보고 상궁은 속으로 가슴을 쓸어내렸다. 비록 수십 차례 연습을 거친 가짜 은수저일망정 죽을 운명을 맞으려면 갑자기 이변이 일어날 수도 있다는 두려움이 마음 한구석에 없지 않았다.

고종은 시장한 사람처럼 급하게 식혜를 먹기 시작하고 상궁은 숨을 죽이며 지켜보았다. 문밖에서 서성거리는 그림자가 문에 어렸다. 고종은 그림자를 의식하면서도 모른 척 열심히 식혜를 먹으며 고개를 끄덕였다.

"오늘은 단맛이 더해 다른 날보다 맛이 좋구나."

물약 같은 독은 다른 독과 달리 단맛이 있다고 어의로부터 들었으므로 상궁은 곧 알아차렸다. 고종은 식혜그릇을 비웠고 상궁이 빈 그릇을 들고 종종걸음을 치며 방을 나갔다.

문밖에서 그림자들이 어우러지고 있었다. 누군가 고개를 끄떡였고 서너 개의 그림자가 한데 어우러졌다 떨어지는 것을 보면서 고종은 가슴이 꽉 막히듯 조여 오는 것을 느꼈다. 문밖의 그림자 탓이라고 생각했다. 10여 분이 지났을 무렵 상궁이 다시 들어와 침수 드실 시간입니다. 라고 하며 고종을 살피고 나갔다. 고종은 답답한 가슴을 쓸어내리며 잠자리에 몸을 뉘였다. 그리고 눈을 감으려는 순간 두 손으로 목을 움켜쥐었다. 목에서는 숨이 막히고 온몸이 오그라들고 배와 가슴이 쥐어짜듯 복통이 일기 시작했다. 고함을 지르며 몸을 구르기 시작했다. 박 상궁이 번개같이 달려와 고종을 부축하며 울부짖었다.

"전하! 아니 되옵니다! 돌아가시면 아니 되옵니다!"

막상 고종이 비명을 지르자 박 상궁이 발을 굴렀다. 박 상궁은 더 크게 울부짖었다. 숙직을 하던 이완용과 이기용이 놀라 박 상궁을 밀쳐내며 욕을 퍼 댔다.

"이년, 태왕전하께 무슨 짓을 한 게냐?"

박 상궁이 놀라 울음을 뚝 그치고 물러났다. 정신이 번쩍 든 박 상궁이 물러나면서 급히 방을 나가려고 몸을 돌리자 시종관이 달려와 박 상궁의 팔을 거세게 낚아챘다. 시종관이 박 상궁의 뺨을 후려치고는 개 끌듯 질질 끌고 밖으로 나가버렸다. 박 상궁이 뒤뜰로 끌려 나가자 벌써 새끼상궁이 끌려와 묶여 있었다. 옆에는 시커먼 자객이 붙어있었다. 박 상궁은 모든 것을 체념한 채 고종을 위해 마지막 눈물을 흘렸다.

입에 재갈이 물려있는 새끼상궁도 박 상궁을 향해 줄줄 눈물을 흘리고 있었다. 자객이 번쩍 팔을 들어 올리는 순간 박 상궁과 새끼상궁의 목이 무참히 나가떨어지고 말았다. 곧 검은 복면을 한 사내들이 달려들어 시신을 자루에 담아 떠메고 어디론가 사라져버렸다. 그리고 아무 일도 없었다는 듯이 밤은 고요해졌다.

고종은 방구석을 헤매며 몸을 구르고 독을 제조한 어의가 들어와 최후를 지켜보고 있었다. 고종은 가슴을 움켜쥐고 이가 부러지도록 이를 갈며 목안으로 말려드는 혀를 끌어내기 위해 손으로 잡아 뜯었다.

"일 분이면 끝난다던 일이 왜 이리 더딘가?"

장시국장과 일인 모리가 어의를 향해 화를 냈다.

"워낙 강건한 체질이라서……."

"황소만한 개도 1분에 끝났다고 들었느니라. 개보다 예순일곱이나 된 노인이 더 강하단 말이냐?"

"사람이 짐승보다 훨씬 독한 법입니다."

"일이 되긴 되는 건가?"

"조금만 더 지켜봐주시옵소서. 늦어도 30분이면 끝날 것으로 아옵니다."

"뭣이, 30분이나"

"아무래도 박 상궁이 약을 다 쏟아 넣지 못한 것 같습니다."

"그렇다면 큰일 아닌가?"

"양이 다소 부족하더라도 효력이 조금 늦게 나타나는 것일 뿐, 일은 분명히 성사되고 남을 것입니다. 믿어 주시옵소서."

어의가 진땀을 빼면서 고종의 몸부림을 애타게 지켜보았다. 고종은 천길만길 뛰면서 문밖으로 나가려고 문을 흔들었다. 문이 밖에서 단단히 잠겨 있었으므로 꼼짝하지 않았다. 고종은 문밖의 일행들을 향해 이놈들! 천벌을 면치 못할 놈들! 이라고 고함을 쳤다. 그러나 처참한 비명소리만 터져 나올 뿐이었다. 어의의 말과 달리 고종은 한 시간쯤 방안을 헤매며 몸부림을 쳤다. 몸부림을 칠 뿐 소리는 단 한마디도 함녕전을 벗어나지 못했다. 새벽 2시경이 되자 고종은 방문을 붙잡고 쓰러진 채 고요해지기 시작했다.

"이제 끝나갑니다."

밖에서 기다리던 일행들의 얼굴에 비로소 회심의 미소가 돌기 시작했다. 미명에 덕수궁 기와지붕 위에서 고종이 승하했다는 (1919.1.21.) 초혼招魂이 서럽게 울려 퍼졌다. 고종을 따르던 늙은 시종관이 고종이 생전에 즐겨 입던 명주저고리를 흔들며 "대한제국 대군주 폐하 승하!"를 비통하게 외쳤다. 대한제국 대군주 폐하! 라는 호칭은 강제로 황위를 빼앗으면서 금지시킨 것이었으므로 조선총독부의 신경이 날카로워졌다. 백성들이 길거리마다 엎드려 대군주 폐하!를 외치며 울부짖기 시작했다. 그러나 조선총독부는 이미 목적을 달성했으므로 더 이상의 제재는 가할 생각이 없었다.

왕실사람들과 측근들이 덕수궁으로 달려가기 시작하고 비보를 들은 민영달과 조남승이 새파랗게 질린 채 함녕전으로 달려갔다. 회영의 며느리 조계진도 급히 달려가 통곡 속에 빠졌다.

"덕혜가 있지만 아직 어리니 넌 내 딸이나 진배가 없었느니라. 그런데 이제 혼인을 하게 되니 서운하기 짝이 없구나. 망국이라도 너의 시댁은 조선 최고의 명문가니 언제 어디서나 왕실사람답게 법도를 잊어서는 아니 되느니라……."

불과 2개월 전 혼례를 치를 때만 해도 친정아버지처럼 자상하게 일러주었던 말씀과 용안에 모처럼 기쁨이 가득했던 모습이 눈에 선했다. 사흘 뒤 입관이 시작되었다. 입관을 하려고 시신을 만지던 사람들이 악, 하고 뒤로 물러났다. 앞니가 모두 부러져 있고 혀는 잡아 뜯어 흐물흐물했다. 목에서부터 복부까지 띠 같은 검은 줄이 드러나 있었다. 몸이 퉁퉁 부어오른 탓에 입고 있던 한복바지를 가위로 잘라내야 했다.

"아, 하늘이시여!"

궁에서 돌아온 며느리 조계진에게 상황을 전해들은 회영은 하늘을 향해 탄식을 쏟아냈다. 북경에 망명정부를 세우겠다는 마지막 희망이 무너져 버린 것도 절망이지만 고종의 한 많은 생애가 비통하고 분통했다. 도무지 비분강개하여 눈 못 뜬 채 망연자실하고 있는 회영을 동지들이 흔들어 깨웠다.

"전하의 억울한 죽음을 방치할 수 없는 일이니 서둘러 대책을 세워야 합니다."

그렇지 않아도 달포 전부터(1918. 11.) 동경유학생 학우회 망년회와 웅변대회에서 독립운동을 결의한 유학생들이 독립운동을 추진하기 시작했고 여기에 충격을 받은 국내 독립운동지도부에서도 본격적인 운동준비에 돌입하는 중이었다.

기독교, 천도교, 불교 등 각 종교 대표들과 학생대표들이 전국의 운동단체 대표들과 연합전선을 구축하느라 분주히 움직이기 시작했다. 회영은 급히 기독교계 이승훈, 불교계 한용운, 천도교계 오세창 등과 모여 운동방향을 의논하기 시작했다.

"만세운동을 불 지르자면 장작과 불씨를 준비해야 합니다. 조직 말입니다."

"기독교 불교 천도교 등 종교단체와 학교를 움직여야 합니다."

"그러나 문제는 어떻게 사람을 모으는가가 문젭니다. 교회는 일요일마다 자동적으로 모이기 때문에 가장 좋은 조직입니다만 불교나 천도교는 대다수가 주기적으로 모이는 것이 아니니 말입니다."

"교회를 중심으로 조직을 확장시켜나가야 할 것입니다. 이를 테면 교인들과 기독교계 학교 학생들을 이용하는 겁니다."

"맞습니다. 교회조직을 이용하면 전국적으로 연결이 가능할 것입니다. 여기에 각 종교들이 가세하면 거국적인 불을 일으킬 수 있을 것입니다."

"그리고 결정적인 날을 언제로 잡느냐가 매우 중요합니다. 장작에 불이 잘 붙을 수 있는 아주 딱 들어맞는 날을 찾아야 합니다."

"그렇다면 3월 3일 황제폐하 인산일이 어떻겠습니까. 그날엔 온 백성이 일손을 놓고 모두 한곳으로 집중할 테니 말이오."

"옳습니다. 황제폐하 인산일이라면 온 백성의 슬픔이 충천할 테니 만세소리가 봇물처럼 터져 나올 것입니다."

만세운동은 국내와 해외에서 동시다발적으로 벌이기로 하고 국내는 국내대로 해외는 해외대로 각 지역마다 동지들을 안배했다.

회영은 고종황제 북경망명을 위해 북경으로 옮긴 시영에게 돌아가 북경교민들의 거사를 맡기로 했다. 그러므로 고종의 장례를 치르기 전에 서둘러 북경으로 가야 했다. 고종황제 인산일도 못 본 채 울분과 슬픔을 안고 다시 압록강으로 향했다. 압록강은 얼음이 녹기 시작했으므로 배가 뜨고 뱃사공 첸징우가 다시 회영을 태웠다.

"조선의 왕께서 승하하셨다니 매우 슬픈 일입니다."

"그렇다네."

"듣자하니 일본 놈들이 왕을 독살했다고 하던데요?"

"그런 소문이 자네 귀에까지 들어가다니."

"뱃사공은 별의별 소문을 다 접하니까요."

배가 날카로운 꽃샘바람을 타고 다시 만주로 흘러가기 시작했다. 회영은 다른 때와 달리 말이 없었다. 강물도 새로 태어난 압록의 푸른 물색을 자랑하며 말없이 흐르고 있었다. 첸징우도 가끔 회영을 돌아볼 뿐 안타까운 심정으로 노만 저었다. 안동에 배가 닿고 회영이 내리며 뒤돌아봤다.

"언제 또 뵙게 되는지요. 부디 몸조심 하셔요."

첸징우가 회영을 향해 인사를 했다.

"다시 만난다는 약속은 하지 않겠네."

"선생님, 부디 잘 가셔요. 그리고 이거……."

"뭔가?"

"얼마 안 되지만 여비에 보태셔요."

첸징우가 돈 5원을 손에 쥐어주었다.

"이러지 말게, 자네 손바닥이 피가 나도록 노를 저어 번 돈이 아닌가."

회영이 깜짝 놀라 내쳤지만 벌써 첸징우가 달아나버리고 말았다. 그리고 저만치서 손나팔을 하고 소리쳤다.

"절대로 일본 놈들에게 붙들리지 마셔요. 절대로!"

북경의 정거장

　해방이 눈앞에 다가선 듯했다. 삼일만세운동의 분위기를 타고 애국지사들이나 한인들이 해방을 맞을 준비를 하느라 숨 가쁘게 분주했다. 세계 1차 대전이 종결되면서 미국 윌슨 대통령이 선포한 민족자결주의가 삼일만세운동의 사실상 촉매제였다면 삼일만세운동은 해방을 고무한 촉매제였다. 국내든 해외든 독립운동본부가 있는 각처마다 나라와 민족을 대표할 임시정부를 경쟁적으로 세우기 시작했다. 8개의 임시정부가 세워졌고 혼란 끝에 대한국민회의, 상해임시정부, 한성정부 세 곳으로 압축되었다.

　대한국민회의는 만주와 노령에 산재해 있던 지사들이 블라디보스토크에 모여 만든 임시정부였다. 대통령에 손병희, 부통령에 박영효, 탁지총장 윤현진, 군무총장 이동휘, 내무총장 안창호, 산업총장 남형우, 참모총장 유동렬, 강화대사 김규식 등을 내정했다.

　상해임시정부는 외국 조계지가 집결해있는 탓에 독립운동을 하기에 조건이 가장 좋은 곳이었다. 삼일운동 이후 국내외에서 활동하던 독립운동가들이 너도나도 상해로 모여들었다. 김구도 국내 활동을 접고 상해로 망명했다. 상해에서도 임정설립을 위한 집회를 열었다.

첫 집회에 모인 지사들은 이회영 이시영 이동녕 조완구 신채호 현순 손정도 신익희 조성환 이광 이광수 최근우 백남칠 조소앙 김대지 남형우 김철 선우혁 한진교 진희창 신철 이영근 신석우 조동진 여운형 여운홍 현창운 김동삼 등 28명이었다.

상해에서는 벌써 일 년 전부터 대동단결선언을 하면서 임시정부수립을 내놓은 적이 있었으므로 임정수립이 다른 지역보다 갑작스럽지가 않았다. 상해임정은 각국 공관에 만세운동을 할 때 선언했던 독립선언서를 이미 보내놓은 터였다. 모일 사람이 다 모이자 지역별로 대표들을 뽑아 임시정부수립을 위한 회의(1919. 4. 10.)를 열었다. 상해 임시의정원은 처음엔 내각 책임제를 택하여 국무총리에 이승만, 내무총장에 안창호, 외무총장에 김규식, 재무총장에 최재형, 법무총장에 이시영, 군무총장에 이동휘, 내무차장에 신익히 등을 내정했다.

한성정부는 국내에서 만든 임시정부였다. 이만식, 이용규, 유식, 김명선 등 13도 대표 24명이 인천 만국공원에 모여 국민대회를 열고 집정관 총재에 이승만, 국무총리에 이동휘, 내무 이동녕, 외무 박용만, 군무 노백린, 재무 이시영, 법무 신규식, 학무 김규식, 교통 문창범, 노동 안창호, 참모에 유동렬 등을 내정했다. 임명된 사람들 모두 해외망명자들이었다. 한 사람이 두 곳 또는 세 곳까지 중복 임명된 사람들도 있었다. 이승만은 상해임정과 국내 한성부에서 최고 책임자로 선임되었고, 안창호와 김규식은 세 곳에서, 이시영과 이동휘는 두 곳에서 선임되었다. 그런데 세 곳이 모두 민족을 대표할 수가 없으므로 세 곳 임시정부들이 싸우기 시작했다. 국내 한성정부에서 강경하게 상해임정을 취소할 것을 요구하고 나섰다. 블라디보스토크 대표들과 간도일대 대표들도 상해임시정부를 인정할 수 없다고 천명했다.

4개월이나 싸웠지만 모든 조건이 상해를 따라올 곳이 없다는데 공감하지 않을 수 없었다. 그렇게 해서 상해임정이 민족을 대표하게 되자 이번엔 기 싸움이 벌어졌다. 이제 정부가 서는 것이 확실하고 정부를 세우면 권력이 생기므로 기선을 잡기 위한 각축전이 벌어진 것이었다.

상황을 지켜보던 회영이 깜짝 놀라 임정설립 자체를 반대하고 나섰다.

"나라도 없이 권력싸움을 하고 있다니요. 이 모두가 정부를 세우려고 한 탓이오. 처음부터 이게 아니었소이다. 지금은 정부를 세우는 것이 아니라 독립운동총본부를 조직해야 합니다. 힘을 하나로 결집해야 한다는 말이오."

분위기가 싸늘해졌다. 잔뜩 부풀어 오른 꿈에 찬물을 끼얹어버린 것이었다. 그렇다고 원로에게 대뜸 불만을 표시할 수도 없었다. 그러나 곧 분위기는 전환되고 말았다.

"우당 선생님께서는 세상 흐름을 파악하지 못하고 계시군요. 오히려 늦었습니다."

한 젊은 애국지사가 용감무쌍한 표정으로 말문을 열었다.

"그렇습니다. 광복이 눈앞에 다가왔지 않습니까. 서둘러 임시정부를 조직하여 광복을 맞이할 준비를 해야 할 때라는 걸 아셔야지요."

"우당 선생님의 말씀은 노파심에서 하신 걸로 여기겠습니다."

한 사람이 물꼬를 터주자 줄지어 목소리를 높였다. 회영은 더욱 강경하게 나갔다.

"광복이 어디에서 어떻게 오고 있는지 말해 보시오?"

서로 쳐다보며 아무도 대답하지 못했다.

"그럼 항일투쟁은 이제 끝이 난 게요?"

아무도 대답하지 않았다.

"일본이 물러가기라도 했단 말이오?"

조용했다.

"조선의 모든 힘을 끌어 모아도 부족한 형편에 난데없는 권력싸움이라니요. 지금 독립운동단체가 산발적으로 흩어져 있소이다. 하루속히 한곳으로 연합하여 힘을 길러야 한다는 걸 왜 모르신단 말이오."

회영이 계속 답답한 심정을 토해냈다. 분위기는 여전히 꼼짝하지 않았다.

"우당 선생님이 보황파라는 말이 있는데 세상을 다시 황제시대로 만들자는 것 아닌지요?"

앞에서 분위기를 전환시켰던 젊은 회원이 침묵을 깼다. 정면대결을 할 태세였다.

"보황파란 소문은 이미 자자합니다."

또 한 사람이 맞장구를 치고 나섰다.

"나에게 보황파라고 했소이까? 그대들이야말로 세상 흐름을 전혀 파악하지 못한 사람들이 아닌가. 지금이 보황을 할 시대냔 말이오."

그들은 회영을 버리더라도 부풀어 있는 꿈을 포기할 수 없었다. 선을 긋기 시작했다. 따돌려버리면 그만이라는 생각이었다.

"뭐가 문젭니까. 임정설립을 반대한 사람은 표면적으로 우당 한 사람이니 사람 하나쯤 제외해 버리면 그만입니다."

"제아무리 잘난 사람도 숫자에는 당할 재주가 없는 법. 절이 싫으면 중이 떠나야지."

"그렇소. 한 사람이라도 더 확산되기 전에 미리 막아버리는 것이 상책이오."

"사실 따지고 보면 우당 선생은 보황파라는 말을 들을 수밖에 없질 않소이까."

"맞는 말이오. 왕실과 사돈을 맺은 분이고. 고종께서 신흥무관학교 자금뿐만 아니라 매달 생활비까지 보내주었다고 들었습니다."

"저리 고집을 부린 것도 명문가의 자존심이지 뭐겠소."

무려 한 달 동안 있는 힘을 다해 막아섰지만 중과부적이었다. 함께 신민회를 만들고 만주 군사기지를 세웠던 사람들마저 모두 침묵하고 있었다. 동생 이시영, 신흥무관학교를 세우느라 처음부터 끝까지 함께 갖은 고초를 겪었던 이동녕까지 묵묵부답이었다. 충격과 실망을 안고 상해에서 발길을 돌렸다. 배를 타기 위해 황포강으로 나갔다. 강가에 서 있는 그의 속에서 "부재가 없는 탓이오!"라는 장탄식이 터져 나왔다. 이상설에 대한 그리움이 뼈에 사무쳤다.

회영은 멍해졌다. 독립운동이 길을 잃어버렸다는 허탈을 감당하기 어려웠다. 어디로 가서 누구와 무엇을 할지 알 수 없었다. 북경으로 갈까하다 처음 망명지 만주를 떠올렸다. 신흥무관학교는 과연 어떻게 돌아가고 있는지, 한인들은 어떻게 살아가고 있는지 궁금했다. 보고 싶었다. 고향에 가듯 만주로 향했다. 신흥무관학교는 이미 고산자로 옮겼다고 들었으므로 고산자로 갔다. 망명 초기부터 함께 했던 이상룡과 김동삼이 눈물로 맞이했다.

"우당 동지, 이게 얼마만이오!"

이상룡이 회영을 얼싸안았다. 처음 추가마을에 입성했을 때처럼 서로 감격했다. 존경하며 따르던 석주 이상룡은 60대 후반으로 접어들었고 망명 때 20대였던 김동삼은 30대였다.

서간도는 10년 전과 모든 것이 달라져 있었다. 봉천성, 길림성, 흑룡강성 3성이 조선으로 착각할 정도로 한인화가 되어있고 10년 전 험한 황무지가 논으로 변해 거대한 평야가 펼쳐져있었다.

"10년이면 강산이 변한다더니 그야말로 강산이 변했구려!"

"봉천, 길림, 흑룡강 3성에 걸쳐 우리 교포들이 일군 평야를 모두 합하면 73만 무가 넘습니다. 연간 벼 소출도 123만 섬 이상을 내고 있지요."

김동삼이 열심히 설명을 했다.

"이럴 수가! 망명 당시 우리가 산 땅이 8천여 무 정도였네. 불과 10

년 만에 100배에 가까운 땅을 이루어 놓다니!"

"8천 무도 작은 것은 아니었습니다. 선생님께서 그때 당시 봉천에 가셔서 동삼성 도독 조이손을 만나려다 두 번이나 실패했을 때를 생각해 보십시오. 그리고 원세개의 도움이 없었다면 땅 한 뼘 살 수 있었는지요."

"우리 민족에게 이렇게 놀라운 힘이 있을 줄이야!"

"우리 한인들을 일러 만주인들은 신이라고 합니다."

회영은 김동삼의 말을 알아듣고도 남았다. 망명시절 만주는 쌀도 귀하고 소금도 귀했다. 제사 때나 겨우 쌀밥을 먹을 수 있었다. 쌀이 귀하지만 소금은 더 귀했다. 쌀 서너 말 값이 소금 한 말 값이었다. 소금을 마음껏 사보는 것이 주부들의 소원이었다.

벼농사만 지을 수 있다면 모든 것이 해결될 수 있었다. 지독한 만주 땅에도 신기한 것이 있었다. 벼농사였다. 조선 땅과 달리 만주 땅은 볍씨만 뿌려놓으면 김을 매지 않아도 벼가 잘 자라주었다. 그 신기한 비밀을 알게 된 한인들은 논 만들기에 전력했다. 논을 만드는 일은 지독한 뿌리식물인 울러덩이 늪처럼 깔린 황무지를 개간해야 하고 강에서부터 물을 끌어오는 도랑을 파야 했다. 노약자를 제외하고 모두 괭이와 삽을 들고 나와 일렬로 서서 도랑을 팠다. 도랑 파는 사람들이 길고 긴 띠를 이루었다.

그런데 거기에도 복병이 숨어있었다. 홍수가 나면 물이 넘쳐 자기네 밭을 망친다는 이유로 원주민들이 한사코 반대하고 나선 것이었다. 함께 논을 만들어 쌀을 생산하자고 달랬지만 듣지 않았다. 나중에는 연장으로 대적하기 시작하면서 살인사건이 발생하기도 했다. 때로는 군인들이 나와 연장을 거둬 가버리기도 하고 관에 고소 고발을 당해 벌금을 물기 일쑤였다. 개간허가증이 있었지만 허가증은 밭을 개간한다는 것이지 논을 만든다는 조건은 명시되어 있지 않다는 주장이었다. 그럼에도 한인들은 씨만 뿌려놓으면 벼가 열리는 논 만들기를 멈추지 않았고 지금의 거대한 평야를 만들어놓은 것이었다.

듣던 대로 신흥무관학교는 한인사회를 대표한 한족회가 운영하고 있었다. 한인들이 끼니를 굶어가면서도 모든 것을 다 바쳐 살려낸 학교는 한인회 총 대표기구인 한족회가 이끌어가고 있었다. 학교는 한인들이 많이 살고 있는 고산자로 옮겨져 있고 합니하 학교는 분교로 남아있었다.

"합리하는 너무 험하고 너무 멀고 교사도 비좁아 한인들이 많이 사는 고산자로 옮긴 것입니다. 선생님, 서운하시지요?"

"그래야 하고말고. 그때는 군사기지라는 목적이었지만 지금은 교육목적이 더 크지 않은가."

한족회란 이름도 거창하고 믿음직스러웠다. 그만큼 한인들이 많이 모였다는 증거였고 함께 뭉쳤다는 증거였다. 한족회는 맨 처음 옥수수 창고를 빌려 사무실 삼아 교실삼아 한인들을 돕고 교육을 펼치던 경학사의 후신이었다. 망명 초기 설립했던 경학사는 죽음의 땅으로 변해버릴 지경으로 대흉년과 전염병이 망명지를 초토화시켜 버리자 어쩔 수 없이 시들어 버렸지만 한인들은 그 맥을 이어 부민단을 조직했다. 부민단은 한인들과 중국 사람들 사이에 분쟁이 나거나 중국 관청을 드나들어야 하는 행정적인 일들을 맡아 처리하면서 한인자치단체들을 통합시킨 한족회를 발족한 것이었다.

"이청천 장군이 이끌고 있는 우리 서간도 독립군(서로군정서)이 지금까지 함남, 함북, 평북 지역에서 치른 국내진공 유격전을 합하면 수백 건에 이릅니다. 다 신흥무관학교 출신들이 해낸 겁니다."

김동삼의 얼굴에 벌써 자부심이 가득했다. 28세 청년시절 추가마을에 들어와 신흥무관학교를 함께 세웠고 지금까지 모진 고난 속에 신흥무관학교 정신을 지켜온 김동삼이었다. 신흥무관학교의 정신을 말하자면 백서농장을 빼놓을 수가 없었다.

백서농장은 신흥무관학교의 정신이 집약된 것이었고 거기에 김동삼이 있었다. 회영이 자금을 구하기 위해 국내로 입국했을 때 신흥무관학교에서는 교장 여준과 교감 윤기섭과 김동삼 등이 중심이 되어 첫해 졸업생 김석, 강일수, 이근호 등과 함께 신흥학우단을 만들었다. 학우단은 백두산 서쪽 첩첩산중 밀림고원에 신흥무관학교에 이어 제2군영을 만들기로 했다. 특별훈련대를 편성하여 정예부대를 양성하기 위해 그곳에 백서농장을 건설했다.

백서는 백두산 서쪽이란 말이었다. 백두산은 사방으로 200여 리 어디를 둘러봐도 길이 없었다. 사방 어디서부터 오르든지 여러 개 산을 넘어 장장 100킬로미터쯤 올라가면 전혀 딴 세상인 고원평야가 펼쳐졌다. 산에는 곰 노루 산돼지 등 산짐승들이 설치고 마적 떼도 간간이 출몰하여 부딪쳐 싸워야 했다.

학우단은 그곳에 우물을 파고 집을 짓고 땅을 개간하면서 수천 명의 병력을 수용할 수 있는 군영, 백서농장을 건설했다. 농장을 건설하는데 일 년이 걸렸고 처음 입영한 숫자는 380명이었다. 380명 중에는 각 지역마다 지도자가 포진해 있었다. 다만 함경도와 전라도지역 출신만 빠져있었다. 망명할 때 함경도지역 지도자들은 대부분 북간도와 연해주로 갔고 전라도는 의병활동으로 지도급인사들이 모두 일본군에게 목숨을 잃은 탓이었다.

김동삼이 장주가 되었다. 입영자들이 계속 늘어나 금세 500여 명을 채웠다. 10대 소년 입영자들도 부지기수였다. 열 살도 채 안 된 아이들도 아버지를 따라 독립운동을 하겠다고 입영했다. 입영자들은 일본과 무장투쟁을 준비하기 위해 세상을 등지고 밀림 속에서 오직 훈련과 자급자족의 농사에만 전력했다.

그러나 거기에도 예외 없이 적이 도사리고 있었다. 굶주림으로 오는 영양실조와 무서운 전염병이었다. 아버지를 따라 온 아이들이 먼저 죽어가기 시작했다. 열병 위장병 심장병 천식 폐병이 속출했다. 병사들 방마다 신음소리가 그치지 않게 되자 철벽같은 의지가 약해지기 시작했다. 2년 차가 되자 치료차 매일 병영을 떠나는 사람이 늘어가면서 빈방이 늘어갔다. 동쪽 막개동, 서쪽 만리관, 북쪽 망원치, 남쪽 오리저에서 보초를 서는 병사도 없어지고 말았다. 5백 명 중 최후로 30명 정도가 남게 되면서 본부 병사를 유지해나가기도 어렵게 되었다.

해산해야 한다는 주장이 나왔다. 김동삼 장주와 훈독 양규열, 총무 김완제, 의감 김환, 외무 정선백 등이 해산에 대한 문제를 놓고 의논을 거듭했다. 그런데 교관 허식이 "실망했소이다. 무슨 낯으로 동포들을 대면할 생각이오. 다 나가시오. 나 혼자라도 끝까지 이곳을 지킬 작정이오."라고 발칵 성을 내며 해산을 반대했다. 허식의 발언에 의견이 분분한 가운데 김동삼 양규열과 병사 20여 명이 남고 병에 걸려 치료를 받아야 할 사람들이 산을 내려갔다.

해산을 강력하게 반대하던 허식이 열병에 걸려 자리에 눕고 말았다. 허식은 병을 용납하지 않았다. 악성 전염병과 허식의 싸움이 시작되었다. 세 번 회복되었고 세 번 재발한 끝에 허식이 반신불수가 되고 말았다. 동지들 등에 업혀 용변을 하는 허식이 사경을 헤매게 되자 김동삼이 간절히 출영치료를 권고했지만 듣지 않았다. 허식은 결국 혼절하고 말았다. 병사들이 혼절한 허식을 업고 통화로 데려가 적십자병원 김필순 박사에게 데려갔다. 병원에서 일 년 동안이나 입원치료를 받아야 했다.

사정이 그 지경에 이르자 한족회 총회에서 백서농장을 폐지하기로 결의했다. 4년 동안 손톱이 빠지고 목숨을 바쳐가며 만든 백서농장을 떠난다는 것은 혈육과 이별한 것 이상으로 서럽고 원통했다. 마지막까지 남아있던 장주 김동삼과 지도부들은 겨레 앞에 백서를 발표하고 통곡하며 산을 내려왔다.

"백서농장건설 정신은 신흥무관학교의 정신일 뿐만 아니라 장차 우리 민족정신으로 이어질 것이라 믿네."

백서농장건설은 그 정신력으로 워낙에 유명한 것이었고 회영은 그런 정신이라면 민족이 망하지 않는다고 믿었다.

"그때 목숨 바친 동지들을 생각하면서 학교를 지키고 있습니다."

"신흥무관학교 정신은 앞으로 더 큰 일을 해낼 걸세. 그들이 있지 않은가."

독립군단마다 신흥무관학교 출신들의 활약이 눈부셨지만 그 중에서도 김춘식 오상세 박영희 백종렬 강화린 최해 이윤강 같은 수재들이 김좌진(북로군정서) 장군, 홍범도(대한독립군단) 장군 휘하에서 뛰어난 교관으로 활약하고 있었다.

"이제부터 우당 선생님께서도 석주 선생님과 함께 이곳 영도자가 되어주셔야겠습니다. 제 뜻이기 전에 한족회 모두가 원하는 바입니다."

"서간도는 석주 선생님과 일송 자네와 이청천 장군만 있으면 충분하네. 나는 따로 할 일이 있지 않겠는가."

"선생님은 언제나 앞을 사양하고 뒤에 서기를 주장하신다는 걸 모른 바는 아니지만 그러나 서간도는 선생님의 첫 망명지이고 또 가문의 모든 것을 바친 곳입니다."

"혁명가에게 앞과 뒤가 어디 있겠는가. 그리고 모든 것을 바쳤다고 해서 그것이 자랑스럽거나 내세울 일도 아니네."

김동삼은 더 이상 권할 수 없었고 회영은 이제부터 어디에서 운동을 전개해야 할지 생각에 잠겼다. 서간도는 이상룡과 김동삼이 있고 이청천 사령관이 있어 든든했다. 그렇다면 아직 이렇다 할 운동본부가 없는 북경으로 가기로 했다.

북경으로 떠나는 날 아침 멀리서 세 명의 중년남자들이 찾아와 넙죽 엎드려 절을 했다.

"나으리 저희들입니다요."

노비출신 열세 명 중 일부였다.

"아니, 자네들이!"

"나으리 소식을 뒤늦게야 듣게 되었습니다. 저희는 유하에서 떠나 봉천에서 살고 있습니다요."

"모두 봉천에서 산단 말인가?"

"아닙니다. 나으리께서 국내로 가신 뒤에 홍순과 우리 세 가정이 봉천으로 떠났습지요. 그리고 나머지 사람들도 유하를 떴는데 어디로 갔는지 소식을 모릅니다요."

"그렇다면 홍순은 왜 함께 오질 않았는가?"

"홍순이 그 사람은 몇 해 전에 죽었습지요. 그래서 홍순이 처가 외아들 하나 있는 걸 데리고 상해로 갔습니다요."

"저런!"

가족과 똑같은 홍순이가 죽었다는 말에 회영은 몹시 쓰라린 가슴을 안고 북경으로 향했다.

북경으로 들어와 정착을 시도했다. 자금성 북쪽 후고루원 근처에 방 여섯 칸짜리 큰 집을 얻었다. 며느리를 봤으므로 가족이 늘어난 데다 동지들이 오가며 묵을 방을 염두에 둔 것이었다. 고종을 제거한 일본이 기고만장한데다 만세운동으로 충격을 받은 일본이 휘두른 칼날을 피해 국내에서 독립운동을 하던 사람들도 상해로 북경으로 줄을 이었다.

회영의 가족들이 북경으로 들어오고 회영의 사돈 조정구도 보현사 은둔생활을 청산하고 아들 조남승 조남익과 조정구 동생 조완구 등 모든 가족을 이끌고 북경으로 망명했다. 천진으로 석영을 따라갔던 막내 동생 호영과 송동집도 회영을 찾아 북경으로 들어왔다. 학교를 살리겠다고 자금을 구하러 국내로 들어간 후 처음 만난 것이었다. 8년만의 해후였다.

송동집은 시아버지 회영과 합류하고 호영은 북경 소경창에서 한인들을 상대로 하숙을 치기로 했다. 고종의 매부인 조정구 가족은 고종을 위해 마련해둔 행궁으로 입주했다. 행궁은 현대식 2층 건물로 넓은 집이었고 북경귀족들의 거주구역에 있었다. 적절한 시기에 처분하여 독립자금으로 사용하기로 했으므로 오래 살 수는 없었다.

새로 시작한 북경생활은 보안이나 언어에 여러 가지로 어려움이 따랐다. 상해나 만주는 마치 조선으로 착각할 정도로 조선 사람들이 많아 언어생활과 활동이 자유로웠으나 북경은 말부터 통하지 않고 도처에 일본 형사들과 그들의 하수인들이 숨어있어 지뢰밭을 걷는 듯했다. 그러므로 북경에서 활동하는 애국지사들은 천주시나 보전사 사람이라고 거짓말을 해야 했다. 중국에서는 남방 말과 북방 말이 전혀 달라 좀처럼 헤아리지 못한 것이 다행이었다. 회영은 남쪽 끝 멀고 먼 복건성에서 왔노라고 둘러댔다.

그러나 장차 북경에서 살면서 운동을 하자면 하루빨리 북경말을 배우는 것이 급선무였다. 회영은 북경 사람을 도우미로 들이기로 하고 나이가 지긋한 중국인 여자를 구했다. 나이가 든 여자였으므로 중국식으로 노마마라고 불렀다. 노마마가 하는 일은 중국 음식과 말과 글을 가르쳐주고 중국 손님들이 오면 통역을 하고 관청 일을 대신해 주면서 회영 가족이 조선 사람이라는 것을 감추어 주는 일이었다. 노마마는 나이는 들었지만 능력이 있어 회영 가족을 중국인으로 감추는데 손색이 없었다. 게다가 천으로 칭칭 동여맨 소졸로(小足) 탓에 금세 넘어질 듯이 뒤뚱거리는 걸음으로 집을 들락거리는 모습은 누가 봐도 전통적인 중국 가정이었다.

본래 귀족가문의 안주인이었던 노마마는 일반인이 사용하는 백화문 외에도 상류층이 사용했던 중국 문어를 잘 알고 있어 수준 높은 중국말과 생활문화를 배울 수 있었다. 단지 부담스러운 것이 있다면 이틀에 한 번씩 의식을 치르듯 방문을 꼭꼭 걸어 잠그고 발을 씻는 일이었다. 노마마는 발을 동여맨 길고 긴 천을 풀어 발을 모시듯 씻어야 하는데 그것은 구약시대 제사장이 오로지 혼자 지성소에 들어가 하나님께 제사를 올릴 때처럼 거룩하고 엄숙한 것이었다.

노마마가 대야에 따뜻한 물을 담아들고 방으로 들어가 문을 잠그는 소리가 나면 그때부터 집안사람들은 방 근처에 그림자도 비치지 않아야 했다. 그것은 노마마가 처음부터 제시한 조건이었고 반드시 지키겠다는 약속이었다. 평생 동안 남편과 자식에게도 보여주지 않는 절대적인 것, 태어날 때부터 깊이 감춘 그녀의 발은 결코 남에게 보여줘서는 안 되는 정절 그 자체였다.

회영의 집은 언제나 잔칫집처럼 수십 명의 조선 남자들로 북적대기 시작했다. 회영이 북경에 정착한다는 말을 듣고 대부분 북경으로 몰려든 탓이었다. 사실상 회영의 집은 북경의 독립운동본부였고 독립운동자 양성소였다. 삼일운동 이후 북경으로 망명자들이 몰려들면서 그들은 일단 회영의 집에서 묵었다가 목적지가 정해지면 떠나는 것이 관례처럼 되어버렸다. 단지 숙식 때문만은 아니었다. 누구든 회영의 영향을 받고 싶어 했다. 유학생들은 회영으로부터 장래 진로와 자신감과 희망을 얻어가고 애국자들은 독립운동가로서 자신감과 자부심을 얻어갔다. 사람들이 모여들수록 회영은 기뻐하고 사람들이 회영의 이름 탓이라고 농담하듯 말했다.

"이게 다 우당 선생님 이름 탓입니다."

"이름 탓이라니?"

"벗 우友에 집 당堂에 모을 회會자니 벗들을 집으로 불러 모아 들인다는 뜻이 아니겠는지요."

"듣고 보니 맞는 말일세. 선친께 감사해야 할 일이지 뭔가."

사람들은 국내에서만 오는 게 아니라 상해 복건 천진 만주 등 중국 전역에서 모여들었다.

상해에서도 임정에 실망한 사람들이 상해를 떠나 북경으로 들어왔다. 회영의 동생 시영과 가까운 동지 이동녕, 조정구의 동생 조완구, 이광, 조성환, 김규식, 김순칠 등도 상해를 떠나 북경으로 돌아오고 말았다. 그들은 다시 회영을 찾았고 이시영과 이동녕, 사돈인 조완구는 회영의 집에서 거처하고 있었다.

임정에서 놀라 북경으로 사람을 파견했다. 논리가 정연한 지식인으로 알려진 박찬익을 보내 회영을 설득하도록 시켰다. 그런 기회에 회영의 마음을 돌리자는 것이었고 또 회영이 마음을 돌린다면 다른 사람들도 따라올 것이란 생각이었다. 박찬익이 회영의 집에서 함께 살면서 "선생님께서 임정에 자리 잡고 계셔야 그런 분파를 없앨 수 있습니다."라고 끈질기게 설득했지만 회영이 끄떡하지 않았다. 나중에는 박찬익이 엄마를 조른 아이처럼 졸졸 따라다니면서 졸라댔다. 설득하는 사람이나 설득당하지 않는 사람이나 똑같이 지독한 고집이라고 모두 입을 뗐다. 박찬익은 맨손으로 돌아갈 수 없었다. 6개월이 경과되었을 때 회영이 동생 시영, 이동녕, 사돈 조완구에게 상해로 돌아가도록 권했다.

"이미 임정을 세웠으면 임정에서 발생하는 모든 일에 책임을 져야 할 것이오. 우리끼리 분열한다는 것은 부끄러움은 차치하고 일본을 도와주는 꼴이란 걸 생각해야지요."

이미 임정을 만들었다면 하루 빨리 혼란을 수습하고 항일투쟁에 임해야 할 것이었다. 세 사람도 그게 옳다고 판단하고 회영의 권유를 받아들이기로 했다. 박찬익은 결국 회영을 설득하는 데 실패하고 시영과 이동녕 조완구와 함께 임정으로 돌아갔다.

그들이 임정으로 돌아가고 나자 이번에는 신채호가 임정을 떠나버리고 말았다. 신채호는 임정설립 3개월 후 제5회(1919. 7.) 임시의정원 회의에서 전원위원회 위원장에 선임되었고 자리를 흔쾌히 받아들였다. 그런데 임정이 그해 8월에 개최된 제6회 회의에서 이승만을 대통령으로 선출하자 이승만은 매국노라고 맹렬히 성토하며 임정에서 영원히 떠나버린 것이었다.

상해임정설립 당시 이승만을 국무총리로 추대할 때부터 여기저기에서 반대의 목소리가 터져 나왔다. 그 중에서도 신채호가 이승만 추대는 천부당만부당한 것이라고 강력하게 반발하고 나섰다. 신채호는 이승만이 파리강화회의에 대한인국민회중앙총회 대표로 참가했을 때 미국 월슨 대통령에게 조선에 대한 위임통치를 요청하는 공한을 보냈다는 것을 제시했다. 일본에게 짓밟힌 나라를 다시 강대국에 위임통치를 부탁한다는 것은 국민의 이름으로 용납할 수 없다고 펄펄 뛰었다. 10년 전(1908) 스티븐슨 사건도 들추어냈다.

스티븐슨 사건 또한 분노의 극치를 이루게 하고도 남음이 있었다. 그때 미국은 일본이 한국에서 정치 경제 군사 모든 것을 독점하는 것을 인정하는 대신 만주로 진출하려고 했으나 일본이 길을 열어주지 않았다. 그러자 미국의 반일감정이 악화일로로 치달았다. 일본은 미국을 달래기 위해 통감부 외교고문인 스티븐슨을 미국으로 파견했다. 스티븐슨은 기자회견을 하면서 "일본은 한국을 보호해주고 있으며 한국을 위해 유익한 일을 많이 하고 있다. 일본으로 하여 신정부가 조직된 뒤 일반 민중들은 전처럼 정부의 학대를 받지 않으므로 일본인들을 대환영 한다……."라고 말했다.

기사를 읽은 재미교포들이 분노하며 해명을 요구하고 나섰다. 한인대표 전명운과 장인환이 저마다 스티븐슨을 죽이고 말겠다고 이를 갈았다. 먼저 전명운이 샌프란시스코에서 스티븐슨을 저격했으나 불발되고 말았다. 전명운은 총을 버리고 맨주먹으로 스티븐슨을 폭행하기 시작했다. 소식을 들은 장인환이 달려와 스티븐슨을 향해 총을 쏘았다. 한 방은 전명운의 팔에 맞고 한 방은 스티븐슨의 가슴에 명중했다. 스티븐슨은 병원으로 실려 갔으나 3일 만에 죽고 말았다. 장인환은 25년 형을 받고 옥살이를 하다 10년 만에 가석방되었고 전명운은 애국심에 감동된 미국 재판관이 무죄를 선고했다. 그 후 교포들은 두 사람을 위해 모금운동을 하고 미국 변호사들이 장인환을 위해서로 무료변론을 자청하고 나섰다. 그런데 이승만은 기독교신자라는 이유로 살인자를 두둔하는 일에 가담할 수 없다고 하며 끝까지 통역을 거부하고 말았다. 신채호는 그런 이승만을 성토하며 "그렇다면 지금까지 일본 놈들을 죽인 애국 열사들이 모두 살인자들인가?"라고 물었다.

신채호가 임정을 떠난 후 젊은 박용만도 임정을 떠났다. 국내 한성부 임정의 외교총장에 선임된 박용만 역시 이승만에 대한 불만 때문이었다. 야망이 끓고 있는 젊은 박용만은 회영과 신채호 같은 거두를 자기편으로 끌어들이려고 애썼다. 박용만은 회영에게 이승만의 과오를 지적하면서 새로운 길을 모색하자고 권했다. 그러자 회영이 입을 열었다.

"임정설립자체가 안 된다는 것인가? 아니면 이승만 개인이 문젠가?"

박용만은 선뜻 대답하지 못했다. 무엇이 옳은 답인지 알지 못한 탓이었다.

"박 동지의 운동이론을 살펴보면 운동조직으로서 정부라는 형태가 문제되는 것이 아니라 이승만이라는 개인이 마음에 들지 않는 것이니 그것을 대의라 말할 수 있겠는가? 개인이 각자 자기 마음에 들지 않는다하여 무엇을 배격하는 것은 이성적 판단이 아니니 그 또한 옳지 못한 것일세."

박용만은 손톱도 들어가지 않은 회영을 포기하고 말았고, 회영은 모두 자기의 이익만을 추구하는 세상이 한탄스러울 뿐이었다.

만주에서는 심각한 상황이 벌어지고 있었다. 독립군의 끈질긴 국내진공 유격전에 시달리던 일본이 월강추격대를 편성하여 두만강을 건너 봉오동으로 독립군을 진격해오면서 봉오동전투(1920. 6.)가 벌어졌고 홍범도 최진동 안무 이흥수 등이 이끈 독립군이 일본군의 삼분의 이를 전멸하고 대승을 거두는 쾌거의 소식이 날아들었다. 그리고 다시 청산리전투가 벌어졌다.

봉오동전투에서 정신이 번쩍 든 일본이 2만 병력을 투입하여 청산리에서 독립군과 맞붙었지만 이번에도 대패하고 말았다. 일본군이 거의 전멸되고 독립군은 130여 명 전사자에 220여 명의 부상자를 냈을 뿐이었다. 일이 그쯤 되자 일본군은 청산리전투에서 참패를 당한 것에 대한 보복으로 만주지역 독립군소탕작전을 펼치기 시작한 것이었다.

"언제 어떤 놈이 목을 베어갈 지 알 수 없어 잠도 눈을 뜨고 자야할 판입니다."

만주에서 온 백순이란 동지가 치를 떨었다. 일본은 만주지역 독립군을 일망타진할 목적으로 만주군벌 장작림을 끌어들였다. 장작림이

같은 중국 군벌 풍옥상 독판과 서로 대립하고 있는 것을 이용하자는 것이었다. 일본군과 장작림은 누구든지 조선독립군 머리를 가져오면 개당 10원씩을 쳐주는 작전을 시작하자 만주 원주민들이 독립군을 사냥하는 데 혈안이 되었다.

회영은 깊은 생각에 잠겼다. 무슨 수를 써서라도 만주의 흩어진 독립군을 다시 모아야 할 것이었다. 우선 국내에서 계속 망명해온 동지들을 김좌진 홍범도 신팔균 장군들과 연계를 시키면서 하루속히 흩어진 독립군들을 모아들여야 한다는 생각으로 백순을 만주로 파견했다.

"백 동지, 과연 해낼 수 있겠는가?"

"목숨 걸고 장군들을 만나 선생님의 뜻을 전하겠습니다."

백순이 사지를 뚫고 장군들을 만나 회영의 뜻을 전하면서 일을 추진해 나갔지만 흩어진 군사들을 모아들인다는 것은 쉬운 일이 아니었다.

회영은 생각다 못해 백순을 풍옥상 독판에게 보냈다. 일본이 장작림을 이용해 독립군을 친다면 회영은 풍옥상을 이용해 그들을 막을 생각이었다. 예상대로 풍옥상이 쌍수를 들어 환영하고 나섰다. 오히려 반가운 쪽은 풍옥상이었다. 그는 조선독립군과 연합하면 적대자 장작림을 제거할 수 있다는 생각으로 어마어마한 제안을 하고 나섰다. 장가구 포두진의 미개간지 수만 정보를 내줄 테니 조선독립군 군사기지를 건설하라는 것이었다.

꿈같은 일이었다. 다시 제2의 군사기지를 건설한다면 그리고 풍옥상과 연합한다면 모든 것이 달라질 것이었다.

회영이 당장 사람을 시켜 신채호와 김창숙을 만나자고 청했다. 북경에는 신채호 외에도 김창숙이 있었다. 회영이 신채호보다 12년 연상이고 김창숙보다는 13년 연상이었으므로 두 사람은 늘 회영을 섬기는 마음으로 찾아와 의논하며 담소를 나눴다. 세 사람 중 신채호가 가장 먼저 북경에 입성하여(1915) '조선사통론' 집필을 위해 북경대학 도서관에 드나들면서 공부하고 있었다.

김창숙은 삼일운동이 일어나기 직전 독립선언서에 유림대표가 빠져있는 것을 한탄하며 만세운동 직후 유림대표들이 서명한 한국독립청원서인 유림단진정서를 만들었다. 그리고 파리에서 열린 만국평화회의에 그것을 제출하기 위해 상해로 갔다가 여의치 않자 북경으로(1921) 온 것이었다.

"그 어마어마한 땅을 우리에게 덥석 안겨준단 말입니까?"

김창숙과 신채호가 놀람을 감추지 못했다.

"그런데 땅을 개간할 비용이 있어야지요."

신채호가 걱정을 하고 나섰다.

"그래서 방법을 찾자는 것이오. 밥상을 차려놨는데 숟가락이 없어서 못 먹는 일은 없어야 하질 않겠소이까."

"좋습니다. 이 사람이 그 땅을 개간할 재력가를 찾아내고야 말겠습니다."

김창숙이 결코 그 땅을 놓칠 수 없다는 심정으로 말했다. 희망은 그렇게 무르익어가고 세 사람 모두 땅을 개간하여 군사기지를 세울 대책을 만들기 위해 노력하고 백순은 계속 만주를 오갔다. 세 사람은 각자 나름대로 독지가를 찾기에 총력을 기울였다. 김창숙이 자금을 구하기 위해 부지런히 상해와 국내와 북경을 오갔다. 그런데 북경에서 회영과 김창숙이 그렇게 뜨겁게 일을 진행해가고 있을 때 만주에서는 상황이 바뀌고 있었다. 장작림이 풍옥상 독판의 움직임을 알아채고 오패부라는 또 다른 군벌과 연합하여 풍옥상 독판을 제압하고 만세를 부른 것이었다. 졸지에 풍옥상은 러시아로 도피를 하고 꿈은 사라져버리고 말았다.

"선생님, 너무 낙심하실 것 없습니다. 어차피 호시탐탐 노리는 일본 놈들 틈새에서 우리가 하는 일이란 낙타가 바늘구멍을 통과하는 것이나 마찬가지 아닙니까."

김창숙 역시 텅 빈 속을 주체할 수 없으면서도 회영을 위로하고 나섰다.

사람들은 계속 찾아오고 회영은 청년들을 더욱 반겼다. 어느덧 독립운동 1세대들이 중년이나 노년으로 접어들었으므로 청년들이 희망이었다. 다행히 청년들은 앞다투어 나라를 위해 기꺼이 목숨 바칠 각오가 충천했다. 청년들 가슴속에는 하얼빈역에서 을사늑약 주범 이토를 유감없이 사살한 안중근이 영웅으로 자리 잡고 있었다. 할 수만 있다면 안중근처럼 나라를 위해 일본 주요인물을 죽이거나 중요기관을 폭파하고 목숨 바치는 것이 소원이었다.

청년들 중에서도 김종진이 눈에 띠었다. 김종진은 김좌진 장군의 사촌동생이었고 김좌진 혈통답게 장군감이었다. 갓 스무 살이라는 김종진의 얼굴빛은 사람을 압도하기보다는 오히려 온화하고 고왔다. 대신 입은 천만금의 말을 할 것처럼 빈틈없이 단정해 보였고 눈은 맑고 깊었다. 회영의 장군감 기준은 그런 것이었다. 장군일수록 부하를 품을 수 있는 따뜻함이 있어야 하고 대신 우유부단함이 없어야 한다고 믿고 있었다.

"선생님 말씀을 듣고 제가 앞으로 나아가야 할 방향을 결정하기로 마음먹었습니다."

김종진은 무장투쟁만이 광복을 이룰 수 있다는 믿음으로 불타고 있었다. 그래서 당장 북만주로 김좌진을 찾아가야 할지, 아니면 시간이 걸리더라도 군사교육을 받고 가야할지 갈피를 잡을 수 없다고 했다.

"독립은 이제 자네들 몫으로 넘어가고 말았네. 그리고 우리가 항일투쟁을 하는 데는 충천한 의기로 당장 투쟁해야 할 것이 있고 장래를 준비해야 하는 투쟁이 있네. 북만주가 어려운 것은 사실이지만 자네는 장군이 되어서 많은 투쟁자들을 이끌 수 있는 제목이 되는 길을 택하게나."

"군사교육을 받으라는 말씀이군요."

회영은 김종진에게 소개장을 써주며 상해로 가 동생 시영과 신규식을 만나 그들의 안내를 받으라고 일렀다. 조선무관학교 출신 신규식 또한 누구에게도 지지 않는 가슴 뜨거운 열혈 동지였다. 을사늑약 때 지방군대와 연결하여 의병을 일으키려다 실패하자 음독자결을 했다. 다행히 기사회생되었지만 한쪽 눈이 실명되고 말았다. 그래서 한쪽 눈으로 무엇을 보자니 자연 흘겨보는 듯하고 흘겨본다는 뜻으로 예관이라는 호가 붙어 있었다. 정말 죽지 못해 통분의 세상을 흘겨보는데 한일병합이 되자 다시 음독자결을 시도했고 나철에 의해 또다시 살아나 중국으로 망명했다.

그때 중국에서는 손문을 지도자로 한 신군이 신해혁명을 일으켜 청을 타도하자 중국뿐만 아니라 조선 청년들에게 손문이 희망으로 떠오르고 있었고 신규식 역시 순문에게 이끌려 손문휘하인 중국동맹회에 가입하게 되었다. 조선 청년으로는 유일하게 신해혁명에 참가하게 된 신규식은 신해혁명 후에는 손문이 창간한 민권보에 전 재산 2만원이란 거금을 쾌척하고 손문을 통해 조선 청년들을 중국 각지의 이름난 군관학교에 보내 엘리트군관으로 키우는 일을 하고 있었다. 북로군정서 대장으로 청산리전투에서 일본군을 대파한 이범석 장군도 신규식이 운남군관학교에 보내 키워낸 인물이었다.

김종진이 소개장을 들고 상해로 떠나고 회영은 머지않아 장군이 되어 큰일을 해낼 것을 기대하며 그를 먼 길까지 전송했다. 그리고 다시 청년 심훈이 찾아들었다. 열아홉 살 심훈 역시 얼굴이 밝고 잘생기고 똑똑했다. 똑똑하고 잘 생겼지만 김종진과는 천부적 성향이 전혀 달랐다. 김종진은 무관의 기질을 타고났다면 심훈은 한눈에 봐도 지고지순한 감성주의자였다. 아니나 다를까 심훈은 밤이면 울적한 심정을 시로 달래고 있었다.

눈은 쌓이고 쌓여/ 객창을 길로 덮고/ 몽고바람 씽씽 불어/ 왈각달각 잠 못 드는데/ 북이 운다/ 종이 운다/ 대륙의 도시 북경의 겨울밤에

화로에 메철도 꺼지고/ 벽에는 성에가 줄어/ 창 위에도 얼음이 깔린 듯/ 거리에 땡그렁 소리 들리 잖으니/ 호콩장수도 고만 얼어 죽었다/ 입술을 꼭 깨물고/ 이한 밤만 새 우고 나면/ 집에서 돈표가 든 편지나 올까/ 만두 한 조각 얼어먹고/ 긴긴 밤을 달달 떠는데/ 고루에 북이 운다/ 땡땡 종이 운다

그렇더라도 심훈 역시 가슴에서 불타오른 애국심을 어쩌지 못해 독립투사가 되겠다고 포부를 밝혔다.

"독립투사가 되는 것만이 나라를 위한 것은 아니다. 그리고 조선 청년 모두가 다 광복군이 될 수는 없다. 내가 보기에 심 군은 외교가 소질이 있어 보이니 어학에 정진하는 것이 좋을 듯하구나."

누구에게나 독립운동을 해야 한다고 열변을 토한 회영이 심훈에게는 독립투사가 되라고 권하지 않았다. 그의 기질과 재능을 충분히 짐작한 탓이었다.

"저에게 외교가 소질이 있다니요?"

"그렇고말고, 용모도 호감이 갈 뿐 아니라 말솜씨가 뛰어나고 설득력이 있거든."

"과찬이십니다. 선생님."

"겸손해 할 것 없다. 심 군은 타고난 재주가 여러 가지인 것 같은데 그 중에서도 외교가가 되라는 것이야. 사람은 무엇을 하든지 나라에 가장 덕이 되는 일을 해야 하느니라."

회영이 심훈에게 외교관을 강조한 것은 나라를 빼앗기면서 외교가

무엇인지를 뼈저리게 느낀 탓이었다. 일본이 조선을 차지하기 위해 가장 먼저 취했던 일이 외교를 차단한 것이었고 헤이그밀사 문제도 외교가 전무했다는 것에 통한이 맺혀있었다.

심훈은 오히려 "선생님께서 외교가가 되셨더라면 참 좋았을 것이란 생각이 듭니다."라고 말하고 싶었지만 어른께 함부로 칭찬하는 말을 할 수가 없어 입을 열지 못했다. 심훈은 처음부터 회영의 따뜻함과 부드러움과 세련된 말씨에 흠뻑 빠져들었다. 서울의 중심 저동 명문가에서 잘 다듬어진 회영의 고상하고 품위 있는 말은 상대를 단숨에 끌어들였고 누구든 설득하기에 충분했다. 차분하고 고요한 목소리로 중국여자 노마마를 노마! 하고 부른 짧은 말에도 남다른 정감이 흘렀다. 할머니를 부른 것이 아니라 다정한 벗을 부른 듯도 하고 연극 속의 여자주인공을 부른 듯도 했다. 아내를 향해 동지를 부르듯 영구! 라고 부른 것도 멋진 일이었다.

심훈은 홀린 듯 그런 분위기에서 두 달을 묵은 뒤 집에서 돈이 와 동단패루에 있는 공우로 갔다. 그러나 공우에 가자마자 나날이 기름에 볶는 중국 음식만 먹게 되자 속이 뒤틀렸다. 식사 때마다 고역이었다. 기름투성이 식사도 문제였지만 자애롭고 부드러운 회영의 말이 머리에서 떠나지 않았다. 자꾸 그 따뜻한 온기가 그리웠다.

그날도 기름투성이인 아침밥을 먹지 못해 우두커니 서서 회영의 집이 있는 자금성 쪽을 바라보았다. 눈물이 핑 돌았다. 눈물이 그렁그렁한 눈을 깊게 깜빡이며 다시 자금성 쪽을 바라보았다. 그런데 눈앞에 머리가 반백이 된 분이 우뚝 서 있었다. 회영이 빙그레 웃고 있었다. 심훈은 눈물을 글썽이며 한달음에 달려 나가 땅바닥에 두 손을 짚고 큰절을 올렸다.

"밥이나 먹고 있는 게냐? 집 떠난 지 얼마 되지 않았으니 이곳 밥이 아직 거북할 게야."

회영은 공우에서 중국 밥 먹기가 어려울 것을 짐작하며 심훈에게 잘 익은 조선식 김치 한 통을 건네주러 온 것이었다. 김치를 건네주고 돌아가는 회영의 뒷모습을 바라보며 심훈이 중얼거렸다.

"제가 장차 무엇을 하든지 선생님께서 가르쳐주신 따뜻함이 그것의 원천이 될 것입니다."

북경은 4월이면 벌써부터 무더위가 시작되었다. 몽고사막에서 바람이 불어오기 시작하면 옷이며 얼굴이며 머리카락이 온통 황토색으로 변해버리고, 다시 눈을 뜰 수가 없이 황토비가 4, 5일 동안 쏟아져 내리다 그치고 나면 갑자기 깊은 수심처럼 바람이 뚝 멈춰버린 채 살인더위가 덮쳤다. 고약한 환경은 그 정도로 끝나지 않았다. 육안으로 쉽게 볼 수 없는 작은 벌레가 살 속으로 파고들어 피가 나도록 긁어대게 만들었다. 그때마다 회영이 몸을 벅벅 긁으며 "우리나라는 이런 고약한 벌레도 없을 뿐만 아니라 아무리 찌는 삼복더위라도 오후 서너 시만 되면 서늘한 바람이 불어오니 얼마나 살기 좋은 땅인가! 얼마나 살기 좋으면 금수강산이라 했을고!"라고 탄식하며 서울을 그리워했다.

더위와 싸우며 은숙은 셋째 아이를 출산했다. 딸이었고 회영은 현숙이란 이름을 지어주었다. 현숙을 얻은 다음 더 많은 손님이 찾아들 었다. 보통 하루에 삼사십 명이 웅성거렸다. 노마마의 그 특별한 의 식도 못할 지경에 이르고 말았다. 노마마로서는 큰일이었다. 노마마 가 고민 끝에 큰 집을 추천하며 이사를 가자고 권했다. 거리는 조금 외곽이지만 집이 몇 배로 넓고 집세는 같다고 했다. 노마마의 권유에 따라 북경 후고루원 근처에서 서직문 쪽 이안정 근처로 이사를 했다. 노마마 말대로 이안정 집은 후고루원 집보다 서너 배나 넓은 집이었 다. 500평 후원도 딸려있어 채소농사도 지을 수 있었다.

"노마 덕에 좋은 집을 얻었어요."

회영이 고마워했다. 노마마는 다시 그 거룩한 의식을 마음 놓고 할 수 있어 기뻐하고 회영은 손님들을 마음 놓고 묵게 할 수 있어 기뻐 했다. 이사를 하고부터 안심하고 손님을 맞이하고 손님이 늘어갈수 록 아이들처럼 들뜬 기분을 감추지 못한 채 만수산과 옛 황궁을 보여 주는 것까지 잊지 않았다.

서직문 성 밖에는 유명한 만수산이 있었다. 원래는 북경성 근처에 서산이란 산이 있었고 그게 명산이었다. 그런데 리홍장이 북양함대 를 건립할 때 청조 광서제를 섭정한 서태후의 신임을 얻어 북양함대 를 건조할 목적으로 서도문과 서산 중간에 인조산人造山과 인조호수 와 거대한 누각을 건설하여 만수산이란 이름을 붙인 것이었다. 그곳 으로 서태후를 행궁하게 하고 온갖 연회를 베풀어 서태후의 기분을 맞춘 덕에 북양함대를 건조할 수 있었다. 회영은 구경을 시켜줄 때마 다 역사를 잘 보존할 줄 아는 민족이 장래가 있다고 말하는 것도 잊지 않았다.

집이 넓은 만큼 손님도 더 불어났다. 수십 명 남자들 수발을 드는 은숙과 며느리 조계진과 송동집이 밤이면 녹초가 되어 쓰러졌다. 은숙과 조계진은 어린아이들이 딸린 몸이라 아이가 딸리지 않은 송동집이 일을 도맡아 해냈다.

"형님은 아주버님을 따라 장단으로 가셨더라면 이 고생을 하지 않아도 될 일이었습니다."

"아버님 곁에서 살아가는 것만 해도 기쁨이니 그런 말은 입 밖에 내지 마시오. 아우님."

조계진이 가끔 위로삼아 말을 건 낼 때마다 송동집은 손을 내저었다.

식솔에 따라 쌀을 대량으로 사들여야 하고 중국에서는 쌀을 근으로 달아 팔았다. 매월 소비하는 쌀이 4백 담이 넘었다. 1담이 백 근이었으므로 두 가마 이상이었다. 쌀의 소비만큼 부식도 필요했다. 북경성에서 큰 상점으로 알려진 보홍호와 거래를 했다. 보홍호 주인은 회영이 복건에서 온 사업가라고 알고 있는 탓에 거래처를 다른 곳에 빼앗기면 안 된다고 늘 신경을 쓰고 있었다. 가끔 외상거래를 할 때도 쌀과 부식을 척척 내어주었다.

자금은 좀처럼 들어오지 않고 자금의 유무에 상관없이 손님들이 계속 찾아들면서 점점 외상값이 눈이 내려 쌓이듯 소복소복 쌓여가기 시작했다. 다행히 보홍호 주인이 덥석덥석 외상을 내주었지만 대책이 없자 노마마도 그만두게 되었다. 노마마가 떠나면서 도울 수 없어 안타깝다며 눈물을 흘렸다.

2년 동안이나 외상값을 갚지 못했음에도 보흥호 주인은 계속 외상을 주었다. 외상값이 2천 원이 훌쩍 넘어가고 말았다. 2천 원이면 북경에서 작은 집 한 채를 살만한 돈이었다. 더 이상 외상을 할 수 없으므로 은숙은 보흥호에 발길을 끊고 중국 하층민들이 먹는 짜도미를 구하러 나섰다. 짜도미는 싸라기 잡곡들을 섞어놓은 것이었고 그것도 서로 사려고 해 마음대로 구할 수가 없었다.

외상값도 갚지 않고 사람도 얼씬거리지 않자 정신이 번쩍 든 보흥호 주인이 외상값을 받기 위해 나섰다. 처음엔 며칠 걸러 한 번씩 재촉하던 것을 나중에는 날마다 찾아와 외상값을 독촉하기 시작했다. 보흥호 주인이 외상값을 받으러 올 때마다 입장이 난처해 어른들이 모두 피하고 초등학교 저학년인 규숙이 보흥호 주인을 상대했다. 올 때마다 어른들은 보이지 않고 아이가 나와 어른들이 없다고 고개를 살래살래 젓자 보흥호 주인은 화가 끌어올라 규숙을 두들겨 패놓고 가기도 했다.

그런데 어느 날 보흥호 주인이 회영을 찾아와 무릎을 꿇고 앉아 용서를 빌었다.

"우리 중국도 일본으로 하여 고통 받는 민족인데 항일운동을 하는 고명하신 선생님을 몰라보고 그만 몹쓸 죄를 지었습니다. 어린아이를 때리다니요."

회영은 놀라 말문이 열리지 않았다. 항일운동을 하는 조선인이라는 사실을 알아버린 것은 큰일이었다. 그토록 보완을 했음에도 어떻게 비밀이 새어 나갔는지 이해할 수 없었다. 그러나 거금의 외상값을 갚지 못한 형편에 일단 미안하다는 말을 해야 할 것 같았다.

"면목이 없소이다. 지금까지 참아주셨으니 무슨 변통이 생길 때까지 조금만 더 참아주시기를 부탁하오. 그런데 한 가지 물어볼 게 있소이다. 내가 항일운동자란 걸 어떻게 아신 게요?"

"선생님 댁에서 함께 살았다는 노마마에게 들었습니다. 노마마가 무척 존경하는 분이라고 하면서 돕고 싶은데 도울 방법이 없다고 안타까워하더군요. 염려 마십시오. 제 목이 달아나는 한이 있더라도 선생님 신분은 발설하지 않겠습니다."

"노마가?"

"노마마는 교양이 뛰어난 사람이었습니다. 재물이란 꼭 사용해야 할 곳에 써야 하고 그럴 때 비로소 가치가 있는 것이라고 하더군요. 외상값은 항일투사들을 먹인 것이니 받지 않겠습니다. 일본은 조선과 중국의 공적이니까요. 대신 아이를 때린 행동을 부디 용서해 주시기 바랍니다."

보흥호 주인은 용서를 비는 마음의 표시로 쌀 한 자루를 마당에 두고 조심스럽게 집 밖으로 사라졌다.

향연

배고픔은 독립정신을 다는 저울과 시험대로 드러나기 시작했다. 그것은 정작 독립운동가들이 싸워야 할 가장 무서운 적이었다. 미칠 듯이 끓어오른 열정으로 손가락을 끊어 맹세한 조국애도 배고픔이란 강을 건너지 못해 어느 날 갑자기 변심하거나 국내로 돌아가 버리기 일쑤였다.

"배고픔을 못 참아 왜놈치하로 기어들다니 밥을 밥 먹듯 굶는 게 항일투사들의 일상사라는 걸 들어보지도 못한 위인 아닙니까."

"그게 어디 손 동지뿐이오. 심산은 이제 그만 화를 거두시오."

김창숙이 배고픔을 못 참아 국내로 돌아 가버린 손종호란 자를 성토하기 시작하고 회영이 달랬다.

"죽을 각오도 하지 않고 나라를 찾겠다니, 가소롭기 짝이 없질 않습니까. 독립운동이 어디 남녀 간에 연애질하는 거랍니까. 애국심이 끓어오르면 소리치고 나섰다가 식으면 돌아서버리니 말입니다."

신채호가 맞장구를 치고 나섰다. 두 사람이 성토하는 손종호는 삼일운동 이후 이상재와 김활란과 함께 북경으로 왔었다. 이상재와 김활란은 세계기독교학생연맹에 참석차 왔고 손종호는 독립운동을 하겠다고 온 것이었다. 이상재와 손종호는 회영의 집에서 머물고 김활란은 형부인 김달하의 집에서 머물렀다. 한 달 만에 이상재와 김활란은 용무를 끝내고 다시 국내로 돌아가고 손종호는 일 년을 버티다가 배고픔을 못 이겨 귀국하고 말았다.

"하긴 그렇습니다. 독립운동을 합네 하고 왔다 갔다 하는 건달들이 부지기수라고 하니 꼭 손 동지만 나무랄 수도 없는 일이지요."

신채호가 회영의 말에 공감하면서 손종호 일을 그 정도로 마무리 짓고 말았다. 분위기가 바뀌자 김창숙이 신채호를 바라보며 헛기침을 했다. 헛기침을 하는 것으로 봐 무언가를 말한 태세였다. 또 무언가를 가지고 논쟁이 붙을 것이라는 걸 회영이 짐작했다.

독특한 고집으로 막상막하인 두 사람은 닮은 점은 꼭 닮았고 다른 점은 분명히 달랐다. 운동방향이나 변심한 독립운동가들을 향해 분통을 터트린 일에는 마음이 하나였지만 사적인 일로 서로 우길 때는 가차 없이 절교를 선언하는 바람에 회영이 화해를 붙이며 제자리로 돌려놓기에 바빴다. 불꽃같은 성미는 신채호가 더했다. 짐작대로 김창숙이 포문을 열었다.

"원고를 내지 않겠다고 선언했다면서요. 그 칼은 녹도 슬지 않으시오? 단재도 이제쯤은 그 성미 좀 고치셔야 합니다. 원고를 내지 않으면 누가 답답하답니까."

"그럼 중국인들에게 그런 수모를 당하고도 글을 내란 말씀이오? 심산이 그런 꼴을 당했더라면 나보다 더했을 것을!"

"수모랄 게 뭐가 있소이까. 토씨 하나 빠진 것쯤이야 예사로 있는 일 아니오."

"허, 토씨 하나 빠진 것쯤이라니요! 예사라니요! 그럼 내가 옹졸한 소인배란 말씀이오?"

"소인배란 또 무엇입니까. 성미가 저러니 배가 고플 수밖에요."

"에잇, 나는 그만 가리다."

예상대로 신채호가 발끈하여 자리를 털고 일어섰다.

"그만 앉으시오. 단재."

회영이 붙잡아 앉히자 차마 뿌리치지 못해 다시 자리에 앉았지만 신채호는 그 일을 생각만 해도 분통이 터진다는 얼굴이었다. 신채호는 중화보中華報와 북경일보에 논설을 게재하고 원고료를 받아 겨우 하숙비를 내고 있었다. 중화보가 북경일보보다 고료가 조금 더 나았다. 그런데 중화보에서 어조사 의矣를 빠뜨렸다는 이유로 글을 내지 않겠다고 딱 잘라버린 것이었다.

"그 뭉텅한 손가락도 보시오. 왼손이기에 망정이지 글을 쓰는 오른손이었더라면 어쩔 뻔 했소이까."

"그것도 심산 말씀이 맞소이다. 단재는 보필報筆을 휘두른 손이 목숨만큼이나 귀하다는 걸 아셔야지요."

"손가락 하나 병신된 것이 그리 대수랍니까. 오른쪽을 잘랐더라면 왼쪽으로 글을 쓰면 될 일이지요."

"이젠 마디가 잘린 손가락도 아물 대로 아물었으니 향란이와 풀고 사세요. 단재."

회영이 안타까운 생각이 들어 질녀 향란이와 절연한 것을 거론하고 나섰다.

"아물 대로 아물어버린 이 손가락처럼 내 속도 단단해졌습니다."

신채호는 붉어진 눈을 재빨리 수습해 버리고 말했다. 자식이나 마찬가지인 질녀 향란이는 형님부부가 남겨놓고 죽어버린 탓에 맡아 키운 가엾은 아이였고 상해로 망명할(1913) 때 가까운 동지에게 맡겼었다. 그리고 3년 뒤 향란이가 결혼하게 되었으므로 참석해 달라는 전보가 날아왔다. 신채호는 변복을 하고 일경을 피해 어렵사리 서울로 잠입하여 향란이를 만났다. 그런데 신랑이 신채호가 독립운동단체로 취급도 하지 않는 단체에 소속되었다는 것을 알고 노발대발 뛰면서 상해로 함께 갈 것을 종용했다.

며칠 동안 그 삼촌에 그 조카의 줄다리기가 시작되었다. 향란은 대쪽 같은 삼촌의 고집을 누구보다도 잘 알면서도 여자로서 한 번 정한 혼인을 그만둘 수 없다며 말을 듣지 않았다. 신채호는 단도를 준비하여 담판을 내기로 결심하고 단도를 탁자 위에 올려놓고 마지막으로 물었다.

"나를 따라 상해로 갈 테냐? 그자와 혼인을 할 테냐?"

"혼인을 하겠습니다."

단도를 보고도 향란이 자신의 소신을 분명하게 말했다.

"그렇다면 너와 나의 천륜을 끊어버려야겠구나."

신채호는 단도로 왼쪽 둘째손가락 중간매듭을 뚝 잘라버리고 말았다. 그리고 떨어져 나간 피투성이 손가락토막을 바라보며 "너와 나의 혈육지정도 이렇게 끊어지고 말았느니라. 이후로 너는 내 조카가 아니고 나는 너의 작은아버지가 아니다."라는 말을 남기고 자리를 뜨고 말았다.

김창숙도 대쪽 성미로 일본경찰을 힘들게 만든 인물이었다. 김창숙은 경북 성주 사람으로 청년시절 한주학파와 남명학파의 혼을 이어받은 전통유림이었다. 한주 이진상의 아들 이승희와 주리의 맹주 곽종석에게 직접 배우면서 그들의 예리한 비판정신과 학문과 사상을 그대로 흡수하여 뒤를 잇고 있었다. 한일병합이 되기 직전 일진회의 매국노 송병준과 이용구가 나라를 일본에 병합시켜야 한다고 주장하고 나선 것을 보고 감창숙은 매국노를 성토하는 성토문을 지어 선포하면서 일본에 대항하기 시작했다.

성토문은 황명을 거역함이고 그것은 역적이므로 취소하라고 일본이 달랬다. 김창숙은 "황명일 리가 없거니와 설사 황제께서 매국노들의 말에 응한다 하더라도 그것은 난명亂命이니 난명은 따를 생각이 없다. 사직社稷이 임금보다 더 중하기 때문이다."라고 하며 끝까지 취소하지 않았다. 일본은 그를 감옥에 가두고 8개월 동안 모진 옥살이를 시켰고 출감한 후에도 그의 뒤를 졸졸 따라다니며 일거수일투족을 감시하기에 바빴다.

"그런데 심산, 단재를 장가를 보내는 것이 어떻겠소?"

향란이 일로 인해 신채호의 심기가 무척 불편한 것을 눈치 챈 회영이 화제를 바꿨다.

"듣던 중 반가운 소립니다. 그런데 어디 마땅한 혼처라도 있는 지요?"

"있다마다요. 내 며느리가 훌륭한 규수를 알고 있소이다."

규수는 조계진이 궁중에 드나들 때 알고 지내던 궁녀 박자혜였다. 신채호는 40세였고 박자혜는 24세였다. 신채호는 재혼이었고 박자혜는 처녀였다. 신채호는 열여섯 살에 집안이 정해놓은 대로 혼인을 해 2년 반을 산 적이 있었다. 아내는 소통되지 않는 여인이었고 신채호는 평범한 남편이 아니었다. 신채호는 대화가 소통되지 않는 아내와 마주앉기조차 싫어했다. 아내는 먹성이 강해 신채호가 다려먹는 위장약까지 둘러 마시며 남편이 인정머리라곤 약에 쓸래도 없는 인간이라고 흉을 보고 다녔다. 그럼에도 도리 없이 가정이란 걸 지탱해가는데 한 살배기 어린아이마저 제대로 돌보지 못해 죽게 만들자 신채호는 도무지 어울리지 않는 가정을 작파해 버리고 홀가분하게 망명길에 오르고 말았다.

박자혜는 여장부였다. 간우회 사건 이후 북경으로 망명하여 북경대학에 다니고 있었다. 그녀는 과거 궁중사람답게 애국심이 강했다. 조선총독부 산하 병원의 간호원(간호사)으로 일하던 때 삼일운동을 맞았고 당시 일경의 무차별 진압으로 부상을 입고 병원으로 밀려드는 부상자들을 치료하면서 가슴에서 끓어오른 분노를 참을 수가 없었다. 그녀의 지휘 아래 간호원들이 대한독립만세를 외치자 수많은 환자들이 모두 합세해 병원은 졸지에 만세운동장으로 변해버리고 말았다. 그녀는 한 발 더 나가 서울시내 모든 병원 간호원들을 모아 운동을 확산하면서 일본인 병원에서는 일하지 말자는 간우회 태업사태까지 일으켰다가 붙잡혀 옥고를 치르고 북경으로 온 것이었다.

신채호는 박자혜와 결혼을 하고 아들을 낳았지만 가정을 가졌으므로 생활은 더욱 어려워지고 말았다. 북경일보에 논설을 써서 겨우 한입 생계를 연명해 오던 그에게 가족은 역시 짐이었다. 그런데 또다시 유일한 밥줄인 북경일보에 원고를 보내지 않겠다고 선언하고 나선 것이었다. 이번에는 원고 두 글자를 신문사에서 다른 말로 바꾸어 게 재한 것이 문제였다. 형편을 알아차린 박자혜는 남편의 짐을 덜어주기로 결심하고 첫돌을 지낸 아들을 업고 서울로 돌아가고 말았다. 박자혜가 국내로 떠난 뒤 신채호도 온다간다 말도 없이 어디론가 자취를 감춰버리고 말았다.

아무도 그가 간 곳을 모른 채 한 해가 지나간 어느 날 누군가 회영이 살고 있는 집 대문을 흔들었다. 규창이 나가 문을 열었다. 문을 연 규창이 대문 밖에 서있는 스님을 멀뚱하게 바라보다 깜짝 놀라 소리쳤다.

"단재 선생님이 아니십니까?"

규창의 말에 회영이 놀라 뛰어나왔다. 말갛게 밀어버린 머리에 거창한 승복을 차려 입고 목에 염주까지 걸고 있는 신채호가 우뚝 서있었다.

"선생님, 놀라셨지요?"

"놀라지 않구요. 소식이 뚝 끊겨 얼마나 걱정을 했는지 아시오. 그건 그렇고 스님이 되신 게요?"

"꿈도 꾼 적 없는 중이 되었으니 참으로 이 인생도 해괴하기 짝이 없지 뭡니까. 하, 하, 하, 그런데 가깝니다."

도무지 이해할 수 없다는 표정을 짓는 회영을 향해 신채호는 한바탕 웃고 나서 설명을 늘어놓았다. 중이 된 것이 아니라 생활이 극에 달하자 중국의 유명한 정치가이면서 아나키스트인 이석증이 북경성 내 관음사觀音寺 주지에게 부탁하여 관음사에서 기거하도록 해주었고 대사찰에서 일반인으로서는 법규상 기거할 수가 없어 머리를 깎고 48일간 단축 고행을 받은 다음 승복을 입은 것이었다. 관음사는 큰 사찰이고 중의 숫자가 4백 명에 육박했다. 이석증의 소개를 받은 관음사 주지는 조선의 대학자일 뿐만 아니라 독립지사로 항일운동을 하는 신채호를 존경한 탓에 특별대우를 해준 것이었다.

회영과 신채호가 오랜만에 만나 이야기를 나누는 동안 규창이 당장 다음날 학교에 입고 갈 옷이 없어 은숙이 고민에 싸여 있었다. 옷이 없을 때는 허다했고 그럴 때마다 옷은 전당포에 가 있거나 낡아서 입을 수 없을 지경이었다. 신채호가 낌새를 알아차리고 냉큼 승복을 벗어던졌다.

"이걸로 당장 아이 옷을 지어 입히세요."

"승복을 벗어주다니요.?"

회영이 깜짝 놀라며 말렸다.

"잃어버렸다고 하면 될 일이지요."

"강도당하지 않고서야 입고 있는 옷을 누가 벗겨간답니까. 더욱이 스님 옷을."

"지금 강도당하지 않았습니까. 하, 하,"

회영은 민망해하고 신채호가 또 한바탕 웃었다. 은숙은 신채호가 벗어준 승복으로 밤샘하여 옷을 짓고 규창은 다음날 아침 검정색 승복으로 지은 옷을 입고 의기양양하게 학교로 향했다.

아나키스트, 거기에 길이 있었다

공산주의 민족주의 민주주의……. 사상이 난무하기 시작했다. 미국이 일본에게 조선 강탈을 인정하면서 필리핀을 점거해버리자 한인들은 말뿐인 미국의 민족자결주의를 뿌리치고 러시아 공산주의에 희망을 걸고 나섰다. 공산주의는 삼일운동과 해방의 촉매역할을 했던 민족자결주의보다 백 배나 큰 물결이었다. 꿀보다 달콤했다. 마력이었다. 러시아 공산주의혁명이야말로 세계 약소민족과 압박받는 민족에게 해방을 가져다 줄 것이며 무산계급자들을 해방시켜 줄 것이라는 구세주로 떠올랐다. 한인들은 오직 공산주의로 일제를 무너뜨릴 수 있다는 희망에 불타올라 삼일운동 때처럼 이번에도 무엇이 다 된 듯한 분위기가 휘몰아쳤다.

국제정보와 그 영향이 빠른 상해에 공산주의가 만연하면서 독립운동가들과 한인들이 러시아에서 극동노동자대회가 열리자 다투어 공산당에 입당하겠다고 아우성을 쳤다. 상해임시정부도 세 개의 사상으로 몸살을 앓았다. 국무총리 이동휘가 공산주의에 매몰됐고 이승만은 민주주의를 신봉하면서 국무회의 중에도 두 사상이 심하게 충돌했다.

이동휘가 돌이킬 수 없는 사건을 저지르고 말았다. 임정에서 러시아로 임시정부 대표를 보내기로 하고 파견할 인물을 선정했다. 그런데 이동휘가 몰래 자기 심복 한형권으로 파견인물을 교체하여 레닌에게 보냈다. 한형권은 임정을 대표해 레닌으로부터 2백만 루블을 지원받기로 약속받고 일 차로 40만 루블을 받아 쥐고 모스크바를 떠났다. 이동휘는 한형권이 모스크바를 떠났다는 소식을 듣고 또 하나의 심복인 비서 김입을 은밀히 시베리아로 보내 한형권에게 돈을 받아오라는 지시를 내렸다.

시베리아로 가면서 김입은 속셈을 했다. 돈을 가로챈다 하더라도 이동휘가 따질 형편이 못 된다는 것을 생각하면서 회심의 미소를 지었다. 김입은 한형권으로부터 돈을 건네받은 다음 곧바로 북간도로 가 토지를 사서 소작을 맡기고 다시 상해로 들어와 몰래 숨어 첩을 품어가며 호화로운 생활을 하기 시작했다.

이동휘는 이러지도 저러지도 못한 채 벙어리 냉가슴을 앓고 있는데 백일하에 모든 것이 드러나고 말았다. 임정에서 이동휘에게 문책이 가해지자 국무총리 이동휘는 모든 것을 버리고 러시아로 떠나버리고 말았다.

돈을 김입에게 내줘버린 한형권도 어이없기는 마찬가지였다. 한형권은 다시 모스크바로 가 아직 남은 160만 루블 중 20만 루블을 받아와 공산당을 조직하고 이름을 '국민대표회'라고 지었다. 그런데 국민대표회도 서로 기선을 잡으려고 싸움이 벌어졌다. 싸움 끝에 세 갈래로 갈라지고 말았다. 하나는 러시아로 가버린 이동휘를 중심으로 한 상해파로 하나는 여운형 안병찬을 중심으로 한 일쿠츠파로 하나는 일본 유학생으로 조직된 김준연이 중심인 ML파였다. 이동휘는 상해에 나타날 입장이 못 되었으므로 일쿠츠파와 엠엘파가 앞다투어 독립운동가들을 쫓아다니며 서로 자기편으로 끌어들이기에 혈안이 되었다.

그들이 원로 이회영을 가만히 둘 리가 없었다. 대어를 낚기 위해 서로 앞다투어 찾아다니며 설득 작전을 펼쳤다. 러시아는 무산자를 위한 혁명 강국이라고 찬양하면서 시민의 자유와 평등의 이상사회가 거기에 있다고 선전했다. 회영은 사상적 이론 따위에 대해 알 수 없거니와 일쿠츠파니 엠엘파니 하며 저마다 영웅이 되려는 태도가 불쾌하기 짝이 없었다. 타락한 인간군상의 밑바닥을 더 이상 보기 싫어 가차 없이 내쳐버리고 말았다.

"사상이든 뭐든 나는 편 가름 따위는 용납할 수 없어요."

"선생님께서도 종국에는 어떤 쪽을 선택하지 않으면 안 될 것입니다. 세상이 바뀌고 있습니다."

그들이 마지막으로 남기고 간 말이었다. 그들 말대로 앞으로 독립운동 방향에 대해 새로운 길을 모색하지 않으면 안 되는 기로에 서 있음을 인식했다. 머리를 싸매고 고심하기 시작했다. 문제는 국내외적으로 이미 독립운동의 초점이 흐트러지고 말았다는 데 있었다.

공산주의가 평등한 세상과 인민의 낙원이라는 선전이 갈수록 더거세게 세상을 흔들어대고 있었다. 회영은 단지 러시아가 내세운 무산자혁명주의란 어떤 실체인지는 궁금했다. 때마침 상해임정 임정원인 조소앙이 공산주의에 대한 궁금증을 안고 러시아혁명기념대회에참석한 후 러시아 여러 지역을 시찰하고 북경에 도착했으며 곧 인사차 들리겠다는 소식을 전해왔다. 조소앙은 생육신 조려趙旅의 후손으로 성균관에서 공부한 이상설의 제자였다. 또 조선 황실 유학생으로일본으로 건너가 공부한 유학파이기도 했다. 회영은 조소앙을 이상설에 비견할 정도로 국제적 안목을 겸비한 지식인으로 신뢰하고 있었다. 그가 찾아올 때까지 기다릴 수 없었다. 조소앙을 찾아 당장 자리를 박차고 일어났다.

　"뵈러 가려던 참인데 직접 오시다니요."

　"아무려면 어떤가. 어서 본대로 말을 해보시게."

　회영이 독촉하고 조소앙은 러시아혁명과 사회변화에 대해 전혀 앞뒤가 맞지 않다고 고개를 가로저었다.

　"무산자계급의 세상이라는 그들의 말은 거짓이라고 저는 확신합니다. 노동자들의 생활은 극에 달하고 있었습니다. 지배자들 자기네들은 말랑한 빵과 고기를 먹고 난방이 잘 된 방에서 잠을 자지만 노동자들이 먹는 빵은 지푸라기와 흙이 섞여 있는 것인데 시커먼 벽돌이나 마찬가지였습니다. 도끼로 장작을 패듯 내리쳐서 부셔진 빵조각을 입에 넣고 한참을 불려야 겨우 씹을 수 있었습니다. 방은 얼음 창고였습니다."

"그럼, 자유는 있던가?"

"빵도 문제지만 가장 중요한 문제는 바로 그것이었습니다. 민중들이 강한 억압에 눌려 있습니다."

"그걸 인민의 낙원이라고 나를 찾아와 침이 마르게 선전한 사람들이 있었네."

"러시아는 지금 세상을 속이고 있습니다. 무자비한 독재체제가 틀림없습니다. 절대왕정보다 더 심한 폭력정치입니다."

"설사 그 냉혹한 독재정치가 만인에게 빈부의 차이가 없는 평등생활을 보장해준다 하더라도 인간에게 자유가 없다면 무슨 소용 인가."

"그들 말로는 혁명이 제자리를 잡고나면 해소될 문제라고 하더군요."

"처음부터 자유가 보장되지 않는 정치는 믿어서는 안 되네. 지배자들을 위한 천국을 만들자는 것이 아니고 무엇이겠나."

회영은 공산주의에 대한 궁금증을 깨끗이 털어버렸다. 임정이 걱정이었다. 사상의 소용돌이에서 어지럼증에 시달리고 있는 임정원들을 공산주의가 계속 흔들고 있었다.

"자네가 이승만 김구 동지를 도와 지금의 위기를 잘 넘겨야 할 것이네. 지금 이 어지러운 상황에서 여러 선진국의 정치제도를 그대로 모방하여서는 진정한 독립을 쟁취할 수 없다고 보네. 우리 힘으로 진정한 자유를 이룰 수가 없질 않는가."

"저도 선생님과 똑같은 생각입니다. 그들의 정치 방법을 무조건 모방한다면 앞으로 나라를 찾아 새롭게 세운다 하더라도 그쪽에 구속되는 문제가 발생하고 말테니까요."

사상이라면 공산주의 민족주의 민주주의 외에 또 하나 아나키즘이 있었다. 무정부주의라고 불렀다. 그 무렵 유자명과 이을규 이정규라는 세 인물이 한인으로서는 선두주자 아나키스트가 되어 활발하게 움직이고 있었다. 그들은 북경의 아나키스트들과 깊이 교제하면서 항일투쟁을 아나키즘에 맞추고 있었다. 머리가 하얗게 샌 백발의 청년 유자명은 밀정이나 일본 중요 기관이나 일본 고위층 인사를 암살하는 의열단 총 참모로서 제1선에서 항일운동을 하고 있었다.

　세 사람 중 유자명이 가장 먼저 아나키스트가 되어 중국의 아나키스트계의 정치가 사상가 문학가들과 널리 교유하면서 신채호에게 여러 가지로 도움을 주고 있었다. 신채호가 이석증을 알게 된 것도 유자명의 주선이었다. 신채호가 북경대학 사고전서四庫全書의 원고청탁을 받은 것이나 관음사에 들어가게 된 것도 유자명의 알선이었고 신채호가 의열단의 조선혁명선언서를 쓰게 된 것도 유자명의 청탁이었다.

　유자명이 중국 거물급 아나키스트들과 만나게 된 것은 상해 프랑스조계지에 있는 화광병원에서였다. 화광병원은 중국 무정부주의자들의 연락거점으로 일본 등 각국 무정부주의자들과 통신연락을 주고받는 곳이었다. 그곳에서 아나키스트 파금巴金을 만났다. 파금은 중국이 떠받드는 유명한 소설가로 어렸을 때 이토를 사살한 안중근에게 깊이 감명을 받고 안중근을 영웅으로 숭배하고 있던 터에 유자명을 만나 사상적 동지가 된 것이었다.

　파금은 머리가 백발인 유자명에게 강한 인상을 받고 그를 모델로 소설을 쓰기까지 하면서 중국 유명한 석학들 속으로 깊숙이 끌어들인

인물이었다. 그러므로 신채호가 아나키스트가 된 것은 자연스러운 일이었고 유자명이 신채호와 가까운 우당 이회영을 알게 된 것도 자연스러운 일이었다. 그러나 유자명은 머리끝부터 발끝까지 성리학으로 점철된 조선의 명문거족 이회영 앞에서 아나키즘이란 말을 입 밖에 내지 못했다.

회영은 무언가를 찾는데 계속 골몰했다. 무언가가 보인 듯도 하고 잡힐 듯도 한데 정확하게 그것이 무엇인지 알 수는 없었다. 사실 모든 것은 그의 내부에 있었다. 내부에 묻혀있는 씨앗이 싹을 틔우기 위해서는 햇빛과 공기가 필요할 뿐이었다. 아나키스트 유자명 이을규 이정규 백정기 그들이 바로 햇빛과 공기였다.

때를 맞춰 아나키스트 이정규(후일 성균관대 2대 총장)가 회영 앞에 나타났다. 북경대학에 편입하여 경제학을 공부하고 있는 이정규는 아나키스트 지도자인 노신 교수를 중심으로 활동하면서 크로포트킨의 이상을 실현하겠다는 꿈을 꾸고 있는 중국인 아나키스트 천웨이치와 각별한 사이였다. 천웨이치는 또 후난성 동정호 주변에 있는 양타오촌을 포함하여 광대한 토지를 가진 중국인 청년 주종운이라는 아나키스트와 가까웠다. 그들은 모두 같은 북경대 출신이었고 천웨이치와 주종운은 양타오촌을 이상촌으로 만들겠다는 거대한 계획을 세우고 있었다. 그들의 청사진은 미래지향적이고 화려했다. 농지를 경작능력에 따라 분배하고 소작인들을 조합원으로 하여 하나의 자유합작기구인 이상농촌건설조합을 만들어 교육과 문화시설과 농지개량 등의 비용을 공동부담하고 농지는 조합의 공동소유로 하겠다는 계획이었다.

　궁극적 목적은 항일운동자금을 걱정 없이 충당하자는 데 있었다. 그러자면 농작물은 최대 효과를 낼 수 있는 값비싼 인삼재배가 좋을 듯 했다. 천웨이치는 서둘러 이정규를 찾아와 한국과 중국이 함께 합작하는 데 의미가 있으니 인삼재배 전문가인 한인들을 이주시켜 이상촌을 건설하자고 제안했다. 이정규는 뛸 듯이 기뻤다. 그러나 인삼을 재배하는 문제나 한인들을 이주시킨다는 것은 간단한 문제가 아니었다. 농지를 개척한다는 것도 머릿속으로 되는 일이 아니었다. 고민 중에 어느 날 무릎을 쳤다.

　"천웨이치, 방법이 있어요."

　"그래요?"

　"우당 이회영 선생을 찾아가면 분명 무슨 길을 찾을 수 있을 것이오."

　"어떤 인물인지 자세히 말해보시오."

　"서간도 합니하에 광복군을 기르는 신흥무관학교를 설립했고 추가마을에 한인촌을 건설한 인물이오. 그분이라면 양타오에 이상촌을 건설하는 것쯤은 일도 아닐 것이오."

　이정규는 몇 번 면식은 있었으나 개인적으로는 한 번도 만난 적이 없는 회영을 찾았다.

　"이상촌 건설과 궁극적 목적은 항일운동자금이라!"

　회영은 이정규의 설명을 들으며 반가움을 주체할 수 없었다. 이상농촌건설을 한다는 것도 놀랍지만 항일운동자금을 충당하는 데 목적이 있다는 것은 꿈같은 이야기였다. 실패했지만 옛날 젊은 시절 인삼재배를 했던 경험을 생각하며 개성에서 인삼을 재배해 본 경험이 있는 한인 50가구 정도를 이주시키기로 하고 개성 쪽으로 사람을 파견했다.

회영과 아나키스트 이정규의 첫 대면은 그렇게 시작되었고 이상농촌건설을 계기로 두 사람의 대화는 누가 원하고 바랄 것도 없이 어디선가 흘러든 물이 서로 만나 궁극의 바다로 가듯이 하나의 목적지를 향해 나란히 흘러가기 시작했다. 이정규는 아나키스트 바쿠닌과 바쿠닌에게 영향 받은 크로포트킨의 상호부조론에 감명 받은 이야기를 들려주기 시작하고 그것은 회영에게 찬란한 서광曙光이었다.

"크로포트킨이 다윈의 진화론 자체를 부정한 것은 아니지만 상호부조론에서 말한 것은 우성이 열성을 지배한다는 것을 부정합니다. 말하자면 생물이든 국가든 경쟁이 아니라 상호협동이며 역사적으로 볼 때 가장 협동적인 동물이 가장 성공적인 동물이었고, 개체와 개체 간의 투쟁이 반드시 진화의 유일한 동인은 아니며 오히려 개체 사이의 상호부조 또한 진화의 동인이라는 것이지요. 그러므로 사람들은 지배자의 간섭을 받지 않고 창조적인 기능을 개발할 수 있는 지방분권적이고 비정치적이고 협동적인 사회로의 복귀를 지향한다는 것입니다."

"가장 협동적인 동물이 가장 성공적인 동물이라!"

"앞서간 일본이 뒤떨어진 조선을 지배한 것은 당연한 진화의 법칙이라고 한 일본에게 상호부조론이야말로 극약이 아니고 무엇이겠습니까."

"맞는 말이네. 그런데 더러는 무정부주의와 공산주의가 거기서 거기라고도 하는데 어떻게 생각하는가? 공산주의와 아나키즘의 변별성 말이네."

"한 마디로 지배와 자유라는 아주 극단적인 양극의 차이입니다. 공산주의는 지배가 목적이고 아나키즘은 자유가 목적이지요. 아나키즘은 모든 정치적 조직이나 권위를 거부하고 국가권력이 갖는 강제성이 배제되므로 자유와 평등과 정의가 살아있습니다. 그러므로 자연히 형제애가 생성되는 것이니 나라를 잃고 떠도는 우리 민족에게 꼭 필요한 사상이라고 생각합니다."

이정규는 또 러시아혁명에 참여했던 볼린의 이론을 덧붙였다.

"볼린이란 사상가도 어떠한 정치적 집단도 근로 대중을 그들의 위에서 군림하거나 밖으로부터 지배하거나 지도함으로써 그들을 해방시키려고 하는 것은 결코 성공할 수 없다고 말했습니다. 참된 해방은 정치적 당파나 조직의 깃발 아래 이뤄지는 것이 아니라 노동자들 자신의 직접적인 행동에 의해 성취되는 것으로 확신했기 때문이지요. 그래서 아나키스트를 사회주의자라고는 할 수 있으나 사회주의자라고 해서 아나키스트라고 말할 수는 없습니다."

그 외에도 이정규는 여러 가지를 이야기해 주었고 회영이 이해한 공산주의와 아나키즘은 추구하는 목표와 방법이 전혀 달랐다. 같다면 오직 자본주의의 모순을 지적하는 것이 같을 뿐이었는데 자본주의의 모순을 지적한 것도 공산주의는 민중을 위해서가 아니라 공산주의 실행을 위한 수단에 불과한 것이었다.

"공산주의는 민중을 지배하지만 아나키즘은 민중을 지배하지 않습니다. 공산주의는 무산계급과 그 실현자라고 주장하는 당에 전무후무한 권위를 부여하고 있지만 아나키즘은 권위 자체를 철저히 배격합니다. 그리고 모든 사유재산을 폐지하는 공산주의 제도는 오히려 민중 개개인을 사회라는 이름 아래 종속시켜버리지요. 그러므로 공산주의는 군주국가와 전혀 다를 것이 없습니다. 왕의 자리에 공산당 당수가 앉아 그 아래를 지배하고 당수 아래는 공산당 간부들이 앉아 민중을 지배하고 착취하는 것입니다."

안타깝게도 이상농촌건설은 주종운이 갑자기 죽어버린 바람에 실행되지 못했지만 회영은 이상농촌 수십 수백 개를 건설한 것보다 더 큰 것을 얻었다는 기쁨에 충만했다. 이제야말로 평생 함께 할만한 동지를 얻었다는 확신이 선 것이었다. 그런데 비록 나라를 잃은 망명자 처지라 할지라도 조선의 귀족출신 이회영이 나이 56세에 시대의 첨단을 달리는 아나키즘에 매료되었다는 소문은 애국지사들 사이에 커다란 화제가 되었다. 어떤 이는 소현세자가 천주실의를 품고 온 것과 같은 충격이라 하고, 어떤 이는 회영의 개혁적인 기질로 봐 충분히 그럴 수 있다고 수긍하기도 했다.

가장 놀라고 반기는 사람은 신채호였다. 회영이 이제 막 아나키즘이란 어린 묘목을 파종했다면 신채호는 꽃을 피우고 있는 셈이었다.

"단재, 궁금한 게 있소이다. 단재는 이미 그런 사상을 접했으면서도 어찌하여 나에게 일체 내색을 하지 않았던 게요?"

"사상이란 게 얼마나 예민하고 어려운 문제인지 선생님께서도 이제 아실 줄 압니다. 그런데 괜히 말을 꺼냈다가 애꿎게 좋은 관계만 멀어질까 두려웠던 게지요. 우당 선생님께서 아무리 개혁성이 강하고 인본주의적 인품의 소유자라 하더라도 아나키즘이라는 특별한 사상에 대해서만은 어림없을 것이라고 생각했습니다."

"그랬겠지요. 그런데 단재의 크로포트킨에 대한 각별한 이해는 참으로 놀라운 것이 아닐 수 없어요. 크로포트킨을 석가 예수 공자 마르크스에 이어 5대 사상가로 내세웠으니 말이오."

"그의 논문 '청년에게 고하노라'를 읽고 가슴이 뛰어서 그날 밤을 꼬박 뜬눈으로 새웠으니까요."

"청년에게 고하노라의 세례를 받자고 외쳤으니 말해서 무엇 하겠소."

"우당 선생님께서는 저보다 더 큰 감화를 받지 않았습니까. 이제야 참다운 동지들을 만났다고 하셨으니 말입니다. 그런데 실은 무척 놀랐습니다."

"무얼 말이오?"

"그 연세에 새로운 노정을 선택한다는 것은 아무도 상상조차 하지 못할 일이 아니겠습니까."

"공자께서 인생 오십 줄을 넘고서야 겨우 저를 알 수 있다고 하질 않았소이까."

"하긴 그렇습니다. 아무튼 선생님께서 저와 같은 노선을 택하셨으니 예전보다 더욱 가깝고 의지가 되어 든든합니다."

"그건 나도 마찬가지요. 단재도 이전의 단재가 아니라 새롭게 느껴지니 말이오. 그건 그렇고 크로포트킨의 민중혁명론이야말로 우리가 나아갈 방도를 가르쳐주고 있다고 생각하는데 단재는 어찌 생각하시오?"

"정확하게 보셨습니다. 크로포트킨은 모든 혁명은 민중 속에서 시작되는 것이라고 했는데 우리가 삼일운동에서 보여준 바로 그것입니다. 다름 아닌 강권주의는 과감하게 무력적인 혁명으로 타도해야 한다는 것이지요."

"이 사람도 공감하는 바요. 강권에는 역시 과감한 무력적 혁명을 시도해야 한다는 것 말이오."

회영과 신채호는 크로포트킨의 민중혁명론에 심취하여 유자명 이정규 이을규 백정기 등 많은 젊은 아나키스트들과 함께 재중국조선무정부주의자 연맹을 발족하고 크로포트킨의 혁명론을 기반으로 항일투쟁 방향을 무력투쟁 노선으로 나아가야 한다는 것을 천명했다.

어린 혁명가 규숙이

신채호는 관음사에서 나와 호영의 집에서 하숙생활을 하면서 조선 상고사를 집필하기 시작하고 김창숙은 그 옆집에서 하숙을 하고 있었다. 회영 신채호 김창숙이 젊은 아나키스트 동지들과 자주 모여 앉았다. 새로운 사상으로 뭉친 원로와 젊은 동지들이 모여 일본의 중요 기관을 파괴하거나 밀정을 처단하면서 항일운동을 활성화시켜 나갔다. 운동을 하자면 자금이 절대적이고 언제나 자금압박에서 벗어나지 못했다. 젊은 동지들이 자금을 구하기 위해 상해 복건 국내를 동분서주했다. 중국 땅에서 발이 넓은 유자명이 자금을 구하기 위해 상해를 오가고, 이을규 이정규 형제는 회영의 집에 머무르며 밀정 암살이나 일본 기관을 폭파하는 활동처를 찾아다녔다.

회영은 결국 집세까지 압박받기 시작했다. 상해에서 유자명이 보내준 자금으로 밀린 집세를 갚고 집세가 싼 북신교 영정문 내 관음사 호동으로 이사를 했다. 집주인이 관을 짜는 집이라 집세가 턱없이 쌌다. 방이 세 칸이었으므로 한 칸은 회영과 장남 규학과 둘째 아들 규창과 동지들이 오가며 사용하기로 하고 한 칸은 은숙과 딸 규숙 현숙이, 나머지 한 칸은 며느리 조계진과 두 손녀딸과 송동집이 사용하기로 했다.

규숙과 규창은 부잣집 아이들이 다니는 경사제일소학교에 다녔다. 규숙은 5학년이고 규창은 3학년이었다. 경사제일소학교 교장이 같은 이씨라는 것과 항일운동을 하는 것에 감동을 받아 학비를 면제해 준 덕이었다. 그리고 북경에는 조선인 부자도 더러 있었다. 김달하라는 인물이 조선인으로서는 보기 드문 부자였다. 그는 다른 애국지사들과 달리 노야니 대야니 하는 대접을 받으면서 중국 부자들이 사는 안정문 내 차련호동 서구내로 북 23호라는 고급 저택에서 살고 있었다. 노야니 대야니 하는 건 중국에서 고위직에 있거나 고위직을 지낸 인물에게 붙이는 존칭이었다. 김달하가 일찍이 중국 고관 밑에서 비서를 지냈던 경력 때문이었다.

김달하의 두 딸도 경사소학교에 다녔다. 큰딸 유옥은 규숙과 동갑이었고 작은딸 정옥은 규창과 같은 나이였다. 유옥과 정옥은 규숙과 규창을 하굣길에 자기네 집으로 데리고 가 함께 놀기를 좋아했다. 고급 저택에서 노상 하얀 쌀밥과 고급 과자를 먹고 좋은 옷을 입고 사는 김달하의 집은 규숙과 규창에게 천국 같은 곳이었다.

신채호 김창숙이 김달하를 잘 알고 있었다. 김창숙이 가장 먼저 그와 교유했고 그 다음이 신채호였다. 그리고 두 사람이 김달하를 회영에게 소개 했으므로 회영이 가장 늦게 그를 알게 되었고 단지 인사만

나눈 정도에 지나지 않았다. 김달하는 한때 조선에서 애국계몽단체인 서북학회에 참여한 일도 있어 몇몇 지도급 지사들로부터 상당한 신임을 받고 있었다. 더욱이 이승훈 안창호 등과 친밀한 관계를 유지했던 탓에 지도급이 몰려있는 관서파 인물로 인식되기도 했다.

그러므로 김창숙이 그를 충분히 신뢰하고 있던 터에 김달하가 김창숙에게 만나기를 청했다. 두 사람은 밤이 깊도록 대세를 논하다가 문득 김달하가 조선의 독립지사들이 파당을 지어 서로 싸우므로 독립을 성취할 희망이 없다고 한탄하기 시작했다. 그리고 김창숙의 손을 꼭 붙잡으며 은근히 물었다.

"선생께서 생계가 어려운 것을 알고 있으니 숨기지 말고 말씀해 주십시오."

"혁명가의 본색이 어렵지 않은 이가 어디 있단 말이오."

"끝내 성공하지도 못할 독립운동입니다. 무엇 때문에 이같이 고생을 사서 하신단 말입니까. 내가 이미 선생의 귀국 후 처우를 조선총독부에 보고하여 승낙을 얻어 놓았습니다. 경학원 부재학 자리를 비워놓고 기다리고 있으니 선생께서는 어서 마음을 돌리시기 바랍니다."

"무엇이라, 네가 감히 나를 매수하려 드는 게냐!"

김창숙이 불꽃같이 분노하며 김달하의 손을 뿌리치고 자리를 박차고 나와 숨을 헉헉거리며 회영의 집을 향해 걸음을 재촉했다. 걸어가는 도중 문득 언젠가 상해에서 안창호로부터 들은 말이 떠올랐다.

"심산, 김달하가 밀정이라는 말이 있는데 그걸 믿으시오?"

"금시초문이오. 그런데 도산은 그런 말을 듣고도 그와 상종한단 말이오?"

"돌아다니는 말이 있어 그냥 해본 소립니다."

안창호가 김창숙에게 물으며 어이없다는 듯이 웃었고 김창숙은 그때도 어리둥절해 잠시 주춤했었다. 돌아다니는 말이 정녕 헛소문이 아니라는 것에 몸서리를 치며 회영의 집 방문 앞에서 인기척을 채 마치기도 전에 급히 방문을 열었다.

"아니, 심산 무슨 일이 있소이까? 숨결이 턱에 닿지 않았소."

"우당 선생님, 김달하 그자가 밀정의 거두입니다. 나를 매수하려 들지 않겠습니까. 이자를 당장 없애야 합니다."

"감히 심산을 포섭하려 들다니요!"

회영이 눈을 부릅떴다. 당장 신채호와 함께 다물단 핵심참모 유자명을 불렀다. 밀정이나 일본의 인사와 중요기관을 폭파하는 것을 목적으로 하는 비밀단체로 의열단과 다물단이 있었다. 다물이란 말은 고구려 때 옛 고조선 땅을 찾자는 것과 모든 일을 비밀리에 행한다는 의미를 담고 있었다. 의열단이 먼저였고 다물단은 의열단의 정신을 이어받아 만든 더 강한 단체였다. 의열단은 주로 국내에서 활동하고 다물단은 해외에서 활동을 하고 있었다. 의열단 선언문은 유자명의 청탁으로 신채호가 쓴 것이었고 다물단 선언문은 의열단 선언문보다 더 엄중하게 역시 신채호가 쓴 것이었다.

회영의 장남 이규학과 석영의 장남 이규준이 다물단 단원으로 활약하고 있었다. 다물단은 의열단보다 더 의열적이고 과격하고 가차없이 임무를 수행한 것으로 애국지사들 세계에서 이름을 떨쳤다. 조국을 배신하거나 동지를 배신한 자는 지옥이라도 따라가 암살하는 철칙이 있었다.

회영과 김창숙이 유자명을 만나 김달하 문제를 장차 어떻게 할 것인지를 의논 중인데 때마침 김달하가 독립운동가 박용만을 귀화시켜 조선 총독으로부터 큰돈을 받았다는 소문이 파다하게 떠돌았다. 소문을 접한 유자명은 지체 없이 다물단을 소집하여 암살 작전을 세웠다. 김달하의 집은 북경 귀족들이 사는 고급 저택이었으므로 침입하기도 어렵거니와 집 구조도 밖에서 짐작할 수가 없었다.

"규숙이 네가 그 집을 탐문해 올 수 있겠느냐?"

생각 끝에 규학과 규준이 소학교 5학년인 규숙에게 김달하가 어느 방을 사용하는지와 다른 가족들이 사용하는 방을 잘 탐문해 오도록 일렀다. 규숙은 김달하의 집 구조를 환히 알고 있었으므로 오빠들에게 자연스럽게 김달하의 집 구조를 설명해 주었다. 김달하는 이 층에서 거처하고 방문 앞에는 커다란 중국 민화가 걸려있으며 김달하 부인은 이 층과 아래층을 오르락내리락 하지만 아래층에 있는 안방에서 주로 머물고 여자 하인은 아래층 부엌방을 사용한다고 일러주었다.

그날도 규숙이 학교에서 유옥을 따라 김달하의 집에서 평소처럼 놀며 살피고는 해가 질 무렵 김달하의 집을 나와 인근 빵가게에서 기다리고 있는 규학과 규준에게 김달하가 중국 민화가 걸려있는 방에서 쉬고 있다고 알려주었다. 불을 켜야 할 정도로 어두워지자 규학과 규준 그리고 두 명의 단원들이 김달하의 저택 앞에서 대문을 두드렸다. 하인이 나와 방문자를 확인하려고 몸을 내밀었다. 단원들이 하인을 단단히 결박 짓고 입에 재갈을 물려 하인방에 가둔 다음 규숙이가 일러준 대로 이층으로 올라가 커다란 중국 민화가 걸려있는 방문을 벌컥 열어젖혔다.

마침 가족과 함께 있던 김달하가 반사적으로 몸을 일으키며 재빠르게 바지주머니로 손을 가져갔다. 그러나 이미 권총을 손에 들고 있는 단원들보다 빠를 수는 없었다. 김달하는 곧 단원들에게 제압당하고 주머니 속에 든 권총도 압수당하고 말았다. 단원들은 김달하를 포박하여 뒤뜰로 끌어내고 다물단에서 내린 사형선고장을 읽어주면서 처단해야 하는 이유를 설명했다. 김달하의 목에 올가미를 걸어 사형을 집행했다.

조국을 팔아먹는 친일자의 처단은 그렇게 해결되었고 다음날 신문에 김달하가 암살됐다는 기사가 대서특필되었다. 일본은 중국 당국에 반드시 범인을 잡아 엄중 처벌할 것을 요구하고 나섰다. 그러나 중국 공안국은 사건을 종잡지 못한 채 헤매고 김달하 유족들은 장례를 진행했다. 회영은 은숙에게 거사에 대해 말하지 않았으므로 영문을 모른 은숙이 딸 규숙을 나무랐다.

"넌 친구 아버지가 돌아가셨는데 왜 가만히 있는 거냐? 어서 가서 친구를 위로해 주어야지."

그러나 규숙은 입을 꼭 다문 채 책만 읽고 있었다. 회영은 조만간 사건 윤곽이 드러날 것을 예측하며 아들 규학과 조카 규준과 유자명 등 단원들에게 서둘러 상해로 피신할 것을 지시했다. 다물단원들이 서둘러 상해로 피신하고 난 다음날 예상대로 중국 경찰이 나와 규숙을 공안국으로 데려갔다. 사건이 나고 8일 만이었고 김달하 집안을 드나든 사람들을 상대로 탐문수사를 벌인 끝에 규숙이 포착된 것이었다. 소학교 5학년인 규숙이 중국 공안국에 유치되자 일본은 규숙을 넘겨줄 것을 끈질기게 요구하고 나섰다. 다행히 중국 공안국은 미성년자라는 이유로 일본의 요구를 거부해버리고 말았지만 공안국에서 어린 규숙이 또박또박 사실대로 말했으므로 규숙은 졸지에 부모와 떨어져 감옥살이가 시작되었다.

"얘야, 여기가 겁나지 않느냐?"

"겁나지 않습니다."

"어린아이가 이런 곳이 겁이 나지 않다니. 신기한 일이구나."

"저는 조선 사람이니까요."

규숙이 눈썹 하나 까딱하지 않고 태연하게 대답하자 공안국 요원들이 혀를 내둘렀다.

"우당 선생님, 과연 거물 혁명가의 여식입니다."

신채호와 김창숙이 소문을 듣고 역시 혀를 내둘렀다.

"망국의 어린 백성도 제 사명 정도는 알아야지요."

말은 그렇게 했지만 회영은 아픈 속을 견디느라 눈을 감고 있었다.

유곽 정화원

　규숙이 공안에 갇힌 채 언제 나올지 모른 지경에 가슴이 아픈데 홍역이 북경을 휩쓸기 시작하면서 장남 규학과 조계진의 어린 두 딸과 회영의 어린 아들이 홍역에 걸렸다. 만주에서 겪은 악몽을 떠올리며 은숙이 공포에 떨었다. 5일 만에 다섯 살 먹은 큰손녀가 죽고 말았다. 다음날 네 살 먹은 작은손녀가 죽었다. 그 다음날엔 회영의 두 살 배기 아들이 죽었다. 3일 사이에 한 집에서 세 아이가 죽은 것이었다. 조계진과 은숙이 넋을 잃고 회영은 통곡했다. 죽은 아이들을 수습할 여력조차 없는데 일곱 살 현숙이 뇌막염으로 사경을 헤매기 시작했다.

　한기악(해방 이후 조선일보 편집국장) 청년이 나섰다. 한기악이 송동집과 함께 죽은 아이들을 공동묘지에 장사를 지낸 다음 사경을 헤맨 현숙을 업고 병원을 찾아 다녔다. 치료비가 없으므로 수십 리 밖에 있는 빈민자들을 구제하는 기독교재단 자선병원을 찾아가 통사정하여 아이를 입원시켰다. 다행히 현숙은 목숨을 잃지 않았고 2개월 만에 집으로 돌아올 수 있었다.

궁핍은 더욱 심해지고 북경에서 활동하는 운동가들이 상해로 떠나기 시작했다. 상해는 쌀이 흔하고 한인들이 많이 살고 있어 북경보다 생계문제를 해결하기가 용이한 탓이었다. 두 딸을 잃어버린 며느리 조계진도 상해로 남편 규학을 찾아 떠났다.

은숙은 생각다 못해 국내로 가기로 결심했다. 동지들과 밀통하여 자금을 구해볼 작정이었다. 떠나는 날 가족들이 모두 마당에 나와 섰다. 일곱 살 현숙이 엄마를 떨어지지 않으려고 울부짖으며 치맛자락을 틀어쥐고 늘어졌다. 뇌막염으로 사경을 헤매다 겨우 살아난 아이였다. 퀭한 눈에서 홍수 같은 눈물이 쏟아져 내렸다. 치맛자락을 틀어쥔 야윈 손은 장사의 힘이었다. 온 가족이 합세하여 아이의 손을 떼어 내고서야 은숙이 차에 올랐다.

"어머니가 현숙이 비단 옷 사고 과자 사서 속히 돌아오실 거야!"

회영은 몸이 부실한 아이를 애타게 달래며 엄마를 보이지 않으려고 아이를 데리고 대문 안으로 몸을 감추었다. 어린 현숙이 대문을 흔들고 아이를 막는 회영의 옷자락이 문틈으로 어른거렸다. 차가 슬슬 움직이기 시작하자 은숙은 문득 돌아오지 못할 수도 있다는 예감이 스쳤다. 혁명가 가족은 헤어질 때 다시 만날 날을 기약하는 법이 아니라는 말 때문이었다. 남편과 현숙을 한 번만 더 보고가야겠다는 생각으로 황급히 차창 밖으로 고개를 내밀었지만 집과 멀어진 뒤였다.

아내가 떠난 후 소식은 좀처럼 오지 않았다. 보름달이 둥실 떠오른 북경의 밤하늘은 유난히 높고 황량했다. 달이 밝을수록 숨이 막혔다.

숨통을 트기 위해 부지런히 퉁소에 몰입했다. 옷을 전당포에 잡히는 일이 계속되었다. 송동집이 입고 있던 옷을 마지막으로 잡히고 짜도 미를 사다가 닷새를 버텼다. 그리고 더 이상 방법이 없었다. 사나흘 이나 굴뚝에서 연기가 그치고 말았다. 기운이 탈진해 가고 그럴수록 달은 더욱 밝고 푸르렀다. 회영은 마지막 혼신을 바쳐 퉁소를 불었 다. 소리가 달빛 속에서 어지럽게 출렁거렸다. 서서히 소리가 죽어가 기 시작했다. 결국 소리가 사라짐과 함께 자리에 쓰러져 누웠다.

다음날 김창숙이 회영의 집으로 향했다. 늦가을이지만 북경은 겨 울이나 마찬가지로 추었다. 추위에 몸을 움츠리며 걸었다. 춥지만 중 대한 운동에 대해 의논할 일을 생각하자 속에서는 뜨거움이 펄펄 끓 고 있었다. 동지들로부터 동양척식과 식산은행을 폭파하자는 의논이 일고 있었다. 그러자면 국내로 들어갈 적임자를 찾아야 하는 것이 문 제이고 테러에 훈련이 잘 되어있는 다물단의 젊은 아나키스트들이 적격일 것이라는 생각이었다.

마당에 들어서자 집안이 고요했다. 고개를 갸웃거리며 방문 앞으 로 다가가 평소처럼 기침으로 인기척을 했다. 중국 유림단체들과 회 합을 갖느라 열흘 만에 찾아왔으므로 꽤 오랜만이었다. 인기척을 했 지만 반응이 없었다. 더 크게 기침소리를 냈다. 그래도 반응이 없었 다. 마루 아래에 신발들이 가지런히 놓여 있었다. 집안에 있는 것이 확실했다. 반가웠다. 이번에는 큰소리로 "우당 선생님 심산입니다!" 라고 외쳤다. 여전히 기척이 없었다. 오랜만에 왔다고 토라질 분이 아니었다. 불길한 생각이 들어 방문을 벌컥 열어젖혔다. 사람들이 자는 것처럼 누운 채 꼼짝하지 않았다. 해질 무렵이지만 밤도 아닌 낮에 가족이 모두 잠을 잔다는 것은 말이 안 된 소리였다. 더욱이 회영은 부지런한 성미라 평소 누워있을 사람이 아니었다.

"우당 선생님!"

김창숙은 방으로 뛰어 들어가 상황을 파악했다. 회영을 흔들어 깨웠다. 몸이 움직인 듯 했다. 그러나 눈을 겨우 뜨다말고 다시 감고 말았다. 송동집 방문도 열어 보았다. 송동집과 현숙이도 마찬가지였다. 마치 집단 자살을 한 것처럼 가족들이 몸을 가누지 못한 상태였다. 김창숙은 급히 하숙집으로 돌아와 한기악을 대동하고 서둘러 쌀을 사들고 다시 회영의 집으로 갔다. 한기악이 눈물을 흘리며 서둘러 죽을 끓였다. 김창숙과 한기악이 누워있는 사람들에게 죽을 먹이기 시작했다.

"죽물을 먹고 기운을 차릴 수 있을까요?"

한기악이 걱정스럽게 물었다.

"죽물을 우습게 보지 말게. 이럴 때는 죽물이 묘약이라네."

한참만에야 열세 살 규창이 겨우 눈을 떴다.

"대체 이 지경이 되도록 나에게 의논 한 마디 없이 가만히 있었더란 말이냐? 죽기를 작정한 것이 아니고 무엇이더냐."

규창의 눈가에 눈물이 고였다. 회영을 유심히 살피던 김창숙이 다시 놀랐다. 겉옷이 없었다. 이불도 없었다.

"어느 전당포에 맡겼느냐?"

김창숙이 규창을 향해 물었다.

"말씀을 드렸다가는 아버님께 혼쭐이 날 것입니다."

"어서 말해라. 지금 선생님께서는 혼쭐 낼 힘도 없느니라."

"바로 저 아래 삼거리 모퉁이에 있습니다."

김창숙은 다시 한기악을 앞세우고 전당포로 향했다. 가족들 모두 겉옷뿐만 아니라 이불까지 저당 잡혀 있었다. 옷과 이불을 찾아오자 회영이 겨우 눈을 뜨고 김창숙을 바라보았다.

"선생님, 저를 알아보시겠습니까?"

회영이 미소를 지으며 고개를 끄덕였다. 그리고 나직이 입을 열었다.

"심산, 그동안 바쁘셨던가 보오?"

"이 사람이 그리우셨습니까?"

"심산은 내가 그립지 않았던 게요."

서로 눈에 눈물이 고이고 서로 눈물을 감추느라 헛기침을 했다.

"말씀을 하셨어야지요. 저에게조차 내색을 않다니 참으로 섭섭하기 짝이 없습니다."

"그 얄팍한 주머니를 털렸으니 심산은 또 무얼 먹고 견딜 작정이시오."

"저는 선생님보다 젊어서 아직 굶는 재주라도 있지만 선생님은 저보다 13년이나 연상이시니 굶는 재주가 나만 못하질 않습니까. 육십 노인이 함부로 끼니를 굶다니요."

"심산, 내 이제야 우리 백성들의 배고픈 설움을 알았소이다. 조국을 등지고 험한 만주 땅으로 줄을 잇는 불쌍한 우리 민족 말이오."

집 주변에서 낯선 사람이 배회하기 시작했다. 송동집이 화들짝 놀라 몸을 떨었다. 필시 밀정이거나 일본의 끄나풀일 거라고 회영은 짐작했다. 그러고 보니 한 곳에서 너무 오래 머물렀다는 생각이 들었다. 관 짜는 집은 방세가 싸서 적격이지만 혁명가가 한 곳에 너무 오래 머물러서는 안 되는 일이었다. 때마침 서울에서 돈 30원이 부쳐왔다. 은숙이 보내준 것이었다. 그것으로 천진 프랑스 조계지 대길리에 방 한 칸을 얻어 이사를 했다. 외국조계지가 있는 곳은 다른 곳보다 안전한 지역이었다. 천진은 북경으로 들어가는 관문으로 국제도시로 불리고 프랑스 영국 일본 이탈리아 오스트리아 헝가리 등의 조계가 있었다. 러시아와 독일 조계는 1차 대전 패전국이라 조계소유권을 상실했으므로 없었다.

일 년만에야 공안국에서 나온 규숙은 감옥살이를 하느라 소학교를 마치지 못했으므로 북경 이광 동지 집에서 졸업할 때까지 남기로 했다. 일 년 동안 가족과 떨어져 산 것도 슬펐는데 다시 떨어져야 하고, 어머니마저 없는 것이 슬퍼 규숙이 울음을 터트렸다. 송동집이 규숙을 끌어안고 함께 울며 달랬다.

천진 대길리로 거처를 옮기자 동지들이 다시 모이기 시작했다. 뜻밖에 이광과 백정기가 권총 15정이 든 큰 가방과 폭탄 2개씩이 든 보온 통 5개를 들고 왔다. 모두 10개의 폭탄이었다. 하남성 독판督瓣 호경익이 신익희와 이광에게 각각 2천 원씩을 주면서 자기의 적대자를 처치해 달라고 청부한 일이었다. 신익희는 그 돈을 가지고 상해로 가버렸다고 했다.

이광은 맡은 일을 해주고 당당하게 자금을 벌자고 했다. 벌써 일을 하기로 작정을 하고 2천 원 중 일부로 권총과 폭탄을 구입하여 가지고 온 것이었다. 회영은 여러모로 생각한 끝에 고개를 가로저었다. 동지들이 테러에 뛰어나다고는 하지만 너무 위험한 일이었다. 실수하여 중국 공안에 붙잡히기라도 한다면 신분이 노출되는 것은 물론이고 호경익을 내치려는 중국 당국과 적이 될 수도 있는 일이었다.

"그렇지만 선생님, 이런 기회도 없습니다. 자금 한 푼 구할 데 없는 처지에 하늘이 내린 절호의 기회가 아니고 무엇인지요."

"성공보다는 실패할 확률이 더 높기 때문이네. 아쉽지만 그만두고 돈과 무기는 다시 호경익에게 돌려주게나."

이광과 백정기가 실망천만으로 폭탄과 총기와 돈을 싸들고 다시 호경익 독판 관저로 향했다. 그런데 관저 문이 굳게 닫힌 채 분위기가 냉랭했다.

"무슨 일이 생긴 것이오?"

이광이 주변사람을 붙잡고 물었다.

"호경익 독판이 쫓겨났다오."

호경익이 독판 자리에서 실각되어 관저를 떠나버린 것이라고 했다. 이광과 백정기는 새처럼 날듯이 회영에게로 돌아왔다.

"하늘이 우릴 도왔습니다. 선생님."

"죽으란 법은 없다고 하더니 바로 이런 경우를 두고 하는 말인가 봅니다."

"남의 불행으로 얻은 것이니 너무 좋아할 일은 아닐세."

뜻밖에 생긴 자금을 두고 동지들이 흥분을 감추지 못하자 회영이 민망해했다. 동지들은 그렇게 해서 생긴 자금으로 회영 가족과 동지들이 함께 거주할 넓은 집을 얻고 폭탄과 권총은 사용처가 생길 때까지 보관하기로 했다.

회영은 당장 규창을 보내 천진에 있는 석영 형님을 데려왔다. 석영은 추가마을에서 천진으로 갔으나 영양실조로 아내를 잃어버리고 장남 규준은 김달하를 처단한 사건으로 상해로 피신했으므로 막내 규서와 단둘이 몹시 고독하게 살고 있었다. 만주에서 재산이 다 고갈되었으므로 천진에서 가장 싼 방을 얻어 비참한 생활을 하고 있었다.

석영과 규서가 들어오고 10여 명의 지사들이 함께 거주하면서 집안이 다시 웅성거렸다. 며느리 송동집이 수발을 들었다. 규서는 규창이보다 한 살 위였지만 생각하는 것이나 행동이 규창이보다 어렸다. 먹는 것부터 이것저것 늘 불평을 했다. 그러자 송동집이 "규서 도련님은 형인데 어찌 규창 도련님보다 철이 없을까."라고 나무라는 일이 잦아졌고 그때마다 규서가 화를 냈다. 그러나 송동집은 서간도에서 유일하게 쌀밥을 먹고 자란 규서를 이해했다. 만주시절만 해도 석영은 부자였고 밥상엔 언제나 하얀 쌀밥이 봉싯하게 올라와 있었다.

기다렸다는 듯이 폭탄과 무기는 유용하게 사용할 일이 생겼다. 유자명이 급히 천진 일본 조계지 내의 귀부호동에 있는 유곽으로 회영을 안내했다. 그곳에서 극비리에 모의가 진행되고 있었고 김창숙이 기다리고 있었다. 국내와 여기저기를 수소문해 동양척식주식회사와 식산은행을 응징하는 데 사용할 무기를 구하는 중이었다.

"우당 선생님, 이게 얼마만인지요."

김창숙이 깜짝 반갑게 맞이했다. 아사직전 사건 이후 김창숙은 상해로 갔고 회영은 이사를 했으므로 처음 만난 자리였다.

"심산을 만난다는 생각에 내 지난 밤 꼬박 잠을 설쳤소이다. 꼭 어린아이들 심정이질 않겠소."

"이 사람도 마찬가지였습니다. 참 식사는 하고 계시는지요?"

"심산이 놀라기는 무척 놀라셨구려."

방에는 젊은 청년 두 사람이 더 있었다. 나석주와 이승춘이라고 했다. 동양척식과 식산은행 건은 몇 번 거론한 적이 있었으므로 거사를 맡을 청년들이란 걸 금세 알 수 있었다. 25세 나석주는 나자구羅子溝의 독립군 무관학교에서 군사훈련을 받고 망명하여 하남성 감단군관학교를 졸업한 후 중국군 장교로 복무하다가 김구의 의열단에 막 입단한 인물이라고 김창숙이 소개했다.

"거사는 언제쯤이나 시도할 생각이오?"

회영이 김창숙을 향해 물었다.

"올해 안에 끝을 내야지요."

"올해라고 해야 두어 달 밖에 안 남았는데 너무 급하게 서두를 것 없소이다. 성공이 목적이지 늦고 빠름이 무슨 상관이겠소."

회영이 그렇게 말하면서 나석주를 바라보았다. 나석주의 불타는 눈빛이 조금 불안한 탓이었다.

"선생님들께서는 염려 마십시오. 무슨 일이 있어도 올해 안에 해치우겠습니다. 폭탄과 무기만 충분히 마련해 주십시오."

나석주가 자신 있게 말하며 믿으라는 표정을 지어보였다. 거사를 위해 다른 무기는 확보했으나 폭탄을 구하기가 쉽지 않아 이리저리 알아보던 중 유자명이 정보를 준 것이었다. 이광이 마련한 폭탄이 건네지고 나석주 이승춘이 폭탄이 든 보온병을 품고 유곽을 빠져나갔다. 회영과 김창숙은 거사가 부디 성공하기를 빌며 다시 헤어졌다. 헤어지면서 김창숙이 하루 세 끼 무얼 먹든지 꼭 먹어야 한다고 당부하고 돌아섰다.

뜻밖에 생긴 자금도 오래 가지 못했다. 자금을 구하러 동지들이 상해로 가고 이을규 이정규 백정기 세 사람만 남았다. 상해로 간 동지들이 좀처럼 자금을 구하지 못한 데다 조계지 집세도 올라 다시 옮겨야 했다. 가족도 정리해야 했다. 석영 형님과 규서를 석영의 장남 규준이가 있는 상해로 보내기로 했다.

"형님, 모시지 못해 죄송합니다."

회영이 석영의 손을 잡고 울먹였다.

"우당은 혁명가예요. 혁명가가 가족 걱정에 매달려서는 무슨 일을 한답니까."

석영이 규서를 데리고 상해로 떠나고, 회영은 다시 값이 싼 남개외곽 지역 대흥리에 방 2칸을 얻어 옮겼다. 회영과 규창 이을규 이정규와 백정기 다섯 사람이 방 하나를 사용하고 송동집과 현숙이 하나를 사용했다. 방 하나에서 남자 다섯 사람이 살기란 너무 비좁았다. 회영은 젊은 동지들이 고생하는 것이 안타깝고 동지들은 나이든 회영이 안타까웠다. 방만 비좁은 것이 아니라 이불이 턱없이 모자라 자다

보면 누군가는 이불을 덮을 수 없어 회영은 자다가 일어나 이불을 다른 사람 쪽으로 끌어다 덮어주는 것을 잊지 않았다. 밤마다 그렇게 하다 보니 이정규가 눈치 채고 말았다.

그날 밤도 회영이 자다 말고 일어나 이불을 동지들에게 한 뼘이라도 더 가게 덮어주고 누웠다. 그러자 이정규가 몰래 일어나 이불을 다시 회영에게 덮어주었다. 회영이 다시 일어나 이불을 끌어내려 동지들에게 덮어주었다. 그러다 서로 들켜버리고 말았다.

"젊은 사람은 얼음 위에 대자리를 펴고도 잠을 잔다고 합니다."

"오히려 젊을수록 추위를 더 타는 법이라네."

춥고 어려워도 젊은 동지들과 함께한 것이 회영은 마음 든든했다.

정작 부엌살림을 맡은 송동집은 늘 땅이 꺼지도록 한숨을 쉬었다. 밥을 짓는 일은 이유가 무엇이든 밥 짓는 사람의 몫이었다. 시어머니 은숙이 '사람 못할 짓이다. 손님 앞에 아침상으로 죽을 내어가다니.'라고 한탄했던 것처럼 아침저녁으로 동지들 앞에 죽을 들고 나갈 때마다 얼굴이 뜨거웠다.

어려움을 이기는 방법은 집세가 싼 곳으로 옮기는 일이었다. 남개 대흥리에서 더 싼 남개 천흥리로 다시 이사를 했다. 천흥리로 이사 온 후 송동집이 과로로 쓰러지더니 좀처럼 회복되지 않았다. 토하면서 음식물을 먹지 못했다. 과로로 종종 그렇게 아팠고 그것이 최악에 다다른 것이었다. 병원은 꿈도 꿀 수 없는데 사람이 죽어가고 있었다. 이정규가 송동집을 들쳐 업고 프랑스 조계에 있는 예수병원으로 찾아가 무조건 입원시켰다.

송동집이 입원해버리자 집에는 남자들만 남은 셈이었다. 현숙이가 있다고는 하나 겨우 여덟 살 먹은 어린아이였다. 규창이 집안 살림을 맡았다. 회영은 퉁소를 불면서 불안한 심정을 이기려고 애썼다. 송동집은 좀처럼 회복할 기미가 보이지 않았다. 날이 갈수록 송동집이 좋지 않다는 소식을 들으며 회영은 전각을 팠다. 미세한 선을 살리는 전각을 파는 데 몰입하다 보면 불안을 견딜 수 있었다.

병원에 입원한 지 4개월이 지났을 때 병원에서 퇴원을 요구했고 퇴원한지 일주일 만에 송동집이 숨을 거두고 말았다. 불쌍한 것! 이라고 회영이 울어주었다. 여자로서 혈육 한 점 없는 것도 가엾지만 소실이란 멍에를 지고 살아오느라 무척 고독했을 것이었다. 맏형 가족이 장단으로 돌아갈 때 따라가지 않고 북경으로 찾아온 송동집에게 회영이 물었다.

"어찌하여 네 남편을 따라가지 않았느냐?"

"나라를 찾는 일이 더 소중하다는 걸 아버님께 배웠습니다."

회영은 놀랐다. 송동집은 어느 동지 못지않은 애국자임에 틀림이 없었다.

동지들이 모여 송동집 장례문제를 놓고 회의를 열었다.

"폭탄을 안고 적진으로 뛰어든 것만이 항일투쟁은 아닙니다."

"그렇소. 나라를 찾기 위해 분투하는 운동가들을 수발하느라 누군가 청춘을 바쳤다면 그 또한 나라를 위한 운동이오."

"송동집은 하루에 적어도 삼사십 명 이상을 수발해왔고 우당 선생님 댁에서 묵은 수많은 동지들치고 송동집을 모른 사람이 없소이다. 그러니 동지로 예우하여 최소한의 예를 갖추어 장례를 치름이 마땅하오."

만장일치로 송동집을 동지로 예우하여 장례를 치르기로 결론을 내렸다. 최하품이지만 관을 장만하고 3일장을 거쳐 공동묘지(부지不知)에 고이 안장해 주었다.

"나라를 위해 젊음을 바친 대가가 고작 싸구려 관짝 하나구나. 미안하다 아가."

늦가을 찬바람에 낙엽이 구르는 오후, 낯선 땅에 며느리를 묻고 돌아서며 회영이 중얼거렸다.

장례를 치르고 나자 집안이 허전하기 짝이 없는데 현숙이 날마다 송동집 엄마! 송동집 엄마! 하며 서럽게 울어댔다. 엄마와 생이별을 한 뒤 현숙에게 송동집은 엄마였고 한 점 혈육조차 없는 송동집에게는 현숙이 혈육 같은 존재였다. 밤마다 송동집 품에 안겨 잠들었고 치맛자락을 붙잡고 졸졸 따르던 어린 가슴에 또 한 번 하늘이 무너진 것이었다.

서울로 입국한 은숙은 손위 시누이 순영의 집에서 기거하기로 했다. 청상과부로 있을 때 회영이 작전을 꾸며 재가시킨 시누이였다. 국내사정도 생각보다 말이 아니었다. 산천은 여전히 아름답고 들녘에서 황금 벼가 물결치고 있었지만 대부분 희망이 거세된 표정이었다. 체념과 침묵이었다. 독립기지를 세우겠다고 모든 것을 버리고 나라를 뜬 것은 부질없는 짓이라는 눈빛도 만만치 않았다.

동지들과 소통도 용이하지 않았다. 서너 달 쯤 머물며 자금을 융통해 북경으로 돌아갈 줄 알았던 은숙은 해를 넘기고 2월에 아들을 낳았다. 북경을 떠날 때 은숙은 37세였고 임신 4개월의 몸이었다. 아이가 태어났다는 편지를 받은 회영은 기쁨 반 슬픔 반의 심정으로 이름을 규동이라고 지어 보냈다. 항렬에 따라 돌림자 서옥 규圭자에 동녘 동東을 붙여주었다.

일본 경찰은 회영의 부인이 국내로 들어왔다는 정보를 입수하고 매달 한두 차례 은숙이 기거하고 있는 집을 들락거렸다. 형사가 찾아와 조사를 하거나 경찰서로 연행하기도 했다. 은숙이 독립자금 때문에 밀통을 하러 온 것을 알고 단돈 일 전도 새어나가지 못하게 단속을 펼친 것이었다.

일 년 뒤 처음이자 마지막으로 백 원이란 자금이 들어와 북경으로 송금했다. 한 애국자가 백 원을 주었는데 그것을 포착하여 물고 늘어지기 시작했다. 사실이 밝혀지는 날엔 자금을 준 사람도 무사하지 못할 것이었다. 은숙은 심사숙고 끝에 고종 인산 후 북경으로 갈 때 며느리 조계진이 옷을 두고 간 것이 있었고 그것을 팔아 맡겨둔 돈이 있어 부친 것이라고 친척 간에 말을 맞추었다. 경찰은 주도면밀하게 조사를 하고 조계진이 대원군의 외손녀이니만큼 값진 옷이 있다는 것을 인정한 탓에 일이 무사히 넘어 갈 수 있었다.

아무리 생각해봐도 국내에서 자금을 구한다는 것도 하늘의 별따기만큼 어려운 일이었다. 뜻있는 애국자들이 자금을 주고 싶어도 함부로 내줄 수 없는 현실 앞에 은숙은 좌절했다. 그렇다고 그대로 북경으로 돌아갈 수도 없었다. 어떻게든 돈을 벌어 쥐고 돌아가야 한다는 결심을 굳히고 바느질을 하기로 했다.

교양 있는 집 침모로 들어갔다. 집주인은 일하는 사람들에게 은숙을 동관서 마님이라 부르도록 시켰다. 집주인은 은숙의 존재를 잘 아는 사람이었고 몸을 의탁한 시누이 집이 동관서에 있었기 때문이었다. 마님이란 호칭은 망명을 가기 전 듣던 말이었지만 그동안 까맣게 잊어버린 호칭이었다. 꽁꽁 언 몸을 뜨끈한 아랫목에 묻듯이 감개무량했다. 다시 그 시절이 그리워지기도 했다. 그러나 재빨리 그런 한가한 기분을 몰아내고 혁명가의 아내로 돌아왔다.

침모라고 하지만 아이를 데리고 남의 집살이를 하는 것이나 마찬가지였다. 아이가 울면 미안하고 똥오줌을 싸도 미안하고 아이가 아파도 미안했다. 아이가 엄마를 한시도 떨어지지 않으려고 노상 칭얼대는 바람에 더욱 미안했다. 교양 있는 집이라 말은 없었지만 도무지 미안해서 견딜 수가 없었다.

다시 동관서로 돌아와 삯바느질 감을 구하기로 했다. 바느질감이라면 유곽에서 많이 나온다는 말을 듣고 유곽이 많은 서사원정거리를 서성거리다 유곽을 한다는 중년여자와 말을 나누게 되었다. 데리고 있는 기생 여섯 명과 자기네 가족 다섯 명의 침선거리 일체를 맡아달라고 했다. 원하던 대로 삯일거리가 생긴 것이었다. 그러나 막상 유곽 집 일거리를 맡을 생각을 하자 가슴속이 텅 빈 허공 같았다. 기생들 옷을 짓는다는 건 말이 되지 않아 밤새 잠을 이루지 못한 채 눈물을 흘렸다. 그렇게 실컷 눈물을 쏟아낸 다음 기생집 옷을 짓기 시작했다.

여자 저고리 하나에 30전을 받고 치마는 10전을 받기로 했다. 양단이나 합비단으로 짓는 두루마기는 4원을 받을 수 있었다. 그러나 돈이 되는 고급 양단이나 두루마기는 좀처럼 없고 푸세하여 매만진 다음 옷을 지어야 하는 값싼 것이 대부분이었다. 주야로 옷을 지으면 한 달에 20원 정도 벌 수 있었다.

유곽 여자들 옷을 지으면서 향숙이라는 기생과 자주 말을 나누게 되었다. 향숙은 어린아이가 있다는 것을 알고 늘 몇 푼을 더 쥐어주면서 인정스럽게 굴었다. 그리고 어느 날 은밀히 귀띔을 했다.

"나 '정화'로 가요. 아줌마도 날 따라가세요. 여기는 곧 문을 닫거든요. 총독부에서 없애 버린대요."

남대문 통 황금정에 자리 잡고 있는 '정화원'이라는 유곽은 장안에서 제일가는 고급 요정으로 일본의 고위층들과 일등공신 친일파들이 전용하는 곳이었다. 은숙은 가슴을 쓸어내렸다. 향숙이 고마웠다. 기생일망정 다른 기생들과는 어딘가 다른 구석이 있어 보였다. 며칠 뒤 향숙이 귀띔해준 대로 서사원정 유곽들은 모두 문을 닫고 말았다. 향숙이 정화로 자리를 옮긴 후 은숙을 불러 마담에게 소개를 시켰다.

"우리 집은 최고급 비단옷만 취급해요. 바늘 한 땀만 잘못 떠도 옷값을 물어내는 수가 있는데 자신 있어요?"

마담은 망명생활로 거칠게 변해버린 은숙을 위아래로 훑어보며 과연 비싼 옷을 지을 수 있겠느냐고 묻는 것이었다.

"손 좀 펴 봐요."

은숙이 손을 펴보였다.

"나무껍질이 따로 없잖아. 비단 올이 할퀴겠어. 비단을 만져보기라도 했어요?"

"아줌마는 왕실 옷도 지을 수 있다니까요. 솜씨는 내가 보증할게요."

"왕실? 지금이 어느 땐데 왕실 운운하는 거야."

"그만큼 솜씨가 좋다는 말이지. 왕실은 무슨 왕실."

"그럼, 어디 한 번 두고 보지. 그리고 옷을 망친다든가 아무튼 무슨 일이 나면 향숙이 네가 책임져."

마담은 향숙을 향해 한 번 믿어보겠다는 투로 말하고 자리를 떴다. 향숙은 마담이 자리를 뜨기가 무섭게 개 같은 년, 쪽바리들 발바닥이나 핥는 년! 하고 욕을 퍼부어 댔다. 은숙이 깜짝 놀라 향숙을 돌아봤다. 마음 고운 향숙의 입에서 그런 욕이 나온 것도 놀랍지만 함부로 일본을 욕한 것이 더욱 놀라웠다.

"들으면 어쩌려고."

"걱정 마세요. 방구석으로 모두 기어 들어갔어요."

은숙은 향숙의 얼굴을 유심히 바라보았다. 지금까지 예쁘다고만 생각했던 그녀 눈빛이 그냥 예쁜 것만은 아니었다.

정화원에 드나들면서 벌이가 그쯤이면 견딜 만했다. 마담 말대로 정화의 기생들은 비단 중에서도 최고급을 입었으므로 삯도 그만큼 더 비싼 탓이었다.

다음 해 겨울(1926. 12. 28.) 서울 하늘은 아침부터 짙은 먹장구름장이 깔리더니 결국 눈발이 요란하게 퍼붓기 시작했다. 은숙은 바느질을 마친 비단옷 보자기를 안고 황금정 거리에 있는 유곽 정화로 가기 위해 집을 나섰다. 보자기 속에는 비단옷 세 벌과 두루마기 한 벌이 들어 있으므로 50원을 벌은 셈이었다. 눈보라가 온몸을 휘감았지만 50원이란 돈이 추위를 내쳐버리고 말았다.

들뜬 기분으로 남대문 통 식산은행 앞을 지나가고 있었다. 그때 느닷없이 등 뒤에서 총소리가 요란하게 울려 퍼졌다. 총소리는 연발로 이어지고 사람들이 금세 식산은행가로 몰려들었다. 식산은행에서 비명소리가 들리는가 하더니 한 청년이 총알처럼 튀어나와 도망을 치고 벌써 한 떼의 일경이 청년의 뒤를 쫓았다. 청년은 황금정 쪽으로 뛰고 총을 든 일경들이 빠르게 추격했다.

은숙이 뒤따라 뛰어갔다. 한참을 뛰다가 우뚝 자리에 붙박아 선 채 눈앞의 광경에서 눈을 떼지 못했다. 청년이 일경에게 포위당하고 있었다. 상황으로 봐 두말할 것도 없이 독립투사일 것이었다. 그것도 백주대낮에 식산은행에 들어가 총을 쏜 것을 보면 보통 인물이 아닌 듯했다. 목숨을 내놓고 일본의 고위층을 암살하거나 관공서를 폭파하는 의열단일 거라는 짐작이 갔다. 청년이 꼭 살아야 할 텐데 도무지 방법이 없어보였다. 은숙은 현장으로 더 가까이 접근했다.

가까이 바라본 청년은 20대로 보였다. 청년은 탈출구가 보이지 않자 어찌할 바를 모르고 있었다. 은숙은 부지불식간에 "이쪽으로 도망치세요. 어서요!"라고 약간 틈이 보인 쪽을 가리키며 고함을 질렀다. 청년은 은숙이 가리킨 쪽으로 몸을 돌렸다. 일경 하나가 은숙을 돌아봤다. 사방에서 벌떼처럼 날아온 일경들이 그 빈틈마저 차단하고 말았다. 일경들로 겹겹이 둘러싸인 청년은 걸음을 멈추고 뒤돌아서서 몇 초 동안 눈으로 상황을 파악했다. 그리고 자기 머리에 총을 대고 세 발을 쏘았다.

"탕! 탕! 탕!"

"안돼요!"

총소리에 은숙이 외마디소리를 질렀다. 품에 안고 있던 옷 보따리를 놓쳐버린 채 몸을 떨었다. 은숙을 돌아보던 일경이 은숙의 팔을 잡아챘다. 쓰러져 누운 청년의 가슴에서 더운 피가 줄줄 흘러내리고 은숙이 놓쳐버린 옷 보따리에는 눈이 내려 쌓였다. 놀란 사람들이 송사리 떼처럼 혼비백산 어디론가 흩어져버렸다. 청년은 일경에 둘러싸여 더 이상 볼 수가 없었고 고함을 두 번이나 지른 은숙은 곧장 남대문경찰서로 연행되었다.

"그자와 무슨 관계요? 바른대로 말하지 않으면 집으로 돌아갈 수 없소."

은숙은 그때서야 옷 보따리가 생각나 "내 옷 보따리!"라고 외치며 벌떡 일어섰다. 일경이 제지하며 크게 소리쳤다.

"묻는 말에 대답이나 하라니까!"

은숙은 힘없이 주저앉아 아, 여기가 또 경찰서로구나. 라고 속으로 중얼거렸다. 마음을 굳게 먹었다. 일경은 남자가 누구며 무슨 관계냐고 집요하게 추궁하기 시작했다.

"누군지 알 까닭이 없습니다. 그저 길을 가다가 그런 광경을 목도

하자 놀라서 그만."

"그곳에 다른 사람들도 많이 있었는데 왜 하필 당신만 그자에게 도망을 치라고 외쳤단 말이오? 이상하질 않소?"

"아녀자인 탓에 무서워서 그랬을 것이오."

"거기 다른 아녀자들도 많이 있었소. 그런데 당신처럼 발을 구른 여자는 당신을 제외하고는 단 한 사람도 없었단 말이오."

일경의 눈에 핏대가 서고 핏대에서 불꽃이 활활 타오르고 있었다. 은숙은 입을 다물고 말았다. 더 이상 할 말이 없었다. 그렇다고 엎드려 제발 보내달라고 빌고 싶지도 않았다.

"그런데 이상한 게 또 있군. 조선 아녀자들은 길거리에서 우리 일본인 순사만 봐도 겁이 나 쩔쩔 매는데, 남대문경찰서를 겁내지 않는 걸보니 더욱 호기심을 자극한단 말이야."

옆에서 지켜보던 서장이 예사롭지 않다는 표정을 지으며 직접 은숙 앞으로 나섰다. 서장의 말은 맞는 말이었다. 도저히 통제할 수 없을 지경으로 울어대는 아이에게 조선의 엄마들은 어김없이 "저기 순사 온다."라는 처방을 썼다. 그러면 천하 없는 고집쟁이 아이도 울음을 뚝 삼켜버리고 말았다. 그야말로 즉발의 효과였다.

"이유를 말씀드리지요."

은숙이 서장을 향해 소리치듯 말했다.

"진작 그렇게 나오셔야지. 어서 말해 보시오."

"나는 조선 사람인 까닭이오."

말은 떳떳하고 힘차고 당당했다.

"그렇지, 이제야 입을 여는군. 그런데 일개 아녀자가 우리 일본 경찰 앞에서 이렇게 대담할 수 있다니. 전사 같지 않은가? 제대로 조사해 봐."

서장이 눈을 부릅뜨며 부하 경찰에게 강경한 어조로 지시했다. 그리고 그때 전화가 걸려왔다.

"중국 노동자 마중덕? 아닐 것이오. 그건 가짤 거란 말이오. 총독부에 그렇게 보고했다간 모가지가 날아가고 말아요."

인천부두 관리소에서 온 전화였고 남자의 신원이 중국 노동자 마중덕이라고 말해준 것이었다. 은숙은 가슴이 철렁 내려앉았다. 서장말대로 그건 가짜일 것이었다. 아무튼 그가 누군지는 알 수 없으나 불안하고 떨렸다.

일경은 은숙이 남자와의 관계를 구체적으로 불지 않는다는 이유로 신원파악에 들어갔고 은숙의 신원은 금세 밝혀졌다.

"3년 전 만주에서 입국했으며 종로경찰서에서 수차례 조사를 받은 적이 있고 독립운동가 이회영의 부인이라고 합니다."

"이회영의 부인? 그게 사실인가?"

"사실입니다."

보고를 받은 서장이 반색하는 얼굴로 회심의 미소를 지었다. 서장은 삼일운동 전에 회영을 불러 문초한 후쿠다 오시이였고 종로서에서 남대문경찰서장으로 옮겨와 있었다.

"종로서에서 조사받은 혐의는?"

"북경으로 돈을 부친 혐의입니다. 그리고 배일자들과 밀통하는 것이 포착되었고 고무신 밑창에 편지를 숨겼다가 들킨 적이 있기도 하고, 아무튼 종로서의 단골손님입니다."

"돈의 액수는?"

"가장 큰 액수가 백 원이었고 아직까지는 30원을 넘지 않았다고 합니다. 조선에서 아이를 출산했다고 하는데 아직까지 조선에 체류한 걸로 보면 뭔가 임무를 띠고 있음이 분명합니다."

"그렇다면 모른 척하고 일단 돌려보내도록 해. 종로서에서 성과를 올리기 전에 우리가 먼저 선수를 쳐야한다. 하루에 몇 보를 걷는 것까지, 우편물이든 뭐든 일거수일투족을 감시해. 이번 일과 독립운동가 거두 이회영이 결코 무관하지 않을 테니까."

"부인, 돌아가도 좋소. 그리고 다시는 거리에서 그런 일에 눈길을 돌려서는 아니 되오."

순순히 보내주는 것이 이상해 은숙이 주춤주춤 걸어 나오는데 등 뒤에서 전화 받는 소리가 들렸다.

"중국 노동자 마중덕이 아니라 조선인 나석주로 밝혀졌단 말이오?"

은숙은 자리에 우뚝 멈춰 섰다. 나석주란 인물은 모르지만 일본 요인이나 기관을 폭파하는 독립운동가라면 다물단이나 의열단에 속한 애국청년일 것이고 아나키스트일 가능성이 높았다. 말은 계속 들려왔다.

"나이는 25세⋯⋯."

은숙은 새파란 청년 나석주 이름을 가슴속에 담고 식산은행을 지나 사건현장으로 갔다. 나석주가 흘린 핏자국이 거멓게 말라 있었다.

아무도 그것이 나석주라는 애국청년이 목숨 바친 핏자국이란 걸 모른 채 지나가고 있었다. 그쪽으로 가까이 다가가 고개를 숙여 유심히 바라보았다. 스물다섯 살 청청한 꽃이 떨어진 자리가 고귀했다. 고귀한 흔적이 가슴속으로 쳐들어오기 시작했다. 은숙이 소리 내어 울기 시작했다. 나석주의 최후는 모든 조선 혁명가들의 최후라고 생각한 탓이었다.

한참을 울고 자리에서 일어나 주변을 둘러봤지만 옷 보따리가 있을 리 없었다. 잃어버린 옷 보따리도 큰일이었다. 일단 향숙을 만나 대책을 의논하기로 하고 정화로 갔다. 사정을 들은 향숙이 크게 놀라며 마담에게 사정을 해야 한다고 말했다.

"기생들 옷이나 짓는 여자가 감히 그런 일에 관심을 가지다니. 처음에 내가 말한 대로 향숙이 네가 책임져."

"옷값은 내가 책임지겠지만 언니, 말이 좀……."

"왜, 내 말이 심하다는 거야? 오라, 아줌마와 향숙이 넌 애국자다. 이거지?"

"언니 말대로 술이나 따르는 기생 년 주제에 애국자라니요. 더구나 요즘 세상에."

"그래, 요즘엔 눈을 씻고 봐도 그런 얼빠진 인간들은 없지. 한때는 목숨 걸고 독립운동을 한답시고 괜히 나라만 시끄럽게 하더니 모두 제자리로 돌아 왔잖아. 미친 인간들."

은숙은 마담을 향해 "도대체 넌 어느 나라 백성이냐?"라고 소리치고 싶었으나 그런 따위와 국가니 백성이니 하는 주제로 말을 섞고 싶지 않았다. 그때 마침 남대문경찰서 일행들이 정화원으로 들어오고 있었다. 서장이 앞장서서 마당을 가로 질러 걷다가 걸음을 멈추었다.

"여긴 어쩐 일이오?"

서장이 의구심에 가득 찬 눈으로 은숙을 향해 입을 열었다.

"서장님께서 침모 아줌마를 아세요?"

"침모?"

서장은 또 한 번 놀라며 속으로 "조선 명문가 부인이 기생 집 침모를 한다?"라고 중얼거렸다. 전혀 뜻밖의 일이었다. 혹시 조선 정탐꾼들이 정화원에 드나드는 건 아닌지 생각해 봤으나 그럴 리가 없었다. 아무튼 은숙은 이회영 부인인 이상 주목해야 할 것이었다.

눈치 빠른 마담은 서장이 은숙을 아는 것 같아 은숙을 경계하며 서장을 졸졸 따라 방으로 들어갔다. 향숙도 일경들을 따라 들어가며 은숙을 향해 나중에 보자는 눈짓을 보냈다. 일경들은 정화원에서 거나하게 마시면서 낮에 일어난 사건을 화제로 삼기 시작했다. 지구를 몽땅 뒤져서라도 나석주를 보낸 조직을 찾아내고야 말겠다고 떠들어댔다.

"조선 놈들이 백주 대낮에 폭탄을 들고 동양척식과 식산은행에 뛰어들었다는 건 우리 일본 안방으로 뛰어든 것과 다를 바가 없다. 그러나 이번 일은 우리 경찰이 천황폐하께 충성을 보여드릴 기회가 될 수 있다. 누구든 놈과 관련된 조직을 찾아내기만 하면 출세는 보장된 것이다. 도전해 보기 바란다. 놈은 상해에서 인천부두로 들어왔다. 그러나 상해에서 작전을 한 것 같지는 않다는 정보다. 테러조직은 상해 놈들보다 북경 놈들이 더 악랄하다는 거야."

"저희들도 들은 바 있습니다. 지금 북경의 무정부주의자들이 무장 테러에 훨씬 조직적이라고 합니다. 그리고 이회영은 무정부주의자 괴수라고 합니다."

"나도 알고 있다. 앞으로 우리의 목표는 북경의 무정부주의자 조직이다."

"참, 서장님, 아까 그 부인 이야기가 재미있을 것 같은데요."

"그렇지, 명문가 마님이 기생 옷을 짓는다?"

일경들은 밤늦도록 회영을 중심으로 북경의 아나키스트들에 대한 이야기를 하며 반드시 나석주와 관련된 것을 캐낼 것이라고 칼을 갈았다.

향숙이 비단을 끊어와 은숙에게 다시 옷을 짓게 하면서 서로 의기투합할 정도로 가까워졌다. 은숙은 도움을 받아서 뿐만 아니라 향숙에게서 동지의식을 느꼈고 향숙은 일경들이 하는 말을 듣고 은숙의 실체를 알고 놀란 까닭이었다.

"언제가 될지는 모르지만 꼭 갚겠네. 그리고 향숙이의 깊은 마음을 잊지 않겠어."

"갚기는요. 사실 아줌마를 처음 볼 때부터 다르다 했는데 그날 밤에 후쿠다 서장과 일경들이 하는 말을 다 들었어요."

"후쿠다 서장?"

"예, 후쿠다 오시이 서장이죠. 아는 사람이에요?"

은숙은 몸서리를 쳤다. 몇 년 전 서울에서 남편을 취조했다는 후쿠다 주임이 틀림없을 것이었다.

"그런데 듣다니 대체 그들이 무어라 하던가?"

"독립운동을 하기 위해 망명했다는 아줌마네 이야기를 하더군요. 아줌마네는 대단한 가문이라고 하면서 판서를 지낸 집안이라고 한 것 같았어요. 깜짝 놀랐지 뭐예요."

"그렇게 자세히?"

"그놈들 정화에 와서 하는 짓거리라곤 독립운동가들 때려잡아 승진하는 이야기죠. 그날 밤에도 비록 자결을 했지만 자기네들에게 쫓기다 다급해서 제 머리에 총을 쏴 죽었으므로 자기네들이 사살한 거나 마찬가지라고 하더군요. 그러자 마담 년이 뭐라고 한 줄 아세요? '이번에도 재미 좀 보셨네요.' 라고 그 개년이 개같이 맞장구를 치는 거예요. 아유, 성질대로 한다면 오줌을 한 바가지 싸가지고 연놈들 얼굴에 확 쏟아 붓고 인생 끝장내버리고 싶었거든요."

"향숙이는 진짜 조선 사람이야. 그런데 우리가 장차 무슨 일을 하자면 속에 천불이 나도 참을 줄 알아야 하네."

"아줌마, 지금 '우리' 라고 하셨어요? 저 같은 걸 아줌마처럼 고귀한 분과 함께 취급을 해주시는 거냐구요?"

향숙의 눈에 벌써 눈물이 그렁그렁 맴돌고 있었다.

"무슨 소릴 하는가. 나나 향숙이나 뭐가 달라서. 더욱이 향숙인 훌륭한 애국잔데."

"아뇨, 전 나쁜 년, 아니 마담보다 더 더러운 년이에요. 일본 놈들이 조선 놈들은 무조건 몽둥이로 개 패듯 패야 돼. 라고 말하면 나는 어떻게 하면 조선 사람을 가장 잘 비웃을 수 있을까? 하고 영악스럽게 머리를 굴리면서 일본 놈들 구미에 맞게 '맞아요.'라고 맞장구를 쳤어요. 그럴 때마다 일본 놈들은 '조선 계집들은 눈치가 빨라 좋다니까. 요년이 지금 우리 비위를 척척 맞춘 것 좀 봐. 이불 속에서는 또 어떻고. 천지가 개벽을 해도 모를 지경으로 사람을 뇌살시키거든. 그때마다 조선 계집들은 우리 일본 남자들을 위해 태어났다는 생각이 들지 뭐야.'라고 저희들끼리 주고받으면 나는 입의 혀처럼 아양을 떨었지 뭐예요."

은숙이 두 손으로 눈물을 흘리고 있는 향숙의 손을 모아 잡았다. 모처럼 따뜻한 동지를 만난 듯했다. 사실 조선 사람들은 일본 치하에서 20여 년을 시달리고 나자 대부분 지조는 휴지조각이 되어버렸고 꺾일 사람은 다 꺾여버린 상태였다. 오히려 지난날 일본을 미워했거나 배일한 것을 용서받기 위해 이모저모로 몸부림치는 것이 현실이었다.

"향숙이 고마워. 정말 고마워. 조국광복은 반드시 오게 되어 있어. 그날을 위해 피 흘린 사람들이 얼만데. 땅은 억울한 피를 절대로 그냥 받아먹지 않는다는 거야……."

그런 일이 있고 두어 달이 지나갈 무렵 향숙이 헐레벌떡 은숙을 찾아왔다. 커다란 보퉁이를 품어 안고 있었다. 쫓기는 모습이 역력했다.

"아줌마, 나 상해로 가요. 마담 년하고 싸웠는데 그년이 나를 경찰에 고발했지 뭐예요. 독립운동가 끄나풀이라고 거짓말을 한 거예요."

"무슨 일이 있었기에?"

"싸웠지요. 그년이 나석주 선생을 보고 평화로운 나라를 어지럽혔다며 제까짓 게 그래봤자라고 비웃길래 도저히 참을 수 없어 마담에게 욕을 퍼 부었어요. 구더기보다 못한 년, 일본 놈 발바닥이나 핥아 먹고 살아가는 년! 이라고요. 그랬더니 당장 경찰서에 전화를 건 거예요."

"잘했네. 참 잘했고 말고."

"정말이죠? 제가 잘한 거죠?"

"그럼, 사람이 나서 한 번 죽지 두 번 죽어. 한 번 죽는 목숨 제대로 죽어야지. 나석주 청년처럼."

향숙이 말문을 닫고 숙연해지면서 또 눈물을 흘렸다. 그리고 한참 후에 입을 열었다.

"저도 앞으로 정말 사람노릇하며 살아 볼게요."

"향숙인 그럴 거라 믿네. 충분히……. 그런데 어서 서울을 빠져나가야지."

"나, 하룻밤만 아줌마 곁에서 자고 갈게요. 딱 하룻밤만요."

"그건 위험해. 지금 당장 여길 나가야 하네."

"잡혀 죽으면 죽고 말지요. 까짓 거."

"향숙이가 여기서 잡혀가면 나는 어떻게 될까?"

향숙이 소스라치게 놀라 자리를 털고 일어섰다.

"아줌마, 당장 떠날 게요. 그리고 언제 만날 지 알 수 없지만 어디서 무엇을 하든지 저 같은 걸, 사람 만들어주신 거 잊지 않을 게요."

향숙은 눈물을 흘리며 집을 나가고 은숙은 상해에 있는 영국인 버스회사로 장남 규학을 찾아가라고 일렀다.

광야의 별무리

  남개 천홍리 집으로 김창숙의 동생 김창국이 불쑥 찾아와 권총을 맡기며 며칠 동안만 보관해 줄 것을 부탁했다. 회영이 출타하고 없었으므로 김사집이 총을 받아들었다. 김사집은 얼마 전에 찾아와 함께 기거하고 있는 동지였다. 김사집은 총을 감추려고 방안 구석구석을 살피다가 생각을 바꾸었다. 권총을 가지고 나가 저당하여 5원을 받아 쌀을 사가지고 돌아와 규창에게 내밀었다.

  김사집은 북경 회영의 집에서 묵었던 동지들 중 한 사람이었다. 여기저기를 떠돌다 있을 곳이 없어 다시 회영을 찾았지만 북경 생활과는 전혀 다른 회영의 형편에 놀랐다. 할 수만 있다면 도둑질이라도 해서 노년으로 접어든 회영에게 쌀밥을 대접하고 싶은 심정이었다.

  "쌀이 아닙니까?"

  "어서 진지를 지어 선생님께 올리고 우리도 오랜만에 쌀밥을 먹어 보자구나."

"어디서 나셨어요?"

"묻지 말고 밥이나 짓거라."

그리고 이틀 후 김창국이 다시 찾아와 맡겨놓은 권총을 내어달라고 했다. 김사집은 다른 곳에 잘 보관해 놓았으므로 3일 후에 찾아다 줄 것이라고 둘러댔다. 동분서주하며 돈 5원을 구하려고 애썼지만 구할 길이 없었다. 3일 뒤에 김창국이 다시 권총을 찾으러 왔으나 없는 권총을 내줄 수가 없었다. 김사집은 하는 수없이 김창국에게 자초지종을 말하고 다시 3일간의 시간을 얻었다. 또다시 3일의 마지막 날이 돌아오고 김사집은 아침 일찍부터 돈을 구하러 나갔다. 마지막 보루인 시계를 만지작거리며 전당포로 향했다. 수차례 아니 수십 번 팔아먹으려고 했으나 아버지로부터 물려받은 유일한 물건이므로 이를 악물고 참고 참아온 것이었다. 그러나 자칫하다가는 회영의 입장을 난처하게 만들 것 같아 이제는 도리 없이 팔아야 한다고 생각했다. 전당포 주인에게 떨리는 손으로 시계를 내밀었다. 전당포 주인이 시계를 한참 살피더니 인상을 찌푸렸다.

"수명이 다 된 것이오. 1원밖에 못줘요."

"시침과 분침이 움직이고 있질 않소? 2원 주시오."

"앞으로 두어 달 견디면 잘 견딜 것이오."

"그래도 좀 생각해 주시오."

"형편이 어려운 모양이니 1원 50전을 주겠소. 한 달 후면 50전도 못 받아요."

1원 50전을 받아봐야 5원에 턱없이 모자랐으므로 그냥 돌아서고 말았다. 공원으로 가 하늘만 물끄러미 쳐다보고 있었다. 옆 사람이 신문을 읽으며 '조선 사람들 아린 이가 빠진 듯 시원하겠군!' 이라고 하며 읽던 신문을 두고 가버렸다. 김사집이 재빨리 신문을 집어 들기가 무섭게 부르르 떨며 벌떡 일어섰다. 돈 대신 신문을 들고 헐레벌떡 집으로 뛰어 들어왔다. 그리고 회영 앞에 북경에서 발행하는 신보申報를 펼치며 말을 더듬거렸다.

"선생님, 여기 좀 보십시오."

"도대체 무엇이 그리도 기쁘단 말인가. 자네 얼굴빛이 꼭 조국광복이라도 된 듯하구만."

회영의 눈에 김사집이 말을 더듬으며 손가락으로 가리킨 커다란 기사 제목이 들어왔다.

"嗚呼! 李完用 死矣 시원할 손 이완용 사망!"

회영은 숨이 딱 멈추었다. 그리고 부르르 떨린 손으로 신문을 눈 가까이 갖다 대고 글자를 파내듯 기사를 읽어 내리기 시작했다.

"중국인들이 경계하여 온 이완용이 오늘 사망했다. 중국인들도 매국노 하면 누구나 다 이완용이라 생각한다. 이완용에 대한 이런 평가를 보면 알겠지만 일본은 이완용을 대공신으로 보고 있다. 다음에는 도쿄파일華日 통신의 소식을 소개한다.

조선인 이완용은 일선합병日鮮合倂에 공을 세운 사람으로 일본 천황으로부터 후작을 하사 받았다. 그리고 일본 정부는 그를 조선총독부 중추원中樞院 부의장으로 임명하여 지금까지 몇 년간을 잘 지내왔

다. 이씨는 평소에 천식이 있어 요양하던 중 며칠 전에 기관지염이
또다시 발작했는데 10일 오후에는 폐렴으로 번져 병세가 갑자기 심
해졌다. 의사가 진단했을 때는 이미 늦은 뒤였다. 그는 다음날인 11
일 오후에 향년 69세로 죽었다. 일본 황제와 일본 정부에서는 이완용
의 부고를 들은 뒤 즉시 그를 추도하기 위한 결정을 내렸다. 즉 부고
를 내는 동시에 조선 서울에 조문단을 파견하여 애도를 표시하고 장
례날 의식에 쓸 포목을 하사하기로 했다. 이와 동시에 이완용에게 작
위를 승격시켜 종 2품 훈 1등 후작으로부터 정 2품 대훈위를 시사하
는 동시에 국화대훈장을 수여하도록 했다. 도쿄의 만조보萬朝報는 이
완용의 죽음에 관하여 다음과 같이 평가했다.

조선총독부 중추원 부의장 이완용 후작이 갑자기 별세했다. 그가
일선합병의 대인물이라는 것은 세인이 다 아는 사실이다. 그는 자신
의 학식과 담력으로 문무백관의 반대에도 불구하고 이를 압도적으로
제압하여 하루 사이에 역사적인 대업을 성취케 했다. 때문에 배일파
들과 독립파들은 그에게 매국노라는 악명을 달아주었다⋯⋯.”

−1926년 2월 26일−

신보申報는 청나라(1872) 때 상해에서 창간된 것으로 중국에서 가장
오래된 신문으로 전통과 인지도가 가장 높은 신문이었다. 기사를 읽
고 난 회영이 미동이 없었다.

“중국인들도 기뻐서 야단인데 선생님께서는 기쁘지 않으신지요?
그놈은 천년만년 살 줄 알았잖습니까.”

"지금 이완용이 죽었다고 해서 무엇이 달라진단 말인가!"

김사집 말대로 천년만년 살 줄 알았는데 이완용이 드디어 죽어버린 것이었다. 그런데 허탈했다.

"그놈도 죽는 날이 있다니요. 시원할 손! 시원할 손! 세상에 이렇게 시원할 수가 있습니까."

"시원하고 말고요. 16년 묵은 체증이 시원하게 내려갔지 뭐요. 나도 거리에 나가 '원수 이완용이 죽었다!' 라고 천지가 진동하도록 고함을 지르고 싶은 기분이오."

때마침 권총주인 김창국이 집안으로 불쑥 들어서면서 대꾸했다. 이완용이 죽은 것에 취해 권총에 대한 일을 까맣게 잊어버린 김사집이 당황했다.

"김 동지, 이완용 그놈이 죽었다는 낭보朗報 때문에 돈을 구하러 나가지 못했는데 다시 이틀만 말미를 주시오. 아니 하루만 더 주시오. 내 이번에는 꼭 돈을 구해 권총을 찾아드리겠소이다."

"염려 마시오. 김사집 동지, 이완용이 죽은 기념으로 내가 권총 찾을 돈을 구해 왔소이다."

김창국이 이완용의 죽음에 대해 기쁨을 주체하지 못하며 김사집과 함께 총을 찾으러 전당포로 향했다.

남개 천흥리 집으로 김사집에 이어 또 한 사람이 찾아왔다. 북경에서 거주할 때 진로를 의논했던 김좌진 장군 사촌동생 김종진이었다. 북경에서 회영이 써준 소개장을 들고 상해로 간 김종진은 신규식을 만났고 신규식은 그를 운남군관학교로 보내주었다. 운남군관학교는 홍콩을 지나 베트남을 거쳐 수만 리 길을 가야 하는 중국 대륙의 최남단에 위치하고 있으므로 학교를 찾아가는 길이나 돌아오는 길이 천신만고의 고행이었다. 김종진은 그 멀고 먼 학교를 찾아가 몇 년 동안 교육을 받고 늠름한 장교가 되어 독립군단에서 활약을 하다 다시 멀고 먼 길을 따라 회영을 찾아온 것이었다.

7년만이었다. 회영은 뜻밖의 만남에 감격했다. 김종진은 그동안 많은 것을 배우고 체험했으므로 이제 자신 있게 북만주로 가 사촌 형님인 김좌진 장군과 함께 새로운 운동을 전개하겠다고 뜻을 밝혔다. 회영은 물 만난 물고기처럼 힘이 솟구쳐 올랐다. 그렇지 않아도 북만주 독립군기지를 활성화시켜야 한다고 늘 걱정한 터였다. 그러나 참으로 오랜만에 자랑스러운 청년동지를 만났는데 차려낼 것이 없었다. 규창이 짜도미 죽에 소금종지를 곁들여 상을 차려냈다.

"어서 드시게."

회영이 죽사발을 들어 올리며 김종진에게 권했다. 김종진은 단칸 움막에 들어설 때부터 사실 충격을 받았지만 죽사발 앞에 말문이 막혔다. 김종진은 울컥해진 속을 겨우 참으며 입을 열었다.

"선생님 건강이 걱정입니다."

"내 건강이 뭐가 그리 중요하단 말인가. 그것보다는 운동을 타개할 묘안이 없어 한이었는데 김 동지가 북만주로 간다고 하니 근래에 듣는 가장 반가운 소식이라네."

"그런데 사모님은 어디가시고 규창이가 부엌살림을 하는지요?"

"조선으로 보냈네. 벌써 3년이 지났지."

"가족들은 어쩌구요?"

"가족? 가족은 조국 다음 아닌가."

"아무리 선생님 말씀이지만 동의할 수 없습니다."

"동의하지 말게. 누구나 다 그래서는 안 될 일이니."

"다른 사람은 그래서는 안 되고 선생님 댁만 가족보다 조국이 먼저라는 말씀인가요?"

"그렇다고 말할 수 있네. 우리 가문이 대대로 누린 것이 얼마던가. 그렇지 않았더라면 일제치하에서 그럭저럭 살아갈 수도 있었겠지. 또 그래야 하고. 다 조국산천을 버리고 떠나버리면 왜놈들 세상이 될 테니 말일세."

"대대로 부귀영화와 명성을 누린 다른 명문가들도 많습니다. 그런데 왜 하필 선생님 가문만 모든 것을 짊어지고 이렇게 살아가야 한단 말씀인가요? 전 그것도 동의할 수 없습니다."

"혼이지. 조선인의 혼을 살리는 길은 이 길밖에 없기 때문이네. 지금 우리가 이역만리 험한 땅에서 거지 노릇을 하면서라도 이렇게 몸부림치는 것은 기필코 독립을 성취하자는 것이지만 독립에만 한정지어서는 안 되네."

"무슨 말씀이신지……."

"성경을 읽어보았는가?"

"예."

"출애굽을 생각해 보시게. 애굽 땅에서 400년 동안 노예생활을 하던 이스라엘 민족이 모세라는 지도자를 따라 가나안으로 가는 길은 사흘 길에 불과한 거리였네 그런데 40년 동안을 물 한 모금 없는 광야에서 헤매지 않았나. 그것이 바로 이스라엘을 지탱해 주는 민족정신으로 완성된 것일세. 우리도 마찬가지로 지금 험한 땅에서 굶주리고 쫓기고 목숨을 버리면서 몸부림치는 이 모든 것들이 독립을 뛰어넘어 후일 우리 대한의 민족정신으로 이어질 것이라고 나는 굳게 믿고 있네."

"저는 오직 독립만이 전부인 줄 알았을 뿐 후일의 민족정신까지는 생각하지 못했습니다."

김종진은 그때서야 죽 그릇을 들어 올리며 박해를 받을수록 행복해 했던 예수의 생애를 생각했다. 그리고 그것은 태연하게 죽을 마시고 있는 회영으로 이어졌다. 조국 독립과 독립 이상의 것을 위해 십자가에 못 박아버린 삶에서 흘러내린 선혈이 너무 붉고 아름다웠다.

"그런데 선생님께서 아나키즘이란 사상을 받아들이셨다는 말을 듣고 크게 놀랐습니다. 어떤 커다란 동기가 있었을 것인데 그게 무엇인가 하는 궁금증이 들기도 하구요."

두 사람의 화제는 사상문제로 전환되었다. 김종진이 먼저 궁금증을 털어놓았다. 사실 김종진은 아나키즘에 대한 관심을 벌써부터 갖고 있었고 회영을 만나 최종적으로 확신을 얻은 싶은 것이었다.

"조국독립을 실행에 옮기는 방법과 실천이 아나키스트 정신에 들어있음을 발견한 것이네. 그런데 나는 의식적으로 어떤 주의자가 된 것이 아니네. 지금까지 내가 생각해온 것이 거기에 다 들어 있었다고 하면 정확한 답이 될 것일세. 그러니 나는 예나 지금이나 전혀 변한 것도 없고 변할 것도 없질 않은가. 또 아나키즘이라는 건 거창하고 특별한 사상이 아니라 그저 조용하고 평범한 자유정신과 평등정신일 뿐이지. 말하자면 자유주의자들의 순수한 자유연합이란 말이네."

"그런데 자유연합이 너무 이상적이지 않느냐고 고개를 갸웃거린 사람들도 있습니다."

"독립운동이야말로 가장 이상적인 정신세계이지. 생각해 보게. 독립운동을 누구의 강압에 의해 하는 사람이 있던가. 김 동지 자네가 지금 독립운동 제일선에 나선 것이 어떤 단체의 힘인가? 아니면 어떤 누구의 강요에 의한 것인가? 오로지 조국을 위한 자네 순수 자유의사가 아니냔 말일세. 그것이 바로 이상이라는 것이네. 무엇이든지 자유의사에 맡길 뿐 강요나 강압이나 강권은 있을 수 없다는 것이 아나키즘의 자유정신이고 이상일세."

"아나키스트 동지들을 만난 기쁨도 대단했다고 들었습니다."

"내가 이제야 평생 동지를 만났다고 확신했던 건 누가 누굴 지배하지 않는 아나키스트 동지들의 순수함과 오로지 조국 광복만을 위한 순수한 목적에 반했던 것이네. 제대로 된 독립운동을 찾아보기가 힘든 현실에서 한줄기 서광이 아니고 무엇이겠나."

사흘 동안 아나기즘에 대해 문답을 주고받으면서 김종진은 비로소 아나키즘에 대한 확신을 갖게 되었고 운동방향의 가닥을 잡았다. 어서 김좌진 장군을 찾아가 아나키즘 정신을 바탕으로 마음껏 항일운동을 펼치고 싶었다.

"어서 북만주로 가 형님을 설득하겠습니다. 아나키스트 동지들과 연합할 수 있도록 말입니다."

"쉽지 않을 걸세. 김좌진 장군이 누군가."

"그러나 한 가지 희망이 있는 것은 상해 임정에서 평북파 평남파 함북파 기호파 황남파 등 일파만파가 일어나 야단일 때 형님께서는 '나라를 빼앗긴 원인이 바로 저런 것에 있었던 게야. 나라를 찾는 일은 오로지 하나 된 마음이 최우선이라고 하신 우당 선생님의 생각이 백 번 옳지 않은가!' 라고 탄식하셨다는 말이 자자했습니다. 형님께서도 파당을 지어 권력싸움 하는 것을 질색하시니 마음이 움직일 가능성이 전혀 없는 것은 아닙니다."

"그러나 기대는 걸지 말게."

"반드시 해내겠습니다. 선생님."

김종진은 반드시 김좌진을 설득하리라는 다짐을 하며 북만주로 떠나고 회영은 불가능한 일이라고 보면서도 반드시 해내겠다는 김종진의 다짐에 기대를 걸었다.

김종진이 떠나고 열흘이 지났을까. 이른 아침 누군가 대문을 잡아채듯 흔들어 댔다. 대문을 흔드는 분위기가 위압적이었다. 회영이 반사적으로 김사집 손목을 잡아끌고 뒷문을 통해 몸을 숨겼다. 문을 흔들거나 두드리는 느낌만으로도 누가 왔는지를 금세 알 수 있었다. 규숙이 태연하게 나가 문을 열고 내다봤다. 일본 영사관에서 나온 일본 관원이었다.

"여기 조선 사람이 사는 집 맞지?"

"여긴 중국인들만 살고 있습니다."

규숙이 중국말로 잘 둘러댔다. 북경에 남아 학교에 다니던 규숙이 졸업을 하고 집으로 돌아와 살림을 맡은 지 3개월 쯤 된 터였다. 일본 관원은 유창하게 중국말을 하는 규숙을 중국 사람으로 알면서도 의심을 풀지 못해 집안으로 쳐들어와 구석구석을 살폈다. 김사집이 벌벌 떨며 겁을 먹었다. 다음날 김사집이 상황을 알아보기 시작하고 회영은 이른 아침 일찍이 집을 나가 구 러시아조계지 공원으로 피신했다. 정황을 알아낸 김사집이 헐레벌떡 뛰어와 소리쳤다.

"큰일 났습니다. 선생님을 쫓고 있는 것 같습니다. 지난 겨울 나석주 사건에 대한 배후를 잡기 위해 일본이 상해, 북경, 천진에 형사들을 풀었다고 합니다. 아무튼 지금 선생님과 심산 선생님이 표적이 되어 있으니 어쩌면 좋습니까."

"새삼스럽게 놀랄 것 없네. 어차피 죽을 때까지 쫓기는 신세 아닌가."

"그래도 너무 급하지 않습니까."

"망명하고 이날까지 겉옷을 벗고 잠을 자본 적이 없었네."

새삼스럽게 놀랄 일은 아니지만 무슨 조치를 취해야 했다. 다음날도 일본 영사관 관원들이 집 주위를 배회하다 사라졌다. 김사집이 떨며 하루 빨리 천진을 떠나 상해로 가야 한다고 졸랐다.

"김 동지 자네는 어서 여기를 떠나게."

그렇지 않아도 김사집은 고민 중이었다. 일경의 표적이 될 만한 인물도 아니거니와 도피생활을 하는 데는 옆에 누가 붙어있는 것 자체가 걸림돌이고 위험한 일이었다. 또 상해로 가야 한다고 말은 했지만 다섯 사람이 상해로 가자면 만만찮은 여비가 있어야 할 것이었다.

"그럼 선생님은 어떻게 하실 생각인지요?"

"글쎄?"

회영이 선뜻 대답을 하지 못했다. 시각을 다퉈 도피를 가야하지만 두 딸이 문제였다.

"제가 선생님을 모시겠습니다."

김사집은 어떻게 해야 좋을지 몰라 하는 회영을 바라보는 순간 회영의 곁을 떠나면 안 된다는 생각을 했다. 회갑을 넘긴 고령이었고 많이 지쳐 있었다.

"무슨 소린가? 당장 여길 떠나게. 김 동지는 굳이 일경을 피하느라 고생할 필요가 없네."

"가지 않겠습니다. 앞으로는 몰라도 지금 이 위기는 선생님과 함께 하겠습니다."

김사집은 열심히 도피할 방법을 연구했다. 아무리 연구를 해봐도 여비가 없는 한 걸어서 상해로 가는 수밖에 없었다. 걸어서 가자면 서너 달은 족히 걸릴 것이고 다 컸다고는 하나 열여덟 살인 규숙과 어린 현숙이 문제였다.

"선생님, 규숙이와 현숙이를 빈민구제원에 맡기고 선생님과 저와 규창은 걸어서 상해로 가는 방법밖에 없습니다."

김사집이 어렵게 고육책을 내놓았다.

"빈민구제원이라니, 거긴 버려진 아이들이나 부모 없는 아이들을 돌보는 곳이 아닌가?"

"달리 방법이 없습니다."

회영은 차마 못할 짓인 줄 알면서도 김사집의 생각을 거절하지 못했다. 딸들을 데리고 도피생활을 하기란 어려울 것이었다.

"다시 돌아올 텐데 너무 심려 마십시오."

김사집은 몇 년이 걸릴 지, 어쩌면 영영 끝이 될지도 모른 일인 줄 알면서도 회영을 위로할 말이 그것 밖에 없었다.

김사집이 나서서 수속을 시작했다.

"선생님, 아이들 이름을 바꾸어야 합니다."

규숙은 홍숙경으로 현숙은 홍숙현으로 바꾸었다. 홍씨 성은 문득 노비 홍순을 떠올린 것이었다. 김사집이 자매를 데리고 가 고아라고 속여 천진시가 운영하는 빈민구제원에 입소시키고 돌아섰다.

짐을 정리했다. 흔적이 될만한 것들은 종이 쪽이라도 남김없이 태워 없앴다. 가지고 갈 수 있는 것은 겨울옷과 헝겊으로 만든 신발(중국에서는 신발을 헝겊으로 만들었다.) 몇 짝과 통소였다. 옷가지와 신발을 둘둘 말아 단단히 묶었다. 아직 별빛이 남아있는 새벽 회영은 규창과 김사집과 함께 집을 나와 수만 리 상해를 향해 걷기 시작했다.

"조국강산으로 친다면 백두산에서 남도 땅 끝까지 왕복하기를 열 번쯤은 되겠지요?"

"열 번도 넘을 걸세. 지금이라도 마음을 돌리게. 김 동지."

"나중엔 몰라도 지금은 하늘 끝까지라도 선생님과 함께 가겠습니다."

천진서 상해로 가는 진포선 철로를 따라 30여 리를 가다가 양평이란 지역을 지나게 되었다. 농가가 나오고 소들이 외양간 짚 무더기에 누워 자고 있었다. 오랜만에 보는 소들이었다. 무척 평화롭다고 느끼며 세 사람은 걸음을 멈추고 소들을 바라보았다. 그런데 느닷없이 회영이 두 사람의 옷소매를 끌고 후다닥 외양간으로 숨어들었다. 숨은 채로 주변을 살폈다. 남자 두 사람이 두리번거리며 고개를 갸웃거리고 있었다. 그리고 한 사람은 그냥 돌아가자 하고 한 사람은 조금만 더 찾아보자고 했다.

그렇게 한 시간쯤 흘렀다. 중국 남자들이 어디론가 사라지고 없었다. 회영이 길게 심호흡을 펴내며 "중국 놈들이야. 우리 뒤를 밟은 게로군." 이라고 했다.

"선생님은 눈치도 빠르십니다. 그런데 중국 놈들이 왜요?"

"일본 놈들 앞잡이지."

"중국도 일본이라면 치를 떨면서 그런 짓을 한답니까?"

"우리 조선 사람들은 제 민족과 나라도 팔아먹질 않았나. 한때는 피를 토하며 앞장서서 독립운동을 했던 사람들이 밀정노릇을 하고 있다는 걸 몰라서 그런가."

"생각해 보니 그렇긴 합니다."

회영은 어서 양평을 벗어나야 한다고 재촉하며 남변 쪽을 따라 걸었다. 다행히 남자들은 더 이상 보이지 않았다. 하루에 50여 리 정도를 무작정 걷고 또 걸었다. 중국의 5월은 이미 한여름이나 마찬가지였으므로 몸이 땀으로 범벅이 되면서 지치고 말았다. 하북성을 지나 산동에 들어 남피의 소장에서 하룻밤을 자기로 했다.

양평에서 200리쯤은 왔을 것이었다. 마을은 산과 접해 있었다. 잠을 잘만한 곳을 찾다가 마을 맨 꼭대기 집으로 찾아들었다. 노인 부부와 40대로 보인 아들이 살고 있었다. 아들이 헛간에서 자도 좋다고 했다. 헛간은 말이 헛간이지 벽이 허물어져 하늘이 다 보인 곳이었다. 휘영청 밝은 달이 헛간을 엿보듯 들여다보며 비춰주고 있었다. 마당에는 달빛이 홍수처럼 쏟아져 내리고 있었다. 회영은 눕지 않고 우두커니 앉아 마당을 바라보았다. 그때 달빛을 헤치고 그림자가 어른거렸다. 집주인 아들 같았다. 그림자가 마당을 서너 번 배회하더니 헛간 쪽을 향해 고개를 갸웃거리며 집밖으로 나갔다. 회영은 느낌이 이상해 밖으로 나가 그림자가 사라진 쪽을 향해 몇 걸음 나가 보았다. 그림자는 급히 마을 아래로 뛰다시피 내려가고 있었다. 회영은 서둘러 헛간으로 돌아와 두 사람을 깨웠다.

"빨리 피해야 한다."

"피하다니요? 그럼 중국 놈들이 여기까지 추적해 왔단 말인지요?"

"나도 모르겠네. 아무튼 위험해. 이 집 주인 아들이 어디론가 급히 내려간 걸 봤네."

"치사하고 더러운 놈들. 그놈도 신고하러 간 모양이지요."

회영 일행이 대문을 나와 한참 걷고 있을 때 뒤에서 발소리가 들려왔다.

"선생님, 누가 오고 있습니다."

"나도 들었네."

"뭘까요?"

"그건 위험해. 이대로 걷다가 저 모퉁이를 돌아선 다음 산으로 오르세."

"알겠습니다."

발소리가 더 가까이 들려왔다.

"김 동지는 규창이를 데리고 모퉁이 오른쪽으로 돌아나가게. 나는 왼쪽으로 가겠네."

"갈라지자구요?"

"그렇네."

"그럼, 꼭 다시 뵈어야 합니다. 선생님."

김사집이 마치 기차역이나 배가 떠나는 부두에서 이별을 하듯 인사말을 했다. 세 사람의 발길이 빨라지기 시작하고 뒤에서 낮게 주고받는 말소리도 가깝게 들려왔다.

"혹시 누가 알아. 횡재를 할지. 무조건 수상한 여행객을 보면 잡아넘기고 보는 거지. 아니면 말고."

"소 한 마리를 살 수 있는 돈이 생기는데 횡재도 보통 횡재가 아니지."

등 뒤에서 지껄이는 말이 등에 비수처럼 박혔다. 세 사람은 산으로 오르기 시작했다. 산은 크게 경사지지는 않았으나 돌이 많아 험했다. 산을 비춘 달빛은 한여름인데도 무척 춥고 시렸다. 김사집은 규창을 데리고 오른쪽으로 뛰고 회영은 왼쪽으로 뛰었다. 회영이 뒤돌아보자 사내들도 산을 오르고 있었다.

후쿠다 서장은 상해와 북경 등에 형사를 파견하고 중국 노동자들을 매수하여 천진부터 남피 소잔까지 망을 치고 현상금을 걸어놓은 상태였다. 수상한 자는 무조건 신고하라는 당부였다. 회영의 짐작대로 남피 소잔마을 집주인 아들은 단번에 회영 일행을 수상히 여기고 아랫마을로 내려가 사람을 대동한 것이었다. 김사집이 간 오른쪽은 곧 숲이 나와 주었다. 두 사람은 다행히 숲속으로 들어가 몸을 숨기는데 성공했다. 회영이 택한 왼쪽은 드문드문 나무가 있고 바위투성이로 된 골짜기였다. 크고 작은 바위를 건너 앞만 보고 올라가다 움푹한 곳에 몸을 숨겼다.

달빛 아래 죽은 듯 정적이 흘렀다. 다행히 미행한 남자들은 산 중간 쯤에서 추적을 포기하고 산을 내려가고 말았지만 사정을 알 리 없는 회영은 최대한 몸을 엎드려 바위를 끌어안고 숨을 죽였다. 숨을 죽인 채 그대로 잠이 들고 말았다. 달빛이 지친 회영의 등으로 밤새 강물처럼 흘렀다. 다음날 날이 밝고 눈을 뜬 회영이 헉, 하며 놀랐다. 바윗돌에 시체가 얹혀있고 그 바위에 달라붙어 잠든 것이었다. 주위가 온통 시체로 뒤덮여 있었다. 밤에 그들이 돌아가 버린 이유를 알만 했다. 알고 보니 정신없이 오른 곳은 산의 중턱이었고 시쳇골이었다. 중국 변두리 빈민가 사람들은 사람이 죽으면 관에 넣거나 가마니에 둘둘 말아 바위산 계곡에 그대로 버려둔 탓이었다.

날이 밝자 김사집이 규창을 데리고 산 왼쪽 방향을 뒤지며 회영을 찾기 시작했다. 그리고 시쳇골에서 회영과 만나자 코를 틀어막으며 소리쳤다.

"이런 곳에서 어떻게 견디셨습니까."

"생각해보니 이 시신들이 우릴 지켜준 것이야. 감사하다고 인사를 하고 가야겠네."

산을 내려와 다시 걸었다. 어서 지독한 남피를 벗어나야 했다.

철연, 오교, 평원, 덕릉, 우성, 안성을 지나는데 두 달이 걸렸다. 7월 말경 한여름에 산동의 제남부에 닿았다. 제남부는 산동성의 중심 도시였으므로 번화했다. 그리고 일본의 세력이 뻗쳐 있어 일본의 조차지가 있고 마음대로 중국인에게 아편을 밀매하고 있을 정도로 일본이 판을 치고 있었다. 그러므로 더욱 조심해야 할 곳이었다. 앞에서 너무 힘을 빼버렸으므로 아무리 부지런히 걸어도 제남부를 벗어나자면 열흘은 족히 걸릴 것이었다. 정작 제남부에서 의심을 받았다가는 살아나기 힘들 것이라 회영은 짐 속의 비상금을 생각했다. 그걸로 여관에 든다면 의심받을 염려가 없을 것이었다.

"김 동지, 여관으로 가세나."

"더 급할 때는 어떻게 하시려구요. 배가 고파서 꼭 죽게 생겼을 때 말입니다."

김사집의 말에 회영은 다시 인내하기로 하고 짐 속에 꼭꼭 싸매어 둔 10원을 최후의 순간까지 손대지 않기로 했다. 날이 어둡기를 기다렸다가 어느 집 헛간으로 숨어들었다. 이제는 집주인에게 허락을 받지 않고 도둑잠을 자기로 했다. 그런데 뜻밖에 한국말이 들려왔다.

"중국 아이들이 주는 걸 받아 피우면 안 된다. 그게 다 아편이 아니냐."

회영과 김사집이 눈을 크게 뜨며 서로를 바라보았다.

"선생님, 들으셨지요? 분명히 한인입니다. 이 집이 한인들이 사는 집이라니까요."

회영의 얼굴이 환해졌다.

"선생님, 어서 나가시지요."

김사집이 재촉하다 못해 벌떡 일어나 방문가까이 다가가 크게 말했다.

"주인 계십니까."

집주인이 문을 열고 내다봤다. 김사집은 하룻밤 신세를 지자고 말하고 생각과 달리 집주인은 처음 보는 한국 사람을 선뜻 반기지 않았다. 김사집이 당황하여 회영을 돌아봤다. 회영도 주춤했다. 서로 믿지 못하는 몇 초의 순간이 지나갔다.

"이 분은 독립운동 지도자이신 우당 선생님입니다."

김사집이 서둘러 집주인에게 회영을 소개하듯 말했다.

"지금 뭐라고 하셨소? 우당 선생님이라고 하셨소?"

집주인이 놀란 눈으로 물으며 엉거주춤 몸을 일으켜 세웠다.

"그렇습니다. 우당 선생님이십니다."

"참말인지요?"

집주인은 도저히 믿어지지 않는다는 듯이 몇 번을 되물으면서 마당으로 뛰어나와 사람을 살폈다. 그리고 서둘러 방으로 안내했다.

"우당 선생님, 절 받으십시오."

집주인은 가장 존경하는 사람에게 올리는 태도로 회영에게 절을 하고나서 고개를 들었다.

"우당 선생님을 아신 모양이군요?"

김사집이 궁금증을 참지 못해 먼저 입을 열었다.

"존함만 들었을 뿐입니다. 그러나 제 목숨이 우당 선생님 덕택으로 살아났습니다."

한일병합 이후 줄곧 제남부에서 거주해온 교민 서정화란 사람이었다. 40대 초반 정도인 서정화는 한일병합 당시 작은아버지가 의병활동을 하다 붙잡혔고 가족들 중 남자들 목숨이 경각에 달려있을 때 급히 조선을 떠나야 했는데 그때 수중에 돈 한 푼 없이 입은 옷 그대로 압록강을 건너야 했다고 이야기를 들려주었다.

"사촌 육촌까지 우리 집안 청년들 다섯 명이 꽁꽁 언 강을 걸어서 건너려다 두 명이 쓰러지고 말았습니다. 그런데 썰매꾼이 우리를 자기 집으로 데려가 동상이 든 발을 치료까지 해주면서 살려냈지 뭡니까. 그래서 은혜를 잊지 않겠다고 했더니 그 사람이 하는 말이 '그건 우당 선생님께 하십시오. 저는 다만 우당 선생님의 부탁을 행할 뿐이랍니다.'라고 하더군요. 첸징우라는 그 썰매꾼 이름도 잊지 않고 있습니다. 정녕 생전에 꼭 한 번 뵙고 싶었습니다."

회영은 첸징우가 그렇게까지 했다는 걸 까맣게 모르고 있었으므로 몹시 놀랐다.

"그건 내가 아니라 첸징우에게 고마워해야 할 일이오."

서정화는 눈물을 글썽이며 한인사회에도 일본 첩자가 있어 낯모른 사람은 누구나 경계한다고 사정을 털어놓으며 죄송하다는 말을 여러 번 되풀이 했다. 그리고 회영의 몰골을 보고 놀라움을 금치 못했다.

땀과 먼지에 절인 의복이 거지에 다름 아니었다. 서정화는 대뜸 아끼고 아낀 새 옷을 내주며 입기를 권했다. 그러나 회영은 본색을 감추기에는 거지꼴이 안성맞춤이라며 극구 사양했다. 대신 김사집이 비상시에 팔아 돈을 마련할 생각으로 덥석 옷을 받아 봇짐 속에 집어넣었다.

회영이 하룻밤을 쉬고 떠나려고 하자 서정화의 간곡한 만류로 하루를 더 쉬고 다음날 길을 나섰다. 서정화는 가진 돈을 몽땅 털어 10원을 쥐어주며 가난한 살림을 한탄했다. 회영 일행에겐 큰돈이었으므로 김사집의 입이 함박만큼 벌어졌다. 이틀이나 푹 쉬면서 제대로 끼니를 먹었으므로 한결 몸이 가벼웠다.

제남부를 벗어나 남으로 남으로 내려가 태안부에 들자 태산이 드러났다. 공자가 등태산이소천하登泰山而小天下라고 했지만 산 높이라야 6, 7백 미터나 됨직하고 숲도 그저 그런 정도였다.

"난 또 '등태산이소천하'라고 해서 산이 하늘에 닿을 정도로 높은 줄 알았더니 우리나라 뒷동산이나 진배가 없질 않습니까."

김사집이 실망했다는 투로 말했다.

"산동성이 온통 평지라 고대 사람들 생각에 세상에서 가장 높은 산인 줄 알았겠지."

회영도 김사집의 말에 동조하면서 그렇게 말했다.

"아무튼 말만 듣던 고산도 눈앞에서 보니 쫓기는 길도 여행은 여행입니다. 선생님."

김사집은 회영을 위로하려고 열심히 말을 했다. 일본에서 고학으로 유학했던 일을 말할 때는 무척 흥분하기까지 했다. 일본에서 유학을 하는 조선 학생들 열 명 중 일곱은 고학을 했고 김사집도 마찬가지였다. 우유배달 신문배달 인력거꾼 공사장 일 헌책이나 잡지를 수거하여 파는 고물장수 등등 안 해본 것이 없다고 했다.

그런 일은 중국 유학생이나 일본 학생들은 하지 않는 일이었으므로 일본인들은 조선 고학생들을 거지처럼 여겼는데 통탄할 일은 조선 유학생들의 이미지를 흐려 놓는다며 부유한 집 조선 유학생들이 가난한 조선 고학생들을 미워하거나 얕본다는 것이었다. 그리고 정말 통탄할 일은 고생하며 공부하는 고학생들일수록 애국심이 불타올랐고 부유한 유학생 중 대부분이 일본에 아부하더라고 김사집은 분통을 터트렸다.

"손가락에 살짝 힘만 주어도 바싹 깨져버릴 그 계란 껍데기 같은 부잣집 자식들을 생각하면 울화통이 터집니다. 같은 민족끼리 그 자식들은 신분의 차이를 운운하면서 고학하는 학생들을 비웃는가 하면 일본 놈들 앞에서는 조선의 조자도 꺼내지 못했지요. 정녕 그런 놈들도 조선 새끼들이었는지……."

일본 명치대학에서 법학을 공부하고 삼일운동 후 북경으로 망명하여 독립운동을 시작한 김사집은 마치 현실인 것처럼 푸우, 푸우, 한숨을 내쉬며 그렇게 어렵게 공부했지만 나라가 없으니 무슨 소용이 있느냐고 한탄했다. 그렇지만 해방이 되면 가난하고 힘없는 사람들을 위해 공짜로 변론을 해주는 변호사가 되겠다고 다짐했다.

"신분, 신분, 그놈의 신분차이가 도대체 무엇이란 말인가? 나라가 없어도 신분만 있으면 된단 말인가?"

잠자코 듣고 있던 회영이 화를 냈다. 회영은 그저 묵묵히 듣기만 하면서도 김사집의 말에 분노가 끓어올랐다. 비단 그 부유한 유학생들뿐만 아니라 조선 사람들은 나라를 잃어버린 지경에서도 신분의 높낮이를 비교하며 약자를 지배하려 드는 근성을 그대로 갖고 있는 탓이었다. 회영은 근본적으로 신분의 차이란 말이 일본만큼이나 싫었다. 신분은 분명히 상대를 지배하는 것이었다. 약자 위에 군림하면서 약자를 얕보고 경멸하고 짓밟는 것이었다.

"일본 놈들이 독립운동이란 상놈들이나 하는 짓거리라고 선전하고 있는데 사실 따지고 보면 그 놈들 말도 일리가 있질 않습니까."

회영은 대답대신 고개를 끄떡일 뿐이었다.

몸이 천근만근이었다. 태안부에서 하루쯤 머물러야 다시 걸을 수 있을 것 같았다. 태산으로 유명한 태안부는 지금까지 지나온 곳 중에서 형편이 가장 열악한 곳이었다. 마을이나 사람들이나 모두 금세 쓰러질 듯했다. 도무지 머무를 곳을 구할 수가 없었다. 사찰을 찾아가 부탁했다. 먹을 것은 없으니 잠만 자고 가라 했다. 저녁이 되자 처음엔 잠만 자고 가라 했지만 인간으로서 자기네들만 먹을 수가 없어 음식을 조금 내주었다. 야채를 넣고 끓인 죽이었다. 감지덕지하여 입에 넣었지만 소태처럼 쓴 맛 때문에 목으로 넘어가지 않았다.

"이게 약이지 어디 음식입니까?"

김사집이 독약을 문 것처럼 상을 찌푸리며 죽 그릇을 놓고 말았다.

"죽지는 않을 테니 그래도 삼켜 두게."

"죽고 말지요."

회영이 눈을 질끈 감고 있는 힘을 다해 몇 모금 삼키면서 권했으나 김사집과 규창은 끝내 죽을 삼키지 못하고 말았다. 잠자리에 들자 기다렸다는 듯이 모기들이 달려들었다. 모기들도 몹시 굶주린 듯 했다. 얼굴과 팔다리를 무차별 공격하기 시작했다. 분주하게 팔다리를 긁으며 김사집이 중국은 공자 같은 대성인을 낸 나라이고 동양문명의 기원지인데 어찌 이렇게도 야만적일 수 있느냐고 계속 태안부를 탓했다.

"모기도 우리 조선 모기와는 사뭇 다릅니다. 이게 거미지 모깁니까. 시커멓고 큰 것이 끈덕지고 독하기가 꼭 일본 놈들과 똑같지 뭡니까."

"거지여행을 하는 처지에 불평을 할 줄 아니 그래도 여유가 있어 보기에 좋구만."

"예로부터 배고픔은 참아도 기침과 가려움은 못 참는다고 하질 않습니까."

"김 동지 말이 맞는 것 같구만."

회영도 참을 수 없어 모기가 물어댄 자리를 긁으며 김사집이 한 말에 공감했다. 모기 때문에 잠을 이루지 못하자 회영이 짐 속에서 퉁소를 꺼내들었다. 김사집이 차라리 퉁소를 불면서 날을 새우는 편이 낫겠다고 계속 푸념했다. 퉁소를 몇 소절 불었을 때 김사집이 잠이들었다. 회영도 겨우 잠이 들었다. 세 사람은 밤새도록 끈덕진 모기에게 뜯기고 이른 아침 눈을 떴다. 아침에 눈을 뜬 규창이 "짐 보따리가 없어졌어요!"라고 소리쳤다. 마당을 쓸고 있는 스님에게 물어봤지만 입도 떼지 않고 고개만 살래살래 저을 뿐이었다. 짐 속에 꼭꼭 감추어둔 비상금 10원과 서정화가 어렵게 준 돈 10원과 새 옷까지 몽땅 잃어버리고 만 것이었다. 통소는 밤에 꺼내놓은 탓에 옆에 있었다. 다행이었다.

"차라리 선생님께서 그 돈으로 여관에 들자할 때 그렇게라도 했었더라면 덜 억울하겠습니다. 그 돈 아끼느라 밥 한 끼도 사먹지 않았는데……."

김사집이 원통함을 참지 못해 거듭거듭 한숨을 쉬었다.

"어차피 무전여행이 아니던가. 좋지 않은 건 속히 잊는 것이 약이라네."

회영이 오히려 김사집을 위로하며 길을 나서려는데 사찰에서 안됐다는 생각에 아침식사로 지난 저녁보다 훨씬 맛이 좋은 죽을 내주었다.

"그러면 그렇지. 자기네들은 훨씬 나은 죽을 먹으면서 사람에게 그 따위를 내어주다니요."

길을 가면서 규창이 겉옷을 벗어 팔아 1원 50전을 만들었다. 여름이라 다행이었다. 산동성을 벗어나자면 앞으로도 한 달은 걸어야 할 것이라고 사람들이 말해 주었다. 남으로 남으로 끝없이 걸었다. 저녁 때마다 잠자리가 고역이었다. 농촌에서는 헛간에서라도 잘 수 있고 소도시에서는 길모퉁이나 건물 아래서 자기도 했지만 진포선이란 소도시에서는 도저히 잘만한 곳을 찾을 수가 없었다. 폭격을 맞아 벽만 남은 곳을 발견하고 거기에 누워 잠을 청하기로 했다. 별이 총총히 빛나고 있는 밤하늘이 무척 아름다웠다. 김사집이 팔을 베고 누워 한탄과 감탄이 뒤섞인 말을 했다.

"선생님, 저 별들을 보십시오. 꼭 송아지 눈방울만한 것들이 눈물을 뚝뚝 흘린 것만 같습니다. 폐허나 진배가 없는 이런 곳에 누워 저렇게 아름다운 별을 보다니요. 마치 예수가 태어나던 날 밤에 동방박사들에게 방향을 가르쳐준 별들 같지 뭡니까. 그러고 보니 우리가 꼭 동방박사들 같습니다."

회영은 여행 중 오랜만에 품에서 퉁소를 꺼내 불기 시작했다. 소리는 언제나 어머니 같았다. 조국의 분신이었다. 지쳐 쓰러질 때마다 일으켜 세워주면서 끝까지 견뎌야 한다고 위로해 주었다. 김사집은 말하기를 그치고 퉁소 소리에 귀를 기울이며 옷소매로 눈물을 닦았다. 규창도 손등으로 눈물을 훔쳐냈다. 소리는 별빛과 함께 폐허의 담벼락을 돌며 밤새 강물처럼 흘렀다.

진포선을 벗어나 십여 일만에 서주에 도착했다. 서주는 산동성에서 대도시에 속했다. 천진을 떠난 지 꼭 석 달 보름째였다. 세 사람은 지칠 대로 지쳐 어딘가에 당장 몸을 의지하고 싶은 마음이 간절한데 여관 호객꾼이 다가와 친절하게 투숙할 여관을 찾지 않느냐고 물었다. 김사집이 구세주를 만난 것처럼 그렇다고 냉큼 대답했다. 회영이 김사집을 잡아 끌 새도 없이 김사집이 호객꾼을 따라가 방을 잡아놓고 돌아와 회영과 규창을 잡아끌었다.

"무작정 여관으로 가서 어쩌자는 건가?"

회영은 무슨 수가 있을 턱이 없음을 잘 알면서도 혹시 무슨 수라도 있느냐는 묻는 투로 물었다.

"일단 잠을 자면서 무슨 수를 생각해 보겠습니다."

회영은 이끌리다시피 김사집을 따라갔지만 실은 어서 들어가 쉬고 싶은 마음이 간절했다. 노숙으로 전전해 오다 모처럼 여관방에 들자 온몸이 물먹은 흙더미처럼 푹 쓰러졌다.

"방에서 잠을 자보는 것이 얼마만인지요."

"제남부의 서정화 씨 댁에서 자고 처음이니 꼭 석 달 만이구나."

김사집과 규창이 오랜만에 방바닥에 등을 대고 누운 감회를 나누며 잠이 들었다. 회영은 벌써 잠든 지 오래였다.

한참을 쉬고 나자 내일이면 당장 치러야 할 여관비 때문에 걱정이었다.

"김 동지는 대체 어쩔 작정으로 여기로 오셨단 말이오?"

"실은 송호 동지가 중국에 와서 송호성이라는 이름으로 산동성 2군단 사단장으로 있다는 말을 들었습니다. 북경 선생님 댁에서 한동안 묵었다고 들었습니다."

"오라! 송호 동지 말인가? 미처 그 생각을 못했군 그래."

회영은 금세 기골이 장대하고 얼굴이 유난히 검은 송호를 기억해 냈다. 송호는 신흥무관학교 출신이었고 그 역시 북경 회영의 집에서 묵어간 사람 중 한 사람이었다. 회영은 당장 송호에게 편지를 써서 규창에게 들려 보냈다. 그리고 여관에서 묵은 지 7일이 경과한 날 회신을 받았다. 제2군단장 병사가 직접 회신을 가지고 여관주인에게 회영 일행을 찾자 여관주인은 허리를 굽히며 정중하게 병사를 회영 일행이 든 방으로 안내해 주었다. 김사집이 재빨리 회신을 받아들었다. 그런데 회신을 펼쳐 본 김사집의 안색이 잿빛으로 변했다. 송호 군단장은 안휘성에 주둔하고 있으므로 관내에 없으며 안휘성은 거리가 너무 멀어 연락을 할 수 없다고 했다.

여관비가 큰일이었다. 다행히 여관주인은 군단장과 무척 가까운 사이인 줄 알고 더욱 친절히 대하면서 여관비를 전혀 독촉하지 않았다. 그래서 더욱 여관주인에게 미안했다. 설상가상으로 4일 후면 추석이었다. 중국 사람들은 명절이 다가오면 외상값을 깨끗이 정리하는 관습이 있었다.

"야반도주를 해야겠습니다."

"도주를 해?"

"일단 도주를 할 수밖에요. 우리가 돈이 한 푼도 없다는 걸 알게 되면 공안에 넘겨버릴 것이 뻔합니다."

이번에도 김사집이 용감하게 안을 냈고 중국인들의 특성을 잘 알고 있는 회영이 도리 없이 따랐다. 밤중을 기다렸다. 먼저 회영이 여관을 나갔다. 한참 후에 김사집이 방을 빠져나오려고 자리에서 일어섰다. 그리고 잠시 머뭇거리다말고 이미 멈춰버린 손목시계를 벗어 문갑 위에 놓았다.

"멈춰버린 시계가 아닌지요?"

규창이 낮게 속삭이듯 물었다.

"누가 아느냐 시계가 기사회생이라도 할지."

김사집은 그래도 나에게는 마지막 재산이었는데. 라고 못내 아쉬워하며 방을 빠져나갔다. 10여 분 뒤에 규창이 불을 끄고 자는 것처럼 꾸미고 무사히 여관을 빠져나왔다. 세 사람은 뒤서거니 앞서거니 각자 거리를 두고 정신없이 걸었다. 금방이라도 여관주인이 등 뒤에서 덜미를 잡아챌 것만 같아 숨 쉴 틈도 없이 앞만 보고 걸었다. 걸으면서 회영은 속으로 참으로 미안하오. 부디 용서하시오. 라고 중얼거렸다.

얼마를 갔을까. 한참 동안 걷다보니 약속한 듯 모두 철로를 따라 걷고 있었다. 세 사람이 철길에서 합류하여 비로소 숨을 돌리려고 하자 불쑥 군인이 나타나 "이 밤중에 어딜 가는 것이오?"라며 앞을 가로막았다. 규창이 나서서 회영은 아버지이고 김사집은 숙부라고 설명한 후 숙현의 친척집을 찾아가는데 길을 잃은 것 같다고 둘러댔다. 군인은 잠시 세 사람을 살핀 후 철길은 민간인이 가서는 안 되는 길이라고 하며 옳은 길을 가르쳐주었다.

군인들에게 말한 대로 상해로 가자면 숙현으로 가야 했다. 숙현은 서주에서 다시 3백 리 길이었다. 빨라도 4일은 걸릴 것이었다. 허물어진 폐가에서 잠을 자고 다음날 다시 걸었다. 마을에 닿아 위험한 일이었지만 아무 집에나 대뜸 들어가 집주인에게 먹을 것과 하룻밤 잘 곳을 부탁했다. 집주인은 먹을 것은 줄 수 있지만 잠은 소 마구간 옆에 있는 헛간에서 잘 테면 자라고 했다. 주인이 내다준 옥수수떡과 국물로 저녁을 먹고 헛간으로 갔다. 소 마구간은 헛간 옆이 아니라 누워있는 소와 마주볼 수 있을 정도로 칸을 질렀으므로 마구간이나 마찬가지였다. 소 두 마리가 비스듬하게 누워 새김질을 하고 있었다.

소들이 새김질을 하면서 자꾸 곁눈질을 하자 김사집이 기분 나쁘다고 투덜댔다.

"저놈의 소들이 사람을 몰라봐도 유분수지 감히 우리를 흘겨보다니."

"저희들 방을 빼앗겼다고 화가 난 것 아닙니까."

규창이 소를 바라보며 김사집의 말을 거들고 나섰다. 후텁지근한 공기와 소똥냄새가 어우러져 숨이 막혔다. 김사집이 괜한 소를 향해 투덜대며 규창과 함께 헛간에 옥수수 대를 척척 깔고 회영에게 자리를 권하기가 무섭게 모두 쓰러지듯 누워 잠이 들었다.

얼마나 잤을까. 회영은 요의를 느끼며 잠이 깨어 밖으로 나갔다. 그런데 주인 여자와 남자 두 사람이 무슨 말인가를 주고받고 있었다. 남자들은 이웃 사람이었고 밭갈이 소를 빌리러 온 것이었다. 회영은 그들의 이야기를 파악할 새도 없이 등골이 오싹하여 재빨리 김사집과 규창을 흔들어 깨워 집을 빠져나왔다. 그리고 계속 빨리 걷기를 재촉했다.

"어서 이곳을 빠져나가야 한다."

"두 남자가 누군지 모르잖습니까?"

"우리를 찾는 게 분명해, 그러지 않고서야 밤중에 왜 남자들이 그 집에 왔겠어."

"여기까지 일본 놈 첩자가 있다는 말씀인가요?"

"여관집이 고발을 했을 수도 있지 않은가. 아무튼 피하는 것이 상책이네."

"여관비 가지고 그렇게까지 할라구요."

"모른 소리 말게. 중국 사람들은 한 번 신뢰하면 간까지 빼주지만 배신을 당했다고 생각하면 지구 끝까지도 쫓아가는 성밀세."

"하긴 그 여관집이 우릴 철석같이 믿었으니 그럴 만도 하겠지요. 벗어놓고 온 시계라도 기사회생을 해주었더라면 혹 몰랐을 텐데."

걷고 또 걸어 서주 여관에서 도망 나온 지 4일 만에 숙현에 도착했다. 숙현에서 남경까지 가야하고 거리는 4백 리였다. 그리고 남경에서 상해까지 8백 리 길이었다. 아직도 갈 길이 1천 2백 리가 남아있음에도 상해가 눈앞에 다가 선 듯했다.

일단 숙현에서 노독을 풀고 다시 걷기로 했다. 숙현은 비교적 깨끗한 마을이었다. 빈 창고가 더러 눈에 띄었다. 그 중 가장 양호한 것으로 골라 들어갔다. 해가 떨어지고 나자 김사집과 규창이 옥수수떡을 얻어왔다. 떡을 먹고 잠에 빠진 세 사람은 다음날 아침에야 눈을 떴다. 서주를 빠져나오기 위해 4일 동안 정신없이 걸었던 노독이 어느 정도 풀리고 마음도 상해가 가까워진다고 생각하자 안정이 되는 듯했다.

그런데 막상 상해가 가까워진다고 생각하자 회영은 정신이 번쩍 들었다. 한 번 상해로 가면 다시는 천진으로 돌아갈 수 없을 것만 같았다. 규숙과 현숙이 넓고 넓은 중국 땅에서 천애고아가 되어버릴 수도 있었다. 천애고아만 되는 것이 아니라 죽는지 사는지도 모를 일이었다. 회영의 얼굴에 먹구름이 덮였다.

"선생님, 왜 그러세요?"

"김 동지, 아무리 생각해도 이 모양으로는 상해에 들어 갈 수가 없겠네."

회영은 마치 거지나 다름없는 몰골에 당황한 척했다.

"예?"

김사집이 넋이 나간 듯 멍한 눈으로 회영을 바라보았다. 김사집이 겨우 정신을 수습하며 회영을 설득하기 시작했다.

"몇 달 동안 목숨 걸고 여기까지 왔는데 무슨 말씀을 하신지요? 자식이고 형젠데 무슨 상관이랍니까."

"자식이나 형제를 어찌 낙담케 하겠는가. 백 번을 생각해도 이건 아니네."

"이제 다 왔는데 억울하지도 않으신지요. 선생님."

"일경에게 붙잡힌 것에 비하면 이만한 고생쯤이야 어디 고생이라 할 수 있겠는가."

"그럼, 어떻게 하시려구요?"

"다시 돌아가야겠네."

"뭐라구요? 그 길을 다시 돌아가시겠다구요?"

김사집이 경악하듯 소리쳤다.

"노숙에 이력이 났으니 가는 길은 그다지 힘들지 않을 걸세."

"저는 가다가 죽는 한이 있어도 상해로 가렵니다. 모르면 모르되 어찌 왔던 그 길을 다시 돌아갑니까. 선생님, 상해로 가면 적어도 하루 세 끼 죽으로 때우는 일은 면하지 않겠습니까. 그러니 제발 고집을 버리시지요."

김사집은 혹시 함께 천진으로 돌아가자고 할까봐 겁이 났고 회영은 상해로 가면 먹는 걱정이 없다는 김사집의 말에 가슴이 저며 왔다. 젊다고는 하지만 김사집의 몰골도 말이 아니었다.

"선생님, 제발 상해로 가셔야 합니다. 그곳에 형제들과 장남 규학이 있지 않습니까."

"이렇게 하세나. 김 동지는 상해로 가고 나는 천진으로 가기로."

"선생님, 사실은 규숙이 현숙이 때문이지요?"

"변명하지 않겠네. 그리고 일경도 지금쯤 내가 천진을 뜬 걸로 파악했을 테니 잡으러 다니지는 않을 거고."

"선생님, 규숙이가 당차 잘 해낼 것입니다. 상해에서 자리가 잡히면 그때 다시 찾으러 가면 되지 않겠는지요?"

"그게 언제란 말인가?"

"글쎄요. 언제가 될지……."

숙현에서 남과 북으로 갈라져 작별을 하기로 했다. 돈이라고는 규창의 옷을 팔아 만든 1원 50전이 전부였다. 회영은 그 돈에서 50전을 갈라내어 김사집에게 쥐어 주었다. 김사집이 회영을 붙잡고 엉엉 소리 내어 울기 시작했다. 회영도 눈시울이 붉게 변했다. 옆에서 규창도 소리 내어 울었다. 김사집이 마지막으로 땅바닥에 엎드려 회영에게 절을 올렸다.

"선생님, 언제 다시 뵙게 되는지요. 부디 목숨을 부지하셔야 합니다."

김사집이 절을 한 다음 울며, 울며, 발길을 돌렸다.

회영은 규창을 데리고 왔던 길을 다시 되돌아가기 시작했다. 3일 만에 여관에서 야반도주한 서주에 도착했다. 여관 호객꾼에게 들킬 것이 염려되어 밤이 되기를 기다렸다. 후미진 구석에 숨어 규창이 사방을 두리번거렸다.

"무서운 게로구냐?"

"무섭습니다. 아버님."

"그래, 무서워할 줄 알아야 양심이라도 살리는 게다."

"아버님, 우린 7일 간의 여관비 때문에 이렇게 무서운데 남의 나라를 통째로 삼켜버린 일본은 얼마나 무서울까요?"

"그들은 양심이 죽어버렸으니 무섭지 않단다. 죽어버린 살을 꼬집어봐야 아픔을 느낄 턱이 없질 않느냐."

밤이 되자 회영과 규창은 서주역으로 나가 조장석탄광으로 가는 화물기차에 몰래 올라탔다. 화물차는 임성역까지 가 멈췄다. 임성역에서 내려 하룻밤을 자야 했다. 회영은 규숙에게 다시 천진으로 돌아가고 있다는 편지를 쓰기 위해 역사로 들어가 지필묵을 얻자고 했다. 젊은 직원이 친절하게 지필묵을 내주었다. 그리고 고개를 들어 회영을 바라보더니 눈을 동그랗게 떴다.

"혹시 우당 선생님이 아니신지요?"

회영과 규창이 놀라 청년을 바라보았다.

"저는 천진이 고향이고 남개학교를 다녔는데 그때 선생님을 뵌 적이 있었습니다. 제가 무척 존경하는 선생님이라 잊지 않고 있었는데 이렇게 뵙게 되다니요!"

회영은 암흑 속에서 불빛을 발견한 것처럼 반가웠다. 아들 규창이 남개학교를 다닐 때 교장 장백령을 종종 만나러 학교에 간 적이 있었고 강연을 한 적도 있었는데 그때 본 모양이었다. 마침 청년은 남개학교 출신자 명단을 갖고 있었다. 명단에서 규창의 이름을 발견하고 청년은 더욱 반가워했다.

"그때 장백령 교장선생님께서 일본 대 중국과의 불평등조약과 갖가지 침략에 대하여 분노하시면서 우리 중국 학생들에게 애국심을 고취시킬 때마다 '우리 중국인도 조선의 명족 우당 이회영 선생의 정신을 본받아야 한다.' 라고 얼마나 강조하셨는지 모릅니다."

청년은 이야기를 하면서 직감적으로 회영의 형편을 눈치 채고 어디까지 가느냐고 물었다. 회영이 천진으로 간다고 말하자 천진행 기차를 탈 수 있도록 검표원에게 조치를 할 테니 그냥 승차만 하면 된다고 일렀다. 그리고는 회영에게 '꼭 독립운동을 성공하셔서 조국광복을 보셔야 합니다.' 라는 위로와 함께 규창에게 돈 10원을 쥐어 주면서 가는 길에 선생님을 잘 대접해드리라는 당부까지 잊지 않았다.

기차로 천진까지 가자면 앞으로도 제남역, 남창역, 청해역 등 네 개의 역을 거쳐야 했다. 돌아가는 길은 그야말로 천운이었다. 회영은 규숙에게 기차를 타고 간다는 편지를 부치고 참으로 오랜만에 기차를 탔다. 기차가 제남역에 닿자 중국 검표원이 영국 검표원에게 무어라 속삭인 후 회영에게 제 역장에게 잘 부탁할 테니 안심하고 다음 기차를 타라고 말해주었다. 다음 기차는 다음날 새벽에 들어왔다. 역장은 검표원에게 다시 부탁을 하고 기차는 중국 대륙을 밤을 새워 달렸다. 남창역을 지나 다음 날 아침 청해역에서 다시 검표를 하는데 검표원끼리 속삭이며 계속 그런 식으로 이어졌다. 청해역에서 천진까지는 50여 리 밖에 되지 않았다. 걸어서 서너 달을 불과 열흘 만에 온 것이었다. 청해에서 다시 하루를 걸어 빈민촌인 천진 금탕교 소왕장산으로 들어왔다. 천진을 떠날 때는 봄이었는데 들어올 때는 가을이었다.

야해자野孩子

남개학교 출신 청년이 준 돈으로 천진시 금탕교 소왕장산에 토방 한 칸을 얻었다. 주인은 딸 둘을 둔 여자였다. 복건성 사람이라 속이고 때마침 복건성 지역에 내란이 발발했으므로 쫓겨 왔노라고 둘러댔다. 다시 돌아왔지만 규숙과 현숙은 사정이 닿을 때까지 빈민구제원에 그대로 있기로 했다. 빈민구제원에 있더라도 가까이 있어 견딜 만했다. 집이 정해지자 서울의 은숙에게도 편지를 보냈다.

겨울이 닥쳐왔다. 이불도 겨울옷도 살림도 아무것도 없었다. 봄옷을 입고 이불도 없이 불기 없는 냉방에서 겨울밤을 견딘다는 것은 목숨을 내놓은 듯했다. 주인집 여자가 혀를 차며 여름용 홑이불을 내주었다. 주인집 여자는 회영을 바라보며 어디로 보나 귀하신 어른 같은데 어쩌다 시국을 잘못 만나 이 고생이냐며 자기네 양식에도 모자란 옥수수가루를 갈라주기도 했다.

회영은 아들이 가엾고 아들은 고령인 아버지가 걱정이었다. 밤이면 이가 달그락거리는 소리를 냈다. 처음에는 달그락거렸지만 나중에는 마치 문풍지가 떨듯이 달달달 부딪치는 소리를 냈다. 규창은 나이 많은 아버지를 생각해 참으려고 안간힘을 썼다. 안간힘을 쓸수록 이는 더 심하게 부딪쳤다.

"추운 게로구나?"

"참을만합니다. 아버님."

"이 겨울만 참아내면 되느니라. 봄이 오면 천하 없는 추위도 다 물러가질 아니더냐."

"아버님이 걱정입니다."

"아비는 추위를 이불 삼고 더위를 냉풍 삼아 살아왔느니라."

"아버님, 상해 규학 형님께 편지라도 내어 볼까 합니다. 이불과 동복이 있어야 겨울을 날 수 있다고……."

"그건 안 된다. 지금 네 형은 임정을 돕느라 숨 쉴 틈이 없는데 이곳 사정까지 말하게 되면 그 속이 얼마나 쓰라리겠느냐."

규창의 말에 회영이 깜짝 놀라 손을 저었다. 주인집 여자가 보다 못해 규창에게 한 가지 귀띔을 해주었다. 금탕교를 건너 프랑스 조계로 가면 부잣집들이 즐비하다고 했다. 새벽마다 하인들이 밤새 난로에서 타다 남은 석탄재를 버리는데 그것들을 헤집어서 덜 탄 것을 골라오라는 것이었다.

콕코스라고 부르는 것이었고 콕코스를 줍는 아이들을 야해자野孩子라고 했다. 들의 아이들이라는 뜻이었다. 이른 새벽 주인집 여자가 재를 치는 얼레와 자루가 긴 갈퀴와 콕코스를 담을 자루와 석탄을 넣고 불을 이룰 화로까지 내주었다. 영하 40도를 웃도는 새벽 추위를 걱정하면서 남편이 생전에 입었다는 낡고 오래된 옷도 한 벌 내주었다.

정각 새벽 4시가 되자 방직공장에서 교대를 알리는 기적소리가 울려 퍼졌다. 규창은 주인이 준비해 준 장비를 짊어지고 집 밖으로 나섰다. 강추위에 코와 입술이 떨어져나갈 것만 같았다. 이 골목 저 골목에서 야해자들이 줄지어 나오기 시작했다. 줄잡아 30여 명은 될 듯했다. 세상에서 가장 천하고 초라하게 보였다.

부잣집 대문 밖에서 재를 버리기를 기다리면서 야해자들은 저희들끼리 말을 주고받았다. 몇몇은 규창을 향해 처음 본다는 표정을 지으며 야해자가 또 한 명이 불어난 것을 달갑지 않게 여긴 눈치였다. 규창은 그들의 눈길을 의식하며 자기가 그들을 초라하게 바라보았듯이 그들도 자기를 초라하게 볼 것이라고 짐작하며 눈에 힘을 주려고 애썼다. 그리고 속으로 "나는 너희와는 엄연히 달라. 너희는 단지 방을 데우는 것이 문제지만 나는 조국광복이란 꿈을 위해서야!"라고 소리쳤다.

드디어 부잣집 하인들이 대문 밖에 석탄재를 버리기 시작했다. 야해자들이 우르르 달려들었다. 모이를 향해 날아든 새떼들 같았다. 재가 풀풀 날아올랐다. 규창이 조금 머뭇거렸다. 그러나 용기를 내어 토박이 야해자들 틈에 끼어들어 갈퀴를 들이밀었다. 한 야해자가 규창을 밀쳐냈다. 몇 번인가 밀려나면서 갈퀴로 허공을 쳤다. 악착같이 다시 끼어들었다. 잿더미를 헤집는 갈퀴와 갈퀴끼리 서로 엉켜 가벼운 신경전이 벌어지기도 했다. 그러나 곧 한 개라도 더 줍기 위해 누가 먼저랄 것도 없이 신경전은 해소되고 말았다.

　새벽 4시에 집을 나서면 집에 돌아오는 시간은 오전 10시쯤이었다. 절실한 만큼 규창은 곧 토박이 야해자를 능가한 수확을 올리기 시작했다. 석탄이 방 한쪽 구석에 쌓여가자 부자가 부럽지 않았다. 그러나 회영이 이미 쇠약해진 몸을 가누지 못한 채 자리에 누워 꼼짝하지 못했다. 노령에 무려 4개월 동안이나 무전여행으로 쇠잔해진 데다 추위와 굶주림으로 지쳐버린 탓이었다. 보통 때처럼 석탄 자루를 짊어지고 방으로 들어선 규창이 깜짝 놀라 소리쳤다.

　"아버님! 눈을 떠보셔요?"

　회영이 간신히 눈을 떠 아들 규창을 바라보았지만 눈뜨는 것조차 힘겨워보였다. 규창은 아버지가 심상치 않다는 것을 직감했다. 급히 방을 뛰쳐나와 머릿속에 김형환을 떠올리며 프랑스 조계지 쪽을 향해 달리기 시작했다. 김형환은 한때 폭탄과 돈을 가져온 이광의 외숙이었고 영미연초공사에서 근무하고 있는 인정 많은 사람이었다.

　규창은 숨도 쉬지 않고 30여 리를 달려 김형환 집 앞에 도착했다. 대문 앞 높은 계단을 단숨에 뛰어올라 급히 대문을 두드렸다. 문을 열고 나온 여자 하인이 시커먼 석탄재로 범벅이 되어있는 규창의 몰골을 바라보며 경계했다. 먼 길을 달려오느라 흘린 땀으로 얼굴엔 검은 줄무늬가 거미줄처럼 뒤엉켜 있었다.

　"김형환 선생님을 뵈러왔습니다. 부디 말씀 좀 전해 주십시오. 저의 부친 함자는 이자, 회자, 영자, 이회영이옵고 우당 선생이라고 합니다. 선생님께 저의 부친 함자를 대주시면 당장 아십니다."

하인은 고개를 갸우뚱 했다. 몰골과 달리 말은 품위가 있었다.

"지금 주인께서는 직장에서 근무 중이시다."

규창은 아차, 했다. 너무 급한 나머지 한낮인지도 모른 채 달려온 것이었다.

"그럼, 직장이 어딘지 가르쳐 주십시오."

"걸어가려고? 차를 타고 2시간 이상 가는 곳이야. 그곳까지 걸어서 가면 주인께서는 퇴근해서 집으로 돌아오실 걸."

하인이 조롱하듯 말했지만 맞는 말이었다. 점심때가 훨씬 넘었으므로 차라리 퇴근할 때까지 집 앞에서 기다리는 편이 더 나을 것이었다. 하인은 규창이 혹시라도 좀 들어가서 기다리면 안 될까요. 라고 할까봐 재빨리 대문을 닫아버리고 말았다. 말이 품위가 있더라도 거지같은 아이를 집안에 들일 수는 없었다.

규창은 대문 밖에 쪼그리고 앉아 해를 바라보았다. 해는 중천을 횡단하고 있었다. 땀이 식으면서 추위가 엄습했다. 두 팔로 몸을 감싸 안고 비비며 자꾸 해를 쳐다봤다. 팔짝팔짝 뜀뛰기를 하면 좀 나을 것 같았지만 그럴 기운이 없었다. 계단에 그냥 걸터앉아 또 해를 바라보았다. 해는 좀처럼 중천을 벗어나지 않았다. 아예 제자리에 우뚝 서버린 것 같았다. 슬슬 잠이 왔다. 잠을 자다가 김형환 선생을 놓치면 안 된다고 생각하며 살을 꼬집었다. 그냥 앉아서 머리를 무릎 사이에 집어넣고 몸을 공처럼 동그랗게 말았다. 그리고 잠이 들고 말았다.

김형환이 집에 도착한 건 3시간 뒤였다. 김형환은 대문 앞에서 초인종을 눌러놓고 하인이 대문을 열기를 기다리는 동안 공벌레처럼 똘똘 말려있는 아이를 발견했다. 가끔 보는 거지일거라고 생각했다. 그때 하인이 나와 "저 아이가 아직까지 있네!"라고 놀라며 "주인님을 찾아온 아이입니다."라고 말했다. 하인의 말에 김형환이 의아스러운 표정으로 아이를 살피며 흔들어 깨웠다. 그때서야 규창이 눈을 뜨고 김형환을 바라보며 소리쳤다.

"선생님!"

"너 규창이가 아니냐? 그런데 네 꼴은 무엇이며 어디서 난데없이 나타났단 말이냐?"

김형환은 서둘러 규창을 데리고 안으로 들어가면서 안타까움을 금치 못했다.

"지금 북경과 천진에서는 우당 선생님이 행방불명이 됐다고 야단이 났지 뭐냐. 일경에게 쫓긴다는 말을 들었는데 거의 일 년 동안 소식을 아는 사람이 없었다. 잡혀가 변이나 당하지 않았는지 전전긍긍하고 있는 터인데 그래도 천만다행이구나."

김형환은 일경에게 잡혀가지 않은 것을 다행으로 여겼다. 돈 5원을 쥐어주며 어서 가서 쌀과 고기를 사 식사를 지어드리라고 당부했다. 규창은 5원을 꼭 쥐고 날듯이 달리기 시작했다. 시장으로가 쌀을 한 되 사고 고기도 한 근 끊었다. 쌀과 고기를 담은 종이봉투를 소중히 끌어안고 돌아서는데 호빵냄새가 물씬 풍겼다. 마침 호빵집에서 김이 모락모락 올라오는 호빵을 담아내고 있었다. 간절히 먹고 싶었던 호빵이었다. 살까말까 망설였다. 머릿속이 복잡해지기 시작했다. 호빵은 끼니를 잇는 절대적인 것이 아니었다. 그렇다면 호빵을 사는 건

분명히 사치였다. 그래도 딱 한 번만 먹고 싶었다. 북경에 처음 들어왔을 때를 빼고는 호빵을 먹어보지 못했었다. 돈을 만지작거렸다. 호빵 한 봉지쯤 사도 될 법했다.

눈 딱 감고 호빵 한 봉지를 사들었다. 다섯 개가 들어있었다. 주인집 아줌마와 주인집 딸 둘과 아버지를 합해 개수가 딱 맞아 떨어졌다. 우선 자기 몫 한 개를 먹기로 했다. 한 개를 먹자 입맛이 득달같이 살아나고 말았다. 또 한 개가 먹고 싶어졌다. 주인집 딸들은 유치부 어린아이들이므로 한 개를 반쪽씩 나눠주기로 하고 다시 한 개를 먹었다. 나머지 새 개마저 다 먹어버리고 싶은 마음을 악착같이 눌러 참으며 집으로 돌아왔다.

다행히 아버지는 기운을 차리고 있었다. 규창이 김형환을 찾아가고 없는 동안 주인집 여자가 며칠 후에 찻집을 낼 집을 찾아가 쌀 한 홉을 얻어와 죽을 쑤어 먹인 탓이었다. 정신을 차린 회영이 아들 규창이 들고 온 양식과 호빵 봉지를 바라보며 입을 열었다.

"굶는 것에 주눅이 들어서는 안 되느니라."

회영은 어린 아들이 누군가를 찾아가 돈을 얻어온 것이 분명하고 그걸로 양식을 샀다는 것을 금세 알아 차렸다. 어린 아들은 굶는다는 것이 얼마나 힘든 일인지 알았을 것이고 그것은 한두 번이 아니었으므로 주눅이 들었을 것이었다. 그렇다면 어린 아들은 먹는 것이 인간에게 모든 것이라고 생각할 수도 있을 것이었다. 회영은 그것이 걱정이었고 규창은 아버지의 말을 곰곰이 생각해보았다. 어려운 말인 것 같았지만 무언가 알 것도 같았다. 말하자면 콕코스를 주우면서 자신을 초라하게 바라보는 중국 야해자들을 향해 "너희들은 단지 방을 데우기 위해서지만 나는 조국광복이란 꿈을 위해서야!"라고 속으로 외쳤던 그런 것일 거라고 이해했다.

"먹는 것에 휘둘리면 반드시 죽느니라."

회영이 또 한마디를 했다. 규창은 퍼뜩 호빵을 감추었다. 호빵이야 말로 먹고 싶은 욕망에서 산 것이었다. 아버지에게도 한 개 드리겠다는 야무진 생각을 접고 슬쩍 방을 나왔다. 그렇다고 모처럼 산 호빵을 포기할 수는 없었다. 주인집 아이들을 불러 한 개씩 나눠먹으며 다시는 먹는 것에 휘둘리지 않기로 다짐했다.

설이 다가오고 있었다. 중국 설은 1월 1일부터 15일까지 보름 동안 모든 것이 휴업상태에 들어간 탓에 그동안 먹을 것을 준비해 두어야 했다. 그런 사정을 잘 알고 있는 은숙이 세밑에 돈 20원을 부쳐주었다. 돈이 생기자 집주인 여자가 더 반가워하며 좋아했다. 몸과 마음이 다소 안정이 된 회영이 모처럼 난을 치기 시작했다. 정초이므로 백지 전장에 난을 치고 自然之像如萬物이란 글을 써서 토방 벽에 붙였다. 주인집 여자가 경이로운 눈으로 난을 바라보았다. 역시 선비인 줄 알았다고 존경심을 나타냈다. 중국 사람들은 묵화를 잘 치고 글을 잘 쓰고 문장이 훌륭한 사람을 가장 존경한 탓이었다.

회영이 고상한 선비라는 것을 안 주인집 여자가 동네방네 자랑을 하고 다녔다. 주인집 여자가 찻집 축하 주련을 써달라고 부탁했다. 그 집에서 쌀 한 홉을 얻어왔다는 것을 알고 있었으므로 보답으로 찻집에서 가져온 주련에다 난을 치고 역시 왕희지체로 自然之像如萬物이라고 써 내렸다. 찻집 주인이 토방 벽에 붙은 그대로 써달라고 부탁한 탓이었다.

주련은 찻집 정면에 근사하게 걸렸다. 석파난과 왕희지체가 바람을 타자 마치 큰 말씀처럼 거룩하게 흔들렸다. 다음날 개점식을 연 찻집에서 회영을 초대했고 주인집 여자가 회영을 모시고 갔다. 모인 사람들이 앞 다투어 회영에게 존경의 뜻을 담은 인사를 하기 시작했다. 그날부터 회영에게 난을 쳐달라는 사람들이 줄을 섰다.

가난한 소왕장 사람들이지만 난을 받아가면서 정중하게 사례를 했다. 사람들은 회영이 쳐준 석파난을 집안에다 걸어놓고 선비의 향기에 취했다. 마치 자기네들이 선비가 된 양 자부심을 갖기도 했다. 굶지 않을 정도면 난 한 점쯤은 걸어놓는 것이 자랑이었으므로 주문이 계속 이어졌다. 주인집 여자는 의기양양하게 중간역할을 하면서 난을 쳐서 팔면 돈을 벌 수 있을 것이라는 묘안을 떠올렸다. 주인집 여자가 찻집 주인에게 의논하자 찻집 주인이 무릎을 치며 그렇게 해서라도 선비를 돕자고 맞장구를 쳤다.

"선비를 도우면 선비를 닮는다는 말이 있지."

신바람이 난 주인집 여자가 회영에게 뜻을 말했다. 그렇지 않아도 지필묵을 잡자 그림을 그리고 싶었던 회영이 반겼다. 판로만 만들어준다면 서울에서처럼 난을 쳐서 얼마간의 자금을 마련할 수도 있을 것이었다. 회영은 열심히 석파난을 쳐서 주인집 여자에게 건네주고 주인집 여자는 찻집 주인에게 그림을 넘겼다. 그림을 건네받은 찻집

주인은 남편의 담뱃대에서 담배진을 모아 그림 여백에 골고루 발랐다. 그러자 여백이 누렇게 변한 석파 난은 수백 년 묵은 고색창연한 보물로 변해버리고 말았다. 찻집 주인의 수완으로 그림은 좋은 값에 팔려나가면서 돈이 모이기 시작했다.

천지 사방이 꽉 막힌 터널에 빛이 새어들 듯 난蘭이 길을 뚫어주었다. 상해에서 장남 규학이 30원을 보내왔다. 한 달 봉급이 45원이었으므로 큰돈이었다. 그동안 규학이 돈을 부치지 못했던 것은 봉급에서 임시정부 운영자금과 시영 숙부의 생활비를 보조한 탓이었다. 그런데 시영의 아들 규홍이 성장하여 취업을 하게 되자 시영 숙부네로 가던 것을 아버지에게 부친 것이었다. 서울에서도 은숙이 20원을 부쳐왔다.

형편이 풀리자 회영은 다시 상해와 만주에 있는 동지들에게 서신을 보냈다. 북만주의 이을규로부터 김종진과 함께 기회를 봐서 곧 찾아오겠다는 답장이 날아왔다. 답장을 받은 회영이 그것만으로도 밤잠을 설칠 정도로 가슴이 설레는데 느닷없이 김종진과 이을규가 소왕장 토방에 꿈속처럼 나타났다. 국내로 자금을 구하러 잠입했던 아나키스트 신현상이란 동지가 막대한 자금을 구해왔으니 전체회의에 참석하라는 전갈을 받고 북경으로 가는 길이라고 했다. 생각보다 빨리 두 사람을 만난 회영은 솟구쳐 오른 감격을 감당할 길이 없었다. 그러나 해후의 기쁨도 잠시뿐 청천벽력 같은 소식에 억장이 무너져 내렸다. 김좌진 장군이 공산주의자의 습격을 받고 죽었다는 비보였다.

"이럴 수가! 어찌 우리 손으로 우리의 영웅을 죽여 없앤단 말이냐!"

천진에서 회영을 만나 아나키즘에 대한 확신을 얻고 김좌진 장군을 찾아 북만주로 간 김종진은 혼란스러운 한인 사회의 현실 앞에 절망했다. 한인 사회는 공산주의자와 민족주의자로 나뉘어 있고 극과 극으로 대립하고 있었다. 거기다 또 친일자들도 만만치 않게 작용하고 있었다. 혼란은 공산주의자들이 주도하고 있었다.

상해에서 한형권이 조직한 공산주의 국민대표회가 상해파 일쿠츠파 ML파 등 세 파로 나뉘었을 때 러시아로 가버린 이동휘가 중심인 상해파는 힘을 쓰지 못하고 일쿠츠파와 엠엘파가 임정을 흔들기 시작했다. 두 파는 임정을 공산화할 작정으로 임정에 대해 창조론과 개조론을 부르짖고 나섰다. 창조론은 시끄러운 상해임정을 파하고 새로 정부를 조직하자는 것이고 개조론은 부분적으로 개조하자는 주장이었다. 두 파는 서로 상황을 주도하기 위해 창조와 개조를 놓고 자기네들끼리 싸우기 시작했다.

김구는 보다 못해 임정의 내무총장으로서 두 파가 소속된 국민대표회에 해산할 것을 명령했다. 러시아와 임정의 관계단절을 각오한 용단이었고 예상대로 러시아와 관계가 단절되고 말았다. 국민대표회를 만든 한형권은 임정으로부터 파면당하고 돈을 가로챈 김입은 민족주의자 청년들에게 암살당하고 말았다. 김구는 서둘러 이동녕 안창호 조완구 이유필 차이석 김봉준 송병고 등과 함께 한국독립당을 만들어 공산주의자들의 침투를 차단하고 나섰다.

임정에서 쫓겨난 공산주의자들은 상해를 떠나 북만주 남만주에 터를 잡고 앉아 독립투사들과 한인들을 교란시키거나 파괴시키고 있었다. 만주지역은 공산주의에 대한 정보나 인식이 없었으므로 그들 세상이었다. 마치 독수리가 병아리 떼를 휘모는 것 같았다. 만주지역 독립운동단체인 정의부와 신민부 참의부 남군정서 북군정서에 침투하여 붕괴시키고 파괴하면서 말을 듣지 않으면 동족을 죽이는 것도 서슴지 않았다.

한인들이 모두 추앙하는 청산리 전투의 영웅 김좌진 장군도 궁지에 몰려 있었다. 만주에는 서간도를 중심으로 한 참의부와 길림을 중심으로 한 정의부와 북만주를 중심으로 한 신민부 등 3부로 분류되어 있고, 한인들이 가장 많이 몰려있는 북만주를 담당한 신민부는 김좌진 장군이 이끌고 있었다.

김좌진은 여러 가지로 힘겨웠다. 만주군벌 장작림이 일본군과 결탁하여 일본에게 독립군을 넘겨주기 시작하면서 중앙 핵심참모들이 모조리 체포되고 말았다. 김좌진은 중국 국민당과 손잡고 일본에 항쟁하려 시도했지만 국민당대표들마저 장작림에게 제압되고 말았다. 김좌진은 날개 꺾인 독수리처럼 힘을 잃은 데다 공산주의자들의 공작을 감당하기 어려웠다. 잠조차 마음 놓고 잘 수 없는 형편에 김종진을 만나자 천군만마를 얻은 듯 했다.

신민부는 현실적으로 한인 교포사회를 이끄는 정부역할을 하고 있으므로 공산주의자들과 친일파로부터 한인들을 지키는 것이 신민부가 해야 할 일이었고 김좌진이 풀어야 할 과제였다. 사정을 간파한 김종진은 먼저 북만주 현실을 제대로 분석하기 위해 험한 산골짜기마다 가가호호 찾아다니며 직접 한인들로부터 듣고 보면서 문제를 파악하기 시작했다. 한인들은 대부분 소작농이고 힘들게 농사를 짓지만 중국인 지주들에게 음으로 양으로 착취를 당하면서 겨우 목숨만 연명하고 있었다. 그것은 이주 때부터 계속 되어온 일이었고 한인들은 운명으로 받아들이며 운명에 순응하려고 애쓰는 것이 최선의 방법이라고 했다. 잘못하다가는 소작마저 빼앗겨버릴 수도 있으니…….

그런데다 민족주의자들과 공산주의자들은 독립운동가라는 이름으로 교민들 위에 군림하면서 생계를 의존하고 있었고 한인들을 서로 자기편으로 끌어들이기 위해 회유와 협박을 일삼고 있었다. 오늘의 동지가 내일은 적으로 변하는가 하면 누군가는 소리 소문 없이 사라져버리기도 했다. 이중삼중의 고통 속에서 한인 교포들은 독립운동가라면 몸서리를 쳤다.

김종진은 한인들의 부담을 덜어주는 것이 가장 시급한 문제라고 판단했다. 교민들과 함께 농사를 지을 수 있는 농촌자치조직을 만들기로 마음먹었다. 그건 아나키스트들이 하는 방법이었고 아나키스트 동지들과 연합해야 가능한 일이었으므로 김좌진 장군에게 아나키스트들의 연합을 설명하기 시작했다.

"누가 누굴 지배하거나 누구 위에 군림하려는 투쟁이 없으니 자연히 권력에 따른 분파 분쟁이 없습니다. 우당 선생님께서는 조국광복을 위한 독립투쟁도 그렇거니와 광복을 한 후에도 자유연합이 실현되는 나라가 이루어지기를 소망하고 계십니다. 사실 지금 임정부터 시작하여 중국 각 지역 독립운동본부마다 분파가 없는 곳이 없질 않습니까. 지금 유일하게 아나키스트들만이 중국 전역에서 하나로 연합하고 있는 현실입니다."

"누가 누굴 지배하지 않으니 권력다툼이 없고 모든 것을 자유의지로 선택하는 자유연합이라!"

"경제운영이야말로 연합이 필요합니다. 제가 말씀드린 농촌자치공동체가 바로 아나키스트 동지들이 지향하고 있는 방법입니다. 평등의 원칙 아래 관리와 운영을 꾀해야 한다는 것인데 바로 상부상조입니다."

"평등과 상부상조? 놀랍지 않은가."

"우당 선생님은 민족의 장래를 이끌어가는 교육에 있어서도 평등원칙을 세우고 사회전체비용으로 교육비를 부담해야 한다고 하셨습니다. 가난하다고 해서 교육의 기회를 잃어버리거나 박탈당하게 해서는 안 된다는 것이지요."

"사실은 우당 선생님께서 신뢰한 사상이라고 해서 귀담아 들었네. 선생님께 어서 연락을 드리게. 우리와 연합을 하자고 말이네."

"형님!"

현실이 어렵다고는 하지만 김종진은 어리둥절해 말이 나오지 않았다. 불과 한 달 전만 해도 공산주의든 아나키즘이든 새로운 사상에 대해 몹시 냉소적이었던 김좌진이었으므로 열심히 설명을 하면서도 선뜻 김좌진이 아나키스트들과 연합하리라고는 생각하지 못한 탓이었다. 김종진은 서둘러 김좌진과의 연합을 알리는 편지를 천진의 회영에게 보내고, 상해의 이을규에게도 보냈다. 그러나 회영으로부터는 소식이 오지 않았다. 도피 길에 오른 탓이었다. 소식을 받은 이을 규가 북만으로 들어가 김종진과 합류하면서 재만 조선무정부주의자 연맹(1929)을 발족했다.

연맹은 농민들을 계몽하고 공산주의로부터 한인들을 보호하는 데 주력하면서 아나키즘의 방법대로 농민들과 함께 농사를 지었다. 지금까지 독립운동가들이 생계를 교포들에게 의존했던 것에서 벗어나 스스로 자기를 책임지는 자급자족을 하자는 것이었다.

민족주의와 공산주의로 갈려 있는 어지러운 신민회도 대수술을 단행했다. 친일자들과 공산주의자들을 배척하고 일본과 장기항전을 펼수 있는 기반을 만들기 위해 신민부를 새롭게 개편하여 한민족총연합회라는 새 이름을 붙였다. 그리고 김좌진 장군을 한족총련 위원장으로 추대했다. 실질적인 운영은 김종진과 이을규가 맡았다.

지금까지 한인들 위에 군림하며 위세를 부리던 예전의 독립운동단체들에게 시달려온 한인 교포들이 쌍수를 들어 한족총련을 환영하고 나섰다. 위세를 부리지 않은 것만 해도 몸둘 바를 모를 일인데 함께 농사일을 하는 것은 꿈같은 일이었다.

한족총련은 산시에 정미소도 차려 한인들이 지은 농사를 직접 도정하게 하여 중국인이 운영하는 정미소에서 도정할 때 착취당한 것을 막았다. 한인들의 얼굴에 점점 희망이 번지기 시작하고 허리가 펴지는 것을 바라보는 김좌진 장군은 비로소 자신감이 차오르기 시작했다. 그런데 하루가 다르게 한족총련이 급진적으로 발전해가자 일제영사관과 친일자들과 공산주의자들이 당황하기 시작했다. 신민회를 한족총련으로 개편하면서 자연스럽게 내쳐진 공산주의자들이 칼을 갈았고 만족주의자라 하더라도 기득권을 잃었다고 생각한 사람들이 한족총련에서 탈퇴하여 칼을 갈았다. 한 발 앞선 공산주의자들이 한족총련을 파괴할 극단의 방법을 실행에 옮겼다. 핵심요인 암살이었다.

한겨울 새벽 김좌진이 정미소에서 도정을 하고 있는 한인들을 돌아보며 격려하고 있었다. 그때 공산주의자 저격수 박상실이 김좌진의 심장을 향해 방아쇠를 당겼다. 일본이 그동안 호시탐탐 노렸음에도 죽이지 못한 김좌진 장군을 동족의 손으로 쉽사리 죽여 버린 (1930.1.) 것이었다.

규창은 세 사람이 회포를 풀며 이야기를 하는 동안 식사를 준비했다. 이번에는 자신 있게 밥상을 차려냈다. 집은 비록 빈민촌 단칸방이지만 방은 따뜻하고 밥상에는 봉긋하게 올라온 하얀 쌀밥과 고기 반찬이 올라와 있었다. 김종진은 지난번과 달리 회영이 죽을 먹지 않는 것이 무엇보다도 다행이라며 기뻐했다.

김종진은 김좌진 장군의 뒤를 이어 한족총연합회를 끌고 있지만 공산주의자들로부터 북만주지역을 지키지 못하면 앞으로도 동족상잔이 계속 될 수밖에 없다고 걱정을 했다. 그래서 이번에 북경, 천진, 상해, 복건 등지에 있는 동지들과 의견을 모아 북만주운동 지원을 위한 방법을 강구해야 한다고 간절히 말했다. 회영도 다른 어떤 지역보다 제2의 조국이나 다름없는 북만주를 보호해야 한다는 생각을 굳혔다.

회영과 회포를 푼 김종진과 이을규는 북경으로 대표자회의를 하기 위해 떠났다. 북경으로 가는 두 젊은 동지들의 뒷모습을 바라보며 회영이 깊은 심호흡을 펴냈다. 자금에 대한 문제를 놓고 대표자 회의를 하기 위해 모인다는 건 생각만 해도 가슴 설레는 일이었다.

자금……. 얼마나 간절했던 것인가.

김종진과 이을규가 북경에 도착하자 더 놀라운 소식이 기다리고 있었다. 충남 예산에서 대형 미곡상을 하는 최석영이란 애국자가 거대한 자금을 움직인 것이었다. 최석영은 거래하는 호서은행에서 8만 원이란 거금을 꺼냈고, 일본 몰래 국외로 가져오는 것이 용이하지 않아 그 중 일부만 가져왔으며 나머지는 북경에 안전한 장소가 결정되면 가져오겠노라고 했다. 신현상도 마찬가지였다.

신현상과 최석영이 움직이는 자금을 합하면 한일병합 이후 가장 큰 규모였으므로 상해를 비롯한 여러 독립운동단체에도 빠르게 소문이 돌았다. 가슴 설렌 희망을 안고 아나키스트 대표들이 북경으로 속속 모이기 시작했다. 상해에서 백정기 김지강 김성수 황웅 등이 들어오고, 복건에서 정화암 황해평 양여주 김동우 등 중국 각 지역 대표 20여 명이 들어와 자금통 신현상과 최석영을 중심으로 가슴 뜨거운 회의가 진행되었다.

회의 중요 안건은 앞으로 현재 가지고 온 일부 자금과 앞으로 이송해 올 자금을 어디에 투입할 것인가 하는 문제였다. 상해임정에서 김구가 자금을 나누어 달라는 부탁을 해왔으므로 임정 몫도 책정하기로 했다. 자금을 투입해야 할 후보지역은 북만주, 상해, 복건 등 세 곳이

부각되었고 회의는 난상토론으로 흘러갔다. 그만큼 문제는 중차대한 것이었다.

결론은 역시 김종진이 담당하고 있는 북만주였다. 회영 역시 마음 먹은 대로 북만주에 투입해야한다는 의견을 규창을 통해 서면으로 보냈다. 북만주가 선정된 것은 민족기반을 북만주에 두어야 한다는 것이 가장 큰 이유였다. 북만주는 한인들의 집결지이므로 한인들과 연합하여 항일전선을 구축할 수 있고 중국과도 비교적 쉽게 연합할 수 있는 이점도 있었다.

이제부터 북만주에 총력을 기울이면서 북경과 상해와 복건에 연락 책을 두고 서로 긴밀히 연락을 갖기로 회의의 결론을 내렸다. 그리고 앞으로 북만주에서 해야 할 운동내용은 각 지역의 계획과 국내외 사 정을 참고하여 다음 회의에서 구체적으로 논의하기로 하고 모두 잠 자리에 들었다. 먼 길을 온 데다 난상토론을 하느라 피곤했으므로 깊 은 잠이 들었다.

그런데 다음날 꼭두새벽 숙소가 소란스러웠다. 동지들은 네 개의 방에 나누어 자고 있었고 신현상과 최석영은 각각 독방에서 자고 있 었다. 동지들은 반사적으로 일어나 방문을 박차고 나왔지만 벌써 중 국 공안을 앞세운 일본 경찰이 가로막고 있었다.

신현상은 자금이 가방 안에 있었고 최석영은 허리에 차는 전대에 있었다. 최석영은 번개처럼 일어나 전대를 허리에 들렀다. 자금은 우 선 2만원을 가져왔고 전대에 그대로 있었다. 그런데 상황으로 봐 허 리는 안전하지 못했다. 전대를 풀어 팬티 속 가랑이 사이에 넣고 삽

바처럼 고정시킨 다음 헐렁한 바지를 올리자 흔적 없이 감춰졌다. 작업을 끝내기가 무섭게 일본 경찰이 벼락같이 문을 제치고 들이닥쳐 포박을 지웠다. 일본 경찰은 서울에서 발생한 강도단을 검거한다는 이유로 대표들을 모두 체포해 가고 말았다. 호서은행에서 자금을 옮기는 최석영의 행방과 신현상의 자금 이동을 쫓아온 것이었다.

회영이 황급히 북경시장과 친분이 두터운 아나키스트 유기석에게 사정을 알리고 유기석이 재빨리 북경시장 장음오를 찾아갔다. 유기석은 아나키스트인 북경시장 장음오와 북경대학 동창이었다. 북경시장 장음오의 도움으로 호서은행 건과 관련된 신현상과 최석영 두 사람을 제외하고 모두 하룻밤을 자고 풀려날 수 있었지만 신현상과 최석영은 일경에게 넘겨지고 일본 경찰이 두 사람 몸을 수색하면서 최석영의 팬티를 벗겼다.

"불알 밑 2만원이라! 기발한 발상이 아닌가."

"앞으로는 불알 속에 집어넣을 것. 그러면 누가 아나. 혹시 우리가 속아 넘어갈지도."

"그땐 이 통통한 불알을 똑 따주지."

일본 경찰은 최석영의 팬티 안에서 자금을 압수하며 야유했다.

자금을 일본 경찰에게 빼앗겨버리자 동지들은 절망했다. 최석영이 어떻게든 자금을 지킬 양으로 불알 밑에 돈을 감추었다는 소식에 더욱 가슴이 아팠다. 이을규와 김종진은 북만주에서 목마르게 자금을 기다릴 동지들을 생각하자 기가 막혔다. 두 사람은 의논 끝에 이을규가 복건으로 가 자금을 구해보기로 하고 김종진은 북만주로 돌아가 동지들을 위로하며 기다리기로 했다.

회영은 일어난 일로 미루어보아 소왕장 토방이 위험하다는 걸 짐작하며 당장 이사를 서둘렀다. 빈민가 금탕교를 넘어 금탕교장에 새로 셋집을 얻었다. 짐을 꾸리면서 규창이 울었다. 늙은 아버지가 추위로 동사할 뻔했고, 기아로 죽을 고비를 넘긴 토방을 떠난다는 것이 서럽기 짝이 없었다. 모아놓은 석탄이 아직까지 방 한쪽 구석에 수북이 쌓여 있었다. 가져갈 수만 있다면 단 한 개도 남김없이 싸들고 가고 싶었다. 규창은 석탄을 주우러 다닌 얼레와 갈퀴와 자루를 바라보며 그거라도 가져가고 싶었다. 가져가도 되겠느냐고 주인집 여자에게 물었다.

"소산嘯山이 네 평생에 잊지 못할 일일 테니 그렇게 하렴."

주인집 여자는 흔쾌히 허락하면서 섭섭함을 못 이겨 자꾸 눈물을 훔쳤다. 소산은 복건성 사람이라고 속이면서 말해 준 이름이었다.

"박식하신 어르신과 한집에서 살아간 탓에 동네사람들이 우릴 우러러 봤는데……"

회영과 규창이 그동안 베풀어준 은혜를 잊지 않고 간직하며 살아가겠노라고 인사를 하자 주인집 여자는 가족을 떼어 보내는 것처럼 계속 훌쩍이며 귀하신 어른께서 다시는 그런 어려운 일을 당하지 않도록 해야 한다고 규창에게 여러 번 되풀이해 당부했다.

금탕교장으로 이사를 한 회영은 비로소 빈민구제원에서 규숙과 현숙을 데려왔다. 아내는 없지만 오랜만에 가족이 한집에 모인 것이었다. 회영은 동지들이 드나들며 묵을 방 하나를 더 얻은 다음 동지들에게 새로운 주소로 연락을 했다. 연락을 받은 이을규가 백정기 장기준 오면식 김동우 김지건 송순보 등 젊은 아나키스트 동지들을 데리고 새로 옮긴 금탕교장으로 왔다. 이을규는 자금을 구하러 상해를 경유해 복건으로 갈 계획이고 북경과 천진의 동지들도 조만간 북만주 동지들과 합류하여 한족총연합회를 재건하는 데 노력한다는 계획이었다.

며칠 뒤 이을규는 자금을 구하러 복건으로 가기 위해 천진항에서 상해로 가는 배를 타고 떠났다. 그러나 떠난 지 보름이 넘도록 상해에 도착했다는 연락이 오지 않아 동지들이 초조한 마음을 감추지 못했다. 신문을 읽던 백정기가 허겁지겁 달려와 "큰일 났습니다!"라고 외치며 신문을 펼쳐보였다. 이을규가 상해로 가던 중 선상에서 일경에게 체포되어 국내로 압송됐다는 기사였다. 곧 밀정의 정체도 밝혀졌다. 즉각 밀정을 암살하기 위해 몇몇의 동지가 움직였다. 밀정을 처단하는 것이야 시간문제였지만 체포된 이을규의 안전과 북만주에 보낼 자금이 큰일이었다. 모두 실의에 빠진 채 대책이 없어 답답해하던 중 송순보가 대담한 제안을 하고 나섰다.

"지금 북만 김종진 동지께서 눈이 빠지도록 기다리고 있는 처지에 가만히 앉아있을 수는 없습니다. 정실은호를 터는 겁니다."

"그렇습니다. 정실은호의 돈 절반은 우리나라 것이나 마찬가집니다."

정실은호는 일본 조계지 욱가에 있는 중국과 일본의 합작은행이었다. 두 사람은 정실은호 돈 절반이 일본 돈이고 일본은 조선을 강탈했으므로 일본 돈을 털어다가 독립자금으로 쓰는 것은 마땅한 일이라고 주장했다. 뜻밖의 제안에 동지들은 한동안 말이 없었다. 모두들 회영을 바라보았다. 아무리 혁명투사들이라고는 하지만 은행 강도질이었다. 한편 생각하면 젊은 동지들의 말도 맞는 말이었다. 쉽사리 판단을 내릴 수가 없었다.

"선생님 생각을 말씀해 주십시오."

장기준이 회영을 독촉하고 나섰다.

"성공할 수 있겠는가?"

회영이 맨 먼저 안을 낸 송순보를 향해 물었다.

"내부구조가 형편없이 허술한 데다 직원도 다섯 명에 불과합니다. 또 도주로가 세 곳이나 열려 있는 셈이므로 하늘이 준 기회입니다."

"입지조건이 아무리 좋아도 성공한다는 보장은 없네."

"성공할 수 있습니다. 선생님 허락만 해주십시오."

"성공할 수 있다는 건 우리의 소원일 뿐이네."

"반드시 성공합니다."

송순보는 눈과 입과 두 주먹에 힘을 주며 자신 있게 대답했다.

"어떻게 자신하는가?"

"지인 가운데 현재 정실은호에 근무하고 있는 사람이 있습니다. 그가 돕기로 했습니다. 사실은 자금 때문에 고민하자 그가 권한 일입니다."

"이건 콩서리를 하는 일이 아니네. 지인을 믿고 그런 거사를 하겠다니, 어찌 그리 단순하단 말인가."

"조선의 후예이니 믿을 수 있습니다."

"조선의 후예라니?"

"중국 사람이지만 조상이 조선 사람이었다고 합니다. 자기 할아버지가 지금도 추가마을에서 살고 있다고 들었습니다. 성씨가 박씨라고 하니 틀림없습니다."

"그럼 혹시 박삼사라는 이름을 아는지 물어보게."

"맞습니다. 자기 할아버지가 중국 이름보다는 조선 이름 박삼사를 고집한다고 말한 적이 있습니다."

"오, 그래. 그러면 됐네. 그러나 만약 실패하는 날엔 우리 모두 자진하는 걸세. 나는 물론 규창이 규숙이 현숙이까지도……."

회영을 중심으로 모인 동지들은 만약의 경우 자진하기로 결의하는 다짐을 하고 실행에 들어갔다. 현장답사를 끝내고 총을 점검하고 도주로와 돈을 숨길 장소와 침입 시간도 결정했다. 업무를 잠시 쉬는 점심시간을 택하기로 했다.

햇살이 찬란한 정오에 장기준 양여주 송순보 김동우 김성수가 권총을 품고 손님처럼 정실은호로 들어갔다. 손님 4명이 마지막으로 은행을 나가고 있었다.

"업무는 한 시간 후에 재개합니다. 잠시 후에 오십시오."

남자직원이 공손하게 고개를 숙이며 점심시간임을 알렸다.

최대한 총소리를 내지 않아야 했다. 순식간에 각자 맡은 임무에 돌입했다.

"조용히 해주면 아무 일 없소."

총으로 위협하여 네 명의 직원들에게 재갈을 물리고 손을 결박하여 한쪽 방으로 몰아넣었다.

"자, 죽기 싫거든 돈을 넣으시오."

송순보가 내부자 지인을 위협한 척하면서 자루를 벌렸다. 송순보의 지인이 번개같이 금고를 열고 현금뭉치를 자루에 쓸어 담아 던져주었다. 동지들은 돈뭉치를 안고 무사히 정실은호를 빠져나와 미리 대기하고 있는 짐수레 짚더미 속에 깊숙이 묻어주고는 한낮의 쨍쨍한 햇살 속으로 유유히 사라져버렸다. 짐수레꾼으로 변장한 동지가 돈수레를 끌고 천천히 모퉁이를 돌아갈 때쯤 호각소리와 함께 중국 공안이 출동하는 소리가 들렸다.

"이봐, 조금 전에 강도들이 지나가는 거 못 봤나? 젊은 청년 다섯 명이다."

"저쪽 골목으로 대여섯 명 청년들이 급히 달려간 걸 봤습니다. 한참 지났는걸요."

"모두 저쪽으로!"

경찰들은 짐수레꾼 동지의 말을 듣고 엉뚱한 방향으로 달려가고 짐수레꾼 동지는 천천히 수레를 끌고 들녘으로 나가 해가 질 때까지 들을 헤매다 정실은호 내부자가 마련해 놓은 농가 은신처에 돈을 숨기고 밤늦게 회영의 집으로 돌아왔다.

거사를 치른 다음날 중국 대공보에 백주 대낮에 강도단이 일본 조계지 내에 있는 정실은호에 침입하여 단 10분 만에 돈을 강탈하여 유유히 사라졌다고 대서특필했지만 어느 집단인지는 전혀 짐작을 못하고 있었다. 그러나 세상에는 완전범죄가 없으므로 한시라도 빨리 천진을 떠나는 것이 상책이었다. 청년동지들은 하루 바삐 자금을 품고 김종진이 애타게 기다리는 북만주로 갈 준비를 서둘렀다. 그런데 갑자기 백정기가 정색을 하고 회영을 불렀다.

"선생님, 이번에 떠나면 언제 뵙게 될 지 알 수 없는 일입니다. 그러니 규숙이를 혼인시켜 저희들과 함께 북만주로 가게 해 주십시오."

"그게 무슨 소린가. 이 와중에 규숙이를 누구와 혼인을 시키자는 것인가?"

회영은 갑작스런 제안에 당황하며 백정기의 얼굴을 뚫어지게 쳐다보았다.

"장기준입니다. 장기준이 규숙이를 마음에 두고 있다는 걸 진즉 눈치 챘습니다. 제 입으로는 차마 말을 못한 것 같습니다. 그도 그렇지만 북만주 해림에다 조선 사람이 초등학교를 세우고 조선인 아동을 가르치는데 장기준이 선생으로 선택되었습니다. 그리고 여자선생을 구하는데 규숙이가 적격입니다."

"장기준이라면 훌륭한 청년임을 모른 바는 아니네. 그러나 여식의 혼사를 번갯불에 콩 굽듯이 이렇게도 갑자기 정한 법이 있다던가. 제 어머니에게 의논할 여가도 없이……"

회영은 말끝을 흐리고 말았다. 백정기도 코끝이 시큰해졌다. 한참 동안 침묵이 흘렀다. 오면직, 김동우, 김성수가 거들고 나섰다. 백정기와 이미 의논을 마친 뒤였다.

"선생님, 규숙이를 어서 혼인시켜 현숙이를 맡기십시오. 그리고 선생님은 규창이를 데리고 규학이가 있는 상해로 가시는 편이 좋을 듯

합니다."

동지들 말은 백 번 옳은 것이었다. 은행을 턴 이상 천진이나 북경에서는 더 이상 살 수 없을 것이고 과년한 규숙이도 어서 짝을 정해주는 것이 현명할 것이었다. 무전으로 도피생활을 할 때만 해도 두 딸은 짐이었다. 회영이 고개를 끄덕이며 입을 열었다.

"동지들 뜻을 따르겠네."

회영의 입에서 대답이 떨어지기가 무섭게 젊은 동지들은 두 사람 혼례식을 서둘렀다. 아무리 급해도 결혼식만큼은 천진에서 제일가는 예식장 국도관에서 올리기로 했다. 한인 교포 목사가 결혼식 집례를 맡아주었다. 백정기 오면식 양여주 김동우 김성수 송순보 김지건과 신랑신부와 회영과 규창을 합해 모두 열한 명이 하객으로 앉아 박수를 쳐주었다.

결혼식이 끝나자마자 곧바로 만주로 떠나기 시작했다. 모두 함께 기차를 타는 것은 위험한 일이므로 팀을 나누어 시차를 두고 떠나기로 했다. 제1진으로 이제 막 부부가 된 규숙과 장기준이 떠나기로 했다. 규숙과 장기준이 현숙을 데리고 하얼빈역으로 나갔다. 권총과 몇 개의 폭탄은 규숙과 현숙이 풍성한 중국옷을 입고 몸속에 품었다. 계획된 거사가 아니더라도 혁명투사들은 언제나 무기를 소지하는 것이 상식이었다. 하얼빈역에서 마지막 이별을 하며 규숙이 연로한 아버지를 모시지 못한 것이 안타까워 하염없이 눈물을 흘렸다. 어린 현숙이 아버님! 하고 부르며 소리 내어 울었다. 이별도 숨어서 해야 했다.

두 딸과 다시는 만나지 못 할 수도 있는 이별 앞에 회영은 기차가 보인 담벼락에 숨어 눈물을 흘렸다.

규숙이 9개월 때 엄동설한 만주벌판을 달려와 소학교 5학년에 김달하 사건으로 공안국에 잡혀가 일 년 동안 감옥살이를 해야 했고, 학교를 마치느라 다시 일 년 동안 이광의 집에서 떨어져 살아야 했고, 나중에는 오갈 데가 없어 빈민구제원에서 다시 일 년이 넘게 살아야 했고, 인륜지대사인 결혼을 살아있는 어머니에게 알릴 새도 없이 해야 하고, 그것도 도피하면서 식을 올리자마자 멀리 떠나야 하는 혁명가의 딸이었다. 어린 현숙이도 불쌍하기 짝이 없었다. 어머니와 헤어짐, 어머니를 대신한 송동집과 이별 그리고 또 아버지와의 이별로 어린 속이 눈물로 가득할 것이었다.

"아버님, 이제부터는 저희들이 할 테니 혁명 그만하시고 앞으로는 부디 마음 편하게 사셔요."

기차가 슬슬 미끄러지기 시작하자 규숙은 아버지를 향해 속으로 독백했다. 기차는 어김없이 정해진 시간에 따라 달리기 시작하고 10여 분이나 달렸을 때 일경이 검문을 시작했다. 규숙과 현숙은 유창한 중국말로 서로 농담을 주고받으며 장난을 쳤다. 바로 옆 사람을 검문하는 순간에도 전혀 미동 없이 이야기를 주고받았다. 일경들은 그런 중국 아가씨와 꼬마에게는 전혀 관심이 없었다. 기차는 여러 날을 달려 만주 해림에 도착했다. 규숙이 잘 왔노라고 아버지에게 편지를 보내고 편지를 받은 회영이 안도하며 상해로 갈 준비를 서둘렀다.

"우리도 어서 천진을 뜨자구나."

상해로 떠날 날을 하루 앞두고 뜻밖에 여섯째 호영이 찾아왔다. 북경에서 거주할 때 보고 처음이었으므로 5년만이었다. 북경 소경창에서 하숙을 쳐 호구지책을 삼아 살아가는 호영은 그동안 회영의 소식을 몰라 헤매다 최근에야 어떤 동지들을 만나 소식을 들었다고 했다. 호영은 울면서 목말랐던 그리움을 퍼내기 시작했다.

"사람들이 말하기를 형님이 일본 경찰에게 잡혀갔다고도 하고 또는 돌아가셨다고도 해 얼마나 애간장이 탔는지 아시는지요?"

회영이 동생을 쓸어안고 등을 다독이며 달래고 호영은 상해에서도 수년간 소식 한 장 전해주지 않는다고 섭섭함을 호소했다.

"성재(시영의 호) 형님도 너무하십니다."

"탓하지 말거라. 홀로 된 처지에 어린 규홍일 데리고 사느라 오죽하겠느냐. 그리고 임정도 수년 동안 자금이 뚝 끊어져 말이 아니라고 들었다."

만주에서 전염병으로 아내와 손자들을 잃어버린 시영은 상해에서 어린 아들과 단둘이 살고 있었다.

"그렇다고 편지 한 장도 내지 못한 답니까. 형제들 안부가 궁금하지도 않느냐구요."

"혁명가들이 본시 그렇지 않느냐. 형제들을 잊어서가 아니니 너무 서운해 하지 말거라."

"우리 6형제가 누굽니까. 첫째와 셋째 형님들이 돌아가시고 안계시니 남아있는 형제들이 더욱 그리울 것인데……."

선영을 모시기 위해 고향 장단으로 돌아간 건영은 고령의 나이에 망명으로 몸이 쇠약해진 탓에 시름시름 앓다가 죽었고 철영 역시 천진에서 죽고 말았으므로 호영의 말은 맞는 말이었다.

"오냐, 맞는 말이고 말고. 내 상해에 가서 자릴 잡는 대로 너를 부르마. 그때 가서 우리 넷이라도 함께 모여 살자구나."

호영의 넋두리는 계속됐다. 하숙은 현상유지를 하기가 어렵다고 했다. 손님 중 가짜 독립운동가들이 절반이 넘은 데다 독립운동을 한다는 핑계를 대며 길게는 한 일 년쯤 하숙비를 떼어먹고 가버리는 일이 보통이고 유학생들 역시 제 때 돈이 오지 않아 대부분 외상이라고 했다. 그리고 소실 안동집이 서울에서 온 남자와 눈이 맞아 행방이 묘연해졌다는 하소연도 빼놓지 않았다.

그러나 호영은 오랜만에 형님과 나란히 누워 모처럼 행복했다. 회영은 막내아우 호영의 손을 꼭 쥐고 밤새 놓을 줄을 몰랐다.

"이렇게 형님과 나란히 누워있다니 꼭 꿈을 꾸는 것만 같습니다. 이제 가시면 다시는 북경이나 천진에는 오실 일이 없겠지요?"

"그렇겠지. 상해로 가면 새로운 일을 해야 할 테니."

"그런데 이번에 또 형님을 놓쳐버리면 왠지 다시는 만나지 못할 것 같은 기분이 듭니다."

"너를 상해로 부른다고 하지 않았느냐."

"이젠 형님의 앞날을 믿을 수가 없는 탓입니다. 망명을 하고 3년 만에 국내로 가시면서 곧 오신다고 해놓고 장장 8년 동안 얼굴을 볼 수가 없었습니다. 뿐입니까. 북경으로 형님을 쫓아왔더니 어디론가 가버리시고. 어디를 다녀오마고 떠나는 날엔 그것이 마지막이다시피

한 것이 이날 평생입니다."

"앞으로는 너를 혼자 두지 않으마."

"그런데 사람들은 일본이 중국은 물론이고 미국까지도 다 차지하고 말 것인데 독립운동은 해서 뭘 하느냐고 합니다."

"그래서 후회하느냐? 만주로 따라온 걸 후회하느냔 말이다."

"우리 형제들은 형님께서 하시는 일은 다 옳다고 여기고 살아오지 않았는지요. 저도 끝까지 옳다고 여기고 있습니다. 형님."

호영은 그동안 보지 못한 그리움을 투정을 했을 뿐 형님에 대한 존경심이 여전하다는 걸 보여주고 싶은 심정으로 대답했다.

"시간이 문제일 뿐 언젠가는 독립을 하게 된다. 세상은 반드시 전쟁이 일어난다고 했느니라."

회영은 이상설이 한 말을 굳게 믿고 있었다. 세상이 뒤집히는 전쟁이 꼭 일어날 것이고 그전까지 독립을 이루지 못한다면 그때 가서는 분명히 독립을 성취하게 될 것이라고……

두 사람은 이야기를 하느라 뜬 눈으로 날을 새우고 다음날 작별을 해야 했다. 형과 아우는 다시 만날 날을 철석같이 믿으며 한 사람은 북경으로 한 사람은 상해로 발길을 돌렸다. 뒤돌아 걸어가던 호영이 몸을 돌려 회영의 뒷모습을 바라보았다. 회영이 벌써 멀리 가 있었다. 잊지 않고 꼭 상해로 부를 것이니 기다리라고 했지만 호영은 어쩐지 다시는 만나지 못할 것만 같은 불안한 생각이 들었다. 뒷모습을 향해 형님! 하고 외쳤다. 그러나 회영은 또 다른 시작을 향해 앞만 보고 걸어갈 뿐이었다.

마지막 선택

    회영은 아들 규창을 데리고 천진에서 배를 타고 상해에 도착했다. 장남 규학이 있고 석영 형님과 동생 시영이 살고 있는 곳이었다. 장남 규학의 집은 프랑스 조계지의 애인리에 있었고 부두에서 그리 멀지 않은 거리였다. 규학의 집에 일단 여장을 풀고 석영 형님을 만나러 갔다. 시영도 석영의 집으로 와 삼형제가 오랜 세월 만에 한자리에 모여 앉았다. 석영은 상해로 장남 규준을 찾아왔으나 불과 일 년을 살고 장남 규준마저 죽고 규서와 단둘이 살고 있었다.

    "그렇게 용감했던 규준이가 죽다니!"

    다물단에서 용감하기로 유명했던 규준이 병이 난 지 이틀 만에 갑자기 죽었다는 말에 회영이 슬퍼했다. 형제들이 제각각 자식을 잃은 것이 한둘이 아니었지만 장성한 규준의 죽음은 또 다른 충격이었다.

    "필설로 말할 수 없는 형극을 걸어오시느라 형님의 그 좋던 풍채가 사라지고 없습니다."

시영이 회영을 안타까워했다.

"성재 아우야말로 그 좋던 몸이 전혀 딴 사람으로 변해버렸어요."

시영은 상해임정 설립 이후 처음이었으니 십 년 만이었고 십 년 만에 바라본 서로의 모습은 몰라볼 지경으로 늙고 초췌해 있었다.

"이제 규서가 다 컸으니 그나마 마음이 놓이기는 합니다."

회영이 석영을 측은하게 바라보며 규서에게 희망을 거는 말을 했다.

"규서가 나이 스물인데 아직 철이 덜 들어서인지 놀기를 좋아한 듯합니다."

시영이 불쑥 규서를 못마땅하게 말하자 석영이 불편한 표정을 지으며 마른침을 삼켰다.

"형님께서 늦게 얻은 귀한 자식이라 응석받이로 자란 탓일 게요."

회영이 석영의 불편한 속내를 눈치 채고 적당히 말맺음을 했다. 시영은 규서가 연충렬이란 청년과 함께 술을 즐기며 윤락가를 드나든다는 소문이 들린다는 말도 하려다 참고 말았다. 장성한 자식을 잃어버린 연로한 형님 앞에서 차마 그런 말까지는 할 수가 없었다.

상해임정에서 김구 이시영 이동녕 조상섭 이유필 김갑 홍남표 김두봉 조소앙 등 임정요인들이 원로 이회영을 영접하는 환영회를 열었다.

"자리싸움 권력싸움이 독립운동을 저해하는 요인이 될 수 있으니 아직은 시기상조라고 하시면서 임시정부 설립보다는 모든 지사들의 힘을 모을 수 있는 총 독립단체를 설립해야 한다고 주장하셨던 우당 선생님과 우리 임시정부가 그동안 격조하여 피차 긴밀한 관계를 유지하지 못했던 것이 사실이오. 사실은 그 후에 우리가 모시려고 사람을 보내 반년 동안이나 설득했지만 우당 선생님께서 끝까지 거부하셔서 도리가 없는 일이었습니다. 그러나 이렇게 어려운 때에 원로이신 우당 선생님께서 상해로 오셨으니 가일층 힘을 얻게 되었소이다……."

김구의 환영사에 모두 숙연해졌다. 그리고 임정 설립 당시 6개월 동안이나 설득했지만 끝까지 거부했다는 다소 원망 섞인 말도 빼놓지 않았다. 망명 초기 때 함께 했던 동지 이동녕이 회한에 찬 눈물을 흘리며 회영의 손을 잡았다. 군사기지를 답사할 때부터 동행하면서 함께 한인촌을 건설했고 조이손 도독과 원세개를 찾아다니며 신흥무관학교를 세우기 위해 애썼던 일은 죽어도 잊지 못할 일이었다. 사돈 조정구의 동생 조완구도 눈시울을 붉혔다. 김구를 제외하고 모두 회영의 집에서 오래도록 묵었던 동지들이었다. 김구는 국내에서 활동을 하다가 삼일운동 후에 상해로 망명한 탓이었다.

도피생활을 함께 했던 김사집이 뒤늦게 회영이 상해로 왔다는 소문을 듣고 허겁지겁 달려와 울음을 터트렸다.

"선생님을 다시 뵙게 되다니요."

김사집은 울며불며 큰절을 했다. 그리고 다시 회영의 손을 꼭 붙잡고 한참을 울었다.

"나도 김 동지와 다시 만나게 되니. 반갑기 짝이 없네."

회영도 눈시울이 붉어졌다.

"선생님, 저는 한시도 그날을 잊어본 적이 없습니다. 죽어도 잊을 수가 없습니다.”

“태안부에서 태산도 보고 좋다고 하질 않았나.”

“그 태산 행여 꿈에 볼까 두렵습니다.”

“그래도 김 동지 덕에 서주에서는 여관 잠을 잤는데……. 언젠가는 그 여관 방값을 갚아야 하지 않겠는가.”

“저는 방값 같은 것은 까맣게 잊어버렸습니다.”

“설사 갚진 못하더라도 잊어서는 안 되네.”

“선생님께서 주신 여비로 저는 그때 상해로 무사히 왔는데 선생님께서는 천진으로 도대체 어떻게 가셨는지요?”

“천우신조로 기차를 타고 갔다네.”

“천우신조라니요?”

회영은 김사집에게 그날 일을 자세히 이야기해 주고 김사집은 정말 하늘이 도왔다고 감격했다.

임정은 출발 당시 서로 기선을 잡으려고 아우성을 치던 것과 정반대로 파장처럼 쓸쓸하고 적조했다. 아예 있는 지 없는 지도 모를 지경이었다. 놀라운 것은 죽으면 죽으리라 다짐했던 애국지사들조차 차라리 일본 집권 아래 자치를 하는 것이 낫다고 떠들기를 서슴지 않았다. 2, 3년 전만 해도 다물단에게 죽음을 면치 못할 일이었다. 임정 핵심요인들은 자금이 단 한 푼도 들어오지 않아 겨우 목숨만 지탱하면서 최후의 순간까지 임정의 고지를 지키기 위해 몸부림치고 있었다. 회영의 장남 규학과 지사들의 아들 서너 명이 전차회사 검표원으로 일하면서 쥐꼬리만한 봉급을 받아 매달 30원씩 내야 하는 임정 사무실 임대료와 몇몇 지사들 생계를 담당하고 있었다. 시영은 프랑스 조계지에 있는 초가집에서 아들 규홍과 함께 살고, 김구 이동녕 조안구도 방 한 칸을 빌려 세 사람이 함께 자취를 하고 있었다.

그런 분위기를 타고 일본은 거류한인에서부터 독립운동가들까지 갖가지 방법으로 매수하여 독립정신을 착착 파괴시켜가고 있었다. 그러므로 상해는 누가 항일투사이고 누가 일정의 앞잡이인지 좀처럼 구분하기 어려웠다. 또 밀정으로 의심받는 자체도 크게 두려워하지 않는 추세로 변해 있었다.

"우당 선생님께서 상해로 오셨으니 이제부터 운동을 제대로 펼쳐 나갈 수 있을 것이라 사료됩니다."

"그동안 선생님이 안 계신 상해임정이 무슨 일을 제대로 할 수가 있었겠습니까."

옥여빈과 이용호가 회영에게 인사라기보다 아부를 떨었다. 임정요인들이 인상을 찌푸리며 저놈들이 선생님께 무슨 간계를 부리고 싶어서 저따위 말을 하느냐고 수군거렸다. 이용호는 한인회를 끌고 있는 간부였고 임정요인으로 활동하고 있는 옥여빈은 초창기 신민회 회원이었으므로 회영이 그의 이름은 기억할 수 있었다.

"얼굴은 통 알아 볼 수가 없구만."

"그렇겠지요. 그때 저는 스물 몇 살 애송이에 불과했으니까요. 정말 존경하는 선생님을 뵐 줄은 꿈에도 몰랐습니다. 옛날처럼 앞으로도 좋은 말씀 많이 듣겠습니다. 우당 선생님."

옥여빈이 깊숙이 고개를 조아렸다. 그러나 옥여빈은 감히 우러러

볼 수도 없었던 귀족 이회영과 함께 활동을 한다는 자체만으로도 감격스러웠던 옛날 신민회 시절을 물리치며 이젠 재물이 귀족이라는 우월감으로 회영을 가소롭게 여겼다.

"우리 임정임원중에서도 진짜는 열 명도 찾아보기 힘듭니다. 조 아무개 정 아무개도 밀정노릇으로 고기반찬에 밥을 먹고 첩을 끼고 있다는 소문이 파다하고, 옥가 놈은 3년 전부터 일본으로부터 자금을 받아 제약회사를 차려 거부가 되었다는 건 알만한 사람은 다 아는 일이지요."

김구가 심호흡을 터트리며 한탄했다.

"백범 성미에 그걸 보고 있단 말씀이오?"

"밀정노릇을 한 결정적인 증거를 붙잡지 못하니 말입니다."

"아무튼 희생당하는 동지들이 없어야 할 텐데."

"옥가 저 놈은 제약회사를 시작할 때 이 사람에게 노골적으로 호랑이를 잡으러 호랑이굴로 들어가겠으니 일본과 접촉하는 것을 오해하면 안 된다는 말까지 해놓고 일본 놈들과 내통하고 있습니다."

"그럴 수가!"

"아무튼 선생님께서도 그 자를 경계하셔야 합니다."

회영의 상해생활이 시작되었다. 밥은 장남 규학의 집에서 먹기로 하고 정자간(독신자들이 사는 쪽방)에 방 한 칸을 얻었다. 북만주로 갔던 젊은 동지들도 상해로 철수하기 시작했다. 정실은호를 턴 자금을 들고 만주로 간 젊은 아나키스트들은 김좌진 장군의 뒤를 이어 한족총련을 이끌고 있는 김종진과 함께 아나키즘 정신을 실현하기 시작했다. 교민들에게 민족정신을 고취시키는 교육과 일제와 공산주의에 대한 반일 반공사상을 훈련시키면서 항일전선에 나가 투쟁할 수 있는 전술과 자질을 가르쳤다. 정실은호를 털어 가지고 간 자금으로는 집단 농장을 건설하여 농민들과 함께 농사를 지으면서 아나키즘 방법인 지방자치제를 운영해나갔다.

지방자치제에 대해 한인들은 대환영을 하고 중앙집권을 놓치지 않으려는 한족총련의 민족주의자들이 지방자치제에 대해 거세게 반발하고 나섰다. 사사건건 방해를 일삼으면서 공산주의자들과 손잡고 자기네들 권력을 허물어버린 한족총련을 허물기 위해 아나키스트 중심인물들을 제거하기 시작했다. 중심인물 세 명을 죽이고 김종진까지 죽이고 말았다. 김종진은 시체조차 찾을 수 없도록 어딘가에 유기해 버렸다.

그들 계획대로 한족총련은 허물어지고 말았다. 설상가상으로 일본이 만주사변을 일으키면서 독립군을 소탕하기 시작했다. 일본은 만주 전체를 모조리 장악할 작전으로 심양의 북쪽 유조구 만철선로를 폭파하고 그것을 중국군의 짓이라고 몰아붙이며 만주를 침략한 것이었다. 일본은 독립군을 색출하기 위해 마적과 공산당을 소탕한다는 명분을 내세워 만주를 수색하기 시작하고 김종진을 죽인 자들이 아나키스트 동지들을 일본군에 넘겨주기 시작했다.

젊은 아나키스트들은 한시바삐 북만을 빠져나오지 않을 수 없었다. 민족기반인 북만주를 지키기 위해 북경에서 목숨 걸고 정실은호를 털어 만든 자금을 단 한 푼도 남김없이 몽땅 털어 바치고, 아까운 동지들을 비명에 잃어버리고, 피와 땀으로 이룩해 놓은 건설현장과 힘없는 동포들을 두고 돌아가야 하는 것이 억울해 밤새워 통곡으로 날을 밝히며 해단식을 가졌다. 장기준과 규숙은 현숙을 데리고 장기준의 연고를 따라 장춘으로 가고 김동우 김성수 김야봉 이달 엄형순 이강훈 등 10여 명이 상해로 회영을 찾아온 것이었다.

동지들 중에 김종진은 보이지 않았다.

"김 동지는 왜 함께 오지 않았는가? 사지에 김동지를 두고 왔단 말인가?"

회영이 다그쳐물었다. 동지들은 김종진이 공산주의자들에게 암살되어 시체조차 찾지 못했다는 말을 차마 하지 못한 탓이었다.

"사실은 김종진 동지도 변을 당했습니다. 김좌진 장군을 죽인 자들에게."

"뭣이! 김종진이 죽다니?"

동지들이 결국 사실을 털어놓았고 회영이 펄쩍 뛰었다. 김좌진을 대신할 김종진을 잃었다는 것은 김좌진을 두 번 잃은 것이었다. 아까운 젊은 동지들을 잃어버린 억울함을 감당할 수 없거니와 항일투쟁과 북만주 교민들의 앞날이 암담했다. 김좌진 김종진이 없는 그곳에서는 이제 공산주의자들이 마음껏 설칠 것이었다.

"아까운 김종진 대신 늙은 내가 갔어야 했다!"

회영의 한탄은 쉬지 않고 젊은 동지들이 위로하느라 안간힘을 쓰는데 슬픈 소식이 또 날아들었다.

북경 소경창에서 호영 가족 모두가 밀정으로 추정되는 괴한들에게 피살당했다는 비보였다. 두 개의 슬픔이 충돌했다. 회영이 두 손으로 땅을 짚고 울었다. 원로로서 젊은 동지를 지켜주지 못했고 형님으로서 아우를 지켜주지 못했다는 자책에 휘감겼다. 형제가 그리워 목말라하던 아우였다. 그날 밤 동생의 투정이 가슴을 찢었다.

"그런데 이번에 또 형님을 놓쳐버리면 왠지 다시는 만나지 못할 것 같은 생각이 듭니다."

"너를 상해로 부른다고 하지 않느냐."

"이젠 형님의 앞날을 믿을 수가 없는 탓입니다. 망명을 하고 3년 만에 국내로 가시면서 곧 오신다고 해놓고 장장 8년 동안 얼굴을 볼 수가 없었습니다. 뿐입니까. 북경으로 형님을 쫓아왔더니 또 어디론가 가버리시고……."

그때 상해로 데리고 오지 못한 것이 후회되었지만 이젠 소용없는 일이었다.

"선생님, 슬퍼만 하고 계실 것인지요?"

상해에는 유자명 백정기 정화암 오면직이 있었고 그들이 회영을 흔들어 깨웠다. 그랬다. 슬퍼하고 있을 수만 없었다. 만주에서 어렵게 살아 돌아온 동지들과 다시 일어서야 했다.

정자간 방은 다시 상해의 아나키스트 본부가 되었다. 회영을 중심으로 유자명 백정기 정화암 오면직 김동우 등 10여 명이 모여 재중국 조선 무정부주의자연맹의 산하조직을 만들기로 뜻을 모았다. '남화한인청년연맹'이란 이름으로 새롭게 출발했다. 동지들이 회영을 의장으로 추대했지만 회영이 본래 철칙대로 사양하고 유자명을 의장 겸 대외 책임자로 내세웠다. 유자명은 중국의 항일반공 거두들과 사상적으로 친밀한 관계를 맺고 있어 유사시에 도움을 청할 수 있는 위치에 있고 다국적인 국제통이기도 했다. 유자명이 사상적으로 친분을 맺고 있는 중국사상가들은 이석증 외에도 오치휘 호한민 심중구 진제당 왕아초 화균실 등 중국의 쟁쟁한 인물들이 있었다. 그들은 모두 장개석의 최측근으로 북경과 천진에서 의열단을 이끌어가는 총참모이고 중국 국민당 원로들이었다.

남화연맹이 출범하자마자 회영은 유자명을 통해 이석증 왕아초 오치휘 호한민 등을 차례로 만나 한중협력으로 일본의 침략을 막아낼 군인양성을 위한 방법을 모색하기 시작했다. 왕아초가 나서서 무기를 제공해 주고 물질적인 원조에 앞장서 주면서 남화연맹의 정치적 입지를 유리하게 이끌어주려고 애썼다. 왕아초가 적극적으로 나서주는 데는 그만한 이유가 있었다.

왕아초는 상해사변에 한 맺힌 사람이었다. 일본이 대승을 거둔 상해사변은 처음에 중국군 십구로군과 일본군 상해육전대와 붙은 교전이 시발이었다. 십구로군에게 일본이 패전을 거듭하게 되었고 일본은 외교적으로 중국 남경정부에 압력을 가해 십구로군을 즉시 해체하고 일본에 입힌 피해를 배상하라고 요구했다. 그러자 십구로군 단장인 채정해 장군과 남경정부 사이에 대일전쟁 수행에 대해 서로 의견이 달라 심각한 불화로 치달았다. 국민당 핵심인 왕아초가 십구로군에 가담하여 최후까지 항일항전을 해야 한다고 주장하자 남경정부는 강경한 왕아초를 제거하려고 했다.

남경정부는 만일 전쟁이 확산되어 중일전쟁으로 비화되면 중국이 전쟁을 할만한 힘이 없으므로 십구로군 단장 채정해 장군은 정면충돌을 중지하고 후퇴하라고 명령했다. 그러나 대일감정이 뼈에 사무친 십구로군은 일본군을 맞아 최후까지 싸워 섬멸하겠다는 의지가 꺾이지 않았다. 그런 각오와 의지로 싸운 십구로군 앞에 일본군이 초개같이 쓰러지고, 일본이 이를 갈며 만여 명의 군사를 투입하면서 전쟁은 결국 전면전으로 확대되고 말았다. 치열한 전쟁은 십구로군과 일본군이 밀고 당기다가 중과부적으로 십구로군이 완패되고 말았다. 십구로군의 잔병들은 절강 복건 등지로 후퇴하고 상해사변은 2개월 만에 종결된 것이었다. 사정이 그쯤 되자 설 곳이 없게 된 왕아초는 일본에 복수하는 길이라면 지푸라기도 붙잡고 싶은 심정이었다.

때마침 일본은 바로 상해사변의 승전을 자축하는 기념식을 위해 일본 건국일인 천장절을 택하기로 했다. 왕아초는 아나키스트 남화연맹의 대단한 테러능력을 믿고 기념식이 있다는 정보를 가지고 남화연맹으로 뛰어와 무슨 수를 써서라도 기념식장에 참석하여 기념식장 자체를 폭파시켜버리고 일본군 군부요인을 폭살시키는 거사를 하자고 했다. 왕아초는 식장에 참석하는 일본 군부 거물급 명단과 식이 시작되는 시간과 순서를 자세히 알려주었다. 거물급 명단은 시게미츠 중국 주재 일본 공사, 무라이 영사, 시라가와 대장, 노무라 해군함대총사령관, 가와바타 상해거류민단 위원 등이었다. 그렇지 않아도 무언가를 찾던 남화연맹은 흥분하기 시작했다. 계획을 세운 다음 폭탄을 투척할 동지를 물색해야 했다. 성공해도 죽고 실패해도 죽는 일이었다. 백정기 등 젊은 아나키스트들이 서로 나서려고 해 제비뽑기를 했다. 백정기가 뽑혔다. 백정기는 의기충천하여 반드시 식장을 파괴하고 즉석에서 죽겠다고 다짐했다. 문제는 일본인만 들어갈 수 있는 입장권을 구하는 데 있었다. 왕아초가 반드시 입장권을 구해오겠다고 장담했다.

임정에서는 임정대로 까맣게 잊혀져가는 독립운동에 대한 인식에 대해서도 새로운 국면을 타개해야 한다고 의견을 모았다. 회의를 열어 새롭게 한인애국단을 조직하여 암살과 파괴공작을 진행하기로 하고 비용과 파괴공작적임자를 찾는 문제는 김구가 전담하기로 했다. 그때 청년 윤봉길이 찾아왔다. 김구 이시영 이동녕, 단 세 사람만이 그를 만났다. 윤봉길은 상해에서 한인 교포가 경영하는 말총으로 모자와 잡다한 일용품을 만드는 공장에서 일을 했고, 홍구에서 채소를 팔기도 했고, 최근엔 일본인이 경영하는 세탁소에서 일하고 있었다. 윤봉길은 애초에 상해에 올 때는 조국을 위해 몸을 던져 어떤 큰일을 해보려는 생각이었는데 이제는 중일전쟁도 끝이 났으니 나라를 위해 죽을 자리도 없다고 한탄을 늘어놓으면서 이봉창이 거사를 한 동경 사건 같은 일이 있거든 자기에게 맡겨달라고 부탁했다.

김구는 눈이 번쩍 뜨였다. 때마침 상해사변 승전기념식을 국제도시 상해 한복판에서 떡 벌어지게 한다는 건 참을 수 없는 일이었다. 윤봉길이 적임자임을 확신하고 준비에 들어갔다. 김구는 이동녕 이

시영과 의논할 뿐 오직 김구 혼자 전담자가 되어 극비리에 일을 추진하기 시작했다. 동경에서 이봉창이 천황을 향해 던진 폭탄 불발 실패를 거울삼아 중국인 폭탄제조업자는 깊은 토굴 속에서 폭탄을 20번 이상 실험했다. 20번 이상 모두 터졌고 폭탄제조업자는 20개 폭탄을 만들어주었다.

1932년 4월 29일, 이른 아침부터 날씨가 흐렸다. 자칫 비가 올 것만 같았다. 9시 경부터 홍구 공원 식장으로 내빈들이 속속 입장하기 시작했다. 오로지 일본인만 입장할 수 있는 현장에서 일본 헌병대가 물 샐 틈 없이 지키면서 일인에게만 나누어준 입장표를 검색하고 있었다. 윤봉길은 때마침 일본인 세탁소 고용인이었으므로 세탁소 주인 노부부를 부축하고 일장기를 들고 입장할 수 있었다. 그리고 옆구리에 세 사람분의 식사와 물통을 메고 있었다.

그런데 남화연맹 측에서는 왕아초가 끝내 입장권을 구하는데 실패하여 발을 동동 구르고 있었다. 백정기는 절대 불가함에도 폭탄을 품고 입장권 없이 그냥 들어가겠다고 나섰다.

"입장권 없이 무슨 재주로 들어간단 말이오?"

"내게도 생각이 있소이다."

"무슨 생각이오?"

"안 되면 입구에서 폭탄을 던져 자폭하고 말 것이오. 그렇소. 어떤 놈이든 일본 놈들을 죽여 상해 교민들 속이라도 시원하게 뚫어 줄 작정입니다."

"더 큰 일을 위해 목숨을 아껴두어야 하오."

그러나 백정기는 폭탄을 품고 유유히 홍구 공원으로 향했다. 안에서는 이미 식이 시작된 모양이었다. 경비대들이 총칼을 차고 삼엄하게 경비를 펼치고 있었다. 접근하기가 만만치 않았다. 백정기는 조금 떨어진 곳에서 걸음을 멈추고 상황을 살피기 시작했다.

식장에 입장한 윤봉길은 세탁소 노부부를 부축하여 축하대 앞자리에 앉아 식을 기다렸다. 누가 봐도 윤봉길은 일본 청년이었다. 날씨는 더욱 흐려졌다. 비가 쏟아질 것만 같았다. 오전 11시쯤 일본의 요인들이 군대검열을 마치고 나자 하늘을 찌를 듯한 일본인 군중들의 환호를 받으며 시게미츠 중국 주재 일본 공사가 연단에 올라 연설을 하기 시작했다. 연단 옆으로는 무라이 영사와 대장 시라가와 등 인사들이 기립해 있었다.

"자랑스러운 대일본제국 교포 여러분, 다 함께 기뻐하시오. 오늘의 우리 대일본제국의 승전은 시작에 불과하오. 장차 동아시아는 물론 세계를 재패할 꿈을 꾸시오. 우리 일본군은 위대한 대일본제국의 시민 여러분에게 조만간 더 크고 기쁜 선물을 안겨 줄 것이오. 세계는 바로 여러분의 것이오……."

시게미츠의 연설에 우레와 같은 박수가 터졌다. 그리고 드디어 빗방울이 후두둑 떨어지기 시작하면서 천둥이 쳤다. 연설자와 기립하고 있는 주요 인사들과 일본인 하객들이 모두 걱정스럽게 하늘을 쳐다보는 순간 윤봉길이 번개처럼 도시락을 열어 단상 한가운데로 던지기 시작했다. 꽝! 꽝! 꽝!……. 폭발음이 연쇄적으로 터지면서 천둥소리와 절묘하게 어우러졌다. 연단이 무너져 어디론가 날아가고 연설을 하던 시게미츠가 새처럼 공중으로 날아올랐다 땅으로 떨어졌다. 일본 해군함대사령관 노무라는 눈알이 튀어나오고, 일본 총사령관 시라가와 요시노리는 파편이 목을 관통하여 즉사하고, 일본 상해거류민단 위원장 가와바타는 파편이 복부를 파헤쳐 창자가 뭉글뭉글 흘러나왔다. 상해 시내에서는 20개 폭탄이 줄지어 터지는 폭음에 시민들이 광적으로 환호하며 함성을 지르고, 윤봉길은 현장에서 대한독립만세!를 외치면서 체포되었다.

백정기는 끝내 입장하지 못한 채 밖에서 장쾌한 폭음소리를 들으며 깜짝 놀랐다. 누가 그런 어마어마한 거사를 성공시켰는지 알 수 없는 일이었지만 감격했다. 당장 안으로 들어가 함께 놈들을 죽이겠다고 생각하며 입장을 시도했다. 그때 어디선가 우르르 일본 군인 수십 명이 몰려와 행사장 입구부터 강화하고 나섰다. 백정기는 도리 없이 거리로 나왔다. 거리로 나오자 삽시간에 입에서 입으로 소문이 전파되기 시작했다. 중국 사람들이 홍구 공원에서 폭탄투척사건이 일어나 일본 사람이 많이 죽었다는 말을 기쁘게 주고받기 시작했다. 폭탄을 던진 사람이 중국인이라고도 하고 고려인이라고도 했다. 윤봉길의 거사는 오로지 이동녕, 이시영이 알고 있을 뿐 김구와 윤봉길이 쥐도 새도 모르게 준비한 탓이었다.

그러나 곧 윤봉길이 붙잡혀 한국인이란 사실이 밝혀지고 상해 신문들은 '기쁨이 과하면 화를 당한다! 천장절 경축 시 폭탄이 예포를 대치! 대담한 한국인 봉길은 중근과 같은 대장부!' 라는 머리글을 단 기사를 실으며 흥분했다. 당장 일본이 독립지사들을 검거하기 시작했다. 지사들 외에도 한인 교포들까지 눈에 밟힌 자마다 잡아 가두었다.

임정 핵심인사들이 피하고 남화한인청년연맹 회원들도 모두 자리를 피했다. 회영은 규창을 데리고 유자명이 있는 남상근교 입달농촌학교로 피했다. 갈수록 한인 검거가 심해지자 김구는 동지들과 한인들의 희생을 막기 위해 동경 폭탄투척사건과 윤봉길 사건은 모두 내가 지시했노라는 편지를 써서 기자들 앞으로 보내고는 잠적해버리고 말았다. 중국은 그때부터 임정에 대해 적극적인 관심을 보이기 시작했다. 중국의 명사들인 은주부와 주경란이 김구를 만나기를 청하면서 자금도 답지하기 시작했다. 장개석 총통까지 나서서 호의를 베풀었다. 장 총통은 김구를 초청하면서 남화한인청년연맹 대표 유자명도 함께 불렀다. 남화연맹도 똑같은 계획을 시도했다는 것을 높이 산 까닭이었다.

뱃사공 첸징우

　윤봉길이 폭탄으로 홍구 공원을 뒤집어버린 일로 중국의 관심을 끌어 모았지만 운동은 여전히 캄캄했다. 갈수록 왕아초의 입지가 어렵게 되자 회영은 그를 포기하고 이석증과 오치휘를 찾아가 한인 아나키스트 독립지사들에 대한 협조와 도움을 요청했다. 그런데 기다렸다는 듯이 기가 막힌 제안을 내놓았다.

　"지금이야말로 한국과 중국이 함께 힘을 합해 공동전선을 펼쳐야 한다고 봅니다. 만주는 중국 못지않게 한국과 관계가 깊은 데다 한인 교포가 백만이 넘은 곳이므로 교포들이 힘만 모아준다면 중국으로서도 만주문제를 해결하는 데 큰 도움이 될 것이기 때문이지요. 윤봉길이 일으킨 그런 큼직한 거사를 일으키면서 항일전선을 펼쳐준다면 장차 중국 정부는 만주를 한국인 자치구로 인정할 수도 있습니다. 자금과 무기는 걱정하지 마시오. 물욕과 명예를 초개처럼 여기는 조선 아나키스트들에게는 얼마든지 자금과 무기를 제공할 수 있소이다."

가슴이 뛰었다. 그것이야말로 간절히 바란 소망이었다. 자금과 무기를 제공하겠다는 약속만 해도 반갑기 짝이 없는데 만주를 한인자치구로 인정하겠다는 것은 또 하나의 조국을 찾게 되는 중차대한 일이었다. 이석증과 오치휘가 북경에서 신병을 치료하고 있는 만주군벌 장학량에게 연락하자 장학량이 흔쾌히 받아들였다. 장학량은 곧바로 만주에 남아있는 부하들에게 연락을 취했다. 장학량 역시 절박한 이유가 있었다.

일본이 만주를 침략한다는 것을 미리 알아차린 장학량이 장개석에게 일본 도발을 미리 막아내야 한다고 주장했다. 그러나 장개석의 생각은 달랐다. 장개석은 일본이 도발을 해오더라도 즉각 대응하지 말고 국제연맹에 제소하는 외교적 방법을 취해야 한다고 강력히 주장했다. 장학량은 하는 수없이 장개석의 뜻대로 일본에게 저항하지 않고 국제연맹에 일본의 무력도발을 제소했다. 그러나 국제연맹은 전혀 힘을 발휘하지 못한 채 속수무책이었고 일본은 만주뿐만 아니라 상해를 점령하고 계속 세력을 확장해 가고 있었다. 장학량은 억분을 이기지 못한 채 항전할 기회를 노리고 있는 중이었다.

회영은 서둘러 동지들과 대책을 숙의했다. 언제 누가 만주로 갈 것인가를 놓고 회영과 동지들 간에 밀고 당기는 줄다리기가 시작되었다. 당장 회영이 가겠다고 나선 탓이었다.

"선생님께서는 우리에게 지시만 하시면 됩니다. 지금은 상황이 위험하니 기회를 봐서 저희들이 나서겠습니다."

젊은 동지들이 회영을 가로막았다.

"이런 기회는 다시는 없네. 장학량이 설욕을 다지고 있을 때라야 해. 쇠뿔도 단김에 빼라고 했네."

"그렇더라도 선생님은 보내드릴 수 없습니다."

"언제까지 우리는 그런 생각으로 살 것인가. 늙으면 들어앉아야 하고 젊은이는 불속이라도 뛰어들어야 한다는 생각 말일세."

"외람된 말씀이지만 아무리 그러셔도 저희들은 받아들일 수 없습니다."

"조국광복을 위해 장래가 구만 리 같은 청년들이 사지로 뛰어들어 목숨을 초개처럼 버리는데 나이를 핑계로 뒤로 물러앉는다는 건 내가 가장 부끄럽게 여기는 바이네."

회영은 김종진을 생각하면서 더 이상 젊은 동지들을 사지로 몰아내서는 안 된다고 다짐했다. 젊은 동지들은 더 이상 그의 고집을 꺾지 못한 채 입을 다물고 말았다. 다시 회의가 진행되었다. 만주에 조속히 연락근거지를 확보하고, 지하조직을 만들고, 일본 광동군 사령관 무토를 암살하기 위한 계획을 세운다는 구체적인 계획을 수립했다.

회영의 주장대로 장학량의 마음이 변하기 전에 또는 어떤 이변이 일어나기 전에 일을 성사시켜야 할 것이었다. 일단 회영이 만주로 가 무사히 도착했다는 연락을 해오면 백정기 정화암 엄형순 등 젊은 동지들이 즉시 이석증과 오치휘에게 연락하여 한국과 중국의 아나키스트들이 만주로 가 유격대를 조직하기로 했다. 그리고 회영과 젊은 동지들은 누구에게도 회영이 만주로 떠난다는 사실을 말해서는 안 된다고 맹약했다. 심지어 형제들에게도……. 회영은 떠날 준비를 하며 아내 은숙에게 편지를 부쳤다. "지금 신지新地로 가오. 가서 안정이 되면 편지 하겠소. 지금 떠나니 답장은 마시오."라고 보안상 간단히 썼다.

떠날 날을 하루 앞두고 황포강가로 나갔다. 상해의 달밤은 유난히 교교했다. 배들이 은빛 물결을 헤치며 오고갔다. 회영은 품에서 퉁소를 꺼냈다. 달빛과 11월의 싸늘한 바람에 젖은 채 조용히 퉁소를 불기 시작했다. 물꼬를 터놓은 듯 뼈 속에서 22년 동안 표류한 망국의 한이 흘러나와 굽이굽이 물결을 타며 흘렀다. 아내는 서너 달 후에 곧 돌아오마고 떠난 것이 6년이 경과하고 있었다. 아이는 여섯 살을 먹었을 것이고 아직 얼굴도 모른 아비를 그리워할 것이었다. 아내와 결혼하여 24년 동안 함께 한집에서 산 것은 다 쓸어 모아야 10여 년이 될까 말까 했다. 달은 어느 덧 바다 저편으로 멀어져가고 있었다.

"아버님, 꼭 아버님께서 가셔야 하는지요?"

함께 따라 나온 아들 규창이 물었다.

"새삼스럽구나."

회영이 아들을 향해 왜 쓸데없는 말을 하느냐는 표정으로 물었다.

"저도 모르게 말이 흘러나왔습니다. 모두들 걱정을 많이 해서요."

"일본 형사들이 아무리 정보에 밝다 하더라도 나는 아직 틈을 준 적이 없었느니라. 그리고 사람이란 어차피 죽게 마련이고 무슨 이유든 이유가 붙는 법인데 혁명을 하다 죽는다면 그 이상 바랄 게 있겠느냐."

"그래도 걱정입니다."

"혁명가는 조국과 민족이란 과수밭에 거름이 되어야 하는 게야."

규창은 알아들을 것도 같고 모를 것도 같아 잠자고 있었다.

"과수는 거름을 먹어야 좋은 열매를 맺지 않느냐. 항일투쟁을 하다가 이모저모로 죽어간 수많은 동지들과 안중근, 이봉창, 나석주는 물론 최근에 윤봉길 같은 영웅들이 바로 그런 거름이니라."

"그렇지만 허망하다는 생각이 듭니다."

"큰일 날 소리를 하는구나. 느닷없이 그게 무슨 말이냐?"

"윤봉길 선생만 해도 그렇습니다. 홍구 공원, 아니 상해가 떠나가게 폭탄을 터트려 놈들을 죽일 때는 너나없이 속이 후련하다며 입에 침이 마르도록 칭찬을 하더니 벌써 까맣게 잊어버리니 말입니다. 이제 겨우 반년이 지났는데……."

"진짜 영웅은 까맣게 잊혀졌다가 살아나는 법이니라."

달은 벌써 멀어져가고 황포강을 거슬러 불어온 바람이 몸속으로 거세게 파고들었다. 자리를 털고 일어섰다. 그리고 집을 향해 걷다가 문득 걸음을 멈추었다. 앞서가던 규창이 뒤돌아보았다.

"왜 그러셔요? 아버님."

"너의 중부 댁으로 가자꾸나."

"선생님들의 당부를 잊으셨는지요?"

"너의 중부는 뵙고 가야한다."

거사를 수행하는 혁명가에게는 기약이란 게 없으므로 고령으로 언제 돌아가실지 모른 석영 형님께는 간다는 말을 해야 할 것 같았다. 석영 형님 집으로 발길을 돌렸다. 석영이 아우를 보자 처음 보는 것처럼 반가워했다. 77세 고령인 석영은 어린아이처럼 회영을 의지하고 회영은 고령의 형님이 늘 안쓰러웠다.

초라한 방안을 둘러보았다. 방구석에 몇 홉들이 좁쌀봉지가 놓여 있는 것이 보였다. 낯익은 것인데도 좁쌀봉지가 다른 날보다 더 애처롭게 보였다. 석영의 둘째 아들 규서와 또 한 청년 연충렬이 함께 있다가 급히 일어나 회영에게 절을 올렸다.

침묵이 흘렀다. 회영이 쉽사리 입을 열지 않았다. 조카 규서의 친구 연충렬이 있는 탓이었다. 평소와 달리 이슥한 밤에 찾아온 아우를 바라보며 석영은 또 무슨 일이 있을 거라고 짐작했다.

"우당, 이런 시간에 무슨 일이시오?"

석영이 회영을 향해 입을 열었다. 묻지 않아도 또 어디론가 떠날 것임을 짐작 못한 건 아니었다. 그러나 여전히 회영은 입을 열지 않았다. 규서가 일어나 연충렬을 잡아끌었다. 두 사람이 황급히 방을 나갔다. 회영은 두 사람이 나가고 난 문 쪽을 잠시 바라본 뒤 비로소 조심스럽게 입을 열었다.

"내일 밤 북만으로 떠날 참입니다. 그리고 이건 극비입니다."

"지금까지 극비가 아닌 것이 있었던가. 그런데 하필 이런 때에 북만이라니?"

"중국의 힘을 얻기 위한 절호의 기회입니다."

"우당도 이제 늙었어요."

회영의 고집을 잘 알면서도 석영은 안타까움을 못 이겨 그렇게 말했다.

"늙었으니 적임자입니다. 이 나이에 초라한 행색을 하고 가족을 찾아가는 것처럼 하면 누가 나를 혁명가로 보겠는지요. 그리고 지금까지 젊은 동지들의 희생이 너무 컸습니다."

"상해에 온 지 얼마나 됐다고……."

석영은 섭섭함을 눌러 참으며 체념했다. 회영은 노쇠한 석영 형님께 큰절을 올리고 주머니를 열어 약간의 돈을 쥐어주고 방을 나섰다. 집 밖까지 따라 나온 석영이 뼈만 앙상한 손으로 회영의 손을 꼭 붙잡고 좀처럼 놓지 않았다.

"아우! 부디 몸조심하고 속히 돌아와야 합니다. 이 늙은이가 기다리고 있다는 걸 기억하셔야 해요."

회영은 몇 번이나 거듭 뒤돌아본 뒤 총총히 발길을 옮겼다. 석영은 바람에 흰 머리를 날리며 회영이 사라지고 없는 길을 오래도록 바라보며 서 있었다.

다음날 회영은 간단하게 행장을 꾸리고 규창과 함께 황포강 수상 부두로 향했다. 부두에는 배들이 떠있고 많은 사람들이 오고 갔다. 사람들 틈 속에서 누군가가 불쑥 회영 앞에 나타나 감격에 찬 목소리로 인사를 했다.

"저, 혹시 우당 선생님이 아니신지요?"

40대 중반쯤인 남자였다. 회영이 남자를 유심히 살피던 중 오라, 첸징우! 라고 소리쳤다.

"마지막으로 모신 지가 10년이 지났는데 제 이름을 기억해 주시다니요."

"첸징우를 내가 어찌 잊는단 말인가. 그건 그렇고 상해에는 웬일인가?"

"상해에서 큰 배를 모았습니다. 상해와 대련을 오가는 유람선이지요. 선생님의 점괘대로 됐습니다. 선생님께서 꼭 황포강에 배를 띄우라고 하신 덕택입니다."

첸징우는 눈에 눈물을 글썽이며 성공한 원인을 모두 회영에게 돌렸다. 그때 회영이 사례비로 준 돈이 종자돈이 되어 큰 배의 선주가 되었고 상해부두에서 유람선을 운영한 지 딱 1년이 됐지만 웬만한 뱃사람들은 다 자기를 안다고 자랑을 늘어놓았다.

"유람선 선장이라니? 역시 첸징우야. 정직하고 성실한 사람은 반드시 뜻을 이루는 법이지. 정녕 고맙고 축하할 일이네."

"말이 유람선이지 객선이나 마찬가집니다. 그런데 어디로 가시는 길인지요? 어디로 가시든 제가 모시겠습니다."

"아니네. 이미 승선권을 샀지 뭔가."

"승선권은 물려도 되는 일이니 제 배를 타시지요. 오늘은 손님을 받지 않고 선생님 한 분만 모시고 황포강을 가르겠습니다."

회영은 잠시 생각에 잠겼다. 대련으로 가는 남창호 승선권은 가장 싸다는 4등실이지만 형편에 비하면 꽤나 비싼 것이었으므로 그걸 물린다면 동지들에게 조금은 도움이 될 것이었다. 그러나 곧 마음을 정리했다. 개인적인 단순한 여행이 아니었다. 여러 동지들의 목숨과 국가의 운명을 좌지우지할 중차대한 여행일 뿐만 아니라 대련부두에서 만주에서 온 동지들이 남창호를 기다리고 있을 것이었다.

"이번에는 내 마음만 첸징우의 배에 태우고 몸은 나중으로 미뤄야 겠네. 내 이번 여행을 마치고 나면 꼭 첸징우의 배를 타볼 것이니 기 다려 주게나."

첸징우는 못내 아쉬워하며 회영과 작별을 하고 자기 배로 돌아갔 다. 영국 선적 남창호가 손님들을 태우고 있었다. 회영은 4등실 승선 권을 들고 배에 올랐다. 규창이 아버지의 뒤를 따라 함께 올랐다.

회영이 자리를 잡고 앉자 규창이 아버지께 큰절을 올렸다. 절을 마 친 규창의 얼굴이 걱정으로 가득했다. 눈에는 눈물까지 어려 있었다.

"혁명가의 자식이 눈물을 보이면 못 쓰느니라. 너는 노자 한 푼 없 이 이 아비를 따라 반년 동안 도피여행도 하지 않았느냐."

회영이 나지막이 말하고 규창은 재빨리 마음을 가다듬었다. 배가 떠나려고 뱃고동을 울리기 시작하자 회영이 규창의 손을 꼭 쥐었다. 목단꽃 같은 뺨의 흉터가 아기 때보다 훨씬 더 커져 있었다. 새삼 가 없다는 생각이 들었다. 뺨 흉터를 어루만지며 둘째 형님에 대한 당부 를 잊지 않았다.

"규서가 아직 어린 듯하니 연로하신 중부님을 잘 보필해 드려야 한 다. 대련에 도착하는 대로 편지 보내마."

규창은 배에서 내려 여객선이 시야에서 사라졌을 때에야 발길을 돌렸다. 부지런히 백정기 엄형순 등이 머물고 있는 거처로 돌아가 아 버지가 무사히 떠났음을 보고했다.

남창호가 힘차게 물결을 헤치며 대련을 향해 기세 좋게 달려가기 시작했다. 4등실에서 꼼짝하지 않은 채 회영은 배 흘수선 위의 둥그런 통 유리창으로 스치는 물결을 응시하며 생각에 잠겼다. 중국과 한국이 협조체제를 구축하기로 한 건 아무리 생각해도 야심찬 일이었다. 대련에 도착하면 동북의용군에서 파견한 김소묵 김효삼 양병봉 문화준 동지들이 부두에서 대기하고 있을 것이었다.

통 유리창에 스치는 물결은 마음을 설레게 하고 달빛은 은은했다. 제법 큰 파도를 타는지 배가 한 자나 물속으로 들어갔다가 떠올랐다. 떠오른 순간 둥그런 통 유리창으로 달빛이 예리한 빛을 쏘며 지나갔다. 달빛이 예리하다니? 그러나 어떤 불길한 생각도 용납하지 않기로 하고 그는 두 팔을 감싸 안으며 눈을 감았다.

스르륵 잠이 든 듯했다. 그런데 먹이를 향해 땅으로 속공하는 독수리가 보였다. 일본이 만주를 장악하면서 중국을 멍석말이를 하듯 둘둘 말아 들이는 회오리바람이 등을 서늘하게 치고 지나갔다. 눈을 뜨고 말았다. 회영은 나쁜 기분을 털어내기 위해 갑판으로 나왔다. 퉁소를 꺼내려고 품을 더듬다가 아차, 했다. 퉁소를 석영 형님 집에 두고 온 것이었다. 분신처럼 몸에 품고 다닌 것을 놓고 오기는 처음이었다. 다시 돌아가 가지고 오고 싶을 정도로 안타까웠지만 도리 없는 일이었다. 다시 4등실 밑창으로 돌아와 자리에 누웠다. 달이 구름 속으로 잠시 몸을 감추었다.

그때 갑자기 배가 크르릉 크르릉 하며 기관을 줄이는 소리가 났다. 바다 한가운데서 기관이 꺼지면 고장이라는 생각이 들었다. 부두에서 기다릴 동지들을 생각하자 걱정이 되었다. 혁명투사들은 약속된 시간에 사람이 나타나지 않을 때는 극도로 불안해 한 탓이었다. 곧 크르릉 소리가 잦아들면서 배가 제자리에 멈추고 사람들이 무슨 일이냐며 서로 묻더니 고장이 난 모양이라고 했다. 사람들이 하나 둘 갑판으로 나갔지만 회영은 왠지 불안하여 잠자코 있었다. 밖으로 나갔던 사람들이 다시 들어오면서 무슨 일인지 일본 경비정이 두 척이나 붙었다고 했다. 회영은 머리끝이 솟구쳐 올랐다. 계속 움직이지 않고 자리를 지키고 앉아 눈을 감았다. 무언가를 조사하기 위해 들어올 것을 대비해 몸을 최대한 오그리고 모로 누워 자는 척했다.

예상대로 일경의 군홧발소리가 쿵쿵하고 요란하게 울렸다. 일경들이 배의 맨 밑바닥 4등실로 내려오느라 나무 계단을 밟는 소리였다. 점점 가까워진 군홧발소리가 온몸을 흔들었다. 전신에서 피가 짜르르 한곳으로 모이면서 몸이 차갑게 식었다. 그러나 염려할 일이 아니라고 마음을 가다듬었다. 밑창 선실에는 적어도 40여 명의 승객들이 있고 40여 명을 일일이 조사한다는 것도 만만치 않을 것이고 나이든 노인을 독립운동가로 볼 리도 없을 것이었다. 그러나 일경은 승객들을 한 사람 한 사람 헤적일 필요도 없이 똑바로 회영에게 다가와 자는 척 하고 있는 그의 양팔을 낚아챘다.

"일어나시오. 선생!"

회영은 순간 '아, 하늘이 첸징우의 배를 보내 주었는데.' 라고 속으로 탄식했다. 그러나 끝까지 태연해야 했다.

"늙은이에게 왜들 이러시오."

"독립투사 이회영 선생을 대련경찰서로 모시라는 분부요."

"독립투사라니요. 보다시피 나는 늙은이가 아니오."

일경은 들은 체도 하지 않고 회영을 이끌어 내어 남창호 곁에 계류시켜놓은 일본 경비정에 옮겨 태웠다.

　그리고 때마침 자기 배를 몰고 손님을 태우러 대련으로 가던 첸징우가 상황을 목격했다. 첸징우는 직감적으로 회영이 일본에 피체되고 있다는 것을 알아차렸다. 기관을 줄이고 일본 경비정 가까이 접근을 시도했다. 회영은 후갑판에 서있고 일경 두 사람이 양쪽 팔을 부축하듯 붙잡고 있었다. 할 수만 있다면 날아가서라도 회영을 빼앗아 태우고 달아나고 싶었다. 그러나 총을 든 일경이 도사견처럼 주변을 두리번거리고 일본 경비정은 두 척이나 되었다. 일본 경비정이 움직이기 시작했다. 회영을 태운 배를 엄호하듯 한 척이 먼저 앞장서서 가고 있었다. 첸징우는 어떻게 해야 좋을지 몰라 눈앞이 캄캄했다. 다시 부두로 돌아가 선생의 아들을 찾아 사실을 알려주어야 할 것 같았지만 아들이 어디에 사는지 알지 못했다. 부두에서 만났을 때 사는 곳을 물어보지 않았던 것이 후회가 되었다.

　무조건 배를 따라가기 시작했다. 지금으로선 그것밖에 할 수 있는 일이 없었다. 일본 경비정이 매우 빠른 속력으로 달렸다. 첸징우의 배도 일본 경비정과 맞먹을 정도로 빨랐다. 밤새 달리고 다음날 하루를 달리고 다시 밤이 되었다. 첸징우의 배와 일본 경비정이 앞서거니 뒤서거니 하면서 나란히 되었다. 계속 따라온다는 걸 알아차린 일본 경비정이 첸징우의 배를 의심하기 시작했다. 첸징우는 상관하지 않고 계속 따라붙었다. 그렇게 이틀 동안 항해하던 끝에 갑자기 일본 경비정이 첸징우의 배를 향해 선수를 틀었다. 첸징우는 급히 속력을 줄였다.

"선장은 갑판으로 나와 보시오."

일본 경비정에서 생각보다 부드럽게 말했다. 첸징우는 잘만 하면 회영을 빼낼 수 있을 것이라는 희망에 가슴이 부풀어 올랐다. 분명히 따라온 이유를 물을 것이고 그러면 '숙부님인데 시간이 엇갈린 바람에 남창호를 타셨고 그래서 남창호를 쫓아왔더니 중간에 다시 일본 경비정으로 갈아타는 것을 보고 여기까지 따라왔노라.' 라는 대답을 준비했다. 양쪽 배가 가까워지고 첸징우가 먼저 말을 걸었다.

"나으리들께서 수고가 많으십니다."

첸징우의 말을 듣고도 일경들은 응답을 하지 않은 채 알 수 없는 미소만 지으며 배가 더 가까워지기를 기다렸다. 배와 배끼리 무척 가까워지자 회영이 첸징우를 발견하고 소스라치게 놀랐다. 안 돼, 첸징우! 어서 여기를 떠나. 라고 외쳤으나 이미 일경이 회영의 몸을 다른 곳으로 돌려 시야에서 첸징우를 차단해 버리고 말았다.

"그분은 저의 숙부입니다. 이제 제가 모시겠습니다."

"숙부?"

일경의 짧은 응답 끝에 탕, 탕, 두 발의 총소리가 울렸다.

"오, 첸징우!"

회영의 절규와 함께 첸징우가 방현대를 붙잡고 쓰러지고 말았다. 일본 경비정은 한 번 더 확인사살을 하고 첸징우의 배는 죽어버린 주인을 방현대에 걸친 채 어디론가 제멋대로 흘러가기 시작했다.

찬란한 저녁 햇살

회영을 맞은 대련수상경찰서장 후쿠다 오시이가 하늘의 별을 딴 기분으로 핫! 핫! 핫! 웃어 젖혔다.

"그렇게도 좋으십니까? 서장님."

부하 경찰이 너무 좋아하는 후쿠다에게 물었다.

"거두 이회영을 잡기 위해 우리 일본이 20년 이상 그물을 치지 않았나. 그것도 아주 비싼 그물로 말이야. 아마 지금까지 허망하게 버린 그물만 해도 이 대련 땅을 덮고도 남을 것이야. 그리고 우리 가문과는 아주 특별한 인연이 있지."

"감축 드립니다. 서장님,"

회영을 체포했다는 소식은 급히 총독부에 타전되고 총독부에서 흥분을 감추지 못한 채 긴급회의를 열었다.

"나석주 사건보다는 만주에서 벌이는 음모가 급하고 중차대하니 수단과 방법을 가리지 말고 반드시 입을 열게 해야 합니다."

"그보다는 회유를 해야 합니다."

"그건 어림없는 발상이오. 그자는 부귀영화를 초개같이 버리고 수천의 항일투쟁자들을 길러낸 인물이오. 봉오동전투와 청산리전투에서 우리 일본이 대패를 한 것도 그자가 길러낸 독립군들 때문이었소. 무관학교 출신들 말이오."

"뿐만 아니라 그자의 정신은 아편처럼 젊은 조선 청년들을 끌어들였다는 것이오."

"그러나 이젠 늙었어요. 사람이 늙으면 정신도 쇠약해지는 법입니다."

"그자는 다릅니다."

"그럼 어떻게 한단 말이오?"

"귀화가 아니면 죽음이오."

"아무런 물증도 없이 무슨 수로 죽인단 말이오? 그자는 기록 한 장, 사진 한 장, 전혀 남기지 않는 걸로 유명하지 않소."

"그렇소이다. 지금까지 우리 일본 형사들이 그림자처럼 따라붙었음에도 증거를 찾지 못해 어쩌지 못했잖소."

"지금 대동아공영권을 실행하고 있는 우리 일본이 도대체 무엇이 두렵단 말이오. 이젠 물증 따위는 필요없어요."

"걱정들 마시오. 후쿠다 오시이가 누굽니까. 그는 대어일수록 신들린 듯 요리기술을 발휘하는 인물이잖소. 뿐만 아니라 지금까지 이회영을 잡겠다고 벼려온 인물이오."

"자진해서 대련으로 간 것도 그런 이유라고 하니 기대해도 좋을 것입니다."

일본은 고문 기술자 후쿠다에게 이회영을 통해 만주지역 독립군들의 근거를 반드시 알아내야 한다고 특명을 내렸다. 그리고 모든 것을 후쿠다의 재량에 맡겨버렸다.

후쿠다는 자신감에 찬 미소를 흘리며 회유작전부터 시작했다. 거두 이회영을 일본 앞에 무릎을 꿇린다면 자신은 영웅이 될 것이었다.

"선생, 이게 얼마만입니까!"

후쿠다는 화들짝 반기고 회영은 후쿠다의 얼굴을 미처 기억하지 못한 채 그를 바라보았다.

"십오륙 년 전 우리 만난 적이 있었지요? 서울에서 말이오."

회영은 '아, 후쿠다'라는 탄성이 입 밖으로 흘러나온 것을 가까스로 참았다. 사십대 후반쯤으로 보인 얼굴은 그때 3개월 동안이나 신경전을 벌였던 후쿠다 오시이 주임이 틀림없었다.

"기억하고 있소이다. 후쿠다 주임."

회영은 담담하고 태연한 어조로 말했다.

"그때 내가 뭐라고 하던가요. 선생은 한사코 사업가를 운운했지만 선생의 눈에서는 혁명가의 빛이 번뜩인다고 하질 않았소. 그건 그렇고 자, 술 한 잔부터 받으시오."

"나는 술을 입에 대지 못하오."

"놀라운 일이군요. 독립투사답지가 않아요. 한때 내가 블라디보스토크에서 지독한 의열단 혁명투사 새끼들을 때려잡은 적이 있었는데, 그 상것들은 술과 여자에 미쳐 날뛰었소. 말하자면 그 불나방들은 무자비한 테러를 저지르면서 언제 죽을 지 모른 목숨을 술과 전율하는 연애로 한탕 즐기고 죽자. 이런 거였단 말이오. 아, 점잖은 우당 선생께 상스런 말을 해서 미안하게 됐소이다.

그런데 선생, 도대체 미개한 조선을 일깨워준 우리 일본에 대해 무슨 불만이 그리 많단 말이오. 지금 조선 백성들은 새로운 미래를 향해 열심히 살고 있질 않소이까.”

“미개하든 문명하든 자국의 일은 자국이 해결하는 법이오. 그런데 일본은 무력으로 남의 나라를 약탈했소. 그것도 아주 파렴치하고 악랄하기 짝이 없는 강도질로!”

“파렴치하고 악랄한 강도질? 말을 함부로 하시면 아무리 점잖은 분이라도 봐드릴 수 없습니다.”

“언젠가는 하늘이 반드시 심판할 것이니 지금이라도 걸음을 돌이키시오. 후쿠다 당신 한 사람이라도 말이오.”

“하늘이라, 하긴 사람의 머리 위에 벙어리 하늘이 있긴 있지요. 식민지 약소민족들의 공통점이 바로 그거요. 허무맹랑한 하늘을 믿고 버티는 것. 그 허무맹랑한 하늘을 운운하지 말고 선생이야말로 우리 천황폐하를 믿고 무모하기 짝이 없는 걸음을 돌이키시오.”

회영은 후쿠다의 말을 무시한 채 눈을 감았다. 일경이 정확하게 남창호에 올라온 것은 정보가 정확하게 새어나갔다는 증거이고 이제부터 의지대로 할 수 있는 것은 아무것도 없을 것이었다.

“선생, 나석주는 이미 죽었으므로 거론하지 않겠소이다. 그러니 이제 제발 우리 대일본제국 천황폐하의 정중한 예우를 받아들이시오.

우린 지금 조선의 명문가 이회영 선생께 최고의 예우를 하고 있소이다. 도대체 이게 무슨 꼴이란 말이오. 상스럽고 천한 중국옷 대포에 먹지 못해 피골이 상접하질 않소이까. 이게 조선 최고 명문가의 지조란 말씀이오?"

회영은 계속 눈을 감은 채 침묵하고 후쿠다는 계속 말을 이었다.

"지금이라도 무릎을 꿇는다면 아니 고개만 숙여도 일선합병의 대인물 이완용 후작에게 내린 은사를 베풀겠다는 우리 천황폐하의 특별한 배려가 기다리고 있소이다."

"감히 누구 앞에서 그따위 이름을 들먹이는가!"

이완용이란 말에 회영이 용수철처럼 튀어 오르며 고함을 질렀다.

"아, 이미 백골인데 뭘 그리 역정을 내시오. 노년에 감정이 격해지면 자칫 급사하는 수가 있소이다."

처음에 자신만만했던 후쿠다는 일이 만만치 않다는 걸 직감했다. 그러나 어렵게 잡은 대어를 살점 하나 상하지 않고 멋진 요리를 해서 총독부에 바쳐야 한다는 생각으로 최대한 조심스럽게 슬슬 본론으로 들어가기 시작했다.

"만주에서 일을 벌이겠다는 모의는 결코 성공할 수가 없소이다. 그러니 이제 모든 것을 내려놓으시고 만주에서 만나기로 한, 그자들의 이름만 대주시오."

"만주는 내가 오랫동안 살았던 곳이므로 고향이나 같소. 그래서 지인들을 만나기 위해 종종 오고 가는 것뿐이오."

"군소리 집어치우고 만주에서 만나기로 한 반역투사들이 누군지만 대란 말이욧! 아, 미안합니다. 내가 좀 예민해진 탓이오."

후쿠다는 인내하지 못한 것을 후회하며 서둘러 사과했다.

"중국인들은 내가 친 난蘭을 무척 좋아한 탓에 난을 그리는 모임이 있고 나는 가르치는 선생노릇을 하고 있소이다."

앞으로 젊은 동지들과 만주 장학량과의 거사는 무슨 일이 있어도 실행되어야 하므로 회영 역시 될 수 있는 한 후쿠다와 정면 대결을 피하려고 애썼다.

"아하, 아직도 난 그림으로 밀통을 한다는 말이군요. 내 그걸 깜빡했소이다. 그러나 지금은 난 그림을 이야기할 때가 아니오. 장학량 그 소인배와 작당하고 있는 졸개들 이름만 말해주면 된다고 하질 않소."

장학량을 들먹이자 회영이 소스라치게 놀랐다. 정보가 이미 만주에서 샜을 수도 있었다. 그러나 끝까지 태연하게 응수해 나가야 한다고 마음을 다졌다.

"없는 그들을 대라 함은 배지도 않은 아이를 낳으라고 조른 것과 마찬가지가 아니오. 그만하고 나를 지인들에게 보내주시오. 후쿠다 서장."

후쿠다는 고민에 빠졌다. 꼭 성공해야 하는데 총독부의 기대에 부응해야 하는데, 그런데 자신이 없어져 갔다. 후쿠다는 생각과 방법을 바꾸기로 했다. 이제부터는 본격적으로 치고 들어갈 것이며 장소도 경찰서와는 전혀 다른 악명 높은 여순 감옥의 고문실로 분위기를 바꾸기로 했다.

회영을 태운 차는 대련수상경찰서를 나와 앞만 보고 달렸다. 겨울을 재촉하는 11월의 세찬 바람이 차창을 후려쳤다. 황량한 벌판이 끝없이 지나갔다. 벌판엔 회오리바람이 짐승처럼 몰려다녔다. 회영은 바람소리에 귀를 기울일 뿐, 어디로 가는지 묻지 않았다. 어디든 그들 손아귀는 마찬가지인 탓이었다. 그러나 화북지방을 지나면서 여순으로 간다는 것을 짐작했다. 짐작대로 차가 여순 감옥 앞에서 멈추고 무덤처럼 음산하고 괴괴한 건물이 단번에 사람을 짓눌렀다.

"여기가 어딘 줄 아시오?"

대답하지 않았다. 서로 잘 알고 있는 것을 물었을 땐 대답할 필요가 없었다.

"조선 혁명투사들을 모시는 여순 감옥이오. 잘 알겠지만 이곳에서 수많은 조선 혁명투사들이 복역했거나 죽어나갔소."

이번에도 대답하지 않았다.

"오라 20년 전 당신들의 우상 안중근도 여기서 죽어나갔지."

후쿠다는 계속 겁을 주고 회영은 계속 반응하지 않았다.

"참, 선생처럼 고집이 센 신채호란 자도 지금 복역 중이지."

"뭣이, 신채호?"

신채호란 이름에 회영이 용수철이 튀어 오르듯 반응했다.

"오, 진작 신채호를 들먹일 걸 그랬군."

"정녕, 신채호 선생이 여기에 있단 말이오?"

"그렇소, 선생과 꼭 닮은 고집불통 무정부주의자 신채호가 10년형을 받고 지금 복역 중이오."

"그 고고한 학자를 대체 무슨 트집을 잡아 가두었단 말이오?"

"유가증권 위조, 사기, 살인, 사체유기죄를 범한 무자비한 범법자가 고고한 학자라니? 도대체 뉘우칠 줄 모른 그자도 2년 전에 대련수상경찰서에서 내 손을 거쳐 이곳으로 왔다는 걸 알아 두시오."

신채호에게 그 정도의 죄목을 씌웠다면 죽이자는 속셈이 분명했다. 그렇지 않아도 몸이 부실한 데다 위통이 심해 새벽마다 한바탕 뒹굴고 나서야 아침을 맞이한다는 사람이 감옥생활을 견뎌낼 리 만무했다. 그런데 사정이야 어찌되었든 반가웠다. 암흑 속에서 한 줄기 빛을 만난 것 같았다.

"선생을 만나게 해주시오."

"만나게 해 달라……."

"부디 만나게 해주시오. 후쿠다."

회영이 신채호를 만나게 해달라고 사정했다. 후쿠다는 잠시 생각 끝에 쾌히 승낙해 주었다. 혹 두 사람이 나눈 대화 가운데 어떤 단서라도 찾아낼 수 있을지 모른다는 기대 때문이었다.

곧 면회실로 붉은 수의에 죄수번호 411번을 단 신채호가 나타났다. 허수아비 같았다. 뼈만 앙상한 몸에 붉은 죄수복이 어깨가 벗겨질 지경으로 헐렁거리고 일터에서 오는지 손발에 흙이 묻어 있었다.

"오, 단재?"

먼저 회영이 이름을 부르며 다가섰다. 신채호는 입을 떼지 못한 채 마치 헛것을 본 사람처럼 멍한 눈빛이었다.

"우당이외다. 단재!"

신채호는 그때서야 흑, 하고 울음을 터트렸다.

"우당 선생님!"

"우리가 여기서 만나다니. 아무튼 어찌된 일이오? 단재."

"나야 재수가 없었지만, 선생님이야말로 그림자도 지워버리시는 분이 어쩌다가?"

"나도 재수가 없었겠지요. 아무튼 단재의 죄명이 무척이나 화려해 기가 막혔소이다."

"내가 사기를 친 건 맞습니다. 그러나 살인이니 시체유기니 하는 짓거리는 제멋대로 지어낸 것들이지요."

"유가증권을 어떻게 위조했더란 말이오?"

"헛, 그게 말입니다."

신채호는 와중에도 피식 웃고 있었다.

"단재, 이 지경에도 웃음이 나오시오. 별스럽기는 여전하시구려."

"선생님을 만나니 숨통이 트인 게지요. 사연은 바로 무정부주의자 동방연맹대회를 열었던 것에서 시작된 일이었습니다. 그때 선생님께 서 써 보내주신 글을 결의안으로 채택하지 않았습니까."

"기억하고 있소이다. 상해에서 한국 일본 중국 인도 베트남 대만 등의 아나키스트 대표 백여 명이 모여 국제대회를 열었을 때 내가 천 진에서 '한국의 독립운동과 무정부주의'라는 글을 보내주었지요. 그 때 일제의 중요기관을 파괴하기 위해 폭탄을 제조할 것을 결의했다 고 들었소이다."

"폭탄을 만들자면 제작소와 전문기술자가 필요하고 그에 따른 거 액이 필요하지 않겠습니까. 그래서 비상수단으로 외국 돈을 위조하기로 하고 그걸 나와 중국인 청년동지 임병문이 도맡았지요. 6만4천 원에 해당한 위조지폐 2백 장을 찍어내어 현금으로 바꾸기 시작하다 가 그만 재수 없게 걸려버린 겁니다."

"마치 콩서리라도 하다 들킨 양 말씀하십니다."

"맞습니다. 그건 콩서리에 불과했지요. 앞으로 8년 후 여기서 살아 나가면 정말 제대로 한 번 해 볼 작정입니다."

"아무튼 대단하십니다. 역시 단재다워요."

"우당 선생님은 은행 강도두목을 하지 않으셨습니까. 이 사람처럼 붙잡히지도 않으셨으니 저보다 한 수 위셨구요."

신채호는 간수들 눈치를 보며 아주 낮은 목소리로 속삭이듯 말했다.

"아무튼 사연을 계속 말해 보시오."

"대련에서 일부를 찾고 다시 변장을 하고 일본으로 들어갔다가 고 베에서 그만 들통이 나고 말았는데 그때 일본인 재판장이 '국제위폐 를 사기하려고 한 것이 맞나?' 라고 묻더군요. 그래서 맞다고 대답했지 요. 그랬더니 '사기는 나쁘다고 생각지 않나?' 라고 다시 묻더군요."

"그래 뭐라고 하셨소? 단재의 촌철살인寸鐵殺人적 대답에 재판장인 들 꼼짝이나 했겠소이까."

"우리 조선 사람이 나라를 찾기 위해 취하는 수단은 그것이 무엇이 든 모두 정당한 것이다. 나라의 독립을 위해서는 사기 아니라 그보다 몇 천 배 더한 짓을 할지라도 털끝 만큼도 양심에 부끄럼이나 거리낌 이 없다. 예를 들면 일본인을 죽여도 죄가 되지 않는다. 라고 했지요. 그랬더니 누가 일본 밀정 놈을 죽여 버려놓은 것을 나에게 뒤집어 씌워 살인에다 시체유기에다 입맛대로 죄명을 붙여댄 것입니다. 나와 함께 중책을 맡았던 중국인 임병문 동지는 벌써 옥사하고 말았습니다. 옥사가 아니라 바로 저쪽 고문실에서 몽둥이질을 해 죽여 버렸지요."

신채호는 팔을 뻗어 기억자로 꺾인 모퉁이 쪽을 가리켰다.

"단재는 무슨 일이 있어도 살아남아야 합니다."

"지금 육십 줄인 선생님께서 50줄인 내 걱정을 하게 생겼는지요. 그런데 형량은 얼마나 받고 오신 겝니까? 이곳 여순으로 온 사람치고 최하가 10년이라는데."

"형을 받은 바도 없소이다. 덮어놓고 여기로 데려 온 것이오."

"그럴 수가? 재판도 없이 사람을 감옥으로 끌고 왔단 말입니까?"

"만주로 난蘭을 치는 지인들을 만나러 가는 사람을 의심한 게요."

신채호가 속뜻을 눈치 채고 걱정스런 눈으로 회영을 바라보며 손을 굳게 잡았다. 일본 경찰은 증거를 캐려고 심문하고 회영은 난을 핑계대면서 말을 피하고 있다는 것쯤은 짐작하고도 남았다.

두 사람이 서로 붙잡은 손을 놓지 못한 채 안타까움만 교차하는 순간 회영이 신채호의 손을 보며 놀란 표정을 지었다. 가늘고 여리던 선비의 손이 손가락 마디마다 뼈가 심하게 불거져 나왔고 손등엔 찢긴 상처가 어지러웠다.

"심장이 터질 것 같아 숨 틔우는 의식을 치른 흔적입니다. 피가 나도록 이놈의 천길 물속 같은 감옥 벽을 치다보니 죄 없는 손이 그만 이지경이 되었지요."

가슴아파하는 회영을 향해 신채호가 설명을 달았다. 그때 간수가 시간이 다됐노라고 독촉하고 나섰다. 두 사람은 꼭 잡고 있는 손을 차마 놓지 못해 안타까워하고 간수가 회영의 팔을 조급하게 잡아끌었다.

"단재, 아무래도 다시 만나기는 어려울 것 같소이다. 부디 몸을 보존해야 하오. 그리고 옥고玉稿를 쓰는 귀한 손을 함부로 다치게 해서는 아니되오."

회영이 겨우 말을 마치고 간수의 손에 이끌려 기역자로 꺾인 모퉁이를 돌아 어느 방으론가 사라져버리고 말았다. 임병문이 끌려가 돌아오지 못한 곳이었다.

"선생님!"

신채호의 입에서 터져 나온 절규가 회영이 사라져버린 어둑한 통로를 따라 허탈하게 메아리치고 있었다.

상해에서는 동지들이 회영으로부터 연락이 오기만을 기다리고 있었다. 그런데 느닷없이 18세 정도로 보인 소년이 버스회사로 규학을 찾아와 종이쪽지를 내밀었다.

규학은 소년의 신분을 물어보기도 전에 종이쪽지부터 펼쳐보았다.

"11월 17일 이회영, 만주행 남창호 승선."

규학은 머리끝이 솟구쳐 올랐다. 부르르 떨며 소년을 향해 입을 열었다.

"대체 너는 누구냐?"

"제 이름은 홍종호라 부르고 제 아비는 홍순입니다. 조선에서 이조판서 대감댁에서 살았던."

규학은 그 정도만 해도 충분히 알만 했다. 노비 홍순의 아들인 모
양이었다. 뜻밖이었지만 홍순의 아들을 만났다는 것에 놀라고 있을
때가 아니었다.

"네가 누군지 짐작이 가는구나. 그런데 이 쪽지는 어디서 난 것이
냐?"

"저는 화자제약회사에서 일하고 있습니다. 옥여빈 사장님 밑에 있
지요. 옥 사장님 소실 향숙이란 여자가 급히 내게 주면서 전하라고
부탁했습니다."

친일자로 의심받고 있는 옥여빈이란 말에 규학의 얼굴색이 하얗게
변해버렸다. 홍종호는 만주에서 아버지 홍순이 죽자 어머니와 단둘
이 상해로 와 살면서 화자제약회사에서 일을 하고 있는데 향숙이란
여자가 참 잘해 주었다는 말을 하고 싶었지만 그런 말을 할 상황이
아니라 그만두었다.

"향숙이란 여자를 만나 볼 수 있겠느냐?"

"어젯밤에 도망쳤습니다."

"도망을 치다니?"

"총을 맞고 집 밖으로 도망치면서 이 종이쪽지를 저에게 준 것입니
다. 버스회사에 찾아가 이규학 선생을 찾으라고 하면서요."

상해로 도피한 향숙은 은숙이 일러준 대로 영국인 버스회사로 규
학을 찾아갔지만 신분이 하늘과 땅이라는 생각에 만날 용기가 나지
않았다. 일단은 취직하기가 쉬운 국수집에서 일을 했다. 중국은 국수

를 기름에 튀겨낸 탓에 기름 냄새에 속이 역겨워 견딜 수가 없었다. 또 막일을 해보지 않는 몸이 견뎌내질 못했다. 송충이는 솔잎을 먹게 마련이라고 생각하며 상해의 유명한 유곽 별궁別宮으로 찾아갔고 그곳에서 손님 옥여빈과 가깝게 되었다.

향숙은 서울에서 은숙을 알고부터 독립운동가라면 무조건 존경한 탓이었다. 옥여빈은 한인사회에서는 선망의 대상이었고 별궁에서는 왕처럼 모시는 단골손님이었다. 돈이 많다는 것도 이유였지만 독립운동의 뿌리인 신민회 회원으로 활동했다는 것으로 유명한 탓이었다. 정말 향숙이 보기엔 옥여빈은 충분히 존경받을만했다. 독립운동가들을 돕는다는 소문이 자자했고 종종 별궁에까지 독립운동가라는 중년남자들을 데리고 와 거나하게 먹이면서 적지 않은 돈을 질러주기도 했다. 중년남자들뿐만 아니라 20세를 갓 넘긴 애국청년들도 데리고 왔고 그들은 모두 옥여빈에게 머리를 조아리며 고마워했다.

향숙은 우연히 옥여빈의 주머니에서 이회영이란 이름이 적힌 쪽지를 발견하고 이상한 생각이 들어 몰래 몸속에 숨겼다. 그리고 버스회사로 찾아가 규학에게 건네주려고 마음먹었다. 그렇게 3일이 지난 후 옥여빈에게 이회영이란 인물이 누구냐고 짐짓 물었다.

"니가 왜 그런 걸 묻지? 혹여 우당 이회영을 아느냐?"

"애국지사들과 한인들이 모두 존경하는 인물인데 저라고 모를 리가 있겠어요."

"그가 상해에 온 지 일 년 남짓인데 향숙이 네가 그를 알다니 괴이한 일이 아니냐?"

향숙은 옥여빈의 말투가 마음에 들지 않았다. 우선 '그'라고 낮추어 부른 호칭부터 이회영 선생에 대해 결코 호의적이지 않다는 걸 눈치 챘다. 그리고 갑자기 2년 전 서울 정화원에 들락거린 후쿠다가 떠오르고 옥여빈과 후쿠다가 하나로 연결되었다. 후쿠다도 회영은 물론 모든 독립운동자들을 '그자'라고 불렀던 탓이었다.

"당신은 왜 훌륭하신 분을 좋지 않게 말하죠? 감히 '그'라고 하다니요."

옥여빈을 똑바로 쳐다보는 향숙의 눈에 벌써 분노가 충천하고 있었다.

"이회영 같은 인물은 이제 조선에 방해가 될 뿐이야. 대세도 모른 채 고집을 피우고 있거든. 그게 다 명문의 자존심이지. 난 생리적으로 그런 귀족이 싫어."

"어떻게 그런 말을! 난 당신이 독립투사라고 존경했는데 그래서 당신을 선택했는데."

"독립투사? 향숙이는 그런 일에 신경 쓰지 말고 내가 준 돈으로 호강이나 하면 되는 거야."

"호강이나 하라구요?"

"그렇고말고. 내가 향숙이를 조선 여자들이 다 부러워하도록 만들어 줄 테니까."

"그런 일에 신경 쓰지 말고 호강이라 하라고 했나요?"

향숙이 다시 물으며 옥여빈의 얼굴을 파헤칠 듯이 쳐다보았다.

"향숙인 세상 돌아가는 걸 몰라서 그러는데 일본이 곧 세상을 다

갖게 될 것이야. 사람은 시대를 간파할 줄 알아야지."

"그럼 당신은 친일자군요?"

"지금 나에게 친일자라고 했느냐?"

"그래요. 밀정인지도 모르죠."

"뭣이라. 천한 것이 감히!"

두 사람은 갑자기 적으로 변해버리고 말았다. 옥여빈이 몸을 부르르 떨며 향숙을 노려보고 향숙은 경계하며 몸을 움츠렸다. 당장 어떻게 해야 할 지 몰라 마음이 갈팡질팡했다. 장차 큰일을 하기 위해서는 함부로 언행을 해서는 안 된다는 은숙의 당부가 떠올랐지만 이미 때는 늦었다는 것을 알았다.

재빨리 대책을 강구했다. 마침 등 뒤에 있는 문갑서랍을 열고 권총을 집어 들었다. 생전처음 잡아본 권총이었으므로 다음 행동을 할 줄 몰랐다. 그러나 총을 손에 쥐자 두 번째 손가락에 방아쇠가 닿았다. 감각적으로 그것을 누르면 된다는 직감이 왔다. 순간 옥여빈이 잽싸게 총을 빼앗아 향숙을 향해 쏘았다. 반사적으로 들어 올린 오른쪽 어깨에 총알이 박히고 향숙은 문을 박차고 나가 대문을 향해 뛰었다. 그리고 때마침 마주친 홍종호에게 쪽지를 건네주며 부탁하고는 어디론가 사라져버렸다.

규학은 홍종호를 돌려보내고 백정기 엄형순 등과 급히 모여 종이쪽지 내용을 분석하기 시작했다. 일정의 앞잡이로 의심받고 있는 옥여빈에게서 그런 쪽지가 나왔다는 것은 바로 일경의 주머니에서 나온 것이나 마찬가지였다. 분명히 정보가 새어나갔다는 증거였다. 동지들은 회영이 떠나기 전 행적을 파헤치기 시작했다. 규창이 비로소 석영에게 인사를 하러갔던 이야기를 했다.

"심지어 형제에게도 비밀로 해야 한다고 그렇게 말씀드렸는데 둘째 어른 댁엘 가셨더란 말이냐? 그리고 거기에 누가 있었느냐?"

"규서 형과 애국청년 연충렬이 있었습니다. 그러나 곧 방을 나갔습니다."

"규서와 연충렬?"

"설마?"

"그리고 또 만난 사람이 없느냐?"

"참, 부두에서 망명 때 압록강을 건네줬다는 뱃사공을 만나 한참 동안 옛날이야기를 하셨습니다. 그가 유람선 선주 겸 선장이 됐다고 하면서 자기배로 모시겠다고 사정사정 했지만 아버님께서 사양하셨지요."

"나중에 뱃사공은 어디로 갔느냐?"

"그건 모르겠습니다. 나는 아버지를 배웅하느라 배에 올랐다가 내려왔고 그때 뱃사공이 보이지 않았습니다."

"뱃사공일 리가 없소. 뜻밖에 만난 뱃사공이 사정을 알 리가 없질 않소이까."

"가만, 뱃사공 이름이 무엇이라고 하더냐?"

오면직 동지가 정색을 하며 규창에게 물었다.

"왜 그러시오? 오면직 동지."

"문득 신문기사가 떠오릅니다. 선생님께서 떠나시고 난 다음날 신문에 유람선 선장이 총에 맞아 바다에 표류하던 걸 중국 경찰이 발견했는데 강도소행 같다고 했소."

"생각났어요. 아버님께서 마치 죽마고우를 만난 것처럼 첸징우! 라고 크게 불렀습니다."

"맞아, 첸징우!"

"죽은 그 뱃사공 이름도 첸징우란 말이오?"

"그렇소."

"선생님을 만난 다음 뱃사공이 죽었다? 뭔가 이상하질 않소?"

"그러나 선생님과는 무관한 듯싶소이다. 상해에 사건이 났다하면 강도 살인이 아닙니까."

그런데 다음날 오면직 동지가 급히 뛰어 들어와 심각한 얼굴로 소문을 전해주었다. 규서와 연충렬이 일본 영사관에 들락거렸고 또 윤락가를 돌다가 성병에 걸려 병원과 약국을 들락거린다는 말을 들었다고 했다.

"하루 세 끼도 해결하지 못한 형편에 윤락가를 드나들다니요?"

"정통한 소식통입니다. 함병원이라면 상해에서 이름난 병원인데 그곳에서 내 처가쪽 사람이 사무를 보고 있습니다. 더욱 놀라운 일은 그 둘이 옥여빈과 이용호와 동행하여 고급 요릿집에도 들락거린 걸 목격했다고 합니다."

옥여빈과 이용호의 말이 나오자 동지들의 눈에 불이 켜졌다. 이용호 또한 밀정으로 의심받고 있었고 옥여빈과 절친한 사이로 알려져 있었다. 서둘러 규서와 연충렬을 유인하여 일을 규명해봐야 할 것이었다. 그들을 유인하는 일에 규창이 나서기로 했다.

규창이 다음날 아침 일찍 두 사람을 만났다. 그리고 무척 진지하게 다시 청년당과 소년동맹을 재건하자고 권했다. 세 사람은 모두 청년당과 소년동맹단원 중심으로 활동해 왔으나 홍구 공원 윤봉길 폭탄 사건이 터지자 일본에게 쫓기면서 활동이 중단된 상태였다.

"백범 선생께서 자금까지 지원해 주신단 말이냐?"

김구 선생께서 자금을 지원해 주기로 했으며 남화한인청년연맹 백정기와 엄형순이 적극 돕기로 약속했다고 하자 규서와 연충렬의 눈빛이 빛났다.

"그렇소. 자금도 보통 자금이 아니오. 앞으로 조선 독립은 우리 청년들 손에서 이루어져야 한다고 말씀하시면서 서두르라고 당부하셨소. 규서 형님과 연충렬 동지와 내가 어서 일을 추진해야 다른 곳으로 자금이 빠져나가지 않을 것이오."

"맞는 말이오. 누가 먼저 일을 하느냐에 따라 자금이 좌지우지되는 것이니 태공(규서의 호), 한시라도 빨리 일을 시작합시다."

연충렬이 들뜬 표정으로 규서를 재촉했다. 세 사람은 당장 일을 추진하기로 결의하고, 규창은 백정기와 엄형순과 의논하여 바로 다음날 남상 입달농촌학교로 그들을 유인하기로 했다. 입달농촌학교는 유자명이 책임자로 있는 학교였으므로 윤봉길 홍구 공원 사건 이후 일경에게 쫓길 때도 많은 애국지사들이 몸을 숨긴 곳이었다.

규서와 연충렬은 김구 선생을 만난다는 걸 생각만 해도 가슴이 떨려 밤새 잠을 이루지 못했다. 그리고 다음날 영웅이 된 기분으로 규창을 따라나섰다. 백정기 엄형순은 남화한인청년연맹 동지들과 함께 학교로 향했다. 학교는 한적한 교외에 위치하고 있어 학교에서 일어난 일을 외부에서 알 턱이 없었다. 동지들은 밤이 되기를 기다렸다. 규서와 연충렬에게 김구 선생께서 밤이 되어야 도착을 할 것이니 기다려야 한다고 말했다. 두 사람은 동지들의 말을 충분히 믿었다. 상대는 조선의 만인이 흠모하는 김구였고 김구 선생은 대낮에 함부로 다닐 수 없다는 것을 잘 알고 있는 탓이었다.

어둑한 여순 감옥 내부, 기역자로 꺾인 통로 끝에 있는 고문실은 분위기만으로도 고문하기에 충분했다. 높다란 천장에서 내려온 줄이며 사람을 묶기에 좋도록 등이 길다란 고문의자며 가죽 회초리와 몽둥이며 물이 담긴 커다란 나무통이며 놋쇠화로와 인두며 굵은 밧줄 등이 먹이를 기다리는 포악한 짐승들처럼 고문대상자를 기다리고 있었다. 그리고 후쿠다는 일을 빠르게 추진하기 시작했다. 여순 감옥은 본래 속전속결이었다.

"보시다시피 여기서는 누가 누구를 가르치거나 설득하거나 말 잇기 게임을 할 겨를이 없는 곳이오. 흑이면 흑, 백이면 백, 분명하고 확실하게 매듭짓는 곳이란 말이오. 그러니 난 그림이니 만주 지인이니 하는 말 따위를 입 밖에 낼 생각은 버리시오."

신채호와 만나게 해주었지만 이렇다 할 단서를 포착하지 못한 후쿠다는 더욱 신경이 예민해졌다.

"난을 배우는 중국인들 말고 내겐 댈만한 이름이 없다고 하질 않았소."

"난, 난, 난, 난에 대해 더 이상 말을 하지 말라고 경고했소이다."

"그렇다면 나는 할 말이 없으니 마음대로 하시오."

후쿠다는 심호흡을 퍼내며 일이 잘 안 된다는 표정을 지었다. 그리고 상대를 형편없이 무시하는 작전을 구사했다.

"하긴 나라 없는 떠돌이 민족이니 그 하찮은 먹물 그림에나 의지하고 살 수밖에 없겠군."

"뭣이, 나라가 없다니!"

"잘 들으시오. 그대들의 나라는 이 지구상에서 사라진 지 오래요. 전설 속에서나 존재한단 말이오."

회영은 자리에서 벌떡 일어났다. 이십 대의 불꽃같은 시절 인삼밭을 도둑맞은 일로 경무청 사무실을 박살내버린 기개가 불시에 회오리쳤다. 눈을 부릅뜨고 후쿠다 요시모토의 방을 박살 내버렸듯이 그의 손자 후쿠다 서장의 뺨을 갈겨버렸다. 후쿠다의 얼굴이 반 바퀴쯤 돌아갔다 돌아왔다. 얼굴이 벌겋게 부풀어 오른 후쿠다가 몽둥이를 집어 들고 회영의 등을 가격했다. 회영이 바닥으로 거꾸러지고 말았다. 후쿠다는 거꾸러져 있는 회영을 한 번 더 가격한 다음 손을 멈추고 회영을 노려보았다. 그리고 부하를 향해 고함을 질렀다.

"이 악질, 비 황국신민을 똑바로 앉혀!"

지시를 받은 부하가 회영을 끌어다 긴 고문의자에 앉히고 줄로 상체를 의자에 묶었다. 회영은 속으로 아, 드디어 모든 것이 시작되는

구나! 라고 탄식하며 예수가 십자가에 못 박힌 채 소리쳤듯이 "부디 저에게 감당할 힘을 주소서!"라고 기도했다.

"지독한 조센징 영감, 똑똑히 들으시오. 영감도 알다시피 지금 중국 대륙의 허리통까지 우리 일본의 입속으로 들어왔소. 나머지 아랫부분은 가만히 있어도 딸려 들어오게 되어 있단 말이오. 그때는 어디로 도망가 독립운동을 할 작정이오? 북극이나 남극? 아니면 하늘 끝이나 땅속? 자 다시 한 번 기회를 주겠소. 영감은 이미 인생을 낭비해버리고 말았지만 지금이라도 후손들의 장래를 위해 마음을 바꾸란 말이오."

후쿠다는 마지막으로 인내심을 발휘하기로 하고 다시 회유작전을 펼쳤다.

"나를 보내주지 않으려거든 뜻대로 하라 했소."

"겁도 없이 후쿠다의 인내심을 시험하다니, 매달아!"

부하경찰이 회영을 천장에서 내려온 줄에 매달았다. 대롱대롱 매달린 회영의 몸이 빙글빙글 돌기 시작하고 참기 어려운 심한 현기증에 아, 아, 하는 신음소리가 흘러 나왔다. 빙글빙글 도는 회영의 허리를 다시 몽둥이로 후려치며 후쿠다가 말을 이었다.

"마지막으로 한 번만 더 기회를 주지. 영감이 뉘우치고 모든 것을 말해준다면 규학, 규창, 규숙, 현숙, 아참, 조선에서 태어난 아들까지 포함하여 당신 자식들을 옛날처럼 품위 있게 살게 해줄 것이오. 그리고 지금 조선 땅에서 기생들 옷을 지어주면서 기생들에게 온갖 모멸을 당하고 있는 당신 아내 이은숙, 당신 아내를 다시 안방마님으로 만들어 주겠단 말이오."

온갖 고생을 하리란 짐작은 했지만 아내가 기생들 옷을 지어주면서 돈을 번다는 말은 충격이었다. 그러나 아내는 고려 말 충신 목은 이색의 후손답게 잘 인내하고 견디리라 믿으며 이를 악물었다. 고문은 그런 상태로 열흘 이상 계속되고 후쿠다는 마지막 카드를 사용하기로 했다.

"역시 보기 드문 지조야. 그렇다면 눈을 번쩍 뜨게 해주지. 20년 동안 미꾸라지처럼 일본이 쳐놓은 그물을 잘도 피해온 영감이 왜 배에 타자마자 우리에게 붙잡혔는지 생각해보셨소? 밀고자 말이오."

후쿠다가 묻지 않더라도 그건 도무지 이해할 수 없는 일이었다. 보안에 빈틈이 없었고 심지어 동생 시영에게조차 말하지 못한 채 진행한 일이었다. 정녕 석영 형님 외엔 쥐도 새도 모른 일이었다. 규서와 연충렬도 그 시간엔 방을 나간 뒤였다. 회영은 도무지 이해할 수 없다는 눈빛으로 후쿠다를 응시했다.

"궁금해 할 줄 알았소. 아주 대단히."

"밀고자라니 그런 사람은 없다. 어서 뜻대로 하라고 했느니라."

회영은 곧 마음을 수습하며 후쿠다를 향해 조소를 보냈다. 밀고자가 있다고 하면 심문받는 자의 마음이 급속도로 위축되어 자포자기하고 만다는 것을 잘 알고 있는 까닭이었다.

"흠, 그럴 테지. 그동안 그런 충성스런 밀고자가 있었더라면 영감이 지금까지 버틸 리가 없었을 테니까. 어쩔 수 없이 우리 충성스런 밀고자의 이름을 대주어야 할 때가 왔군. 인정상 그런 말은 하지 않으려고 했는데……. 자 마음이나 단단히 먹어두시오."

후쿠다는 몽둥이로 제 손바닥을 탁탁 치며 먹이를 긴장시키는 맹수처럼 회영의 주위를 빙빙 돌았다. 그러더니 휙 몸을 돌려 먹잇감을 향해 도전하듯 매몰차게 입을 열었다.

"바로 당신 조카 이규서요!"

회영은 줄에 매달려 빙글빙글 돌릴 때처럼 무서운 현기증이 몰려왔다.

"그가 충성스럽게도 직접 배까지 올라가 손가락으로 가리켜준 덕이었소."

눈앞에는 노란 하늘이 내려와 땅과 맞닿았다. 오, 규서야! 라는 절규가 비명처럼 입 밖으로 터져 나왔다.

"그들에겐 밥과 여자가 필요했소. 그들의 조국은 그들에게 밥과 여자를 주지 못한 탓이오. 한창 펄떡이는 젊음을 그렇게 낭비하게 버려둔다는 건 자연법칙에 대한 모독이란 말이오."

후쿠다의 잔인한 목소리가 온몸에 짜르르 흘렀다. 그건 후쿠다가 퍼붓는 몽둥이세례보다 천 배나 무서운 고문이었다.

"그동안 혁명투사들을 무수히 때려잡았지만 당신 같이 용의주도한 인물은 처음이오. 이번에도 훌륭한 이규서가 아니었더라면 어림없는 일이었소. 미래를 내다볼 줄 아는 젊은이들의 아주 현명한 판단에 우리 일본은 기립박수를 보내고 있소. 핫, 핫, 핫."

남상 입달학교에서는 밤이 깊어가고 있었다. 그러나 김구는 오지 않았다. 규서가 창밖을 내다보며 고개를 갸웃거렸다. 밖은 비가 오고 있었다. 연충렬의 얼굴에도 의심이 돌기 시작했다. 분위기가 바뀌기 시작했다. 남화연맹 동지들이 어서 시작해야 한다고 백정기와 엄형순을 재촉했다.

"아닙니다. 좀 더 지켜볼 필요가 있습니다."

결국 자정이 넘었는데도 김구가 나타나지 않자 눈치 빠른 연충렬이 규서에게 눈짓을 했다. 규서가 알아차리고 소변을 보러가겠다고 자리에서 일어섰다. 연충렬도 함께 가겠다고 따라 일어섰다. 화장실은 교사 뒤편에 있었으므로 교사를 벗어나면 그만이었다. 다섯 명의 남화연맹 동지들도 함께 일어섰다.

복도를 걸어가던 규서가 교사를 벗어나자마자 화장실과 반대편인 학교마당을 향해 갑자기 뛰기 시작했다. 연충렬도 뛰었다. 비에 젖은 중국 특유의 찰진 진흙이 발목을 붙잡듯 철떡 철떡 달라붙었다. 남화연맹 동지들이 앞질러 뛰고 두 사람은 한 짐이나 되는 진흙 때문에 발이 앞으로 나가지 않았다.

곧 붙잡히고 말았다. 진흙 위에서 한바탕 난투가 벌어졌지만 남화연맹 동지들이 어렵지 않게 제압하여 두 팔을 꺾어 잡았다. 둘을 결박하여 빗속에 꿇어앉히고 취조가 시작되었다. 유자명이 물었다.

"이규서, 너에게 먼저 묻겠다. 왜 도망을 치려했느냐?"

"김구 선생께서 오시기로 한 것이 아닌 것 같아 그냥 집으로 가려는 것이었습니다."

"그렇다면 왜 소변을 보러간다고 거짓말을 했느냐?"

규서가 입을 다물어버리고 말았다.

"옥여빈에게 동지들을 몇이나 팔아먹었느냔 말이야?"

성미 급한 백정기가 뺨을 후려갈기며 단도직입적으로 소리쳤다. 규서의 입에서 피가 터지고 연충렬의 코와 입에서도 피가 터졌다. 유자명이 백정기를 자제시키며 다시 나섰다.

"이규서, 잘 들어라. 옥여빈에게 무엇을 말해주었느냐? 네 숙부에 대해서 말이다."

규서는 여전히 입을 다물고 말을 하지 않았다. 빗물이 입으로 스며들자 빗물만 꿀꺽꿀꺽 삼킬 뿐이었다. 동지들이 당장 요절을 내야 한다고 분을 터트렸다.

"다시 묻겠다. 너는 영석장 어른의 하나밖에 없는 아들이다. 그리고 어른께서는 독립운동을 위해 조선 제일의 재산을 모두 바친 분이시다. 설사 네가 옥여빈과 무슨 거래를 했다 하더라도 우리는 어른을 생각해서 너에게 관용을 베풀 용의가 있다. 다만 거짓 없는 정직한 고백일 때이다."

유자명이 차분하게 설득을 하자 규서의 표정이 변하기 시작하면서 입을 달싹거렸다.

"사실은……."

"안 돼!"

연충렬이 옆에서 소리치며 말을 막았다.

"태공, 입을 열면 절대로 아니 되오. 용서란 없소. 입을 열면 죽음이오."

백정기가 연충렬을 후려쳐 다른 곳으로 끌고 가버렸다. 연충렬이 없어지자 규서가 벌벌 떨기 시작했다. 다시 유자명이 회유했다.

"너는 연충렬과 다르다는 걸 알아야 한다. 누가 뭐라 해도 너는 조선 명문의 후예이고 자랑스러운 독립운동가 후손이 아니더냐. 자 어서 말하라."

규서가 입을 연 건 새벽 3시쯤이었다. 연충렬과 함께 옥여빈과 이용호의 사주를 받아 회영이 상해로 온 후 계속 회영의 계획을 탐지했고 만주로 가기 전날 집으로 인사차 왔을 때 모든 것을 엿듣고 옥여빈에게 정보를 주었노라고 했다. 더 이상 물을 필요가 없었다. 회영이 일본 놈들에게 붙잡힌 것이 사실이고, 살아나기를 바란다는 건 어리석은 일이었다.

짐작한 대로 모든 전모를 알고 난 동지들이 경악하며 털썩 주저앉았다. 역사적으로 충신의 가문에서 역적이 나는 일이 있었고 효자가문에서 패륜아가 나는 일이 있었다고는 하지만 정작 일을 당하자 참혹했다. 유자명 백정기 엄형순이 무릎을 꿇고 앉아 선생님! 하고 통곡하기 시작했다. 모두 피체되어 일경에게 고문을 받아보았고 감옥살이를 해본 경험자들이었으므로 지금쯤 어떤 일이 벌어지고 있는지 보지 않아도 환했다.

"그러나 숙부님 머리털 하나 건드리지 않기로 나와 약조를 했으니 너무 염려하지 않아도 됩니다. 숙부님 마음을 돌려 귀화시키는 것이 목적이라고 했습니다."

규서가 회영의 신변에는 별 일이 없을 것이라는 뜻으로 동지들을 안심시키려고 했다. 또 규서는 그렇게 믿고 있었다. 그러자 백정기가 규서의 입을 후려치며 분노했다.

"어디서 그따위 더러운 입을 놀리느냐. 우당 선생님이 일본에게 귀화를 할 분이더냐. 그분은 목숨이 열 개라도 다 내놓을 분인 줄을 정녕 몰랐더란 말이냐."

"더 이상 지체할 것 없소."

엄형순이 독촉하고 나서자 동지들이 연충렬을 규서 옆으로 다시 끌고와 목에 줄을 건 다음 마지막으로 용서를 빌 기회를 주었다.

"조국과 우당 선생님 앞에 사죄하고 가거라."

"우당 선생님께는 죽어도 죄를 씻지 못할 것이지만, 조국? 조국이 우리에게 무얼 해주었소? 옥여빈 사장님과 이용호 그 두 분의 말을 나는 지금도 믿고 있소."

연충렬이 동지들을 빤히 쳐다보며 비웃음을 흘렸다.

"놈들이 무슨 말을 했느냐?"

"곧 세상이 일본 천하가 될 거라 했소. 싫든 좋든 조선과 일본은 이와 잇몸이라 했소. 그러니 이제는 일본이 잘 돼야 우리도 잘 된다고 했소. 독립운동이 오히려 나라를 힘들게 한다고 했소. 일본을 배척하고 미워할 것이 아니라 오히려 일본을 돕는 것이 우리가 잘 사는 길이라 했단 말이오."

동지들이 벼락같이 달려들어 줄을 잡아챘다. 연충렬이 비스듬히 땅으로 누우며 몸부림쳤지만 곧 잠잠해지고 말았다. 다음은 규서 차례였다. 규서가 사시나무처럼 떨고 있었다.

"너는 네 손으로 목을 매거라. 이것이 너에게 베풀어준 조국의 배려다."

규서에게 줄을 던져주며 스스로 목을 매도록 종용했다.

"부디, 목숨만 살려 주십시오. 다 말하지 않았습니까."

"이 가증스러운 것, 네가 조국과 천륜을 배신하고도 어찌 태연하게 우당 선생님의 아들과 함께 항일운동을 하겠다고 여기까지 올 수 있더란 말이냐."

규서는 울부짖으며 매달리고 동지들이 목에 줄을 걸며 유자명에게 처단을 독촉했다. 유자명이 마지막으로 경고했다.

"이만큼 배려한 것도 네 부친 때문이라고 했느니라."

"그렇다면 나도 할 말이 있소."

규서는 모든 것을 체념한 얼굴로 돌변하면서 거칠게 숨을 몰아쉬었다.

"나는 숙부님을 배신한 것이 아니라 조선 사람들에게 항의하고 싶었을 뿐이오. 선생들도 말했듯이 나의 부친께서는 조선갑부 재산을 독립운동에 다 쏟아 붓고 중국천지 상거지가 되었소. 그런데 세상은 오히려 우릴 비웃었소. 지금도 우릴 비웃고 있단 말이오!"

그리고 윽, 하는 짧은 비명 소리와 함께 규서의 몸이 땅바닥으로 쓰러져 누웠다. 억수 같은 비가 그의 얼굴을 질타하기 시작했다.

"다음은 옥여빈과 이용호 차례다!"

유자명과 동지들이 캄캄한 빗속을 향해 소리쳤다.

여순 감옥에서도 상황이 급박하게 돌아가기 시작했다. 항복을 받아내지 못한 후쿠다는 피의자가 죽어도 상관없다는 총독부의 차선책을 선택했다.

"내 할아버지에 이어 나의 자존심까지, 아니 우리 대일본제국의 자존심을 짓밟아 버리다니."

후쿠다가 최후의 몽둥이를 휘둘렀다. 회영은 조국에 대하여 마지막 예禮를 갖추기 시작했다. 조국에 대한 마지막 예는 그런 것이었다. 아직 조국이 슬픈데 혁명가의 최후가 안락해서는 안 된다는 것. 조선의 명문가로서 형제들의 선택은 일 점 후회도 없으며 끝까지 옳았다는 것. 조국을 지키지 못한 것을 끝까지 미안해 해야 한다는 것이었다.

"과연 조선의 명족이군."

후쿠다가 부지불식간에 독백하며 몽둥이를 내려놓았다. 역류하던 피가 목에서 쿨럭 거렸다. 숨이 막혔다 터지기를 반복했다.

정녕 죽음이 임박한 모양이었다. 영하 40도 추위를 가르며 만주벌판을 달리던 열두 대 삼두마차의 말발굽 소리가 장쾌하게 들려왔다. 다시 태어나도 그 길을 택할 것이었다. 심장박동이 점점 빨라지고 회영은 있는 힘을 다하여 평생 가슴에 묻어온 철칙을 뇌이기 시작했다.

"사람으로 태어나 반드시 이루어야 할 바가 있고 그것을 성취한다면 그보다 더한 행복은 없을 것이다. 그러나 성취하지 못한다 하더라도 그것을 이루려고 애쓰다 죽는다면 그 또한 행복일 것이니. 그러므로 예로부터 우리 조선 민족은 의롭게 죽을 곳을 찾았나니……."

청년시절 조국의 고뇌를 안고 자주 오르던 남산이 보였다. 때마침 해가 지고 있었고 산봉우리에 걸친 해가 찬란한 빛을 쏘아 보내고 있었다. 청년시절 죽마고우 이상설과 함께 남산에 올라 바라보았던 바로 그 햇살이었다. 여전히 장엄하고 아름다웠다. 회영은 그때처럼 "사람의 최후도 저렇게 아름다워야 하는데!"라고 독백하며 어린시절 돌복을 차려 입을 때처럼 고운 한복을 갈아입기 시작했다. 32년 동안 중국 땅에서 입었던 중국옷, 칙칙한 대포를 벗어 버리고 연보라색 바지에 흰색 저고리를 입고 청색 마고자를 입고 옥색 두루마기를 입고 마지막으로 허리에 황금색 비단 술을 매었다. 회영은 망명 이후 처음으로 그렇게 오색찬란한 조선옷을 갈아입고 고향 땅 서울로 날듯이 발걸음을 옮겼다.

동관서 순영 누이의 집……. 아내 은숙이 거처하고 있는 방문을 열고 성큼 들어섰다. 은숙이 깜짝 반기며 일어나 맞이했다.

"세상에! 청아한 풍채가 과히 신선이십니다. 그런데 이렇게 잘 차려입으시고 어딜 가시는지요?"

"내 사명이 끝났으니 이제 다른 신지新地로 가야 하오."

"저도 함께 가렵니다."

"영구는 나와 함께 가지 못하오."

"그래도 따라가렵니다."

"아니 되오."

회영은 그렇게 아내를 만나고는 다시 방을 나와 어디론가 황망히 사라져버리고 말았다. 은숙이 함께 가겠다고 소리치다 소스라쳐 잠에서 깨어났다. 회영이 사라진 방문을 열고 뛰어 나왔다. 밖은 눈보라가 날리는 캄캄하고 아득한 밤중일 뿐이었다.

　노인 이석영이 강을 응시하고 있었다. 황포강 수상부두에는 영국 여객선 남창호가 일주일 간격으로 상해와 대련을 오갔다. 마침 여객선이 들어오는 날이었고 부─웅! 하는 뱃고동소리가 울리면서 남창호가 들어왔다. 배와 부두를 연결한 긴 발판을 딛고 사람들이 차례대로 내리고, 막연히 강물만 바라보던 석영이 자리에서 벌떡 일어나 눈으로 한 사람 한 사람을 살피기 시작했다. 남창호는 큰 여객선이므로 승객이 2백여 명이 넘었다. 사람들을 끝까지 살피는 석영의 눈이 긴장과 초조로 조여들었다. 마지막 한 사람까지 그렇게 살피던 석영이 허탈하게 주저앉아 다시 강을 응시했다. 으음! 하고 신음소리를 내며 크게 심호흡을 내뿜었다. 배가 들어올 때마다 습관처럼 하는 행동이었다.

　깊이 감추어둔 보물을 꺼내듯 품에서 조심스럽게 퉁소를 꺼내들었다. 자식보다 더 사랑하는 아우 회영이 불던 것이었다. 그날 어쩌자고 퉁소를 두고 갔을까? 그럴 리가 없는데 만주로 떠나던 날 인사를 하러 왔을 때 아우는 자기 분신 같은 퉁소를 두고 갔었다. 아우를 만지듯 한참을 쓰다듬다 입에 대고 불어보았다. 소리가 아주 낮게 흘러 나왔다. 소리는 아우의 절박한 숨소리 같기도 하고 형님! 하고 부른 것도 같았다.

"나는 왜 죽지 않고 살아 있는가?"

퉁소를 불면서 석영은 자문자답을 시작했다.

─내 아우를 기다린 게요. 만주로 가면서 꼭 오겠다고 그날 밤 이 늙은이와 약속했거든.─

"아우는 3년 전 일본 놈들에게 고문을 받다 죽었다고 하지 않았는가?"

─내 아우는 죽지 않았어. 만주로 가기 위해 남창호를 타고 대련으로 가면서 꼭 돌아오마고 내 손을 붙잡고 약속을 했다구. 암, 꼭 오고 말고. 제 분신이나 다름없는 이 퉁소를 두고 간 것만 봐도 알 수 있잖아.─

석영은 아우를 품어 안듯 살 한 점 없는 앙상한 가슴에 다시 퉁소를 품었다.

해가 지고 어둠이 덮일 때에야 석영은 부스스 몸을 일으켜 국수집으로 향했다. 부둣가에서 가장 후미진 곳의 싸구려 국수집 여자가 국수 한 사발을 장만해 주고 석영은 단숨에 들이마셨다. 석영은 하루에 국수 한 그릇으로 살아가고 있었다. 인정 많은 국수집 여자가 더 주겠다고 해도 마다했다. 더 이상 빚을 지지 않겠다는 생각으로 나머지는 버려진 비지로 대신하거나 먹지 않았다.

"오늘도 안 왔나 보네요."

국수집 여자가 혼잣말로 중얼거렸다. 석영은 말을 하거나 대답을 하는 법이 없기 때문이었다. 3년 전 처음에 딱 한 번 말을 한 적이 있었다. 아우가 남창호를 타고 올 것이라고 했다. 그리고 아우가 올 때까지 외상으로 하루에 한 그릇씩 국수를 좀 달라고 사정했다. 남들이 먹다 남겨놓고 간 것이라도…….

석영은 다음날부터 황포강가에 모습을 드러내지 않았다. 국수집에도 오지 않았다. 며칠 째 석영이 보이지 않자 인정 많은 국수집 여자가 집을 찾아갔다. 방안엔 먼지와 흙냄새가 부유하고 쥐가 방구석에 뚫린 구멍을 향해 잽싸게 달아났다. 낡고 찌들은 벽엔 난蘭 그림 한 폭이 쓸쓸하게 걸려있고, 예감대로 석영이 토방 방바닥에 죽은 듯이 누워 있었다. 때에 절인 헐렁한 중국옷 대포가 노인의 시신을 덮어놓은 자루 같았다. 잘 견디면 한나절쯤일 것이었다. 국수집 여자를 본 석영이 때에 절인 대포를 헤집어 뭔가를 꺼내들었다. 돈 5원이었다. 쌀 한 말 값이나 되는 큰돈이었다. 국수집 여자에게 그것을 내밀며 모처럼 입을 열었다.

"그동안 먹은 국수값이오."

"대체 어디서 난 거예요?"

국수집 여자가 깜짝 놀라 큰소리로 물었다. 3년 동안 국수값을 단한 번도 받아 본 적이 없었고 그만한 돈을 쥐고 있다는 것은 상상할 수 없는 탓이었다.

"내 아우가 주고 간 것이라오. 그날 밤 내 아우가."

"쯧쯧, 무슨 말인지."

말 뜻을 알아듣지 못한 국수집 여자가 혀를 차고, 노인의 눈에서 마지막 눈물이 흘러 내렸다.

"하긴 팔십 노인이 이 꼴로 더 살아서 뭘해."

석영이 누군지 전혀 모른 국수집 여자 향숙이 또 혼잣말을 하면서 눈물을 흘렸다. 옥여빈에게서 도망쳐 나온 향숙은 석영을 본 적이 없으므로 알 턱이 없었다.

향숙은 다음날 석영이 준 돈으로 일꾼을 사서 토방으로 보냈다. 일꾼이 죽은 석영을 가마니에 둘둘 말아 수레에 싣고 빈민들이 시신을 버리는 해골 산 골짜기에 아무렇게나 버리고 내려왔다.

"이거, 아무래도 버리면 안 될 것 같아서 가지고 왔소."

일꾼이 향숙에게 통소를 건네주었다.

"그걸 왜 가지고 와요."

"시신을 버리려고 끌어내리자 내 발등으로 달랑 떨어져 엎히지 뭐요. 그래서 다시 버리려고 하는데 또 떨어지지 않겠소. 아무튼 나는 모르겠소."

일꾼이 통소를 두고 서둘러 나가버리고 말았다. 향숙이 고개를 갸웃거리며 통소를 유심히 살폈다. 손자국이 몹시 깊어 보였다. 한 백 년쯤 된 듯 했다. 일꾼 말대로 버리면 안 될 것만 같았다. 후일 누군가 꼭 찾으러 올 것만 같은 예감으로 벽장 속에 깊숙이 넣어두었다.

조국이여 다시는 영웅을 만들지 말자……! 탈고 후 명동으로 향했다. 명동성당 아랫길에 조성되어 있는 우당거리를 따라 걸으며 조국이여, 다시는 영웅을 만들지 말자고 독백했다. 가로에는 선생의 부친 이유승 대감이 심었다는 선비목 문행(은행나무)이 싱그러운 바람을 쏟아내고 있었다. 거기서부터 아래로 계속 이어진 곳이 모두 생가였다. (사실 선생의 생가는 명동성당 마당부터였다.) 우당거리 언덕에서 아래쪽을 내려다보았다. YWCA 고층건물의 높다란 유리벽이 한여름 햇살을 받아 광채를 쏘고 있었다. 망명길에 오르면서 버려두고 간 6천 평 저택을 조선총독부가 접수해버린 집터였다. 형제들이 자랐던 곳, 푸른 후원에서 6형제의 웃음소리가 들려온 듯했다. 형제들이 연주하는 퉁소와 양금소리가 들려왔다. 명동고개를 넘어 상동저잣거리를 찾아다니며 이야기를 물어 나른 휴머니스트 소년 이회영의 눈물 어린 이야기도 들려왔다. 집터 중간쯤일 언덕에 자그마한 기념비가 있었다. 때마침 점심시간이라 근처 사무실 사람들이 식사 후 기념비가 있는 곳에서 자판기 커피를 마시고 있었다. 서로 이야기를 나누는 평화스런 모습을 선생이 흡족하게 바라본 듯했다.

땅위 것들은 변했어도 땅은 그대로인 100년의 시간을 느끼며 나도 커피를 받아들고 짧은 비문에 심취했다. 조국의 비운을 한 몸에 짊어진 사람들, 한국 최고 명문가 6형제가 하나로 뭉쳐 마차 열두 대에 신흥무관학교 건설자금 40만원(600억)을 싣고 영하 40도 추위 만주벌판을 달리는 그 비장한 서사시에 대하여⋯⋯. 선생의 조국애와 조국해방의 신념과 끝내 조국의 제단 위에 산화한 최후에 대하여⋯⋯.

그리고 불쑥 쳐들어온 안타까운 생각, 선생의 생가에 기념관이 들어서야 옳지 않은가? 월남 이상재 선생이 "나라가 해방되는 날 국가는 우당 가문의 재산을 돌려주어야 한다."고 주장한대로 한국은 우당 가문의 재산을 돌려주지는 못하더라도 조국광복을 위해 초개같이 버리고 간 6천 평 집터에 기념관을 세워 길이길이 애국정신의 산 교육장으로 만들어야 하는 것이 아닌가? 한국의 전무후무한 노블레스 오블리주를 실현한 이 유일무이한 교육장을 왜 살리지 않은 것일까?(어떤 친일자 후손들은 어마어마한 땅을 거뜬히 찾아 갖기도 하던데) 한국에 이렇게 위대한 유산이 있노라고 세계에 자랑할만한데 왜 묻어두고만 있을까? 라는 생각에 대하여⋯⋯.

조국해방이 묘연해질수록 더욱 불타올랐던 60대 노 혁명가의 신념과 마지막 희망, 만주군벌 장학량과 합작하여 항일투쟁을 하기 위해 사지로 가던 순국의 길이 고요하기만 했다. 여순 감옥에서 무자비한 고문 끝에 붉은 피를 뿌리며 순국한 운명이 그저 침묵할 뿐이었다.

선생의 궤적은 해방 이후에도 오랫동안 저 낯선 땅 광야에 말없이 묻혀있었고 우린 오랫동안 몰랐다. 해방 이후 계속 수많은 애국지사 님들이 소개되었음에도 우당 이회영이란 이름은 좀처럼 들을 수가 없었다. 초대 부통령을 지낸 선생의 동생 이시영은 귀에 익었지만 정작 모든 것을 주도한 그의 형 이회영은 알지 못했다. 중고교 교과서에 지금까지 신흥무관학교가 소개되고 있음에도……

선생은 만주 서간도에 독립군 군사기지인 신흥무관학교 설립뿐만 아니라 망명 한인들이 사는 곳 처처에 8개 학교를 세웠고 아직도 발굴해야 할 무궁무진한 진실이 숨어있다고 김홍범(중국 매화구시 조선민족교육사) 총재와 조문기(조선족 민족사회학회) 부이사장은 흥분했다. 그들은 선생을 교육의 아버지라고 불렀다.

보물은 깊이 묻힌 법이라고 변명하기에는 우리의 역사의식이 너무 태만했다는 생각이 들었다. 다행히 학자들이 광맥을 캐기 시작했다. 2000년을 전후하여 한국 학계 여기저기서 괭이질이 시작되면서 평전이 상재되고 TV 방영을 통해 알려지기 시작한 것이다. 많이 늦었지만 정신은 늦음과 빠름과는 무관한 일이므로 오히려 애국심이 사라져가는 이 시대를 더 강하게 충격할 것이다. 우리나라는 애국심이 꼭 필요한 나라이고 애국심은 아무리 강조해도 지나치지 않기 때문이다.

그래서 선생이 나에게 알려지기까지 꼬박 100년이 걸렸다. 칼레의 시민 6인이 세상에 빛을 발하기까지 장장 550년이 걸렸으므로 그래도 빠르다고 해야 할까……. 2005년쯤이던가, 존경하는 K 교수님(국제법)으로부터 선생에 대한 이야기를 듣게 되었고 몇 가지 논문을 건네받아 읽던 중 의자를 바짝 당겨 앉았다. 그리고 아, 우리에게도 인류에 회자되는 칼레의 시민이 있었구나! 라고 탄식했다. 정녕 프랑스에 칼레의 시민 6인이 있었다면 한국엔 우당 이회영 가문 6형제가 있었다. 그때부터 가슴속에서 열두 대 마차가 만주벌판을 달리기 시작했다. 그 비장한 울림, 전율하는 감동은 함부로 발설할 수 없는 어떤 금기와도 같은 것이었다.

"박 선생, 이게 진짜 우리 민족의 혼이고 쓰라림이야. 이건 인류의 극적 드라마라구!"

K 교수님의 흥분은 존경과 흠모에서 우러나온 자긍심이었고 한편으로는 분노와 연민이었다.

그 비장한 열두 대 마차소리를 살려내는 인류의 극적 드라마를 쓰리라 마음먹었다. 반드시 써야 했다. 그런데 어쩌랴, 이미 녹록치 않은 프로젝트를 맡은 탓에 당장 손댈 수가 없어 가슴이 탔다. 몇 년 동안 마치 직무를 유기한 것처럼 몹시 가슴을 태우다가 2009년 연초부터 감히 그 형극의 삶속으로 들어가 헤매기 시작했다.

박은식 선생이 한국통사에서 우리나라는 정권쟁탈이 극심하여 사대부 가운데 국가와 민족을 위하여 피 흘리는 자는 별로 없지만 정권쟁탈과 정국변화로 인해 죽이거나 죽은 자는 많으니 참으로 비통한 일이라고 통탄한 것은 나라를 잃었을 때 사대부들의 항일투쟁을 찾아보기 힘든 것을 질타한 것이었고 여기에 걸맞게 독립운동은 상것들이나 하는 짓이라고 일본은 비웃었다.

시대의 역경 앞에 우리 한국사가 부끄러운 것은 외세로부터 침략을 받았다는 것보다 그때마다 국가와 민족을 책임져야 하는 사대부들(귀족층)의 무책임하고 비겁한 태도였다. 명문거족은 이 부분에서 구분되어져야 한다. 고구려 백제 신라 그 이전의 마한 진한 변한시대부터 조선 말기까지 통틀어 최고의 문벌을 자랑한 가문을 삼한갑족이라 일컬을 대로 선생의 가문은 백사 이항복부터 조선왕조가 끝날 때까지 내리 10대를 이어 정승반열에 오른 문벌을 자랑하므로 과히 삼한갑족이라고 부를만하다. 그러나 그 찬란한 명문가문이 세세토록 빛나는 것은 높은 문벌이 길이길이 이어졌다는 것으로만 평가할 수 없다.

임진왜란의 침략 앞에 이항복이 있었다면 한일병합 앞에는 그의 10대손 이회영이 있었다는 사실이 중요하다. 명문이란 국가의 운명 앞에 조국을 위해 통곡하며 명예와 목숨을 버리는 민족정신으로 이어진다는 것을 이 가문이 보여준 것이다. 이럴 때 비로소 가문의 내력과 혈통을 논함이 옳으리라.

일본이 비웃었던 대로 당시 항일투쟁의 불속으로 뛰어든 항일의병 등 애국자들은 주로 하층민들이었고 지도자들 또한 대부분 평민들이었다. 저동 대감댁 넷째 도련님으로 불리는 청년 이회영은 당시는 국권이 존재했으므로 당연히 관계로 나가는 것이 옳았다. 그럼에도 관계진출을 접고 심지어 고종의 삼고초려와 같은 부름을 사양하고 20대부터 항일의병을 지원하면서 적극적으로 항일투쟁을 시작한 인물이었다.

언제나 상황을 주도해 가는 프로타고니스트(protagonist)적 인물로 모든 것을 이끌면서도 항상 뒤로 물러앉았던 것 또한 격조 높은 명문가의 인품이었다. 언제 어디서나 몸을 낮추기 좋아한 선생은 할 수만 있다면 그림자도 지워버릴 듯이 철저히 흔적을 지워나갔다. 술 한 모금 입에 댄 적이 없는 용의주도한 성품대로 한 걸음 걷고 흔적을 지우고 두 걸음 걷고 흔적을 지웠다. 항일투쟁에 대한 관련기록 한 장, 메모 한 줄, 그리고 훗날 독립운동을 했다는 증거가 되어줄 그 흔한 기념사진 한 장 남기지 않았다. 남긴 것이라곤 중국옷 대포를 입고 찍은 독사진 두어 장과 묵화와 전각, 단소와 퉁소, 양금 정도에 지나지 않았다. 그런 것에는 독립운동의 증거가 남을 리 없었기 때문이리라.

백족지충사이부도百足之蟲 死而不倒라는 말이 있다. 발이 백 개 달린 벌레는 죽어도 넘어지지 않는다는 말로, 자기밖에 애국자가 없다고 떠들며 모두 우두머리만 되겠다고 설치는 것을 보다 못해 김구 선생이 즐겨 쓴 말이었다. 선생은 바로 백 개의 발이 되려고 했을 뿐이다.

그런데 생각해보자. 유럽에서나 일컬었던 "노블레스 오블리주"라는 말, 그런 고귀한 말을 한국에서도 말할 수 있다는 것 자체가 자랑스럽지 아니한가! 국가가 백척간두 위기에 처했을 때 국가의 최고위직이나 지도자 위치에 있는 신분이 자기의 모든 것을 던져 나라를 구하려는 것을 노블레스(고귀한 신분) 오블리주(솔선수범)라고 표현한다.

그러나 "영웅은 그 최후가 비극적이지 않으면 안 된다."는 오스카 와일드의 역설은 영웅들의 비극을 단적으로 말해주고 있다. 비록 백

개의 발이 훗날 만인으로부터 영웅으로 추앙받는다 하더라도 영웅들이 선택한 삶은 매몰차게 가문의 모든 것을 징수해 가버린 탓이다. 선생이 순국한 후 가족들의 행적은 어땠을까?

둘째 형님 이석영은 분신처럼 사랑하는 아우 이회영과 아들을 잃어버린 비극 속에 홀로 남아 비지를 얻어먹다 죽어 공동묘지에 버려졌다. 혈통도 끊어지고 말았다. 6형제 중 오직 한 사람 해방을 맞이했던 이시영은 초대 부통령을 중간에 사임하고 1년(1953) 뒤에 죽고 말았다. 만주에서 풍토병으로 아내와 손자들을 모두 잃어버린 충격과 기나긴 망명생활로 지친 몸이 더 이상 버티지 못한 탓이었다. 막내 호영은 선생이 상해로 떠나기 전날 밤 찾아와 형님과 하룻밤을 자고 헤어진 후 일본 끄나풀로 추정되는 괴한들에게 가족이 모두 피살(1933) 되고 말았다. 맏이 건영은 선영을 모시기 위해 장단으로 돌아가 선영을 모시다가 해방을 보지 못한 채 죽었고 둘째 철영은 1925년에 죽었다.

선생의 장남 이규학(전 국정원장 이종찬 부친)은 북경에서 사촌 이규준과 함께 밀정 김달하를 처단하고 상해로 피신하여 영국인이 운영하는 전차회사 검표원으로 일하면서 받은 월급으로 어려운 임정을 도왔다. 그리고 임정의 비밀연락을 하다 체포되어 고문으로 청각을 상실하고 평생 말을 듣지 못한 장애로 고통스럽게 살다 생을 마감했다.

그리고 조계진, 고종의 질녀로 대원군의 외손녀로 태어나 선생의 며느리가 된 조계진(전 국정원장 이종찬 모친)은 어린 두 딸을 북경에서 전염병으로 한꺼번에 잃어버린 아픔을 겪어야 했고 시어머니 이은숙처럼 평생 삯바느질로 가족을 부양해야 했다.

차남 이규창은 밀정 이용노를 처단하는 데 합류했고 일본 공사 유길을 암살하려다 붙잡혀 2,30대 청년기 13년을 고스란히 옥중생활로 보내고 해방이 되어서야 세상에 나왔지만 몸은 이미 만신창이가 되고 말았다. 차녀 현숙은 7세에 엄마와 생이별을 하고 언니를 따라 다니다가 17세에 죽고 말았다. 중국 공안에서 1년간 옥살이를 했던 어린 혁명가 규숙은 남편 장기준과 함께 항일투쟁을 하면서 겨우 목숨을 부지했고 국내에서 출생한 막내아들 규동은 생유복자가 되어 아버지 얼굴을 끝내 생면하지 못했다.

그리고 비운의 규서! 예부터 충신가문에 역석이 나고 효자가문에 패륜아가 난다는 말은 그래서 생긴 것인지도 모를 일이다. 3대 성인들만 해도 그렇질 않은가. 예수에게는 스승을 팔아넘긴 유다가 있었고 석가모니에게는 평생을 두고 괴롭힌 사촌 제바달다가 있었고 공자에게는 공자가 앉았던 자리마다 찍어 없애며 욕을 하고 다닌 제자 환퇴가 있었다. 숙부를 밀고한 패륜아 규서는 당시 승승장구한 일본은 영원할 것이며 한국은 영원히 독립할 수 없다는 한국 사람들의 체념과 절망의 상징이었다.

집필 중 가장 힘들었던 건 역시 신민회 묘사였다. 죽음을 맹세한 항일비밀결사체 신민회는 절대비밀을 유지하기 위해 증거자료를 일체 남기지 않았고, 불확실한 증언과 105인 사건 조사기록과 독립운동자들의 회고록 등을 통해 추측해야 했으므로 연구자들마다 발족 연월일이 다른 탓이었다. 발기인 숫자도 달랐다. 대부분 5, 6명 선을 주장하는데 무려 20여 명을 주장한 곳도 있고 이름도 동일하지 않았다.

　대략만 봐도 이재순(교수) 1906년 설, 강재언(교수) 1907년 2월 설, 신용하(교수) 1907년 4월 설, 김기석(교수) 1907년 8월 설, 윤춘병(교수) 1906년 4월 이전 설, 한국사(하일식: 일빛) 에는 1907년 11월 29일로 못을 박았고, 한국정신문화연구원의 기록은 1907년 4월이었다. 도산 안창호 평전 등 여러 평전에서도 1907년 설을 따르고 있었다. 연도는 대부분 1907년으로 집약되어 있고 또 그렇게 굳어져 있으나 달月은 각각 달랐다. 그러나 1906년 설도 그 해에 가입했다는 증언자가 많아 만만치 않았다.

　그런가 하면 김구 선생이 직접 썼다는 백범일지(김구. 진화당. 1993. pp139~141)에서는 앞에 나온 연도와 뚝 떨어진 1910년 11월쯤으로 진술하고 있다. 내용을 살펴보면 김구 선생이 양기탁이 모이라는 편지를 받고 서울 양기탁 집에서 양기탁, 이동녕, 안태국, 주진수, 이승훈, 김도희, 김구가 모여 각 도별 총감을 선정하고 각 도별 판비를 책정하고 경술년 11월 아침차로 서울을 떠났다고 기록되어 있는데 여기에는 안중근 동생 안명근이 1910년 12월 27일 피체된 사건이 뒤따랐으므로 앞뒤 정황이 맞아 떨어진다.

　또한 양기탁을 총책이 아니라 경기총감으로 기록하는 부분에서 "왜가 서울에 총독부를 두었으므로 우리는 도독부를 두고……."라는 내용을 생각해 보면 총독부는 조선을 병합하고 난 다음인 1910년 9월 29일 시작되었고 당해 10월 1일 초대총독 데라우치 마사타케가 부임했으므로 1910년 11월쯤이라는 추측이 충분했다.

분석하고 또 분석해 보건대 이미 상동교회에서 애국지사들이 상동청년회란 이름으로 비밀리에 투합해 왔고 상동청년회 자체가 비밀결사체로 기반을 쌓아왔으므로 상동청년회가 존경하는 인물 이상설을 중심으로 발기했다는 1906년 설이 가장 합당하고 설득력이 있었다.

작품에 묘사된 대로 이상설이 1906년 4월 이동녕과 함께 용정으로 떠나기 전 이회영과 모여 계획을 논의했고 상시로 모인 상동파가 신민회란 이름을 짓고 창립을 했지만 그 후 비밀리에 회원을 가입시키는 과정에서 그것이 각자에게는 마치 자기를 중심으로 시작한 것처럼 여겨졌을 것이란 생각이다. 그러나 이 모든 사정이야 어떠하든지 한국독립운동 그 자체인 신민회는 한국의 정체성을 확립시켜주었고 한국인의 뿌리로 영원히 존재한다는 사실이 중요할 뿐이다.

거친 문장과 얄팍한 책 한 권으로 그 거대한 궤적을 말할 수 없지만 선생의 인간미와 조국애와 조국해방에 대한 신념을 묘사하면서 행복하고 슬펐다. 우리 한국에서도 노블레스 오블리주를 말할 수 있다는 것이 행복했고 인간적으로 철저히 비극적인 그의 가문이 슬펐다. 사실 이회영 그는 혁명투사와 걸맞지 않다. 그는 선천적으로 혁명적 기질은 타고 나지 않았다. 어느 모로 보나 선비였고 감성이 섬세한 예술인이었다. 여성을 존중하고 사랑할 줄 아는 로맨티스트였다.

그것만으로도 작가를 충동하기에 충분한 것이었다. 소설은 작가의 날카로운 역사의식과 현실인식과 분방한 상상력으로 독자에게 인생의 진면목을 제시하는 산문이다. 그럼에도 선생의 진면목을 제대로 묘사하지 못했다. 형제들 면면을 살리지 못했다. 선생과 함께 신흥무관학교를 세우기 위해 고군분투한 수많은 애국지사들을 묘사하지 못한 것도 몹시 아쉽다. 여러 가지 제약이 따랐다고 변명할 수밖에 없다.

그것은 작품성에도 영향을 미쳤을 것으로 짐작한다. 생각해 보면 역사소설과 일반소설 사이에 묘한 아이러니가 발생한다. 낯익음과 새로움의 차이에서 서로 대치하는 싸움을 하는 것이다. 일반소설은 사실을 실감하는 리얼리티를 위해 갖은 기법을 동원하고, 역사소설은 사실과 멀어지려고 갖가지 방법을 찾는 것이다. 이유는 그렇다. 전자는 독자에게 서사에 대한 입체감과 개연성의 신뢰를 얻기 위함이고 후자(역사)는 이미 낯익은 서사가 소설적 신비감을 감소하는 약점을 최소화 하려는 노력에 기인한 것이다.

그러나 고리키가 소설을 "인간학"이라고 정의했고 그것은 진리이듯이 어떤 유형의 작품이든 소설은 처음부터 끝까지 인생에 대한 천착이고 문학적 성취감은 곧 인생에 대한 감동이라면 나는 이로써 만족하기로 한다. 선생은 자기를 부인한 존재적 삶을 통해 "살아가는 이유를 아는 자는 삶을 견디어 갈 수 있다."는 것을 보여주었고 나는 그것을 독자에게 조금이나마 전해 주었다고 생각하기 때문이다.

삼가 나의 부족함이 선생께 누累가 되지 않기를 바랄 뿐이다.

2011. 8. 15. 해운대 장산 아래 집필실에서
박 정 선

| 우당(友堂) 이회영 6형제 가계도(家系圖) |

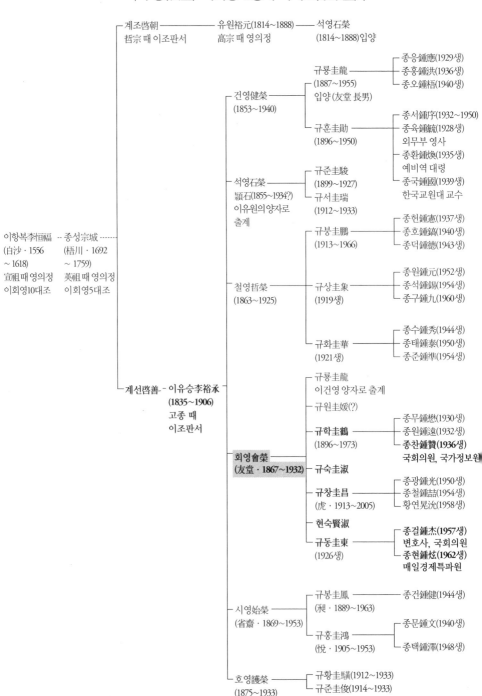

계조啓朝 ——— 유원裕元(1814~1888) ——— 석영石榮
哲宗 때 이조판서   高宗 때 영의정   (1814~1888)입양

건영健榮 ——— 규룡圭龍 ——— 종응鍾應(1929생)
(1853~1940)   (1887~1955)   종흥鍾共(1936생)
              입양(友堂 長男)   종오鍾梧(1940생)

              규훈圭勳 ——— 종서鍾序(1932~1950)
              (1896~1950)   종육鍾毓(1928생)
              외무부 영사   종환鍾煥(1935생)
                            예비역 대령
                            종국鍾國(1939생)
                            한국교원대 교수

석영石榮 ——— 규준圭駿
潁石(1855~1934?) (1899~1927)
이유원의 양자로   규서圭瑞
출계   (1912~1933)

철영哲榮 ——— 규붕圭鵬 ——— 종헌鍾憲(1937생)
(1863~1925)   (1913~1966)   종호鍾鎬(1940생)
                            종덕鍾德(1943생)

            규상圭象 ——— 종원鍾元(1952생)
            (1919생)   종석鍾錫(1954생)
                        종구鍾九(1960생)

            규화圭華 ——— 종수鍾秀(1944생)
            (1921생)   종태鍾泰(1950생)
                        종준鍾準(1954생)

이항복李恒福   종성宗城
(白沙·1556   (梧川·1692
~1618)   ~1759)
宣祖때영의정   英祖때영의정
이회영10대조   이회영5대조

계선啓善 — 이유승李裕承
         (1835~1906)
         고종 때
         이조판서

                    규룡圭龍
                    이건영 양자로 출계
                    규원圭媛(?)
                    규학圭鶴 ——— 종무鍾懋(1930생)
                    (1896~1973)   종원鍾遠(1932생)
회영會榮   종찬鍾贊(1936생)
(友堂·1867~1932) — 규숙圭淑   국회의원, 국가정보원

                    규창圭昌 ——— 종광鍾光(1950생)
                    (虎·1913~2005) 종철鍾喆(1954생)
                                 황연晃沇(1958생)
                    현숙賢淑
                    규동圭東 ——— 종걸鍾杰(1957생)
                    (1926생)   변호사, 국회의원
                                 종현鍾炫(1962생)
                                 매일경제특파원

시영始榮 ——— 규봉圭鳳 ——— 종건鍾健(1944생)
(省齋·1869~1953) (昶·1889~1963)

            규홍圭鴻 ——— 종문鍾文(1940생)
            (悅·1905~1953) 종택鍾澤(1948생)

호영護榮 ——— 규황圭騜(1912~1933)
(1875~1933)   규준圭俊(1914~1933)

| 우당 이회영 선생 가문의 삼한갑족三韓甲族보 |

백사白沙 이항복(1556~1618 : 명종11~광해10)

　고려 후기 대학자 익재 이제현의 방손 참찬공 몽량의 아들로 선조21년 33세에 이조정랑에 임명되어 선조27년 임난 중 병조판서, 선조28년 이조판서, 선조29년 우참찬, 선조29년 병조판서, 선조30년 1월 병조판서, 선조31년 9월 병조판서, 선조31년 우의정, 선조32년 좌의정, 선조33년 우의정, 선조33년 6월 45세에 영의정에 오름.

　광해9년 12월 인목대비 폐비 폐모 부당함을 상소(계모도 母인데 母를 내침은 패륜이라고 왕을 꾸짖음)하고 유배를 당하여 엄동설한에 63세 고령의 나이로 철령위를 넘어감, 광해10년 유배지에서 사망.

구천龜川 이세필(1642~1718 : 인조20~숙종44)

　항복의 회손(會孫), 이조참판 이시술(時術)의 아들로 증영의정을 지냄

양와養窩 이세구(1646~1700 : 인조24~숙종26)

　항복의 회손, 목사 이시현(時顯)의 아들로 증영의정을 지냄

아곡鵝谷 이태좌(1660~1739 : 현종1~영조15)

　항복 5세손, 영의정 이세필의 아들로 영의정을 지냄

입향立鄕 이종악(1668~1732 : 현종9~영조8)

　항복의 5세손, 좌찬성 오릉군문우의 아들로 증영의정을 지냄

운곡雲谷 이광좌(1674~1740 : 현종15~영조16)

　항복의 5세손, 증영의정 이세구의 아들로 영의정을 지냄

오천梧川 이종성(1692~1759 : 숙종18~영조35)

항복 6세손, 영의정 이태좌의 아들로 영의정을 지냄

청헌廳軒 이경일(1734~1820 : 영조10~순조20)

항복 6세손, 증영의정 이종악의 아들로 좌의정을 지냄

동천桐川 이계조(1793~1820 : 정조17~철종7)

항복 7세손, 이조판서 이석규의 아들로 증영의정을 지냄

귤산橘山 이유원(1814~1888 : 순조14~고종25)

항복 10세손, 이조판서 계조의 아들로 영의정을 지냄

계선啓善 이유승(1835~1906) 고종 때 이조판서와 우찬성을 지냄

항복 10세손, 이회영 형제들의 부친

■ 1867년 음력 3월 17일, 서울 명례방 저동(명동)에서 이조판서 이유승과 판서 정순조의 딸 정씨 사이에서 6형제 중 4남으로 태어났다. 이상설과 유년시절부터 벗이 되어 함께 수학하면서 나라를 위해 의기투합해 가던 중 상동교회 전도사 전덕기를 알게 된다. 미국 감리교에서 파송한 선교사 스크랜튼 모자母子가 남대문시장에 세운 상동교회에서 신학문을 열고 전국 애국지사들이 모여들면서 상동교회가 독립운동의 모태가 된다.

■ 1890년, 23세 때 노비를 방면하고 청상과부 누이를 재혼시키는 등 구습타파를 시작했다.

■ 20대부터 상동청년회를 조직하여 항일의병을 지원하기 위해 농장을 경영했고 민족교육을 위해 대대적인 인삼농장을 하던 중 수확기를 앞두고 일본 고문의 계획적인 방해로 인삼을 도둑맞은 사건으로 농장을 실패한다. 고종이 탁지부 판임관이란 벼슬을 내렸지만 사양한다.

1905년 을사늑약 때 동생 이시영과 동지 이상설과 전덕기와 교회에 모여 전국 감리교 청년대표들을 소집하여 조약파기 운동을 일으켰지만 실패한다. 그러자 자비를 풀어 나인영 기산도 등 무인들과 함께 을사오적 암살을 도모하지만 일본의 철통같은 경호를 뚫지 못한다.

■ 1906년, 조약파기 시위와 오적암살 등 모든 일이 일본의 경찰력과 군사력에 부딪쳐 운신할 수 없게 되자 차선책을 강구한다. 이상설 양기탁 전덕기 등 상동청년회 동지들과 상동교회에 모여 독립운동을 위한 '신민회'를 창립하고 장차 일본에 맞설 계획을 연구한다.

■ 1907년, 을사늑약은 세월과 함께 굳어져 가고 일본과 맞서 싸울 힘

이 없는 현실에서 학감으로 취임하여 교육에 힘쓰던 중 영국 언론인 베델의 조언으로 양기탁 이상재 조정구 등과 은밀히 헤이그밀사 파견을 모의하여 고종으로부터 어명御名만 겨우 쓴 백지 신임장을 받아낸다. 이상설과 이준과 이위종을 추천했으나 일본의 방해로 실패한다.

■ 1907년, 헤이그밀사 실패 직후 고종을 강제 하야시킨 일본은 한일신협약(정미7조약)을 체결하여 본격적인 나라 뺏기에 돌입한다. 신문지법을 만들어 신문발행 허가제, 신문기사 사전검열, 보안법을 제정하여 항일운동을 막기 위해 집회, 결사를 금지하고 무기 휴대를 금지한다. 그리고 곧이어 한국군대를 해산시켜버린다. 이때 선생이 급히 블라디보스토크로 이상설을 찾아가 급박한 사정을 알리고 두 사람은 전국에 신학문을 대대적으로 확장하여 민중을 깨울 것과 해외에 독립군을 양성할 군관학교와 군사기지를 설립할 계획을 세운다. 선생은 다시 귀국하여 평양 대성학교에 김사열을 정주 오산학교에 이강연을 안동 협동학교에 이관직을 파견하고 여준은 상동학원에 추천하는 등 전국 각지로 교사를 파견한다.

■ 1908년 10월 18일, 41세에 한국 최초로 신식결혼식을 올린다. 선생은 첫 번째 결혼한 부인이 지병으로 사망하자 2년 동안 독신으로 살다가 목은 이색의 방조인 이은숙(20세)과 상동교회에서 오르간 반주에 맞추어 동시입장 결혼식을 해 세상을 놀라게 한다.

■ 1910년, 한일병합을 당하자 6형제 모두 재산을 남김없이 정리한다. 99칸 집과 명동성당 아래 6천 평 집을 버리고 60여 명 대가족이 망명하여 열두 대 마차가 서간도 유하현 삼원포 추가가에 입성한다. 그러나 귀족이라는 걸 눈치 챈 추가가 사람들은 일본 첩자로 알고 쫓아내려고 관에 고발한다. 함께 군사기지를 세우기 위해 각 지역 대표들이 계속 추가가로 찾아드는데 땅 한 평 살 수가 없어 발을 구른다.

- 1911년, 중국은 신해혁명이 성공하여 청 왕조를 무너뜨리고 신정부 (1912. 1.)가 들어서면서 원세개가 손문을 제치고 총통이 된다. 원세개가 조선에서 주차조선총리교섭통상사로 있을 때 가까이 지냈던 인연이 있었으므로 이회영은 원세개(위안스카이)를 찾아가 도움을 청한다. 원세개는 죽마고우를 만난 듯 반기며 조선의 항일투쟁자들이 하는 일은 무엇이든지 협조해야 하며 어길 때는 엄벌에 처한다는 엄명을 내린다.

- 1912년 봄, 원세개의 도움으로 땅을 매입한다. 이석영이 신흥무관학교 부지 값을 지불하고 땅을 사 학교를 세우기 시작한다. 그 외에도 이석영은 땅을 많이 사들여 한인들에게 싼 도조를 받으면서 정착을 돕기 위해 소작을 준다. 땅을 살 여력이 없는 동지들에도 정착할 때까지 농사를 지어먹도록 지원한다. 추가가에 한인들이 몰려들기 시작하고 교포들을 지도하기 위해 경학사를 설립한다. 경학사는 겉으로는 농민들을 지도하는 기관으로 하고 내용은 독립운동을 목표로 한다. 경학사에 신흥강습소라는 교육기관을 두고 독립군으로 기르기 위해 한인들 자녀들을 교육한다.

- 1912년 6월 17일, 드디어 신흥무관학교를 완공하여 개교한다. 학교를 세운 데 거금을 투척한 이석영을 교주로 추대하고 초대 교장은 둘째 형님 이철영을 추대한다. 그해 이석영이 아들 규서를 낳고, 다음 해에 이회영 선생은 아들 규창을 낳는다. 선생은 이때에도 계속 한인 마을을 찾아다니며 학교를 세운다.

- 1913년, 만주에 가뭄이 덮치고 만주벌판은 풀 한 포기 자라지 못한 채 흉년에 시달리기 시작한다. 신흥무관학교는 200여 명의 학생들을 먹이고 입히고 가르치는 것이 모두 무료이므로 운영난에 봉착한다. 독립자금도 들어오지 못한다. 이석영이 금고를 풀어 먹이지만 갈수록 어려워지자 이회영 선생은 국내로 자금을 구하러 잠입한다.

- 1913년~1917년, 때마침 일제가 105인 사건으로 신민회 정체를 알

아내면서 신민회를 일망타진하고 있는 터라 국내 사정도 어렵기는 마찬가지다. 동지들의 권유로 난을 쳐서 팔아 자금을 만주로 보내기도 하고 고종이 용돈을 절약해 자금을 보내주기도 한다. 일경에게 피체되어 3개월간 옥살이를 하다 증거 불충분으로 풀려난다.

- 1914년 3월 28일, 동지 전덕기 목사가 고문 후유증으로 사망하여 이별한다.

- 1917년 3월 28일, 죽마고우 이상설이 러시아 리콜리스크에서 피를 토하며 죽음으로 이별한다.

- 1918년, 겨울 고종 북경망명에 대한 거사를 준비하던 중 불과 며칠을 앞두고 고종이 의문의 죽음을 당하고 만다. 동지들과 고종 인산일을 기해 삼일만세운동을 전개하기로 하고 선생은 북경을 담당하기 위해 국내를 떠난다.

- 1919년, 만세운동 직후 상해 임시정부 설립을 위한 첫 회의에 참석했다가 선생은 지역별로 서로 기선을 잡으려는 다툼을 보고 임정 설립보다는 각 독립운동단체가 하나로 연합해야 한다고 주장하지만 대다수 사람들은 듣지 않는다.

- 1920년, 상해를 떠나 북경으로 온 선생은 북경 후고루원 근처에 방이 많은 집을 얻어 거처를 잡고 이규학 아들 내외 등 가족들과 새로운 운동방향을 모색하기 시작한다. 임정에 실망한 사람들이 북경으로 들어오기 시작하고 임정에서 박찬익을 보내 6개월 동안이나 함께 기거하면서 선생을 설득하려 하지만 듣지 않고 박찬익은 그냥 돌아가고 만다. 하루에 수십 명이 선생을 찾아오면서 선생댁은 북경의 정거장 겸 독립운동본부 격이 된다. 한 달에 쌀 2가마 이상을 소비하면서 점점 생활이 어려워져 간다.

- 1920년, 신흥무관학교는 3500여 명의 독립군과 봉오동전투와 청산리전투를 대승으로 이끈 교관들을 길러내고 어려움에 처해 한인단

체로 넘어간다. 형제들이 모두 뿔뿔이 흩어진다.

- 1921년, 백순 동지를 통해 만주의 김좌진, 홍범도, 신팔균 장군들과 연계하여 흩어진 독립군을 모으기 시작한다. 그리고 만주군벌 풍옥상 독판의 제안으로 장작림을 제압하기로 한다. 그 조건으로 장가구 포두진에 독립군 군사기지를 건설할 미 개간지 수만 정보를 받기로 한다. 김창숙과 함께 미 개간지를 건설할 자금을 구하던 중 풍옥상이 오히려 장작림에게 제압당하여 실패하고 만다.

- 1922년, 이정규 이을규 형제와 유자명 등 아나키스트 동지들을 만나 뜻을 함께 한다. 이들은 북경대학 노신 교수와 러시아 시인 에루센코의 영향을 받아 공산주의를 배격한 아나키스트 사상에 매료되어 있었다. 신채호와 김창숙도 뜻을 함께 한다. 일본은 항일투쟁을 막기 위해 자금이 새어나가는 것을 틀어막는 데 총력을 기울이고 상해 임정이나 어디든 처처에서 독립운동가들이 배고픔과 싸우면서 운동이 힘을 잃어간다.

- 1923년, 이정규와 중국 아나키스트 천웨이치와 함께 중국 후난성 동정호 주변 광대한 지역에 이상촌을 건설할 계획을 세웠으나 땅 소유주인 중국인 아나키스트가 죽자 실패한다.

- 1924년, 재중조선무정부주의자연맹을 결성하고 정의공보를 발간한다. 신흥무관학교 출신들을 모아 '신흥학우단'을 조직한다. 신채호 김창숙 유자명 김원봉 등 아나키스트 동지들과 대대적인 무장투쟁으로 나가기로 하고 의열단을 후원하면서 이끌어간다.

- 1925년, 의열단원인 선생의 장남 이규학과 이석영의 장남 이규준이 단원들과 함께 고급 밀정 김달하를 처단한다. 이때 초등학교 5학년인 장녀 이규숙이 김달하 집의 구조를 설명해 주었으므로 공안에 잡혀가 일 년 동안 부모와 떨어져 공안살이를 한다. 이규학과 이규준은 상해로 피신한다.

- 1925년, 부인 이은숙 여사가 자금을 구하러 국내로 들어와 7년이 경과하면서 영원한 이별이 되고 만다.
- 1927년, 중국 복건성 천주에 한국 독립운동을 돕는 농민자위군운동에 참여해 유자명 이을규 이정규 등과 중국의 석학이면서 정계의 거물급인 이석증 오치휘 채원배 등의 도움으로 상해에 노동대학을 설립추진 한다.
- 1928년, 상해에서 중국 한국 일본 필리핀 대만 베트남 등 각국의 아나키스트들 수백 명이 모여 동방무정부주의자대회를 개최할 때 선생이 보낸 '한국의 독립운동과 무정부주의운동' 이라는 글이 대회 결의안으로 채택된다.
- 1928년, 일본의 추적을 피해 두 딸을 고아로 꾸며 빈민구제원에 맡기고 천진에서 상해까지 반 년 동안 걸어가는 무전여행을 하면서 일본의 추적을 피한다.
- 1929년, 김좌진 장군 사촌동생 김종진을 중심으로 아나키스트 동지들과 김좌진 장군과 연합하여 재만조선부정부주의자연맹을 결성하고 재만한족연합회에 아나키스트 동지들을 투입시켜 북만주를 돕던 중 김좌진 장군이 한족연합회를 방해하려는 공산주의자들로부터 피격 당한다. 김종진이 김좌진 장군의 뒤를 이어 한족연합회를 이끌어가게 되고, 한족들이 가장 많은 북만주를 독립운동총본부로 삼고 자금을 투입하기로 한다. 아나키스트 동지들이 국내로부터 거금의 자금을 들여오던 중 일본에게 붙잡히고 자금도 몰수당하고 만다.
- 1930년, 자금에 다급해진 젊은 동지들이 중·일합작은행을 털어 만든 자금을 들고 북만으로 가고 선생은 아들 규창을 데리고 상해로 간다. 상해로 가기 전날 막내 동생 호영이 찾아와 형제가 5년 만에야 만나 하룻밤을 자면서 장차 상해에서 모두 함께 살자고 약속하지만 영원한 이별이 되고 만다.

■ 1931년, 일본은 만보산 사건을 일으켜 중국에 뒤집어씌워 만주사변으로 확대한다. 만주사변을 이용하여 독립운동가들을 색출하기 시작한다. 은행을 털어 북만주로 간 동지들은 공동체 농장을 운영하면서 한족연합회를 활성화시키기에 한창이었으나 일본의 검거를 피해 상해로 철수한다. 그러나 김종진은 김좌진을 암살한 자들에게 암살당하고 만다.

■ 1932년, 선생은 상해로 철수한 젊은 동지들과 함께 '남화한인연맹'을 결성하고 기관지 '남화통신'을 발행한다. 또 한편 중국 아나키스트 이석증과 오치휘 왕아초 화균실 등과 함께 연합하여 항일구국연맹을 만들어 기획 선전 연락 행동 등의 부서를 두고 비밀행동 조직인 흑색공포단을 조직한다. 흑색공포단은 천진부두에서 일본 군수물자를 적재한 일본 기선을 폭파하고 천진의 일본 영사관에 폭탄을 투척해 절반을 파괴한다.

그리고 이석증과 오치휘와 왕아초 등은 계속 비용과 무기를 지원하면서 중국 동북부지역에 새로운 거점을 확보하고 관동군 사령관 무토 대장을 암살하기로 계획한다. 홍구 공원에서 상해점령 기념식을 겸한 일본 천장절 기념식 때 거사를 하기로 하고 준비하던 중 왕아초가 입장권을 구하지 못해 애를 태우는데 김구 선생이 은밀히 보낸 윤봉길이 식장에서 폭탄을 던져 기념식장을 뒤집어엎는다.

■ 1932년 11월 17일, 선생은 다시 이석증 등의 주선으로 만주 군벌 장학량과 연합하기로 한다. 반가운 것은 만주를 한인들의 자치지구로 인정받을 수 있도록 중국 정부와 타협하겠다는 말에 당장 일을 서두른다. 만주에 항일의용군을 결성하고 독립운동기지를 건설하기 위해 동지들의 만류를 뿌리치고 황포강에서 남창호를 타고 대련으로 향한다. 그러나 대련에 내리기도 전에 피체되어 여순 감옥에서 고문사로 순국한다. 65세였다.

1921년 북경에서의 우당 선생

우당기념관(서울시 종로구 신교동 6-22) 우당 이회영 선생 흉상